눈의
회상

눈의 회상

조선 독립을 향한 꿈과 사랑 ─ 홍성아 지음

홍성사

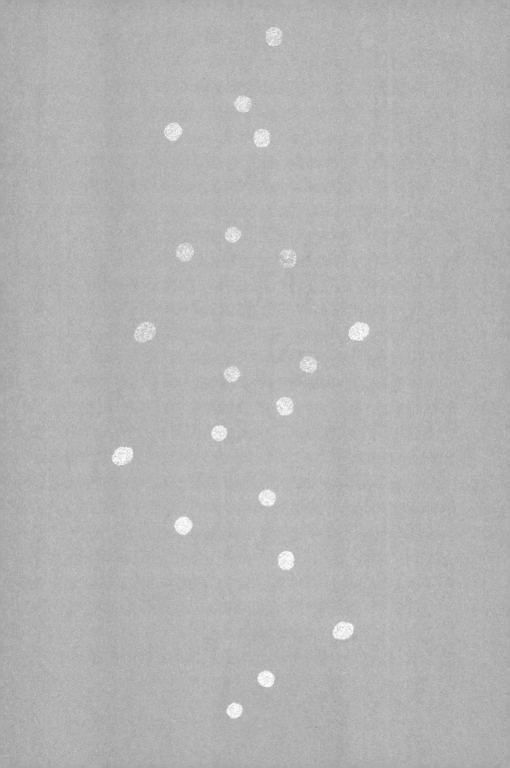

차 례

일러두기

이 소설의 주인공 세 명(인설, 현, 태성)은 허구의 인물입니다. 그 외 등장인물 가운데
실존 인물 모델이 있는 사람은 다음과 같습니다. 배경과 생애의 일부분을 살렸을 뿐이며,
살았던 시대가 서로 다릅니다. 그분들을 기념하려는 저자의 뜻이 담겨 있습니다.

- 남 부인: 여성 독립운동가 남자현(1872-1933)
- 최정자: 여성 독립운동가 김정혜(1868-1932). 단, 신사참배 부분은 실제 인물과 관련 없음.
- 닥터 영: 닥터 제임스 홀(1860-1894)과 닥터 셔우드 홀(1893-1991)
- 닥터 바네사: 닥터 로제타 홀(1865-1951)과 닥터 메리안 홀(1896-1991)

프롤로그

1904년 겨울, 평양: 인설(GoodSnow)

미스 화이트의 죽음이 어떠했는지, 그날 밤 그녀와 인설이 어떤 연고로 평양의 북쪽 눈보라 치는 밤길을 피난민들 대열에 끼어 걷고 있었는지, 재난에서 살아남은 사람들 가운데 아는 사람은 없었다. 따라서 당시 상황은 불과 6세였던 인설의 어린 기억의 단편 속에만 남겨졌다. 아침에 사람들이 미스 화이트의 시신 곁에 붙어 떨어지지 않고 있던 인설을 발견하고 평양의 선교 기지로 보내 주었다.

미스 화이트의 죽음은 선교사들 사이에 큰 충격이었다. 그녀는 한국에 온 지 10년이 넘은 서울 주재 고참 선교사로, 서울과 평양을 오가며 많은 일을 해왔다. 선교사들은 경험 많은 그녀가 왜 위험을 자초하는 여행을 해야 했는지 아쉬워했다. 러일전쟁의 불길한 조짐과 함께, 선교사들을 포함한 기독교인들의 신변이 매우 위험해질 거라는 소문이 돌고 있던 터였다. 미스 화이트의 죽음은 결전지로 움직이던 러시아군 부대와 일본군 부대가 이동하다 벌어진 소규모 충돌 지역에서 일어난 일이었다. 지인들의 관심은 그녀와 함께 있었던 여아에게 쏠렸다. 미스 화이트가 지니고 있던 수첩 일정표에서 그녀의 이름이 발견됐다. 거기에는 '인설을 데리러 간다(going to bring InSeol –

GoodSnow)'라고 적혀 있었다.

전쟁은 만주 땅에서 이듬까지 계속되었다. 마침 미스 화이트의 친구이자, 평양에 여학교 설립을 목표로 미국에서 온 스튜어트 선교사 부부가 인설의 사연을 들었다. 그들은 기숙 여학교를 설립하자마자 그녀를 데려와 입학시켰다. 인설은 바로 이 학교, 즉 평안여학교 첫 입학생이 되었다. 거기까지가 철든 인설이 자기가 그곳에 있게 된 연유에 관해 알게 된 사실이다. 사람들이 인설과 미스 화이트가 언제 어디서 만났으며, 어떻게 동행하고 있었는지 알지 못하였기에 그녀도 알 수 없었다. 또 그녀의 고향이 어디인지, 생부모가 누구인지 알 수 있을지도 모르는 유일한 인물인 미스 화이트의 사망으로, 그녀의 근본에 대한 정보도 영원히 사라진 셈이었다.

인설이 떠올릴 수 있는 가장 어린 시절의 기억은 미스 화이트와 함께한 마지막 시간이었다. 아무리 그 이전을 떠올리려 해도 생각은 그녀의 접근을 허용하지 않았다. 심지어 그 마지막 순간의 기억도 너무나 희미했다. 자신이 누구인지 조금이라도 찾기 바라는 인설의 간절한 노력에도 불구하고, 기억은 잔인하게 그 끄트머리만을 살짝 허락했을 뿐이다. 너무 어려 혈육조차 기억하지 못할 때 버려진 고아들이 그러하듯, 때로 그녀는 느낌으로 과거를 더듬어 보려 했다.

예컨대, 눈 오는 겨울이면 하얗고 차가운 느낌으로 눈 오던 그날 밤을 다시 한 번 회상해 보는 것이었다. 그때도 차가웠던 것 같다. 그때 기억에 모든 게 부옇게 보이는 것은 눈보라 때문이겠지. 짙은 옷 입은 사람들이 보따리를 이고 지고 좁다란 길을 허둥지둥 가고 있었던 것 같다. 누군가 쓰러지기도 한 것 같다. 아기 우는 소리가 가늘게 들린 것 같다. 무서웠던가? 그건 모르겠다. 뭐가 뭔지 몰랐을 나이니까. 언 발에 감각이 없어질 정도로 걸었던 것 같다. 내 손을 잡고 바삐 걷던 파란 눈의 여인. 나는 그녀를 뭐라고 불렀던가? 미스 화이트? 엄마? 모르겠다. 마미? 왠지 마미라는 말이 가슴에 남는다. 그 말이 온기를 남기는 것을 보아 그녀가 나의 엄마가 되어 준 걸까? 아아, 대체 몇 년 동안 나와 함께해 준 걸까?

  짧은 겨울해가 두껍게 깔린 구름 뒤에서 희끄무레한 빛을 남기며 사라져 가고 있었다. 피난민들의 발걸음은 더욱 빨라지고 있었다. 추위가 어둠과 함께 순식간에 찾아오는 북쪽지방에서 저녁에 먼 길을 가는 것은 삼가야 하지만, 어서 빨리 평양에 도착하려고 사람들은 쉼 없이 움직였다. 노상에서 마주친 일본 군인들의 움직임이 심상치 않았다. 선봉대로 보이는 군인들은 강을 건너기 위해 부교를 가설하려는 듯, 목재와 장비들을 나르고 있었다. 미스 화이트는 군중 틈에서 가능한 한 눈에 띄지 않으려고 털목도리로 머리와 얼굴을 가리고 있었지만, 큰 키와 옷매무새가 아무래도 두드러져 보였다.

  좁은 길에서 검문을 하던 일본 군인이 그녀의 파란 눈을 보고 흠칫 놀라 거칠게 세웠다. 러시아 스파이가 피난민 사이에 섞여 있을지 모르기 때문이었다. 그녀가 서툰 일본어와 영어로 설명하자 작은 배지를 꺼내 주었다. 그녀의 신분을 보증해 주는 표지였다. 하지만 교전이 시작되어 군인들이 흥분하면 그들은 배지를 꺼내 보일 틈도 없이 총질을 하리라는 것을 그녀는 잘 알고 있었다. 그것은 함께 피난길을 걷고 있는 조선인들도 마찬가지 운명이었다. 조선을 사이에 두고 조선 땅을 넘나들며 벌이는 러시아와 일본, 두 나라의 전쟁에서 정작 조선 국민은 어느 쪽에도 속하지 않았으므로 볼모의 가치조차 없는, 방해물 취급을 받을 뿐이었다.

  게다가 미스 화이트는 십 년 전 청일전쟁도 이곳 평양에서 겪은 것이다. 시내 곳곳에서 교전하며 평양을 온통 쑥대밭으로 만들어 놓은 만주 기병들과 일본 보병들…. 사람과 말의 시체가 즐비하게 쌓여 갔었다. 시체 썩는 냄새가 진동하고 부상자들의 신음소리와 민간인들의 울부짖음으로 가득했던 끔찍했던 기억이 밀려와, 그녀는 당장이라도 포탄이 머리 위로 떨어질 것만 같았다. 그녀는 어린 소녀의 손을 꼭 쥐었다. 무슨 수를 써서라도 평양에 무사히 도착해야 한다. 이 아이를 위해서라도. 그녀의 잿빛 도는 파란 눈이 결연한 빛을 띠었다. 그녀는 소녀에게 말을 걸었다.

"힘들지 않니?"

"아니요."

어린 소녀는 여전히 발밑을 내려다보며 대답했다. 그녀는 작은 발로 어른들의 보폭을 따라가느라 여념이 없었던 것이다. 다시 일본군 검문을 만났다. 그녀는 미국인 선교사임을 말하여 통과되었지만, 한국인 소녀는 한국인들 무리에 놓고 가라는 말을 들었다. "No, No. She is my daughter(안 돼요. 그녀는 제 딸입니다)"라고 했지만, 그의 굳은 표정은 펴질 줄 몰랐다. 한참 만에 그는 그녀들이 걷던 길에서 벗어난 다른 곳을 가리키며, 아이를 데리고 가되 그쪽으로 가라고 명령했다.

논두렁 사이 길이었는지, 잘못 디디면 무릎까지 눈에 빠졌다. 그녀가 걸어 나온 방향, 어스름이 깔린 저 먼 곳에서 총성이 들려왔다. 억류된 한국인 무리에서 빠져나온 이 상황을 다행이라 해야 할까…. 길다운 길은 보이지 않고, 가도 가도 눈 쌓인 평지만 막막하게 펼쳐져 있었다. 눈의 흰 빛도 날이 저물어감에 따라 빛을 잃어 푸르스름하다가 곧 어두운 회색빛을 띠어 갔다. 그 위로 어둠이 모든 것을 빠르게 덮어 가고 있었다. 이제 한 치 앞을 볼 수 없게 되리라.

그녀는 추위에 얼어 가는 줄도 모르고 움직였던 두 다리에 힘이 풀려 감을 느꼈다. 소녀를 붙든 팔과 손도 이미 오래전에 굳어 있다는 것을 느꼈다. 소녀는 꽤 오랜 시간을 투정도 없이 그녀의 손목에 매달리다시피 하여 걸어왔다. 미스 화이트가 생각하고 있는 상황의 위급함을 본능적으로 느끼고 있는 듯했다. 미스 화이트는 소녀를 살피려 걸음을 멈추었다. 그러자 소녀는 걸어가던 탄력을 잃고 고개를 뒤로 젖히며 쓰러지려 했다. 눈은 반쯤 감긴 채 몸이 뻣뻣하게 굳어 있었다. 이미 추위와 고단함에 마취된 듯 반쯤 의식을 잃은 상태였다. 미스 화이트는 아이를 붙들고 품에 안고 흔들었다.

"인설, 인설. 정신 차려!"

소녀는 천천히 눈을 떴다.

"조금만 쉬었다 갈까? 그러자."

미스 화이트는 온 힘을 끌어모아 속삭이듯 말하다가 균형을 잃고 눈밭에 함께 쓰러졌다. 그녀는 얼른 인설을 가슴 쪽으로 끌어당기고 외투자락 안에 그녀를 품었다. 더 이상 몸을 움직이지 않아도 되어 좋았던 것도 잠시, 추위가 두 사람을 압도했다.

"마미, 추워요. 캄캄해. 안 보여요."

인설이 자기 얼굴을 더듬으면서 들릴락 말락 중얼거리는 소리를 들으며 미스 화이트는 가물거리는 의식을 잃지 않으려 안간힘을 썼다. 하느님, 이 아이에게 자비를 베풀어 주소서. 이 아이에게 희망을 주세요.

얼마나 시간이 지났는지 미스 화이트는 모를 것이다. 그녀가 눈을 떴을 때, 사방은 환했다. 높이 뜬 보름달이 노란 빛을 흰 들판에 뿌리고 있었다. 달 주위의 하늘은 더 이상 검지 않고 파르스름하게 밝았으며, 멀어져 지평선과 가까워질수록 어두워지면서 마치 하나의 큰 둥

근 장막 속에 들어와 있는 느낌을 주었다. 미스 화이트의 얼굴에 미소가 어렸다.

"인설, 일어나 보렴. 눈 떠보렴. 아름답지?"

침착하고 평온한 어조로 보아 그녀는 인설이 살아 있다고 확신하는 듯했다. 인설이 고개를 들었다. 눈을 깜박이며 미스 화이트의 침착한 눈동자를 어리둥절하게 바라았다.

"좋은 눈이다. 잊지 말아라. 네 이름은 '좋은 눈'이란다(It is good snow. Don't forget. Your name is GoodSnow)."

달빛을 받아 하얗게 빛나는 눈 쌓인 평지와 언덕의 음영이 생동감 있게 드리워지는 것과 멀리 검은 윤곽으로 서 있는 나무들을 차례로 바라보다가 미스 화이트의 눈꺼풀은 다시 감겼다.

1
장
—

1914년 5월, 평양:

사랑의 맹세

"정의의 칼을 받아라. 이 역적들아! 이 을사오적 도적놈들아!"

안방과 다락을 뛰어다니며 나무 막대기를 칼 삼아 휘두르며 놀고 있는 두 소년은 태성의 사촌동생들이었다. 태성은 길에서부터 그들이 쿵쿵거리며 뛰는 소리와 싸리문 위로 불쑥불쑥 검은 정수리 부분이 보일 때부터 아이들이 와서 놀고 있는 줄 알았다. 태성이 집 문을 열고 들어오자 소년들은 그에게 반갑게 달려들어 매달린다.

"형님, 을사오적 도적놈들은 다 죽었어?"

영천이 검은 두건을 가린 위로 눈을 반짝이며 물어본다.

"큰아버지가 다 죽이셨다고 편지했지? 그랬지?"

도적놈 역을 맡은 동생 병천이 숨을 헐떡이며 잇따라 물어본다. 그의 등에는 큼지막한 보따리가 매어져 있다. 아이들은 을사오적이라는 단어에서 큰 재물을 훔친 밤손님을 연상한 것이다. 태성은 말없이 동생들의 머리를 쓰다듬어 주며 "그래… 큰어머닌 안 계시는구나. 온 지 오래되었니?" 하고 말머리를 돌렸다.

갓 스물이 된 태성은 이제는 완전히 소년티를 벗은 청년으로, 키가 크고 마른 편이었다. 가난한 농사꾼의 허름한 평상복을 입고 있었지만 짧게 자른 머리가 어색하지 않은 품이 신학교 교육 물을 먹은 학생 출신임을 느껴지게 했다. 하지만 땀을 닦을 새도 없이 밭일을 하고 온 듯 이마가 땀과 흙으로 번들거렸다. 늦봄 볕이 한나절 일한 농군들의 피부를 그을리기에 충분했던 듯, 사촌동생들을 내려다보는 그의 얼굴은 벌써 거무스름했다.

아이들이 말하는 큰아버지, 즉 태성의 아버지는 20년 전 동학농민전쟁 때 전사했다. 당시 전쟁이 그러하듯 전사 통지를 공식적으로 받은 것은 아니었기에, 가족과 친족들은 전쟁 후 십 년이 지나기까지 생사를 알 수 없다고 했고, 제사도 지내지 않고 기다렸다. 특히 유복자로 태어난 태성을 위해서라도 어머니는 전사라는 말은 입에 담지 않았고, 청일전쟁까지 싸우시다가 태성이 여섯 살쯤 되자 독립군이 되어 만주에 계신다고까지 말해 주었다. 어린 태성은 그런가 보다 하고 막연히 믿었지만, 마을 사람들 모두 그의 아버지가 동학농민전쟁 아니면 곧 뒤따랐던 청일전쟁 통에 죽었다고 단정 짓고 있다는 것을 알게 되고 큰 충격을 받았었다.

어찌되었거나 어머니가 태성을 위해 지어낸 독립군 이야기는 이제 와서 끊어질 수가 없었다. 그것을 믿고 있는 시누이의 아이들 때문이었다. 결국 바람결에 들려오는 독립군의 활약상과 함께 해가 갈수록 큰아버지의 무용담이 하나씩 늘어났다. 어느 날 을사늑약이 맺어지던 해에 생긴 '을사오적'이란 말을 주워들은 아이들은, 어린이다운 상상 속에서 이 말을 큰아버지의 독립운동과 결합시켜 버렸다. 그들은 큰아버지가 만주에서 을사오적을 잡고 계신다고 상상했고, 이를 놀이로 하고 싶어 했다. 그러나 큰어머니는 집안에서만 해야 한다고 단단히 주의를 주었다. 이미 일제와 합방된 나라였기 때문이다.

숙모가 허용해 준 은밀한 놀이를 할 때면 아이들은 큰아버지에 대한 자부심과 함께 금지된 것을 한다는 흥분에 뺨에 홍조를 띠고 재미나 견딜 수 없다는 눈빛을 빛냈다. 그들은 소곤소곤 다섯 악당에게 위협적인 말을 하는가 하면, 대사가 필요 없는 부분에서는 큰아버지 집의 좁은 대청마루와 마당을 만주 벌판 삼아 맘껏 쿵쿵거리며 뛰어다녔다.

태성 모는 경북 의성에서 가난한 선비의 외동딸로 태어났다. 가세는 상관 않고 날마다 단정히 앉아 책 읽는 남편을 둔 그녀의 어머니는 이웃 상민의 집 아낙네들이 하는 일들을 하며 가정을 꾸려 가야 했다. 가난과 생활고는 벗어날 길이 없었고 결국 집안 몰락으로 이어졌다. 이 무렵 그녀의 어머니는 가난을 면할 길은 없는지 알아보려고 무당 집에 가서 점을 보았다. 그런데 난데없이 외동딸이 부모와 살면 단명할 거라는 점괘가 나왔다. 험한 괘가 나올수록 더욱 확신에 차서 말해야 한다는 것을 잘 알고 있던 무당은 한시라도 빨리 이 운명을 피하기 위해 아주 먼 곳으로 시집보내라고 소리 질렀다. 딸의 목숨이 왔다 갔다 할 수 있는 기막힌 점괘 앞에서 선비의 학식도 애끓는 모정도 무력할 뿐이었다. 그들은 며칠 생각할 새도 없이, 평양을 왔다 갔다 하는 보부상에게 혼처를 알아봐 달라고 부탁했다.
가세가 기울 대로 기운 데다가 급한 혼처를 찾는 처지에 반듯한 양반집은 무리였다. 보부상이 찾아 준 신랑은 평양 사는 가난한 농사꾼이었다. 이쯤 되자 태성 모의 부모는 얼이 빠진 듯 그저 모든 것을 운명으로 받아들였다. 이렇게 태성 모는 열여섯 어린 나이에 머나먼 평양으로 시집왔고, 혼인식에서 남편의 얼굴을 처음 보았다. 혼인식은 벼락치기로 싱겁게 지나갔지만, 다음날 새벽부터 시작된 시집살이는 맵고도 호됐다. 일에 서툰 그녀를 몰아치면서, 시어머니와 시누이들은 며느리가 아니라 양반 상전을 모시고 살게 되었다며 자신들의 박복한 삶을 한탄했다.

다행히 남편은 천성이 선량했고, 부지런해서 추위와 더위를 가리지 않고 새벽부터 일어나 소작일을 했다. 태성 모는 밥 굶을 걱정은 안 해도 되겠거니 싶어 적이 안심했다. 그러나 결혼 첫해 가을, 남편이 지주 양반집에 소출을 바치고 나서 빈손이나 다름없이 돌아왔을 때 그녀는 경악했다. 그녀는 왜 시어머니와 시누이들이 자신을 볼 때마다 양반이라는 단어를 발음하며 그렇게 치를 떠는지 비로소 알 수 있을 것 같았고, 저 멀리 보이는 이 부잣집으로 곡식을 그득그득 실은 수레가 들어가는 것을 보며 자신도 모르게 쌍욕이 나오는 입을 주먹으로 막았다.

결혼 두 해 째에 태성을 낳고, 한창 바쁘던 추수도 끝나 가던 시월 하순 무렵, 어느 날 밤 남편이 말했다. "태성 엄마, 나 어디 다녀올 데가 있는데… 한 며칠 걸릴 거야."

사람 좋은 웃음이 그의 얼굴에 떠올랐는데, 그 후 이십 년이 지난 지금에도 그녀는 그 웃음에 아무런 의미를 담을 줄 몰랐던 무심한 남편을 원망하며 살고 있는 것이다. 다음날 새벽 일찍 남편은 동네 친구들 서너 명과 해주에서 봉기된 동학농민전쟁에 참여하러 내려갔다. 그것이 마지막이었다.

남편이 싸우러 나갔다는 동학농민전쟁에 대해 알고서 그녀는 충격에 빠졌다. 싸움의 대상이 나라였다. 그 말은 남편이 이제부터 살아도 죽어도 씻을 수 없는 역적이 되었다는 뜻인 것이다. 관군의 총이 남편을 겨누고 있는 악몽을 수없이 꾸며 괴로워했다. 그런데 소문을 듣자하니 관군을 도와 동학농민 토벌을 돕는 것이 일본군이라고 했다.

전쟁이 끝나고도 일본은 제 나라로 돌아가지 않고 슬금슬금 더 많은 일본인들을 조선 땅에 부르더니, 급기야 일본 순사들이 활개치는 나라가 되었다. 몇 해 전 기어이 나라를 강점했다. 그리고 그런 일이 일어나는 사이 동학란*에 참여했던 많은 사람들이 의병이 되어 일본군과 싸운다는 소식도 지나갔고, 그들 가운데 살아남은 일부가 만주로 가서 독립운동을 한다는 소식도 들려왔다. 그 무렵부터 태성 모의 낯빛에는 희미하게 화색이 돌았다. 이제 자기 아들이 역적 소리는 안 들어도 되겠다 싶어 안심이 되었다. 남편이 만주로 간 동학란 출신 의병들 속에 아직 살아남아 있으리라고는 거의 믿어지지 않았다. 그러나 태성을 위해 또 식구들을 위해 독립군의 자랑스러운 뿌리에 자신의 집안을 조심스레 접붙인들 무슨 누가 되랴…. 그녀는 그렇게 되뇌어 보는 것이었다.

이 '누가 되지 않을 접붙임', 이것이 태성의 두 사촌동생들이 태성의 집에 와서 즐기는 '을사오적 놀이'의 연원이었다. 집안 어른들은 한번도 생각해 보지 않은, 오직 태성 모가 아이들을 붙들고 감자를 쥐어 주며 소곤소곤 얘기해 준 큰아버지의 자취였다. 태성은 어려서 막연히 듣다가 철든 다음부터는 믿지 않게 되었지만, 어머니를 위해 굳이 부정하지 않았다.

태성의 조모를 비롯한 친족들은 태성 아버지의 동학란 객사에 대해 전혀 생각이 달랐다. 그들의 생각은 이러했다. 든든한 장남을 의지하여 어찌어찌 잘 살고 있던 우리 가정이 동학란이라는 청천벽력으로 아들을 잃었다. 이것은 필시 부인을 잘못 얻은 것이다. 그렇다. 우리 집에 며느리가 잘못 들어와 아들이 나가 죽고 가세가 기울었다. 필시 사주팔자가 안 좋은 여식을 멀리 시집보낸 것이고, 저 남쪽지방에서 며느리를 따라온 액운이 우리 집에 달라붙은 것이다. 시어머니가 슬픔 속에 십여 년을 자리 펴고 누워 며느리가 차려 오는 밥상을 받아 먹으며 내린 결론은 이것이었고, 그녀에게 온갖 심한 말을 쏟아내며 괴로움을 달랬다.

너무 일찍부터 감당하기 버거운 인생의 무게를 져온 탓인지 태성 모는 실제보다 십 년은 더 나이 들어 보였다. 그녀의 바람이란 자신과 남편의 괴로운 삶으로 모든 액땜이 끝나고 아들 태성부터는 길운이 열리는 것뿐이었다. 자신의 인생이 피뢰침처럼 모든 악운을 흡수할 수 있다면 그녀는 기꺼이 그러길 바랐을 것이다.

태성과 동생들이 집 마당에서 이야기하고 있을 때, 비껴 들어오는 석양을 받으며 열린 문으로 태성 모가 들어왔다.

"아이고, 영천이, 병천이구나. 놀다 가려고 들렀니. 오늘도 학교 일찍 마쳤느냐?"

"네. 큰어머닌 어디 다녀오세요? 밭에도 가보았는데."

아이들은 큰어머니 치맛자락을 붙들고 매달리며 말했다.

"이웃집에 다녀왔지."

아이들에게 답하다가 태성이를 바라보며, "혼인 잔치 돕다 왔다. 마침 잘 왔다. 김 진사 댁에 갈 일 있는데 같이 가자꾸나"라고 했다.

두 아이들을 제 집으로 가는 길에서 헤어져 보내고 나서는 모자가 나란히 논두렁길을 걸었다. 벼가 한창 푸르러지고 있었다.

"김 진사 댁은 별고 없지요?"

"글쎄, 나도 오랜만에 기별을 받았다. 이번엔 너도 꼭 데려오라고 어찌나 당부하시는지."

"보리 작황이 어찌되는지 궁금하신 게지요."

그는 담담하게 말했다.

김 진사 댁은 태성이네가 땅을 빌려 농사짓는 지주 댁이다. 작년에 태성이 다니던 학교가 폐교당한 후로 태성은 소작 농사에 전념하고 있었다.

"첫 해니까 전년만큼 기대하진 않는다고 하시더라. 그렇지만 언제까지 농사를 지으려는 거냐? 다시 공부를 해야지."

태성 모의 표정에는 안타까운 빛이 가득했다.

"공부를 다시 해서 뭐 하나요? 어차피 길이 없어요. 일제 치하가 되고부터는 학교다운 학교들은 줄줄이 폐교당하는 마당이에요."

"대성학교**는 복교될 전망이 없는 거냐?"

"네. 쉽지 않을 거예요."

대성학교는 민족 운동가들이 평양에 세운 이름난 민족사학으로, 태성이 작년까지 다니던 학교다. 애국정신을 지닌 인재 양성을 통해 위기에 빠진 나라를 구하겠다는 취지로 이 학교가 평양에 설립되었을 때, 인근 주민들 사이에서 교육이념보다 더 큰 반향을 일으킨 것은 출신에 관계없이 학생을 모집한다는 점이었다. '공부란 양반들이 하는 것이며 서당은 양반 자제들이 푸른 모자(복건)를 자랑스럽게 날리며 공부하러 다니던 곳'이라는 기억이 선명한 사람들에게 양반 상민 가리지 않고 학생으로 받는다던 학교는 아직도 도무지 실감이 나지 않았다. 그들의 이해를 돕기 위해서인 듯, 학교는 첫날부터 모든 학생들의 긴 머리를 잘랐다. 상투도 댕기머리도 자르고 서양식 짧은 머리를 해야 했다. 머리 모양만 보면 반상班常의 구분이 되지 않았다. 그들은 한 책상에 앉아 같은 내용의 공부를 하고 동일한 대우를 받았다. 그들은 구국의 인재가 되겠다는 목표를 가지고 공부했다. 사람들은 학교를 통해 세상이 달라졌다는 것을 가장 크게 실감했다.

그 무렵 세워진 근대식 민족사학 가운데서도 평양의 대성학교는 학생의 수준도 높고 교육 내용도 훌륭하다는 인정을 받았다. 그러나 애국 애족 정신을 고취시키는 교육이 못마땅했던 일제는 학교를 강제 폐교했고, 졸업을 1년 남겨 둔 태성은 졸업장도 받지 못하고 집으로 돌아왔다. 그 후 그는 어머니를 도와 농사일에만 힘을 쏟고 있었다. 태성 모는 그것이 못내 아쉬웠다.

"그럼 다른 학교에 가보지?"

태성 모는 아들의 땀에 젖은 짧은 머리를 옆에서 바라보며 물었다.

"다른 곳도 사정은 마찬가지예요."

태성은 심드렁하게 말했다.

"현이 도련님이 서울에서 잠시 내려왔다더라."

현은 지금 찾아가는 김 진사 댁 큰아들이다.

"그래요?"

"오늘 혹시 도련님 만나면 서울 학교는 어떻게 갈 수 있는지 알아보거라. 학자금이 얼마나 되는지도…."

"어머니, 이제 학교 얘기는 그만하세요. 저는 평양 안 떠나요."

어느덧 김 진사 댁에 다다랐다. 진사 부인은 방안에서 그들을 맞았다.

"어서 오게. 오, 태성이도 왔구나."

목소리는 다정스러웠지만, 눈빛은 거만하게 빛났다.

진사 부인 오씨는 태성 모와 한 고향에서 자란 먼 친척 간이었다. 고향과 거의 교류가 단절되어 살아가고 있던 태성 모는, 오년 전쯤 평양에서 유명한 부잣집 잔치 허드렛일을 도우러 갔다가 그곳 주인마님이 되어 있는 어렸을 적 소꿉놀이 친척 동생 오씨 부인을 만난 것이다.

가난한 양반집 출신인 오씨 부인은 자신보다 스무 살이나 많고 상처한 홀아비인 김 진사가 부자라는 이유로 혼인을 결심하였다. 시집

온 후 그녀는 곧 대를 이을 장손을 낳았는데, 그가 현이었다. 현은 이제 잘생기고 총기 있는 스무 살 청년이 되었고, 경성에서 손꼽히는 신식 학교에 다니고 있다. 그녀의 낙은 아들 현이 눈부시게 장성해 가는 모습을 보는 것과, 부자 양반의 위세를 은근히 누리는 것이었다.

오씨 부인에게 태성 모는 이 두 가지 자랑을 마음껏 할 수 있는 반가운 상대였다. 그러나 먼 타향에서 만난 친척 언니라서 그런 것은 아니었다. 태성 모는 안타깝게도 이제 절대로 가까워질 수 없는 상민인 것이다. 어찌됐든 태성 모는 오씨 부인을 만난 덕에 생계에 조금의 혜택이라도 얻게 되는 것이 꿈만 같았다. 게다가 작년에는 태성이 학교를 그만두었다는 소식을 전하자, 오씨 부인은 조그만 땅뙈기를 빌려주며 소작을 허락했던 것이다.

태성은 어머니와 오씨 부인을 남겨 두고 밖으로 나와서는 참고 있었다는 듯 한숨을 크게 내쉬었다. 그는 무엇 때문에 괴로운지 알지 못했다. 작황 보고는 잘 끝난 편이었다. 소작 첫해 치고는 그럭저럭 진사 부인이 만족할 만한 성과였던 것이다. 그러나 진사 부인을 어머니와 함께 만날 적마다 예민해지는 것은 사실이다.

그렇다고 태성이 소심하거나 내성적인 성격은 아니었다. 그 시대 상민 이하 신분의 사람들이 그러하듯 자신이 누구이며 무엇을 원하는지에 관해 체계적으로 생각하는 훈련을 받지 못하고 살아왔기 때문에, 그는 무언가에 마음이 부대낄 때에도 그 원인을 찾아내기가 힘들었다.

이를테면 그들의 인생은 양반들의 그림자와 같은 삶이었다. 양반들이 덥다고 느끼면 그들 옆에서 부채를 부쳐 주거나 그마저도 없으면 몸으로 막아 그늘이라도 되어 주어야 했다. 양반들이 어느 곳에 가야겠다고 마음먹으면 그들의 말을 몰거나 인력거를 끌거나 그도 저도 여의치 않을 때는 등에 업고 가기라도 해야 했다. 그렇게 살면서 정작 자신들의 더위나 추위, 배고픔의 느낌들, 어디를 가고 싶다거나 어떤 일을 이루겠다는 욕구들은 뇌로 전달되기도 전에 잃어버려지고 마는 것이었다. 흔히 속된 말로 상놈들은 생각이 모자란다든가 생각이 없다는 식의 말은 공정한 평가가 아니다. 그들은 생각을 해도 그것을 실행할 수 있는 상황에 놓여 있지 않기에 생각하는 기능이 억제되다가 퇴화되는 것이다.

그런 맥락에서 이 무렵 태성의 능력이나 개성에 대한 단정적인 언급은 의미가 없을 것이다. 대신 이렇게 표현하면 어떨까. 그의 자질, 개성, 생각은 아직 열리지 않은 상태라고. 그것들이 앞으로 개화될 수도 있고, 그렇지 않고 꽃눈째 떨어져 버릴 수도 있다고.

'현이 돌아왔다고 했지!' 태성은 현이 돌아왔다는 사실을 떠올리고는 정체 모를 괴로움을 가라앉히려는 듯 고개를 젓더니 안채 뜰을 둘러보았다.

마음 둘 곳 없는 태성을 좋아하고 감싸주는 사람이 현이었다. '먼 옛날 친척이었지만 지금은 집안 하인'이라는 어머니의 애매한 설명에도 불구하고 현은 태성에게 마음이 갔다. 둘 다 형제 없는 외아들이기에 더욱 그러했다. 조심스러웠던 태성보다 적극적이었던 것은 현이었다. 그는 자신이 다니던 서당에 태성을 처음에는 책 들어 주는 심부름꾼으로 데리고 다녔다. 태성이 총기를 보이자 한문을 배우게 하고, 대성학교에도 훈장과 아버지 진사의 추천을 받게 해서 함께 진학했다. 그러나 둘의 대성학교 학창 생활은 오래가지 못했다. 폐교 후 고향으로 내려온 태성과 달리 현은 중단된 학업을 잇기 위해 서울의 학교로 유학을 갔다.

"태성아! 여기 있었구나. 네가 온다는 전갈을 듣고 너를 찾고 있었다."

현의 얼굴은 반가운 미소로 빛나고 있었다.

"반갑다. 잘 지냈니? 나도 어떻게 하면 네 얼굴을 보고 가나 이러고 있었어."

태성이 희미한 미소로 화답하며 현이 내민 손을 굳게 잡았다.

마주 선 두 사람은 키가 크고 마른 것이 멀리서 보면 형제로 보일 정도로 비슷했다. 짧은 신식 머리와 넓은 어깨를 반듯이 편 모습도 닮아 있었다. 물론 가까이서 보면 차이는 확연했다. 몇 달 못 본 사이에 현은 서울에서 유학하는 인텔리 청년답게 변모해 있었다. 현의 날렵해 보이는 턱선이 희고 반듯한 신식 셔츠 칼라 사이로 돋보였다. 흰 셔츠는 그날 아침 오씨 부인이 하녀를 시켜 공들여 다려 준 것으로, 줄이 잘 선 감색 양복바지와 잘 어울렸다.

태성은 문득 고개를 들어 현을 바라보았다. 그 눈빛은 나를 편하게 보아 달라고, 나를 친구로 대해 달라고 말하고 있었다.

"이번에 위험했다며? 너의 어머니께서 며칠을 우셨단다."

"그래. 한일합방 후에는 정말 뭘 좀 하려 해도 불법이 되니… 무슨 일을 좀 시작하기도 전에 줄줄이 연행부터 된다니까….'

"안창호 선생님은 안전하신 거냐?" 태성이 물었다.

"중국에 가셨어. 이번엔 모두들 체포되실까봐 노심초사했다. 거의 탈출 작전에 가까웠지. 말이 되냐? 일제가 무려 160명을 연행했어. 이런 식으로 나오면 민족운동은 절대로 뿌리내리지 못해."

현은 깊은 한숨을 쉬었다.

"너도 연행됐었구나, 그렇지?"

"속일 수 없구나. 태성이 너 예리한 건. 놈들에게 고문 좀 당했다.

난 운이 좋은 편이었어, 학생이라고. 하지만 결국 105명이나 수감되어 재판 중이다."

"태성아, 너도 같이 가자, 나와 함께. 지금 우리나라는 너 같은 인재가 필요해."

현은 갑작스런 자신의 말에 멍한 표정을 짓는 태성을 바라보며 말을 이었다.

"제발 고리타분한 신분 의식 따위 집어치워. 지금 조선은 독립을 위해 신흥 시민, 신지식층이 다 함께 손잡고 있어. 양반들만 하고 있는 일이 아니야!"

"…."

"태성아…!"

"그런 얘기는 지난번에 헤어질 때 이미 다 하지 않았니? 너도 내가 고민할 만큼 한 걸 잘 알지 않냐."

"알아. 오래 같이 서울에 있자는 얘기가 아냐. 서울은 그 난리를 치고 있는데… 이곳에 와보니 너무 평온한 거야. 지금이 일제강점기인지 아닌지 분간조차 안 가. 모든 것이 10년 전과 다름없어. 일제와 싸우려면 온 백성이 힘을 합쳐도 부족할 판인데. 그저 하루하루 먹고 살 걱정만 하고 있어. 태성아, 오래 붙잡진 않겠다. 잠시 가서 배우고, 다시 고향에 돌아와서 여기 사람들을 계몽시켜 줘."

"계몽? 네가 미처 모르는 사실이 있는 것 같은데… 나에겐 너 말고 너와는 다른 많은 친구들이 있는데… 실은 너는 내가 친구로 받아 준 단 한 명의 다른 부류 사람이지. 내 친구들은 생각 따윈 하지 않아. 하루 종일 논에 가서 모 심고, 산에 가서 나무하고, 돌아와서 앞마당에서 장작 패지. 그렇게 종일 일해도 끼니거리로 돌아오는 거라곤 반도 채워지지 않은 잡곡밥과 냉수 정도야. 쉬고 싶어도 배가 고파서 쉬어지지 않아 한밤에 이집 저집 몰려다니며 술 몇 병과 음담패설로 젊은 혈기를 달래는 추잡한 작자들이지, 나와 내 친구들은. 생각 따윈 안 해, 우린. 아마 우리가 생각하게 되면 억울한 일이 너무 많아서, 화병 나 죽을 거다." 태성의 눈가에 분노가 어렸다.

"태성아! 왜 그래? 내 말은 그런 뜻이 아니잖아!"

현은 당황해서 말했다. 태성이 이렇게 정색하며 자신의 마음을 드러낸 것은 처음이다.

"내 말은 그대로 그런 뜻이야. 계몽! 하기 어려워. 일제와 싸워 이기는 것보다 더 어려울 거야. 하루 종일 일해도 배곯는 이들을 붙들고 밤에 글공부를 가르칠까? 글공부가 머리에 들어올까? 우리 아버지들이 너무 살기 힘들어 군수가 수탈하지 못하게 해달라고 사정했더니, 청나라와 일본에게 군사지원을 요청해서 원수 대하듯 짓밟도록 허락한 것이 나라님이라고 말해 줄까? 네 말대로 을사늑약이 맺어지기 전이나, 한일합방이 된 후나 달라진 건 없다. 그저 제복 입은 일정들이 더 자주 얼씬거리는 정도? 그들 중 일부는 양반 지주 댁으로부터 정기적으로 후한 대접을 받는다지?"

"태성아….."

"이만 먼저 갈게."

현은 멍한 표정으로 떠나는 태성의 뒷모습을 바라보았다.

며칠 뒤 현은 보리밭에서 일하고 있는 태성을 싱글싱글 웃는 얼굴로 찾아갔다. 현은 천성이 너그러울 뿐 아니라 태성을 좋아했다. 태성도 이런저런 마찰이 있을 때마다 친구의 처지를 헤아려 한 걸음 더 다가와 주는 현이 고마웠다.

현은 그들이 대성학교에 가기 전에 다니던 서당의 훈장인 이 생원께 함께 인사 가자고 설득했다. 현과 태성은 전통 교육기관인 서당을 졸업하고 신식 상급학교에 진학한 전환기 학생 세대였다. 근 몇 년 사이 소학교가 많이 생기면서 어린 소년들도 학교로 신식 학문을 배우러 갔다. 평양의 내로라하는 양반 자제들이 와서 배우던 시절에는 양반들로부터 학비와 후원을 넉넉히 받는 명사였지만, 이제는 서당과 함께 잊혀져 가는 '훈장 이 씨'였다.

서당으로 가는 길의 풍광은 예전과 다름없었다. 현과 태성은 들판을 가로지르고 버들개지가 파랗게 자라 강바람에 흔들리는 강나루 앞까지 이르렀다. 여기서부터 서당까지 가는 수십 가지 샛길들을 떠올리며, 그들은 학동 시절로 돌아간 듯한 느낌이 들었다. 장난치며 걷고, 앞서거니 뒤서거니 뛰어다니던 숲속과 들판이지만, 오가는 길에 한 번 이상씩은 〈소학〉과 〈명심보감〉을 암송해 보아야 했다. 서당에 가면 훈장님 앞에서 외워 보여야 했고, 못하면 회초리가 기다리고 있었던 것이다. 현과 태성은 누가 먼저랄 것도 없이 수없이 외고 외던 소학의 한 구절을 암송하기 시작했다.

兄弟怡怡(형제이이)하야 형제는 서로 화합하여
行則雁行(행즉안행)하라 길을 갈 때는 기러기 떼처럼 나란히
가라.

어렸을 적에는 이 부분을 암송하며 양 팔을 기러기 모양으로 옆으로 펼치곤 했다. 현도 태성도 몸을 비스듬히 구부리고 어깨를 나란히 하고 날 듯이 천천히 달리던 어린 날 친구의 모습을 떠올렸다.

寢則連衾(침즉연금)하고 잠잘 때는 이불을 나란히 덮고

食則同牀(식즉동상)하라　밥 먹을 때는 밥상을 함께하라.

이 부분은 현이 특히 좋아하던 구절이다. 태성은 자기 집에서 태성과 한 상에서 밥을 먹지 못하는 것을 마음 아파하던 현의 눈빛을 떠올렸다. 태성은 즐거워 보이는 현의 옆모습을 바라보며 생각했다.

현은 태성의 암송 소리가 들리지 않자 오른팔로 태성의 어깨를 쳤다. 태성은 곧 다음 구절을 암송했다.

兄無衣服(형무의복)이어든　형이 의복이 없거든

弟必獻之(제필헌지)하고　아우가 반드시 드리고,

弟無飮食(제무음식)이어든　아우가 음식이 없거든

兄必與之(형필여지)하라　형이 반드시 주어라.

현은 서당 오가는 길에 자신이 가르쳐 주는 구절들을 마지못해 따라하여도 곧 차례로 외어 내던 태성을 기억했다.

그다음 구절은 둘 다 암송에 집중하여 그들의 목소리는 한 소리처럼 들렸다. 그들의 소리는 푸르게 우거져가는 숲속의 나뭇잎들 밑에서 시원하게 울림을 만들어 내며 퍼졌다.

一杯之水(일배지수)라도　한 잔의 물이라도

必分而飮(필분이음)하고　반드시 나누어 마시고

一粒之食(일립지식)이라도　한 알의 음식이라도

必分而食(필분이식)하라　반드시 나누어 먹어라.

훈장의 집은 퇴락하여, 울타리 옆 느티나무에 봄에 새로 돋아난 푸릇푸릇한 잎들 덕분에 간신히 초라함을 면하고 있었다.

방안에 들어서자, 현과 태성은 절을 하여 오랜 스승에 대한 예를 갖췄다. 공손하게 무릎 꿇고 앉은 두 제자를 바라보는 노 훈장의 주름진 얼굴에는 흐뭇한 기색이 스쳤다.

"너희들은 내가 가르친 학동 가운데 가장 뛰어난 학생들이다. 대성학교에서도 훌륭한 성적을 거두었다고 들었다. 하늘이 준 재기才氣를 썩히지 말고 나라를 위해 아낌없이 사용하여라."

"그렇지요, 스승님? 태성이는 정말 이렇게 있기엔 너무 아깝지요?"

현이 얼른 말을 받았다. 그는 훈장에게 태성이를 격려하여 독립운동 전선에 나설 수 있는 용기를 얻게 해달라고 미리 부탁해 놓았던 것이다.

"제겐 과분한 칭찬이신 줄 잘 압니다… 그러나 저는 그럴 위인도, 상황도 못 됩니다."

태성이 말했다.

"네가 처한 상황을 내 모르는 바 아니나, 현실만 바라보지 마라. 모든 것은 이어져 있다. 심지어 동·서양도. 동학, 서학도… 열린 마음으로. 너에게도 양반의 피가 반이나 흐르지 않느냐. 그걸 부정하지 마라. 남들이 어떻게 생각하든."

그것은 훈장이 현의 간절한 눈빛을 바라보며 끌어올린 최대의 축사였다. 말을 마친 훈장은 자신이 그렇게 열린 마음의 소유자라는 사실에 스스로 만족스러운 듯 온화한 미소를 지었다.

며칠 후 현은 서울에서 함께 독립운동하는 선배가 보낸 편지를 받았다. 동료 가운데 이동명이라는 사람이 일제 경찰에 쫓겨 평양으로 올라오는 중이라고 했다. 당분간 미국에 도피해 있었으면 하는데, 평양에 있는 미션 스쿨인 평안여학교에 주선을 부탁해 달라는 것이었다. 평안여학교의 벤튼 선교사에게 보내는 서신도 동봉되어 있었다. 평안여학교는 선교사에 의해 오륙 년 전쯤 평양에 세워진 첫 여학교였다. 초기에는 학생 모집에 많은 어려움을 겪었지만 그 즈음엔 평민뿐 아니라 양반 여식도 입학을 원할 정도로 평판이 좋아지고 있었다.

현은 서울에서 민족 운동에 앞장서는 미션 스쿨의 남녀 학생들과 여러 번 만났지만, 교회에 가본 적은 없었다. 그러나 이번 일은 여학교에 찾아가는 것보다는 여학교와 이웃해 있는 같은 교단에서 운영하는 교회 집회에 가는 것이 자연스러울 것 같았다. 특히 수요일 저녁에 예배가 있다는 사실을 알고, 눈에 띄지 않으려면 그 시각이 더 낫겠다고 판단했다.

현은 태성에게 찾아가 도움을 청했다. 혼자 가는 것보다 둘이 가서 기회를 엿보는 게 좋을 것 같아서였다.

"네가 위험해질 수도 있는 일이냐?"

잠시 생각하는 듯하다가 태성이 물었다.

"글쎄… 그렇게 심각한 일은 아니야." 현이 말했다.

"그런 거라면 하인에게 시킬 수도 있었겠지….”

"…괜히 어머니 귀에 들어가면 그게 더 위험한 일이지."

현은 아무렇지도 않게 너스레를 떨며 말했다.

"그리고 이 기회에 평양 여학생들도 볼 수 있고.… 재밌을 것 같지 않냐?"

"일정들이 평양까지 추적해 올라온 인물이라면 요주의 인물일 가능성이 높은데… 넌 빠져라. 내가 할게." 태성이 말했다.

"뭐야? 태성이 너, 여학생 있다고 하니까 혼자 하겠다구?"

"그, 그게 아니라…."

태성이 당황하는 모습에 현은 웃음을 터뜨리며 말했다.

"그러니까 같이 하잔 말이야. 네 맘에 드는 여학생을 찾으면 내가 밀어 줄게."

"농담은 그만하고… 기왕 할 거면 치밀하게 계획하자. 난 네 어머님이 날 붙들고 울고 원망하시는 말 듣고 싶지 않다…."

다음날인 수요일 저녁에 둘은 평양 평안교회로 출발했다. 그들은 똑같은 흰 두루마기를 입고 있었다. 현은 태성의 두루마기를 빌려 입었다. 아무래도 교회 집회에는 양반 복장이나 신식 셔츠 바지 차림보다는 평양 사람들의 평범한 외출 복장이 눈에 덜 띄리라 생각한 것이다. 이미 어둑어둑해지고 있었고, 교회 안으로 들어가는 성도들은 큰 소리로 잡담을 나누는 사람 하나 없이 조심스러운 모습이었다. 아직 기독교가 생소한 이 나라에서 불필요한 얼굴과 신분 노출을 가능한 한 피하고 싶기 때문인 듯했다. 현과 태성은 약속한 대로 각각 다른 문으로 입장했다.

태성이 찾은 옆문은 정문과 반대쪽에 있었다. 큰길가에 노출되어 있는 정문에 비해 주택가와 가까운 뒷길 쪽에서 들어가는 비교적 작은 문이었다. 태성은 교인으로 보이는 장옷 쓴 여인들을 따라 문 안으로 들어갔다. 작은 정원에 붉은 철쭉과 분홍빛 감도는 흰작약이 서늘하게 내리는 저녁 이슬을 맞으며 소담스럽게 피어 있었다. 옆 건물도 이 뜰로 통하는데, 현이 말한 여학생을 위한 미션 스쿨임이 분명해 보였다. 장옷을 쓴 몇몇 여인들이 그쪽 건물에서 나와 예배 처소로 바삐 걸어가고 있었다. 태성도 어둠이 내려 푸르스름한 복도를 따라 걸어갔다. 그때 뒤에서 한 목소리가 그를 불러 세웠다.

"저, 거기 가시는 분… 잠시만요…."

장옷을 둘러쓴 여인이 멀찍이서 말하고 있었다.

"저 말입니까?"

태성은 자신이 들어도 어색한 목소리로 물었다.

"어디 가시나요?"

여인도 자신이 먼저 남자에게 말을 걸었다는 사실에 당황해하는 듯했다. 고개를 숙이고 들지 않았다. 그러나 집요했다.

"집회에 가지요."

태성은 자신의 정체가 발각되었나 싶어 두근거리는 가슴을 억누르며 애써 태연하게 말했다.

"어머나… 아, 안 돼요!"

"아가씨, 저는 오늘 집회에 가면 안 됩니까?"

이쯤이면 이판사판이다. 태성은 한두 번 집회에 온 것이 아니라는 듯 대담하게 그녀를 쏘아보며 말했다.

"아유, 죄송해요. 왜 안 되시겠어요. 그게 아니라… 여기는 아니에요."

다급하던 그녀의 목소리에는 이제 웃음기마저 살짝 배어 있었다.

"…."

태성은 여전히 어두운 가운데 장옷을 둘러쓴 채 고개를 숙이고 있는 이 여인의 얼굴을 까만 두 눈동자 외에는 전혀 볼 수 없었다.

"여기는 아녀자들이 들어가는 길이에요. 저쪽으로 가세요. 아, 아니, 가시라는 뜻이 아니라, 꼭 들어오세요."

그녀는 그를 모욕하지 않으려고 애쓰다 또 말을 헤매는 자신이 우스워서 조그맣게 웃었다.

"이거 큰 실례를 했습니다."

태성은 얼굴이 순식간에 붉어짐을 느끼며 짧게 목례를 하고 그 자리를 떠났다.

'휴, 태성이 너, 네가 무슨 큰 인물이라고 벌써 발각되겠냐.'

태성은 한숨을 내쉬며 여인이 알려준 대로 정원을 돌았다. 곧 두루마기 차림의 남자들이 입장하는 모습을 보았고, 그도 대열에 합류했다. 그때 등 뒤에서 누군가 치기에 돌아보니 현이었다. 현이 그의 귓속에 대고 말했다.

"어떻게 된 거야? 넌 저쪽 문으로 들어가기로 했잖아?"

"말도 마라." 태성은 고개를 저으며 말을 이었다.

"뭐야? 무슨 일이야?" 현이 어이없는 눈빛으로 말했다.

"쉿! 들어가 보면 알아."

둘이 예배당 안에 들어가서 처음 본 것은 흰 천이 휘장처럼 가운데에 드리워진 것이었다. 그 생뚱맞은 천만 아니었으면 정성들여 지은 듯한 예배당은 매우 단정하고 경건한 느낌이었다. 앞쪽에는 청중석보다 조금 높은 강단이 있고 중앙 강대상 뒤 벽에는 커다란 나무 십자가가 달려 있었다. 조용히 울려 퍼지는 오르간 소리와 함께 기둥에 걸린 남포등의 노란 불빛이 예배당 내부를 경건하고 따스하게 채우고 있었다.

그러고 보니 둘이 들어온 공간에는 남자 일색이었다. 남자들만이 온 순서대로 줄을 맞추어 나란히 앉고 있었다. 여자들은 흰 천 너머 저쪽에 앉아 있는 듯 기척이 들렸다. 남자와 여자는 들어오는 입구 자체가 달랐고, 흰 천으로 철저히 구분되어 있었다. 시대가 변했어도 아직 남녀칠세부동석이라는 유교 전통까지 쉽게 바뀔 수는 없었다. 교회에서는 남녀가 부끄럼도 없이 한곳에 모인다는 말이 세간의 오해임을 알 수 있었다.

"오, 너 그럼 저기 앉을 뻔했구나!"

현이 흰 휘장 너머를 가리키며 태성의 귓속에 대고 놀렸다.

"웃지 마라. 장난 아니다."

웃음도 잠시, 둘은 서신을 어떻게 전할 수 있을지 막막해졌다. 편지에 쓰여 있기로는 분명 미스 벤튼이라는 선교사에게 직접 전하거나 그녀를 통역 등으로 보좌하는 '인설'이라는 한국 여성에게 전하라고 했다. 그런데 이렇게 여성과는 애초부터 분리되어 있으니 과연 이들을 만날 기회가 있을까 걱정되었던 것이다. 게다가 평소와 달리 출장으로 부재중인 벤튼 선교사 대신, 방문 왔다는 미국인 남자 목사에 의해 진행된다고 했다. 그때 젊은 조선 여인이 중앙에 올라왔다. 한복을 입은 이 여인은 대담하게도 얼굴을 드러내고 외국인 목사 옆에 서서 통역을 시작했다. 저 여인이 인설일까?

한편 태성은 그녀의 얼굴을 무심히 바라보다 깜짝 놀랐다. 어쩐지 아까 정원 통로에서 만난 여인인 듯했던 것이다. 장옷 아래로 보이던 두 눈 외에는 아무것도 보지 못했기에 확신할 수 없었다. 단지 체구가 비슷했고, 맑고 또렷한 목소리가 비슷하게 느껴졌다.

어느덧 예배가 끝나 가고 있었다. 현은 초조해졌다. 어떻게든 눈에 띄지 않고 확실하게 서신을 전해야 했다. 마지막 기도가 시작되었다. 장중한 오르간 소리가 울려 퍼지며 성도들 모두 눈을 감고 기도하는 가운데, 백인 목사와 통역을 했던 여성이 통로로 걸어 나갔다. 이 기회를 놓치면 안 된다. 현은 벌떡 일어나 그들 뒤를 따라 나왔다. 제발 모두들 신심이 깊어서 눈을 뜨는 사람이 없기를.

"혹시, 인설 씨입니까?"

현은 상대가 잠시 놀랐다가 고개를 끄덕이자마자 말을 이었다.

"벤튼 선교사님께 빌린 성경입니다. 꼭 직접 전해 주십시오."

현은 편지를 끼워 넣은 성경을 불쑥 내밀었다. 그 여성은 확실히 엄청나게 놀란 듯했지만, 무언가 비밀스러운 작전인 줄 눈치챈 듯 더 묻지 않고 총총히 가버렸다.

다음날 아침, 인설은 눈을 떴다. 그녀는 어젯밤 중책을 맡았던 긴장감이며, 그 모든 것이 다 잘 끝난 것을 기억하고 만족스러운 미소를 지었다. 그녀는 이제 열여섯 살로, 숙면을 취한 아침이면 얼굴에 생기가 돌아 발그레한 나이였다. 그녀의 반듯한 이마는 가운데 가르마를 하고 머리를 모두 뒤로 넘겨 하나로 땋은 조선 전통의 소녀 머리 모양을 아주 잘 어울리게 했다. 이목구비가 뚜렷하여 또래 소녀들보다 훨씬 성숙해 보였고, 회색이 도는 검은 눈동자는 예리하고 지적으로 보였다.

인설은 신설된 평안여학교의 첫 기숙 학생이 된 이래 지난 십 년간 평안여학교의 성장과 함께 자라났다. 이제는 졸업반 학생으로 학교 선생님들을 돕고 후배 학생들을 이끌어 주는 실질적인 보조교사는 물론, 선교사의 통역을 돕는 비서 역할까지 해내고 있었다.

그녀는 또래 학생들보다 배우고 적응하는 속도가 훨씬 빨랐다. 그들이 지닌 유교적 남존여비 같은 사고방식이 없었기 때문이었다. 그녀는 그런 것들로부터 벗어나고 극복하는 데 시간을 들일 필요가 없었다. 그렇지만 부모와 가정과 형제자매가 없어서 생기는 마음의 공백을 어린 그녀가 홀로 어떻게 이겨 냈을지 우리는 쉽게 상상할 수 없다. 선교사 선생님들은 그런 그녀의 공백을 억지로 채워 주려 하기보다 신을 추구하는 종교성의 텃밭이 되기를 바라며 조심스레 남겨두었다. 그 텃밭에 무엇이 자라게 될지는 수확기가 될 때까지 모를 일이었다.

이제 그녀는 학교 밖으로, 하나님이 은총으로 쳐주신 보호의 울타리 밖으로 나가기를 갈망하고 있었다. 문득 그녀의 얼굴에 미소가 피어났다. 엊저녁 두 번이나 마주친 두루마기 입은 청년을 떠올린 것이다. 서양식으로 짧게 자른 머리에 흰 두루마기가 왠지 빌려 입은 것처럼 어울리지 않았다. 예의상 얼굴은 똑바로 보지 못했지만, 태연하고 대담한 목소리며 무안함을 참고 깍듯이 목례하는 모습도 기억에 남았다. 인설은 머리맡에 둔, 예배 후 그가 전한 편지를 손을 뻗어 확인했다. 여인의 뜰에서 만난 사람과 편지를 전해 준 청년은 동일인이 틀림없었다. 그 길로 당당히 들어오다니, 분명 서신을 전하려는 목적으로 교회 안에 처음 들어온 것이겠지. 어쩌면 그는 서울에서 독립운동을 하는 학생인지도 몰랐다. 그녀는 빨리 미스 벤튼에게 이 편지 내용을 전보로 보내야겠다고 생각했다.

새 하루를 시작하기 위해 움직이는 인설의 볼이 발갛게 상기되어 보였다. 그녀는 의식하고 있었던 것이다. 어저께 스쳐 지나가듯 만난 청년을, 그 서늘한 목례의 기억이 자꾸만 그녀를 바깥세계로 부르는 것을.

현과 태성, 인설의 첫 만남은 매우 짧게 지나갔지만, 불과 열흘도 되지 않아 그들의 인생을 바꾸어 놓은 큰 일이 일어났다. 하룻밤 사이에 일어났던 그 일을 되도록 간략하게 서술하고 넘어가겠다.

벤튼 선교사와 윌리엄즈 교장은 고심 끝에 이동명의 미국행을 돕기로 했다. 일정에 쫓기는 독립운동 인사의 망명을 돕는 것은 늘 위험부담이 컸지만 선교부로부터 특별 부탁까지 받았던 것이다. 그들은 현에게 답신을 보내기를 일정日政의 의심을 피하기 위해, 돌아오는 수요일 저녁 예배 후 교인들이 일시에 쏟아져 나올 때를 틈타 기숙사로 통하는 뒷산 초입에서 만나 이동명을 데려가겠다는 것이었다.

수요일 저녁 현과 태성이 동명 씨와 함께 교회로 출발했다. 집회는 지난주와 비슷하게 진행되는 듯했다. 현과 태성은 지난번보다 조금은 여유를 가지고 주변을 관찰할 수 있었는데, 한밤에 집밖으로 나온 여염집 아낙네들이 많다는 것도 놀라웠지만, 야소교는 아녀자들의 종교라는 소문과 달리 참석한 남성들이 아낙네들 못지않게 많았다는 것도 놀라웠다. 또한 태성에게 놀라웠던 것은 다양한 신분의 사람들이 나란히 자리하고 있다는 사실이었다. 대부분 두루마기를 단정히 입고 앉아 있어 얼핏 양반인지 상민인지 한눈에 구별이 가지 않았으나, 조금 더 관찰하니 양반도 있고 상민도 있고 심지어 천민 계층도 있었다.

곧, 인설이 지난주와 다른 외국인 선교사와 함께 입장했다. 그녀는 여전히 침착하고 자연스러워 보였다. 현은 서울에서 이 아가씨보다 더 예쁘고 배움이 많은 여학생이나 신여성을 많이 보아 왔다. 그럼에도 이 여인의 시선과 동작 하나하나에 시선을 떼지 못하는 자신을 느끼고 있었다.

예배가 끝나고 인설은 학교 기숙사로 올라가는 오솔길로 가서 일행이 도착하길 기다렸다. 이동명 씨를 여학생 기숙사에 숨길 계획이어서 인설이 자원해서 이 일을 맡겠다고 했던 것이다. 이윽고 버드나무들이 아치형으로 서있는 길로 세 남자가 올라오는 것이 보였다. 인설은 흠칫 놀랐다. 상투머리에 갓 쓴 사람이 이동명 씨라고 알고 있었는데 다른 두 사람이 너무나 비슷했다. 두 사람 다 두루마리 복장에 보통보다 큰 키가 거의 같았고, 머리를 서양식으로 짧게 자른 것도 비슷했다.

"정식으로 인사드리죠. 제 이름은 현 그리고 이 친구는 태성이라고 합니다. 이분이 서울에서 오신 이동명 씨입니다."

현이 목소리를 낮추어 소개했다.

"안녕하세요. 저는 인설이라고 합니다. 두 분이 도와주실 일은 더 이상 없을 것 같아요." 인설은 일부러 빠르고 차가운 말투로 말했다.

"여기서부터는 산길을 따라 조금만 가면 됩니다."

그러나 현은 멀찍이 떨어져서 호위하겠다고 했고, 그렇게 그들이 묵묵히 걷고 있을 때 웬 술 취한 사내가 뛰어들었다. 그는 평안교회 교인인 성복 모의 남편으로, 후에 밝혀진 바에 의하면 밤에 집을 나가는 아내를 의심한 끝에 뒤를 밟다가 교회 앞에서 우연히 그녀 곁을 스쳐 지나간 이동명 씨를 오해해서 그의 뒤를 밟아 따라온 것이었다.

"게 섰거라. 남의 여자에게 손댄 놈아!"

그의 고성방가는 진정시키려 할수록 더 심해졌고, 멀리 순찰 중이던 일경日警을 불러들였다. 현은 태성에게 인설과 이동명 씨를 데리고 떠나라고 하고, 자신이 사내를 상대하다 일경과 맞닥뜨렸다. 현이 상황을 무마하려 했지만, 뭔가 이상한 낌새를 챈 일정이 몸을 돌려 기숙사로 난 오솔길을 향하려는 순간 더 생각할 겨를도 없이, 권총을 가진 일경과 몸싸움을 시작했다. 인설 일행이 간신히 기숙사에 도착할 무렵 그들의 귀에 '타앙' 하는 총소리가 들렸다.

태성은 다음날 은신처에 숨어 있는 현을 찾아갔다.

"눈은 좀 붙였냐?"

태성은 일부러 밝은 어조로 말을 걸며 방안으로 들어왔다.

"어. 이동명 씨는 안전하냐?" 현이 물었다.

"기숙사에서 하룻밤 자고 오늘 새벽에 안전한 곳으로 떠났대."

"다행이네. 정말 다행이야. 그 사람이 발각되었으면 여러 사람이 다치는 건데."

"일단은 안심인데, 이제부터가 문제야. 죽은 일경의 시체가 발견되어서 많이 시끄럽다. 참, 너는 정말 괜찮니?"

현은 말 대신 고개를 끄덕여 보였다. 잠시 후 그가 말했다.

"내가 죽는 줄 알았어. 그런데 그 주정꾼이 일경을 뒤에서 가격했어. 쓰러졌을 때 얼른 총을 빼앗다가 총알이 발사되었다."

"그래. 다행히 근처에 다른 일경이 없었고, 술 취한 사내는 그날 밤 인사불성이어서 아무 기억이 없나 봐. 인설 씨가 알려준 대로 그의 집에 데려가 고이 눕혀 놓았지. 그런데 이미 집에서 자기 부인을 의식을 잃을 때까지 패놓고 우리를 따라온 거였어. 쓰러져 있는 부인을 들쳐 업고 머시병원으로 가서 입원시켰지."

"수고 많았구나. 인설 씨는 별 일 없나?"

"병원에서 성복 어머니라던 그 입원한 부인 간호하고 있다더라."

태성은 망설이다 덧붙였다.

"네 걱정을 많이 하고 있어."

"나는… 떠날 거다." 현은 이미 생각해 놓은 듯 말했다.

그것밖엔 답이 없다는 것을 태성도 이미 알고 있었지만 차마 먼저 묻지 못한 말이었다.

"너 아직 수배자 아니야."

"곧 그렇게 되겠지. 일경들이 수사가 진행될수록 행적을 찾을 수 없는 나를 의심할 거야. 지금 집에 들어간다 해도 어차피 나중에 밝혀지면 부모님이 고초를 겪으시게 될 테고. 그리고 내가 떠나야 너도 의심 안 받아. 서둘러야 돼. 이삼 일 안에 떠나도록 도와줘야겠다."

"어디로 가려고?"

"만주. 무관학교에 입학해서 거기서 정식으로 독립운동에 참여할 거다."

인설은 머시병원에서 성복 모의 병상을 지키고 있었다. 학교에서는 충격에서 벗어나고 있지 못하는 인설이 의심을 사지 않고 잠시 쉴 수 있을 곳을 찾았고, 병원에서 성복 모를 간병하는 것이 가장 좋을 거라고 판단했던 것이다.

성복 모는 갈비뼈가 부러지고 얼굴에 심한 타박상을 입어 입원 치료가 필요했다. 또 언제 다시 그녀를 폭행할지 모르는 남편으로부터 격리가 필요하기도 했다.

인설은 오후 내내 그녀의 병상을 지켰다. 한 차례 천둥이 치더니 소나기가 지나갔다. 비가 그치자 창밖으로 보이는 먼지 덮였던 나무며 풀들이 한결 싱싱하게 살아났다. 얼마 지나지 않아 구름 낀 흐린 하늘에 노을이 비치며 잠시 분홍빛이 감돌았다. 다음 순간 대기는 어둠을 머금고 내려앉고 있었다.

인설은 병원 창문을 통해 자연의 변화를 바라보며 일생을 한 바퀴 다 경험한 듯한 기분이 들었다. 뭔가 채워지지 않은 상태, 그래서 끊임없이 갈망하는 마음… 그리고 화려하게 타오르다가 곧 사라지는 일몰의 광경에 한없이 마음이 끌렸다. 그녀는 사랑에 빠진 것이다. 그녀는 아직 자신이 무엇 때문에 그러는지 알지 못했다. 그것은 첫사랑이기 때문이었다.

일몰의 빛이 사라지고 병실도 어둑해졌다. 그때 문이 스르르 열리더니 한 사람이 그림자같이 빠르게 들어섰다. 창가에 기대어 섰다가 고개를 돌린 인설은 깜짝 놀랐다. 현이었다.

"인설 씨…."

현은 너무나 놀라는 인설을 보고 쉽게 다음 말을 잇지 못했다.

"인설 씨, 너무 놀라게 해서 미안합니다."

"아, 미안하다뇨. 되레 제가 놀라서 죄송해요…."

인설은 현의 핼쑥해진 얼굴, 초라해진 입음새를 보며, 하고 싶은 말도 문고 싶은 말도 생각나지 않았다.

"작전 날 밤 사건이 이 정도에서 마무리되어 정말 다행입니다."

잠시 침묵이 이어지다 현이 입을 떼었다.

"다행이라구요? 다행이라뇨!"

인설은 그의 말을 강하게 부정했다. "당신이 희생되었잖아요!"

"아뇨. 전 희생이라고 생각하지 않습니다. 저의 미숙한 작전으로 이동명 씨나 당신이 희생될 뻔한 걸 생각하면 오히려 저 자신에게 화가 납니다. 이번 일로 확실히 느꼈습니다. 저는 더 배워야 합니다. 일제와 잘 싸우는 법을."

인설은 전혀 예상치 못한 그의 말에 놀라서 그를 쳐다보았다.

'이 사람은 생각보다 훨씬 강한 사람이구나. 나는 이번 일로 이 사람의 인생이 망가졌다고 생각하고, 마음 아파하고 있었어. 그런데 이 사람은 그걸로 무너질 사람이 아니라, 더 큰 것을 바라보고 앞으로 나아가려는 사람이구나.'

현은 눈을 동그랗게 뜨고 자신을 바라보는 인설의 얼굴을 보았다. 인설의 얼굴에 자신을 위한 안타까움이 가득하다고 믿고 싶었고, 그렇게 믿자 그녀가 너무나 사랑스러워 보였다.

"실은 인설 씨가 괜찮은지 너무나 궁금해서 왔습니다. 제가 여기 다녀갔다는 걸 일경 놈들이 알게 되면, 인설 씨가 위험에 빠질 수도 있는데… 잘 있다는 걸 확인했으니 가봐야겠습니다."

현은 말하며 돌아섰다.

인설이 현을 배웅하고 싶어 뒤따라 나왔다. 문밖 복도에 태성이 주위를 살피며 서있었다. 그의 얼굴은 이렇게 위험한 상황에서 인설을 만나겠다고 굳이 고집하는 현에 대한 불만과 걱정으로 굳어져 있었다. 그러다가 인설을 보고 고개를 살짝 숙이며 목례했다. 인설은 한 사람인 줄 알았던 두 사람을 자세히 보았다. 가까이 보니 얼굴이며 분위기가 분명 달랐다. 현은 얼굴이 하얗고 여유있어 보이는 편이었다. 그렇지만 그의 검은 눈은 명랑하게 웃는 듯 보이면서 남다르게 총명하고 날카로운 빛을 남긴 것 같았다. 반면에 태성은 그을린 얼굴에 잘 웃지 않았다. 표정을 잘 읽을 수 없고 쉽게 친해지기 어려운 사람 같은 분위기를 풍겼다. 인설은 우선 그것만으로 두 사람을 구별할 수 있다고 생각했다.

어둠이 깔려 가는 거리를 태성과 함께 서둘러 은신처를 향해 걸어가면서 현은 말이 없었다.

더 많이 알고 싶고, 더 많은 것을 함께 해보고 싶은 여인. 방금 보고 왔지만 또 보고 싶은 마음. 지금이라도 발걸음을 돌릴까 수없이 솟구치는 마음을 억누르며 그는 걷고 있었다. 보고 싶은 것을 참는 날도 이제 얼마 남지 않았다. 보고 싶을 때, 이국땅에서 그것이 아예 불가능하다는 것을 깨달을 때는 어찌 견딜 것이냐. 그는 아직 당해보지 못한 고통을 상상하는 것만으로도 괴로웠다.

현이 가려는 곳은 조선과 국경선인 압록강을 사이에 두고 있는 중국 만주 지역이었다. 그 광활한 땅 곳곳에 이미 많은 조선인이 살고 있었고, 일제의 조선 강점 이후 이주민이 더욱 늘어 가고 있었다. 개척지를 찾아 나선 농민들과, 조선 내에서 독립 운동이 한계에 부딪히자 차라리 국외에서 일제의 방해 없이 체계적인 독립운동을 준비해 가자는 뜻을 가지고 망명한 지사들도 많았다. 풍문으로만 듣던 곳, 상상 속에 동경하던 인물들이 있는 곳에, 자신이 망명하고, 그곳 무관학교 문을 두드릴 처지가 되다니, 현은 두렵고 설레었다.

"내일 새벽이구나…."

친구와 마지막 밤을 함께 보내려고 찾아온 태성이 현에게 말하였다.

"뭐 더 필요한 것, 챙겨야 할 것 없니?"

"없어." 현은 짧게 말했다. 그는 지도와 수첩을 오가며 뭔가 열심히 표시하고 적고 있었다.

"기차를 타면 신의주까진 편하게 갈 수 있을 텐데, 배로 가면 내륙까지 많이 걸어야겠구나. 그나저나 국경 넘어온 땅을 만주라고 부른다던데, 그 넓은 지역 어디에 갈지 정해 놓은 거냐?"

"아직 확실히 모르겠다. 아무래도 가서 내 눈으로 보고 판단해야겠어."

자신이 생각해도 막막한 듯, 현은 기지개를 펴며 태성을 돌아보았다.

"연해주 신한촌이 세워진 지 가장 오래되었으니 체계가 가장 잘 잡혀 있지 않을까? 그런데 근래 서간도와 북간도에도 독립운동 기지가 세워졌다니, 거기부터 돌아보려고. 지도에서 보면 신의주 위쪽 국경 지역부터 서쪽에서 동쪽으로 이동하면 되겠지."

"중국 본토 국경 지역부터 러시아 국경 지역까지라. 으음. 끝에서 끝이구나."

태성이 현의 어깨너머로 지도를 확인하며 말했다.

"실은 연해주 신한촌 독립운동기지에서 제일 먼저 연락을 받았어. 무관학교 설립을 위해 일해 보자고."

"그렇다면 아예 국내 내륙지방을 통해 함경도 끝까지 가서 두만강을 건너는 게 어때? 두만강 국경 넘어 조금만 더 가면 블라디보스톡이잖아."

"기후나 지리를 생각하면 그 루트가 조금 더 낫고, 일경 걱정하지 않고 가자면 헤매더라도 만주 땅을 누비는 게 낫고, 그렇다. 걱정 마라. 내가 설마 일제와 싸우기도 전에 비명횡사하겠냐."

"걱정은 무슨. 처음 가는 길이니까 조금 불편할 것 같아서 그러지."

태성은 현이 손가락으로 가리키는 곳에 가려면 헤아릴 수 없이 많은 날들을 앞뒤가 분간되지 않는 눈보라 속으로 목숨을 건 여행을 해야 하나 생각하고 있었다.

"그건 그렇겠지? 그렇지만 아무래도 서간도와 북간도를 먼저 보고 싶어. 특히 서간도에는 대성학교, 오산학교에 관계된 인사들 그리고 신민회 회원들이 많이 있대. 보고 싶어. 신민회 탄압으로 고생들 많으셨는데, 만신창이가 된 몸으로 그새 간도까지 가서 개척하고 계시다니. 거기서도 내 몫의 일이 꼭 있을 것 같아."

다음날 동트기 전까지 대동강 나루터에 가야 하기 때문에 그들은 일찍 잠자리에 들었다.

인설은 현이 떠나는 날짜를 알고 있었다. 그녀는 출발 전날 하루 종일 그로부터 전갈을 기다렸다. 혹시 현이 찾아올 수도 있다고 생각하고 학교에 남아 기다렸지만 그는 오지 않았고 아무 연락도 없었다. 날이 저물어 더 이상 교무실에 앉아 있을 수 없게 되어서야 그녀는 기숙사로 돌아왔다. 한밤중까지 기숙사 방안에 오래도록 앉아 있던 인설은 현이 그냥 떠날 생각이라는 것을 알았다.

다음날 새벽이 오기 전에 현과 태성은 강나루를 향해 출발했다. 사람들의 눈에 띄지 않는 시각에 배를 타려는 것이다. 대동강 강가에 도착하니 어둠이 가시려는데 배가 약속한 시간에 나타나지 않았다. 5월의 새벽이 어둠을 분초 간격으로 거둬가고 있었고, 나룻가의 안

개가 바람에 실려 흩어지고 있었으므로 모든 것이 희미하게 보였다 사라졌다 하고 있었다. 그때 강기슭을 따라 누군가가 서둘러 이쪽을 향해 오고 있는 듯했다. 급히 오느라 머리쓰개가 흘러내려 선명한 다홍 댕기가 보이는 그 여인은 인설이었다. 그녀는 현에게 곧장 다가왔다.

"어떻게 왔습니까?"

현은 긴장해서 자신도 모르게 무뚝뚝한 어조로 물었다.

인설은 당황하지 않고, 미소가 담긴 시선으로 말없이 그의 눈을 보았다. 그 미소는 '내가 왜 왔는지 정말 몰라요?' 하고 말하는 듯했다.

"저게 제가 타고 갈 배입니다."

현은 당황해서, 또 뭐라고 해야 할지 몰라서 이제야 도착하고 있는 배를 바라보며 말했다.

인설은 배 따위는 오든 가든 아무 관심도 없다는 듯 쳐다보지도 않았다. 그녀가 말없이 현에게 시선을 고정하고 서있는 바람에 현은 움직일 수조차 없었다. 마침내 그녀의 눈가에 눈물이 고였다. 더욱 당황한 현은 무슨 말을 해야 할지 아무 생각이 나지 않았지만, 어서 출발하자는 뱃사람들의 재촉을 피하기 위해 일단 그녀를 데리고 근처 잡목 숲으로 자리를 옮겼다. 인설은 현이 그녀가 나타날 것을 예상하지 못했고, 시간에 쫓기는 상황이라 더욱더 어쩔 줄 모른다는 것을 알았다. 그녀는 서둘러 마무리 짓기로 했다.

"어제 기다렸어요, 당신의 연락을."

그녀는 그가 당연히 해야 할 일을 하지 않은 것처럼 책망하듯 말했다.

"난 당신에게 아무것도 약속할 수 없는 몸이에요."

태성은 짐짓 신중한 어조로 말했지만, 자신이 이런 말을 솔직하게 하고 있다는 사실에 현기증이 날 지경이었다.

"현 씨, 그런 것은 문제가 되지 않아요…."

인설의 말이 아득하게 들렸다.

그 순간 날이 완전히 밝아졌다. 현의 눈앞에 희고 엷은 휘장 같던 안개가 걷히면서 5월의 맑고 화사한 아침이 열리고 있었다. 잿빛 대동강이 시원한 푸른빛으로 채색되었다. 떠오르는 태양이 그 위에 신선한 황금빛을 흩뿌려 주었다. 강물은 부드럽게 수면 위로 불어오는 미풍을 따라 나부끼듯 잔잔히 흘러갔다. 강가를 따라 심어진 버드나무들이 강바람을 타고 새잎이 돋은 연둣빛 어린 가지들을 쉬지 않고 흔들었다. 조금 떨어진 얕은 산언덕을 따라 크고 무성한 이팝나무들이 마치 강을 내려다보는 듯한 형상으로 서있었다. 이팝나무의 하얀 꽃송이들도 햇빛을 받아 반짝이며 바람에 쉴 새 없이 흔들리고 있었다. 그것은 마치 조선의 모시나 서양의 레이스로 만든 손수건들이 촘촘히 달려 손짓하는 것처럼 보였다.

"기다릴게요, 당신과 함께할 독립된 나라를."

그녀는 사랑스러운 고운 뺨을 홍조로 물들이며 말했다. 그리고 곁에 서있는 버드나무의 연둣빛 가지를 꺾어 현의 손에 쥐어 주었다.

인설의 시선은 예배당 강대상에서 뭇사람들 앞에서 얼굴을 드러내던 때와 마찬가지로 떨림 없이 당당했다. 마치 현이 반한 것이 자신의 바로 그 모습이라는 것을 알고 있는 듯했다. 현은 고개를 끄덕였다.

"저를 데리러 와주세요."

인설이 말했다. 그녀는 현이 압박받는 것을 원치 않았으므로 언제까지라고 못 박지 않았다. 대신 언제가 되든 기다리고 있겠다는 뜻의 미소를 지었다.

▲_현재는 동학란이라는 말에 부정적 의미가 있어서 동학전쟁을 비롯하여 다른 이름으로 부르는 것이 일반적이다. 여기서는 태성 어머니를 비롯한 그 당시 백성들이 동학란이라고 들었을 것으로 생각하여, 그녀의 입장에서 이렇게 나타낸 것이다.

▲▼_대성학교: 1908년 안창호가 평양에 설립한 중등 교육기관. 인재 양성을 통한 교육 구국 (敎育救國)의 이념 아래 ① 건전한 인격의 함양, ② 애국정신이 투철한 민족운동가 양성, ③ 실력을 구비한 인재의 양성, ④ 건강한 체력의 훈련 등에 교육 방침을 두었다. 1912년 봄 제1회 졸업생 19명을 배출한 뒤 일제에 의하여 폐교당하였다. 짧은 기간 동안이지만 정주의 오산학교(五山學校) 등과 함께 평안도 지방의 교육 구국운동에 앞장서 활발한 활동을 전개하여, 민족교육기관으로서 의의가 크다.

2
장
—

1915년, 평양:

평안여학교와 머시병원

현이 떠난 해, 인설은 평안여학교 1회 졸업생 다섯 명 가운데 우등으로 졸업했다. 평안여학교는 인설이 처음 학교에 들어왔을 때와는 비교할 수도 없게 학생 수가 늘어났다. 7년 전 설립 초기에는 선교사들이 평양 시내 가가호호를 다니며 학생을 모집했다. 그러나 파란 눈의 금발머리 서양인들을 생전 처음 보고 놀라 기절할 뻔한 사람들이 자녀들을 보내 줄 리 만무했다. 서양인이라는 귀신들이 아이를 잡아먹으려고 돌아다닌다는 소문까지 파다해졌다. 더구나 여아의 교육 필요성에 대한 인식도 낮았다. 여아는 집에서 농사일이나 집안일에 요긴한 인력으로 쓰이다가, 빠르면 초경을 하기도 전에 시집보냈다. 결국 학생 모집하러 나갔던 교사들이 데리고 온 학생들은 집이 너무 가난해서 한 입이라도 덜기 위해 맡겨진 계집아이, 사내를 바랐는데 딸을 낳아 처치곤란하게 된 첩의 아이, 병들었는데 형편상 치료하기 어려운 아이, 장애아, 고아, 눈먼 아이들이었다.

사람들은 이 학교 최초의 입학생이었던 인설도 이런 부류의 아이들 중 하나였을 거라고 뒤에서 수군거리곤 했다. 잡아먹으려고 데려간다던 사람들의 경악에 찬 우려와 달리, 그 여아들이 건강을 되찾고, 교양있는 숙녀들로 자랐다. 그것을 보며 사람들은 신기해했고, 태도를 바꾸어 그들의 딸들도 학교에 보내게 되었다. 여전히 가난한 가정의 딸들이 많았지만, 양반 지주나 신흥 부자들도 자기 딸들을 사립학교나 공립학교에 입학시켰다. 초기 선교사들이 도저히 깰 수 없을 것처럼 보였던, '여성은 교육이 불가하다'는 평양 사람들의 인식이 어느 시점부터는 얼었던 시냇물 녹듯 녹았던 것이다.

졸업 후 인설은 이제 학생이 아니라 보조교사 자격으로 신입생들이 듣는 영어회화 수업을 포함해서 신입생들의 생활지도를 도왔다. 그런데 이 무렵 같은 재단에서 설립한 머시병원(Mercy Hospital)ᐟ이 환자 수가 점차 늘어감에 따라 병원을 확장하였다. 병원 측은 통역 일손이 부족하자 평안여학교에 인력을 파견해 달라고 호소했다. 이 일을 감당할 만큼 준비가 된 사람은 인설 외엔 없었고, 상황을 알자 인설은 흔쾌히 자원했다.

병원 근무 첫날, 오전 수업만 마치고 서둘러 나서는 길이었다. 아직 쌀쌀한 3월의 공기를 가슴 깊이 들이마시는 인설은 들떠 보였다. 그녀는 해방감을 느꼈다. 기숙사 창밖으로 내다보기만 했던 세상에 드디어 발을 내딛었기 때문이다. 평양 사람들이 일하고, 어울리고, 저녁이 되면 들어가는 가정집들이 있는 공간에 들어왔다는 사실이 그녀를 설레게 했다. '가정!' 그녀는 주택가에 줄지어 있는 허름한 초가집들을 지나치며 생각했다. '내 아버지가 있고 내 어머니가 있고 어린 동생들이 뛰어놀고 있다면 당장이라도 어느 초라한 집 문이라도 열고 들어가고 싶다.'

20분 정도 걸으니 병원에 도착했다. 작년보다 병원의 외양은 많이 달라져 있었다. 신축한 부분이 붉은 새 벽돌로 지어 올려 산뜻해 보였다. 그녀는 나무로 된 문을 열고 들어섰다. 푸른 눈의 젊은 의사가 기다리고 있었다며 서투른 한국말과 영어를 섞어서 그녀를 반겼다. 그는 닥터 영이었다. 2년 전에 캐나다 온타리오 주에서 의료선교로 한국에 온, 신앙심이 깊은 청년이었다. 서양인치고는 작은 키에 동그스름한 얼굴이었다. 총명해 보이는 작은 두 눈이 테가 동그란 안경 뒤에서 깜박였다. 그것은 훗날에도 인설이 닥터 영을 기억할 때면 언제나 떠오르는 모습이 되었다.

그는 병원 설립자인 닥터 클라크가 작년에 본국으로 떠난 후, 후임 의료 선교사로 왔다고 했다. 그리고 함께 병원 진료를 책임지고 있는 또 한 명의 의사, 닥터 바네사를 소개해 주었다. 닥터 바네사는 미국 노스캐롤라이나 주에서 온 늘씬하고 아름다운 여의사였다. 독일계 미국인 혈통으로 엄격한 신앙교육을 받으며 자랐지만 부모님이 일찍 돌아가시는 바람에 어렵게 고학으로 대학을 다녔다고 했다. 그런데 학부 4학년 수업 중에 교수님이 "여러분이 자신을 위해 열심히 살다가 죽어서 천국에 가 주님을 만나 뵈었을 때 '너는 배고픔과 아픔에 시달리는 이웃을 위해 무엇을 하고 왔느냐?' 하고 물으시면 뭐라고 대답할 건지 생각해 보라." 하는 말씀에 의대에 진학하고 선교사가 되었다고 했다.

"그때 나는 끝나고 접시닦이 아르바이트하러 갈 생각에 수업에 집중하지 못하고 있었어요. 몸은 피곤하고 솔직히 늘 배가 고팠어요. 그런데 그날 교수님의 그 말씀이 내 머리를 쿵 하고 울렸어요. 눈물이 마구 흘러내렸어요. 그리고 절대로 주님을 그렇게 뵐 수는 없겠다고 생각했어요." 바네사의 말이었다.

바네사는 냉철하고 추진력이 강한 외과의였다. 의약품이나 수술도구가 절대적으로 부족한 가운데서도 수술실을 야무지게 꾸려 갔고,

수술 환자 받는 것을 두려워하지 않았다. 반면 내과의인 닥터 영은 매사에 느긋하고 의료 활동보다는 사람들 만나는 것 자체를 즐겼다.

병원에는 두 의사 외에 간호 보조와 세탁 요리 청소를 담당하는 두 명의 한국 여인이 있었는데, 그중 한 명이 성복 모였다. 인설은 성복 어머니와 반갑게 해후했다. 그녀의 남편은 작년에 중국에서 사업하는 친구와 동업한다고 집을 떠난 후 소식 한 장 없다고 했다. 열두 살 성복이도 처음 만났는데, 학교 다녀오면 병원 잔심부름을 하며 일꾼 노릇을 톡톡히 한다고 했다. 다른 한 여인은 점순네라고 불렸는데, 평안여학교에 최근 입학한 딸 이름이 점순이였다. 다섯 명의 병원 식구들은 일손이 심하게 부족한 차에 온 인설을 환영했고, 인설은 통역뿐 아니라 간호 보조 일까지 배워 돕게 되었다.

그해 여름에는 이질이 심해져서 병원이 이질 환자로 넘쳐났다. 보름가량은 병원 식구들이 총동원되어 환자들을 돌보아야 했다. 특히 고열과 탈수증으로 심각한 상태인 사람들은 입원실이 모자라서 병원 구석구석 빈 공간마다 임시 침대를 놓고 간호해야 했다. 닥터 영과 닥터 바네사는 숙소에서 잠을 자지 못할 정도로 바빴고, 인설도 학교에 돌아가지 못하고 일손을 도왔다.

더위가 한 풀 꺾이고 선선한 바람이 비치기 시작하자 병세도 고비를 넘긴 듯했다. 환자들이 집으로 돌아가서 임시침대가 하나씩 거두어질 때마다 병원 식구들의 긴장도 풀려 갔다. 닥터 바네사만이 여전한 기세로 회복기일수록 관리와 위생이 중요하다고 강조하며 침대 사이를 분주히 돌아다니고 있었다. 그때 그녀의 심기를 몹시 불편하게 만든 일이 있었는데, 맨발의 아이들이 병실 복도로 뛰어든 것이다. 그들은 입원 환자들의 아이들로, 전염 등의 이유로 병원 출입이 허락되지 않았다.

"닥터 영, 이게 다 웬일이에요? 어떻게 잡은 전염병인데! 이렇게 내버려 둘 거예요?"

바네사는 그 아이들과 놀고 있는 닥터 영을 보고 더 기막혀하며 말했다.

"바네사, 이 아이들은 부모가 눈앞에서 쓰러져 실려 가는 것을 본 아이들이에요. 동네 사람들 모두가 죽는다고 하던 아버지, 어머니가 살아났으니 어찌 안 기쁘겠소. 이곳이 이 아이들에겐 이를테면 천국과 같은 곳일 텐데 잠시만 놓아둡시다. 이렇게 기뻐하게."

그러나 닥터 바네사의 찌푸린 표정이 그의 말에 조금도 누그러지지 않자 닥터 영의 즐거운 목소리는 작아졌다.

"당신이 이러면 병원 직원들의 기강이 해이해져요. 제가 일하기 힘들어집니다."

"미안해요. 그런데 바네사, 나는 지금 우리 병원 홍보를 하고 있는 거요. 생각해 봐요. 평양 시민 대부분이 죽을지언정 푸른 눈의 양의洋醫가 있는 이 병원이란 곳에는 안 오려 해요. 이 아이들이 아까 말해 줬는데, 사람들이 이질 귀신보다 서양 귀신이 더 무섭다고 한다는 거요. 헌데 이 아이들은 서양 귀신 안 무섭다고, 가서 보고 오겠다고 했다는구료. 그러니 병원 구석구석을 다니며 찾아보게 해야 가서 뭐라고 할 말이 있지 않겠소."

"닥터 영의 말이 사실이에요. 서양 귀신 붙는다며 병원에 안 오는 사람들 많아요."

인설이 닥터 영의 말을 긍정했다.

"옳지, 인설 씨가 내 편을 들어주는군요. 아, 살았다!"

닥터 영은 다시 얼굴이 환해지며 인설을 보고 고마운 표정을 지었다.

"아뇨, 잊으셨어요? 전에 당신이 저랑 닥터 바네사는 천국에서 쌍둥이 천사였을 거라고 놀렸던 것을? 그건 그거고, 전 전적으로 닥터 바네사 입장과 같아요. 아이들은…"

인설이 말을 마치기도 전에, 한 아이가 바닥에 미끄러졌고, 인설과 바네사는 그리로 뛰어갔다. 그녀들은 닥터 영의 도움을 체념하고 아이들을 한데 모아 위생교육을 시작했다.

닥터 영은 두 열혈 여인들의 동맹으로 점점 더 고립되어 갔다. 이런 닥터 영에게 동조해 주는 우군이 나타났다. 서로가 생각하기에도 닮은 점이 전혀 없을 듯한 뜻밖의 인물, 태성이었다.

태성이 병원을 찾은 것은 초가을 석양빛이 길에 깔리는, 오후 진료 시간이 끝날 무렵이었다. 농사하다 발을 다친 김 진사 댁 소작농 친구와 함께였다. 작년 5월, 현을 보낼 때 이후 첫 만남이었다. 병원에서 인설을 만나고 뜻밖이라는 표정으로 반가워하는 태성을 보며 인설은 현을 다시 만난 것처럼 가슴이 두근거렸다. 닥터 영이 젊은 농부의 발을 처치하는 것을 인설이 보조하며 통역했다. 치료 중간에 그녀와 태성은 짧은 대화를 나누었다.

"여기서 만나게 될 줄은 몰랐네요. 그런데 이 병원은 어떻게 의사 선생님보다 통역사가 더 독하게 환자를 다루지요?"

"오해하지 마세요. 의사 선생님이 부드럽게 말한 것을 전 좀더 분명하게 말하는 것뿐이니까요."

"왜 그래야 하지요?"

"환자들이 어려운 결정 끝에 이 병원에 찾아오는 것이라는 걸 알고 있어요. 그러니까 꼭 효과를 봐야 하지 않겠어요. 그러려면 처방을 잘 지켜야 하구요. 그것이 환자를 위해서도 병원을 위해서도 좋답니다."

그녀는 한두 번 경험한 것이 아니라든 듯 당당하게 대답했다.

속으로 인설은 태성에게 묻고 싶은 말이 많았다. 현은 잘 지내고 있는지. 어디 있는지. 언제쯤 만날 수 있을지. 그러나 그중 어떤 것도 입밖으로 낼 수 없었다. 가슴이 너무 두근거려 생각만으로도 손가락이 떨려서 그것을 감추느라고 힘들었다. 잘 지내라고, 여기 있는 줄 알았으니 앞으로 가끔 또 오겠다고 하고 돌아서는 태성의 뒷모습을 보며 그를 붙들고 싶은 마음을 어떻게 억눌렀는지 몰랐다.

이제껏 인설은 현이 태성을 통해 자신에게 연락을 해오길 기다린 것이다. 현이 만주의 활동지를 정하지 못하고 갔기 때문에 정착하기까지 시간이 걸리리라 예상했다. 그랬기에 바라는 만큼 쉽게 연락이 오지는 않을 수 있다며 마음을 다독여 왔건만, 거의 1년 반 만에 태성을 만난 것인데, 그는 정말 우연히 만나게 되었다는 표정이었다. 게다가 그는 현에 대한 아무 소식도 전하지 않고 가버린 게 아닌가. 태성 역시 현의 생사 거취를 모르는 것 아닌가? 인설의 마음은 궁금함과 아쉬움을 넘어 두려움의 나락으로 끝없이 떨어지고 있었다. 살아만 있기를, 살아만 있기를 그녀는 간절히 빌고 빌었다.

태성은 인설이 머시병원에 있다는 사실을 수소문해 알고 찾아온 것이다. 그는 학교나 교회 같은 장소보다는 병원이 인설을 만나기에 수월하다는 것을 발견했다. 실은 태성은 열흘 가량 전에 처음으로 현으로부터 연락을 받았다. 연락을 받자마자 인설이 있는 곳을 수소문했고, 다리 다친 친구까지 데리고 병원을 찾아온 것이다.

현은 편지에서 그가 서간도와 북간도, 연해주와 블라디보스톡까지 한인촌을 다니며 여행했으며, 심사숙고 끝에 북간도 명동촌으로 돌아와 그곳을 활동 근거지로 삼기로 했다고 했다. 그런데 인설에 대해서는 아무 언급도 없었다. 근황을 궁금해하거나 어떤 말을 전해 달라는 암시도 전혀 없었다. 그럼에도 태성은 인설을 찾아갔다. 만약 인설이 먼저 물어보지 않으면 아무 말도 하지 않으리라 다짐하고서. 인설을 보자마자 그녀가 자신에게 무엇을 기대하고 있는지 단번에 느낄 수 있었다. 그제야 그는 아무 전할 말도 없으면서 그녀를 찾은 경솔함을 후회했다.

그러나 태성은 며칠 후 인설이 한가한 시간 즈음 병원을 재방문했다. 그는 이것이 누구를 위해서인지, 무엇 때문인지 아직 스스로도 확신하지 못하고 있었다.

"이제 말해 주세요. 그이는 잘 있나요? 살아 있죠?"

인설이 태성의 눈을 똑바로 바라보며 말했다.

"아직… 잘 모릅니다."

"그럴 리가 없어. 당신에게는 분명히 연락했을 거예요. 사실대로 말해 주세요. 살아는 있죠? 설마 어디 아픈 건 아니죠?"

외치는 인설의 눈에는 눈물이 맺히고 있었다. 많은 날들을 걱정과 불면으로 지샌 흔적이 보였다.

"아주 먼 경로를 통해, 여러 사람을 통해서, 가까스로 소식을 들은 것이 있습니다. 간도 어느 마을 독립운동 기지에 동참했다고."

태성이 한참 만에 말했다. 현의 안부를 모른다고 하는 것이 더 고통일지, 그가 그녀의 안부를 묻지 않았다는 것을 아는 것이 더 고통일지 알지 못하여 이렇게 말한 것이다.

"그렇군요. 잘 있군요. 분명 잘하고 있을 거예요."

인설은 금세 낯빛이 환하게 밝아져서 말했다. 그러나 가장 급한 생사가 확인되자 그다음 두려움이 밀려와서 기쁨을 앗아갔다.

"연락하기가 쉽지 않겠죠."

그녀는 서운함을 감추려고 고개를 돌리며 말했다.

"인설 씨, 간도가 얼마나 넓은 지역인지 아십니까? 그 광활한 땅 어디 있는지 알지 못하고, 또 언제 어디로 옮겨 갈지 모릅니다. 현이 연락을 하고 싶어도 할 수 없을지도 모르고, 또 만약… 연락이 아주 안 되면 어떻게 할 겁니까?"

태성은 인설의 양미간이 찌푸려지는 것을 보았다.

"제가… 그 생각을 해보지 않은 것 같나요? 영영 연락이 되지 않을까 수없이 두려워합니다. 하지만 광막한 만주 땅에 칼바람과 눈보라와 싸울 그분을 생각하면 그런 걱정마저 이기적이라고 생각합니다."

태성은 현을 향한 인설의 마음을 확실히 알게 되었다고 생각했다. 그것은 놀라울 정도로 깊었다. 여자의 진심에 대하여 존경심이 들 정도로. 그는 그녀가 처음으로 가깝게 느껴졌고, 누이동생처럼 측은한 마음이 들었다. 그래서 망설였던 잔인한 질문을 날렸다.

"당신이 여기서 이렇게 그를 기다리는 게 그에게 짐이 되리라는 생각은 안 해보았습니까?"

"그런 건가요? 남자의 사랑은?"

그녀는 눈물을 글썽거리며 분노했다.

"아니면 태성 씨가 그런 식으로 사랑하니까 현 씨도 그렇게 생각한다고 넘겨짚은 건가요? 어떻게 그런 질문을 함부로…?"

태성은 말없이 그녀의 대답을 기다리고 있다는 표정을 지었다.

"그렇게 듣고 싶다면 말해 드리죠. 기다림은 그이가 알아주는 것과 상관없어요. 제 기다림은 제 삶의 방식입니다. 태성 씨도 들었죠, 강나루에서. 저는 그때 기다리겠다고 했어요. 저의 기다림이 현 씨에게 힘이 되길 바랄 뿐이에요. 지금 미처 저를 생각할 겨를이 없다면 그것도 상관없습니다. 기다린다고 알려 주지 마세요. 하지만 언젠가 생각날 때 제가 기다리고 있어야 돼요!"

태성은 그녀를 바라보다가 가만히 인사하고 떠났다.

인설을 만난 뒤로 태성은 자신이 의식하지 못하는 사이에 달라졌다. 그는 전보다 적극적으로 현과 연락이 될 수 있는 방법을 찾았다. 상황은 어려웠다. 북간도까지 워낙 거리도 멀었고, 인편에 전하는 서한 외에는 연락할 다른 방법이 없었기에 그 일을 할 사람을 찾는 것도 쉽지 않았다. 태성은 독립운동을 비밀리에 지원하는 모임이나 단체에 참석하기 시작했다. 그런 모임을 통해 현의 소식을 알 수 있게 되기를 기대했고, 또 현이 지금 가장 필요로 하는 독립운동 자금을 전할 수 있게 되길 바랐다.

또한 태성은 머시병원에 가끔씩 방문하여 병원 사람들과 친분을 쌓았다. 아픈 사람들을 데려오기도 하고, 효과 있는 양약에 대해 배워서 동네에 가서 홍보하기도 했다. 특히 그는 닥터 영이 서양식 의술로 환자를 고치는 것을 흥미롭게 느끼는 듯했다.

이듬해쯤 되자 닥터 영과 태성은 누가 먼저랄 것도 없이 서로를 좋은 친구로 여겼다. 태성은 닥터 영이 조선의 약용 채소나 약초들에 관심 있다는 것을 알고 가져와 보여 줬다. 둘이서 그것들을 펼쳐 놓고 열심히 의견을 주고받고 끓여도 보고 먹어도 보는 통에 병원은 가끔씩 한의원에서 나는 냄새가 진동할 때가 있었다. 그럴 때면 닥터 바네사와 인설은 방방이 창문을 열어 가며 환기하느라 바빴다.

처음에 태성은 닥터 영을 대할 때도, 그 시대 평민들이 사람을 대할 때 몸에 밴 대로, 상대가 자신의 신분에 대해 어떻게 여기는지와 그에 따라 자신이 어떻게 처신할지에 대한 생각부터 했다. 이 사람은 내가 양반이 아니라는 것을 알고 있을까? 내가 밝혀야 할까? 그러면 이 사람이 나를 대하는 태도가 달라질까?

그런데 이러한 그의 처세법은 머시병원 문안에 들어가는 순간 통하지 않았다. 마치 중력이 작용하지 않는 신세계 같다고 할까. 닥터 영은 동그란 안경을 쓰는 이유가 인간관계의 상하 감각이 없기 때문인 듯했다. 닥터 영은 그렇다 치더라도 매사에 깐깐한 태도로 돌아다니는 닥터 바네사도 양반 환자나 상놈 환자나 다 같이 그렇게 대했으며, 인설은 신분 따위는 개나 주라는 식의 전혀 개의치 않는 표정을 하고 다녔다.

　"내가 어떻게 이런 풀뿌리 약초들을 잘 아는 줄 아십니까? 조선의 가난한 농민 가정은 식량이 떨어지면 이런 것이라도 넣어 끓여 먹는 데 익숙해서 그렇죠. 아마 방금 왔다 간 양반 자제는 절대로 모를 거예요."

　어느 날 태성이 닥터 영과 나란히 앉아 말했다. 그 양반 도령은 현 도지사의 조카로, 간단한 염증 치료를 받으러 와서 상당한 인맥과 학식을 자랑하고 갔다.

　"그렇습니까? 태성, 내가 양의지만 왜 약초에 관심이 많은 줄 아나요? 우리 조부가 어려서 캐나다에 정착하기 전에 그의 아버지 즉 저의 증조부는 영국 광부 출신이었답니다. 하루 종일 빛이 비치지 않는 탄광에서 석탄가루를 들이키며 일하고 돌아오는 우리 증조부를 위해 증조모는 다른 광부의 아내들처럼 온갖 약초들을 구해서 끓이곤 했답니다."

　닥터 영은 태성이 왜 그런 말을 꺼냈는지 안다는 듯 이렇게 말했다.

　"내가 만약 조선에서, 먹는 식량의 종류로 분류된다면, 당신과 사촌간이 되겠군요."

겨울이 다가오고 있었다. 첫눈이라도 올 듯한 흐리고 추운 날씨가 계속되었다. 창문으로 들어오던 짧은 빛이 사라지고 난 뒤 벌써 어둑어둑한 기운마저 감도는 오후였다. 인설은 아무도 없는 틈을 타 병원 책상 앞에 앉아 밀린 장부를 정리하고 있었다. 닥터 영은 요즘 자리를 비울 때가 많았다. 그는 평양 인근 소도시에 결핵 요양원을 설립하려는 계획을 세웠는데, 병원에 온 환자 중에 결핵 환자가 너무 많았기 때문이었다. 결핵은 죽을병이라고 여겨져 가족에게조차 버림받는 경우가 많았다. 전염성이 있어서 다른 환자들이 오가는 일반병원에 결핵 환자를 수용할 수도 없었다. 닥터 영은 이런 상황을 도지사와 평양 지도급 인사들에게 말하고 건립 허가를 받으려 애쓰고 있었다. 닥터 바네사는 닥터 영의 빈자리까지 메우려다 보니 진료를 평소의 두 배나 보느라 허덕였다. 말로는 불평했지만 속으로는 오히려 먼 길을 다니는 닥터 영을 걱정하고 있다는 것을 인설은 알고 있었다.

실내지만 손가락이 굳어질 정도로 추워서 글씨가 잘 써지지 않았다. 인설은 이따금씩 입으로 호호 불면서 장부를 쓰고 있었다. 그때 태성이 병원 문을 열고 들어왔다.

"인설 씨, 저녁 때 건너 마을 박 씨 아내가 해산하는데 닥터 바네사가 간다구요?"

"네, 아까 박 씨가 왔다 갔어요. 진통이 서서히 오기 시작하는데 도저히 병원을 찾아올 상태가 아니더라고요. 전부터 닥터 바네사가 위험한 경우니 꼭 병원을 찾으라고 했는데 말이죠. 닥터 바네사가 돌아오는 대로 저녁 먹고 출발할 거예요."

"인설 씨도 동행하나요?"

태성은 이렇게 근무시간 외의 진료나 출장일 경우 인설이 의사들을 보조한다는 것을 알면서 물어보았다.

"제가 가야죠. 성복 모나 점순네는 집에 가야 하고, 아이들도 있고…."

태성은 잘 다녀오라는 말을 하는 둥 마는 둥 하고 서둘러 나가 버렸다. 닥터 바네사가 왕진에서 돌아오자마자 둘은 곧 인력거를 타고 출발했다. 가는 도중에 눈이 오기 시작했다. 첫눈이었지만 눈발이 점점 굵어지는 게 잠시 오다 그칠 기세가 아니었다. 목적지 농가까지 50킬로미터가 넘는데다가 눈까지 오자 인력거꾼들의 발걸음이 더 느려졌다. 작은 등잔불을 들고 왔지만 보이는 것은 컴컴한 하늘에서 떨어지는 눈송이뿐이었다. 그것들은 하릴없이 내려와 차가워진 이마며 뺨에 콧잔등에 도장을 찍어 주는 듯했다. 인력거가 좁은 시골길 가장자리로 빠지려 할 때마다 돌무더기에 부딪혀 요란한 바퀴소리를 냈다. 속도는 계속 늦어졌는데, 결국 걷는 게 빠르겠다는 생각이 들 정도가 되자 멈추어 섰다.

"여기가 인력거로 들어갈 수 있는 길 끝입니다. 밭두렁을 따라 2-3리 가면 나오는데, 두 여자분이 이 날씨에는 도저히…."라며 마차꾼은 두 사람을 설득하여 같이 되돌아가려 했지만 두 여자가 말을 듣지 않자 고개를 저으며 말을 몰고 가버렸다. 닥터 바네사와 인설은 걷기 시작했다. 수술 도구 등이 들어 있는 짐을 들고 미끄러운 눈길을 걷자니 둘 다 휘청거렸다. 그들은 서로 의지하여 필사적으로 앞으로 나아갔다. 정신없이 걷다 보니 인가에 다다랐다. 길가에 면한 허름한 초가집 밖으로 산모의 신음소리가 가늘게 들려 왔다.

닥터 바네사는 댓돌 위에 능숙하게 신발을 벗어 놓고 안으로 들어갔다. 가끔 요청이 들어오면 가정 왕진을 다닌 덕에 이런 집 구조도 익숙한 듯했다. 그러나 인설은 학교 기숙사와 선교사들의 집 외에 일반 가정집 안에 들어가는 것이 처음이었다. 단칸방이라 한 편에 산모가 누워 신음하고 있었고 세 아이들이 반대편 구석에 앉아 엄마가 아파하는 것을 보며 훌쩍이고 있었다. 실내인데도 흙벽이 그대로 드러나 보이고, 바닥에 짚 섶 같은 것을 깔았지만 그것이 오히려 더러움의 원인이 되는 것 같았다. 닥터 바네사가 인설에게 가까이 와달라고 눈짓을 했다.

환자가 누워 있는 요와 덮은 이불이 너무 오랫동안 빨지 못하여 낡고 변색되어 있었다. 이런 요 위에서는 감염의 위험 때문에 수술을 절대로 할 수 없다. 소독이 필요하다는 뜻임을 인설은 알아차렸다. 그녀는 이불을 살짝 들춰 보았는데, 환자가 입고 있는 옷도 이불과 별 다름이 없었다. 수술하려면 옷도 바꾸어야 했다.

시간이 없었다. 산모의 신음은 고통스러운 비명으로 바뀌어 가고 있었다. 인설은 정신없이 서둘렀다. 바닥을 정리하고, 깨끗한 시트로 바꾸어 깔고, 수술에 필요한 도구들을 소독했다. 닥터 바네사가 희미한 등잔불과 휴대용 손전등 불빛에 의지하여 수술을 시작했다. 그것은 성공한다 해도 의사들에게는 인정받지 못할 일이었다. 병원이 아닌 일반 가정집에서, 제대로 된 소독도 불가능하고, 조명이 잘 갖추어진 상황도 아닌 환경에서 수술은 실패할 확률이 훨씬 높았다.

수술이 끝났다. 산모와 태어난 남아의 상태도 안정적이었다. 병원에 돌아갈 수 없어서 두 사람은 그 집에서 하룻밤 머무르기로 했다. 긴장이 풀린 인설은 그대로 주저앉아 잠이 들려는데, 박 씨가 다가가 무슨 말을 전했다.

인설이 눈을 떴을 때 누군가 몸을 깊이 숙여 그녀를 바라보고 있었다. 그녀는 흠칫 놀라 떨며, 자신이 잠에서 깬 것이 맞는지 두어 번 눈을 깜박여 보았다. 눈앞의 사람은 사라지지 않았다. 윤기 없는 피부에 말라서 콧날이 더욱 날카로워 보이는, 그러나 그녀를 향한 눈빛은 여전히 부드럽게 빛나는 —현이었다.

"정신이 들어요?"

현은 놀라움에 소리라도 지를까 봐 손으로 입을 막는 인설을 보며 천천히 말했다.

"다, 당신은… 당신이 어떻게 여기에!"

"어젯밤에도 똑같은 말 다 했잖아요."

현의 눈이 웃었다.

"어젯밤에요? 내가 어젯밤에 당신을 만났나요?"

"그래요. 그리고 쓰러졌지. 내 몰골을 보고 놀라서 기절한 줄 알았어요."

현은 자신이 박 씨의 헛간에서 수술이 끝나기를 기다렸고, 수술이 끝나자 미리 부탁한 대로 박 씨가 인설을 불러 주었는데, 인설은 헛간에서 현을 보자마자 쓰러졌다는 것을 얘기해 주었다.

"혹시 너무 반가워서 기절한 걸까 하고 깨어나기만을 기다렸는데, 가만 보니 코를 골고 잠을 자고 있는 거예요."

현은 자기가 말하고도 우스운지 싱긋 웃었다.

"어머나!" 인설의 뺨이 붉어졌다. 그녀는 '그럼 이 사람은 밤새 내내 내가 자는 것을 보고 있었나?' 하는 생각에 당황했다.

"무례하다고 생각하지 말아요. 너무 깊이 잠들어 옮겨 달라고 하기가 그랬어요."

인설을 바라보는 현의 눈길이 따뜻했다. 1년 6개월 만에 다시 만났는데 어색하지 않고 오히려 더 가깝게 느끼는 눈길이었다.

"나는 날이 밝는 대로 다시 떠나야 해요."

"네? 오늘이요? 지금이요?"

인설은 믿을 수 없었지만 어두워진 현의 얼굴을 보며 그 말이 진짜라는 것을 알 수 있었다.

"왜 안 깨웠어요? 어떻게 만난 건데… 정말 어떻게 만난 건데!"

반가움과 아쉬움으로 인설의 두 뺨에서 눈물이 흘러내렸다.

두 손으로 얼굴을 감싸 쥐고 우는 인설의 울음은 무척 서럽게 들렸다. 잠시 후 현의 손이 얼굴을 가리고 있는 인설의 두 손에 닿았다. 그리고 인설의 손을 얼굴에서 떼어 냈다. 눈물로 얼룩진 그녀의 얼굴이 보였다. 현은 조금도 주저 않고 손을 뻗어 그녀의 눈가에 번진 눈물을 닦아 주었다. 인설이 고개를 들고 현을 쳐다보았다. 그녀의 눈빛은 아무것도 거부하고 있지 않았다. 그는 양팔로 그녀의 작은 어깨를 감싸 안았다. 그리고 오랫동안 키스했다.

현은 인설이 자신을 어떤 마음으로 기다려 왔는지 태성에게 들어서 알고 있었다. 그는 어떤 태도로 그녀를 만날지 고민했던 것이다. 고맙다고 해야 하나, 더 기다려 달라고 간청해야 하나, 그녀의 마음을 사야 하나, 약속에 매이지 말고 당신의 인생을 살라고 해야 하나. 그런데 방금 둘은 그 모든 것을 단번에 뛰어넘어 버린 것이다. 이것은 현이 계획한 일이 아니었다.

'이제부터 내가 우유부단하면 나는 무책임한 사람이 되는 것이다.' 현은 마음을 다잡았다.

"그런데 제가 여기 올지 어떻게 아셨어요? 어제 날씨가 안 좋아서 하마터면 못 올 뻔했는데… 그랬으면 나중에 엄청 후회할 뻔했어요." 인설이 말했다.

"아닌 게 아니라 날씨가 안 좋아져서 걱정했어요. 오다가 사고날까 봐… 이번에 못 보고 가나 싶었는데…" 현이 말을 이었다. "태성이가 꼭 올 거라고 하더군요. 서양 여의사와 당신이 아무도 못 말리는 단짝

이라고. 당신들이 못 오면 산모와 아이가 죽는다는 것을 알기 때문에
무슨 일이 있어도 올 거라고.”

인설은 어제 오후에 태성이 병원에 찾아와서 농가에 갈 거냐고 물
었던 것을 기억했다. ‘태성 씨가 오늘 만남을 계획하고 준비해 준 거
구나.’ 고마운 마음과 함께 ‘태성 씨가 언제부터 내가 어떤 상황에서
어떤 선택을 할지 꿰뚫어 볼 만큼 나에 대해 잘 알고 있을까?’ 하는
생각이 스쳤다.

현은 독립군 자금 때문에 평양에 와야 하는 동지가 있었는데, 그에
게 부탁해서 함께 왔다고 했다. 일제에게 들키면 후원자들에게도 큰
누가 되기 때문에 극도로 신경을 썼다고 했다. 오늘 떠나기로 날이 잡
혔는데, 어제도 박 씨 부인이 해산하지 못했다면, 못 만나고 그냥 갈
뻔했다고 했다.

그때 옆집 농부 최 씨의 부인이 들어와 아침이라며 죽 두 그릇을
놓고 갔다.

“오늘은 정말 아침 식사라기엔 부끄럽네요. 산모와 박 씨네 아이들
까지 함께 먹으려다 보니 물인지 죽인지 이 모양이 됐어요. 그냥 허기
나 면하세요.” 그녀의 말이었다.

인설은 생전 처음 보는, 수저도 놓이지 않은 죽 그릇을 물끄러미 들
여다보고 있는데 현은 잘 먹겠다며 후루룩 먹어 치웠다. 인설은 어젯
밤 해산 과정과 침구 소독같이 자신이 해야 했던 일들을 얘기해 주었
다. 잠시 후 현이 말했다.

“당신은 조선의 일반 농가에, 농민의 집에 처음 와본 것 같은
데….”

인설은 맞다고 할 수밖에 없었다.

“부유한 양반집들 외에는 조선의 모든 가정은 박 씨 집과 별 차이가

없어요. 그럼 간도 지방의 조선 가정집들은 어떨 것 같아요?"

인설은 고개를 저었다.

"더 누추해요. 사실 말이 집이지 집의 형태도 제대로 갖추지 못했어요. 수풀이나 나뭇가지를 베어 와서 사방에 두른 데다가 사계절 강풍이 부는데. 위생? 청소? 빨래? 신경 쓸 겨를이 없어요. 우물, 길, 학교, 회관— 다 우리 손으로 지어야 해요. 농사도 안 되는 척박한 땅에다 농사를 짓겠다고 온 힘을 쏟아붓죠. 당신은 죽 그릇에 손을 거의 대지 않는군요. 간도 지방에선 그것은 부실한 식사가 아니라 흔히 먹는 거예요."

현은 충격 속에 민망해하는 인설을 바라보며 말을 계속했다.

"당신은 내가 간도에서 무얼 하고 있다고 생각하나요? 나와 같이 독립운동의 꿈을 안고 국경을 넘은 사람들이? 그중에는 이미 무장 독립 투쟁을 시작한 군대도 있어요. 숙원이던 무관학교를 세운 지역도 있고요. 하지만 그러기까지, 또 그러는 와중에 우리의 가장 큰 투쟁은 살아 나가는 거예요. 하루하루 생존하는 거예요."

"미안해요. 정말 폄하할 뜻은 없었어요."

"오해하지 말아요. 나는 지금 내가 간도에서 대단한 일을 하고 있는 게 아니라는 말을 하고 있는 겁니다. 독립운동은 현실인데, 인설 씨에게 차마 이 고생에 뛰어들라고 말을 못하겠어서…."

그리고 인설에게 자신이 참여하고 있는 독립운동 기지의 일이 아직도 자리가 잡히지 않았는데 조금만 더 기다려 줄 수 있겠냐고 조심스럽게 물었다. 인설은 그의 입으로 기다려 줄 수 있겠냐는 말을 들은 것만으로도 기뻤다.

"물론이에요. 앞으로도 제 말은 항상 같을 거예요. 기다릴게요, 언제까지나."

현은 인설의 그 말을 듣고 안심한 듯한 미소를 지으며 떠나갔다.

비밀리에 떠나는 현을 배웅하고 돌아오는 길에 태성은 현이 마지막에 한 말을 떠올렸다.

"태성아, 나는 사실 두려워. 하루하루 제자리걸음 치는 것 같아서. 할 일은 너무 많은데, 만주에선 밤은 왜 그렇게 빨리 오는지, 겨울은 왜 그렇게 긴지. 왜 늘 수고해도 배고픈 사람들의 허기를 채울 만큼 거둘 수 없는지. 그보다 진짜 두려운 것은 아무것도 못 이룰까봐!!! 역사라는 척박한 땅에 아무 자취도 못 남길까봐!! 두렵다."

일 년 반 만에 만난 현은 어른이 되어 있었다. 분명한 주관이 있고, 그 주관을 지키며 살아갈 생존력이 있는 어른이자, 약자와 보조를 맞출 줄 아는 지도자가 되어 가고 있었다. 현은 훌륭한 지도자가 될 것이다. 태성은 마음 속 깊이 현의 안전과 성공을 빌었다.

그 후 얼마 되지 않아 태성의 집에서는 사촌동생 미영이의 거취를 두고 큰 난리를 치렀다. 미영은 태성의 큰고모의 딸로, 다시 말하면 태성 어머니에게는 행방불명된 남편의 첫째 여동생이 시집가서 낳은 맏딸이다. 그녀는 미영이와 병천 영천 삼남매를 낳을 때마다 큰오빠네 와서 몸을 풀고 오랫동안 제 집처럼 머물다 가곤 했지만 작년에 어머니가 돌아가신 후부터는 전만큼 왕래가 있지 않았다. 태성보다 네 살 어린 미영은, 어린 시절을 함께 보낸 정이 있어 태성을 잘 따랐고 태성도 그녀를 친여동생처럼 예뻐했다. 자라면서 미영은 인근에서 보기 드문 미인이라 인정받았지만 그 점이 오히려 그녀의 발전을 막는 듯했다. 그녀는 집안일에도, 여학교 진학에도 도무지 관심이 없었다.

문제의 시작은 미영 모가 점을 보러 갔는데, 법사가 이르기를 당장 먼 곳으로 시집보내지 않으면 단명할 것이니 얽음뱅이 가난뱅이 신랑이라도 데리고 살겠다고 하면 보내라 했다는 것이었다. 태성은 쓸데없이 점을 보러 간 것을 탓했지만 미영의 부모와 태성 모까지도 태성의 말 따위보다는 법사의 예언에 사로잡혀 울다 한탄하다 다시 울기를 반복할 뿐이었다.

태성은 고모와 고모부를 설득하기란 거의 불가능하다고 생각했다. 고모는 사주팔자니 액운이니 하는 것을 입에 달고 살았다. 어쩌면 그것은 젊어 청상과부가 된 올케를 괴롭히기 위해 시작한 버릇일지도 몰랐다. 하필 쓰러져 가는 양반집 딸이 평양 예까지 와서 오빠를 죽이고 집안을 망하게 했다는 그녀의 볼멘소리를 태성 모뿐만 아니라 태성도 어려서부터 지겹도록 듣고 자란 것이다.

태성은 어머니의 얼굴을 물끄러미 바라보았다. 어머니야말로 이 쓰레기 같은 미신의 희생자였고, 법사의 말을 따른다 해도 더 나은 인생을 살 수 없다는 사실을 누구보다 어머니가 더 잘 알고 계실 것이다. 하지만 태성은 차마 어머니에게 고모를 설득해 달라고 부탁할 수 없었다.

그로부터 며칠 후 아침상에서 태성 모는 아들에게 미영이를 보낼 여학교를 알아봐 달라고 부탁했다. 태성이 놀라서 고개를 들자 태성 모는 아들에게 환한 미소를 지어 보였다. 그녀는 어제 미영 엄마를 만나 다음과 같은 대화를 나눈 것이다.

"미영 엄마, 내가 어떻게 해서 경상도 산골에서 평양까지 시집오게 된 줄 알지? 지금 미영이 점쾌 따라 멀리 시집보내면, 그 아인 거기서 나처럼 살게 될 거야. 행여 집안에 무슨 안 좋은 일이 일어나면 다 너 때문이라는 소리 들으며."

미영 엄마가 알 듯 모를 듯 괴로운 표정을 지었다.

"보내지 말자. 평생 점쟁이 말대로 살아도 좋은 일 하나 안 생기더라. 영 찜찜하면 이렇게 생각하자. 아마 그 점괘 나 때문에 그렇게 나왔을 거야. 내 팔자가 그거잖아. 그 법사가 모시는 귀신 신통하네. 단지 내 점괘와 미영이 점괘를 혼동해서 알려 준 걸 거야. 그 액운 내 거고, 그 액땜 내가 다 하며 살았어. 그러니 우리 미영인 그 운명 피하게 해주자."

"형님, 무슨 방법이 있어요?"

미영 엄마가 마치 잡신의 귀를 피하려는 듯 아주 조그맣게 물어보았다.

"여학교에 보내면 돼. 왜 그런지는 나도 모르겠는데, 교육받으면 점괘 운명도 피해 갈 수 있어. 잡신 귀신이 교육받은 여자아이들은 안 건드리는가 봐."

그리하여 태성은 인설에게 찾아가서 미영의 이야기를 하고 평안여학교 입학을 부탁했다. 인설은 흔쾌히 돕겠다 하고 곧 미영을 만났다. 그전까지 조금도 공부에 뜻이 없던 미영은 인설을 만나고 교정을 돌아보며 마음이 바뀌었다. 학교 공부는 따분해 보였지만, 대신 기숙사 생활이나 남학교와의 교류 행사 같은 것들이 매우 재미있을 것 같았다. 미모가 그리 뛰어나지도 않은 인설이 학교 안팎에서 인정받는 것을 보고, 머지않아 자신이 최고가 될 날을 그리며 학교생활을 시작했다.

이듬해에 인설과 태성은 또 한 명의 소녀를 평안여학교에 보냈다. 그녀는 평양에서 꽤 멀리 떨어진 농가에 살고 있는 수연이라는 13세 소녀였다. 영양실조에 장기까지 손상된 결핵을 앓고 있는 것으로 판명되었는데, 닥터 영조차도 그녀가 살 가능성이 희박하다고 보았다.

다행히 소녀는 해주의 결핵 요양소로 옮겨져 치료받고 좋은 공기와 음식을 먹으며 요양하면서 1년여 만에 기적적으로 회복되었다. 몸이 좋아진 후 그녀는 평안여학교 입학생이 되었다. 그녀의 이야기는 다음과 같다.

어느 날 닥터 영은 농가로 왕진 요청을 받고 인설에게 동행을 청했다. 정확히 말하면 이웃 서 씨의 요청인데, 자기 옆집 딸이 결핵에 걸려 방치된 지 몇 달이 된 것 같으니 도와 달라는 것이었다. 서 씨는 병원에 달걀을 납품하는 사람으로, 닥터 영이 최근 해주에 결핵 환자를 위한 요양원을 세웠다는 것을 알고 있었다.

닥터 영과 인설이 농가에 도착해서 아픈 소녀가 있냐고 물어보자 가족들은 집안에 결핵에 걸린 사람이 없다고 했다. 아이가 몇 명이냐고 하니 둘이라고 했는데, 열다섯 살쯤 되어 보이는 소년밖에 보이지 않았다. 또 한 명은 어디 있냐고 하니, 막내딸이 있는데 친척집에 놀러 가서 거기 머물러 있다고 했다. 인설은 그 막내가 서 씨가 말하는 격리시켜 숨겨 둔 여아라고 감을 잡았다. 닥터 영은 결핵이 공기를 통해 전염될 수 있는 병이므로 환자가 다른 가족들과 함께 집에 있으면 안 되고, 치료를 잘만 받으면 나을 수 있는 병이니 데려가서 치료받자고 권면했다. 그러나 그 집 아버지, 어머니, 할머니는 매우 경직된 표정으로 "우리 집엔 환자 따위 없다"며 한사코 같은 말만 되풀이했다. 닥터 영과 인설은 헛걸음을 하고 병원으로 돌아올 수밖에 없었다.

그런데 다음 날 아침 일찍 한 중학생 소년이 인설을 찾아왔다. 그는 어제 찾아갔던 집의 아들, 기훈이였다. 기훈이는 인설에게 정말 이 병원에 오면 결핵 환자도 나을 수 있냐고 물었다. 인설은 너무 늦지만 않다면 얼마든지 나을 수 있다고 했다. 기훈은 오늘 오후에는 어른들이 모두 밭 매러 나가니 그때 (동생을 데려가 달라며) 오라고 하고 갔다.

인설은 태성에게 도와 달라고 부탁했다.

오후에 인설과 태성이 농가 문을 두드리니 기훈이 문을 열고 말없이 그들을 인도했다. 헛간으로 쓸 수도 없는 아주 좁은 광 비슷한 공간인데, 창문이 없어서 문을 열어 두지 않으면 대낮에도 아무것도 보이지 않았다. 열린 문 사이로 빛이 한꺼번에 들어오자 찬 바닥에 누워 있는 소녀가 보였다. 손끝도 미동하지 않는 그녀는 죽은 것처럼 보였다.

얼마나 오래 이렇게 있었냐고 인설이 묻자 기훈은 석 달쯤 되었다고 했다. 처음에는 이 정도는 아니었고 기침에 조금씩 피가 섞여 나오는 정도였다고 했다. 그러나 가족들은 한번 걸리면 피 토하다 죽어 버리는 병이라고 알려진 이 병에 걸린 딸을 어쩔 수 없이 광에 격리시킨 것이다. 죽을 때까지. 그녀 옆에는 먹으라고 갖다 놓은 밥그릇과 검붉은 피가 담긴 그릇이 있었는데, 그것은 기훈이가 이 병에 효험이 있다는 사슴피를 동네 사람에게 얻어 와서 먹인 것이라고 했다.

태성은 소녀를 들어서 업으려 했는데, 그때 죽은 것 같던 그녀가 기침을 하기 시작했다. 그녀가 기침을 할 때마다 몸에 고인 것이 쏟아지듯 쿨럭 쿨럭 피가 목을 넘어와 흘렀다. 그녀의 저고리는 이미 오래전부터 흘린 피로 얼룩져 있었다. 태성은 더 이상 지체할 수 없다는 듯 그녀를 가슴에 안고 일어섰다. 뼈만 남은 마른 몸이 어린아이보다 가벼웠다.

태성은 어서 병원에 데려가려고 서둘렀다. 그가 그녀를 안고 광 밖을 나오려 할 때 소녀가 속삭였다. 누구도 그녀가 말을 할 만큼 의식이 있다고 생각하지 못했고, 실제로 그녀의 목소리는 너무 작아서 처음엔 태성조차도 듣지 못했다. 한참 만에 그녀가 입술을 달싹이는 것을 느낀 태성이 귀를 기울였다. 후에 인설이 태성에게 물었다. "그때 수연이가 무슨 말을 했나요?" 태성이 답했다. "아빠, 아파. 아빠, 아파"였다고.

▲_평안여학교와 머시병원은 실존하지 않는 가상의 학교와 병원이다. 그 당시 서울과 평양 등지에는 선교사들이 세운 미션 스쿨과 근대식 병원들이 있었다. 평양 최초의 근대식 병원은 1897년 로제타 홀 선교사가 남편 제임스 홀 선교사의 순직 후 세운 기홀병원(The Hall Memorial Hospital)이다.

3

장

—

1919년, 평양:

3·1 만세시위

현을 박 씨의 농가에서 만난 뒤 4년여의 세월이 지났다. 그를 대동
강 가에서 처음 떠나 보낸 이후 다섯 번째 봄이 찾아오고 있었다. 인
설은 그것을 믿을 수 없었다. 그 기간 동안 인설은 평안여학교 보조
선생에서 시작하여 정교사로, 그리고 작년부터는 한국인 학생 출신
으로는 최초로 학감이 되어 직책을 수행하고 있었다. 학감이 된 후로
는 시간이 부족하여 머시병원에는 나가지 못했다. 그녀는 평안여학교
1호 학생이자 1호 졸업생답게 재능과 성실함으로 학생들이 선망하는
롤모델이 되고 있었으며, 10년 이상 교장으로 재직하고 있는 미스 윌
리엄즈의 애제자이자 신망 두터운 젊은 학감이었다.

이렇게 모든 임무를 훌륭하게 해내는 인설이지만, 그녀를 앞으로
나아가게끔 이끄는 원동력은 돈이나 명예나 성취감이 아니었다. 그녀
는 고아였기 때문에 생계나 가족의 성원도 아니었다. 누군가 물어보
았다면, 그녀는 '기다림'이라고 대답했을 것이다. 인설은 현이 이끄는
무장 독립군이 국경을 넘어 승승장구하며 내려올 날을 기다렸다. 그
녀는 독립이 쉽게 올 줄로 믿었던 것이다.

그러나 일제는 쉽게 물러가지 않았다. 간혹 만주 지역에서 무장 독

립군과 일제의 전투가 벌어지고 있다는 소문이 들리긴 했다. 하지만 안타깝게도 무장 독립군이 일본군의 방어선을 뚫고 국경을 넘어 내려왔다는 소식을 들은 적은 없었다. 그나마 전투의 소문도 함경북도나 평안북도같이 국경에 인접한 지역 사람들을 통해 들을 수 있는 것이었지, 나라 안은 전쟁이 있다는 소식이 무색하게 평화로웠다. 물론 나라를 뺏긴 국민들의 마음이 평화로울 리는 없지만, 그것을 표출할 어떤 틈을 찾기 힘들 만큼 일제는 조선을 정치, 경제, 사회 모든 면에서 하나하나 장악해 가고 있었다.

인설은 자신이 기다릴 만큼 기다렸다고 생각했다. 한해 한해를 내년 봄엔 반드시 현과 재회하게 될 거라고 기대하며 살아왔다. 그렇게 다섯 번째 봄을 맞게 되는 그녀의 마음은 찾아오는 봄을 인정하고 싶지 않을 정도로, 그녀의 내면 풍경은 2월에 멈춰 있었다. 어찌 보면 인설의 경우를 포함해서 모든 20대 초반의 젊은 시간들은 2월의 풍경과 닮았다. 아직 차갑고 살을 에는 바람만이 빈 들판을 휘젓고 있을 뿐인데다가 바람은 겨우내 고이 품어 낸 목련이나 진달래 꽃나무의 눈을 혹독하게 쓸고 다닌다. 그 작지만 강인한 봉오리들이 개화를 그리워하게 만든다. 자연은 처음부터 따뜻하고 호의적인 4월이나 5월의 햇볕을 보내 주지 않는다. 그렇게 꽃나무들을 쓰리고 애타게 하면서 2월의 바람은 다가오는 봄에게 서서히 자리를 내어 주고 떠난다.

그런데 그 봄이 인설에게는 5년째 오지 않고 있었다. 인설은 감정의 수액이 다 메마른 것처럼 막막했다. 겉으로는 주어진 역할을 단정히 감당하고 있지만, 속은 점점 텅 비어 껍데기만 남아 가는 것을 느끼고 있었다. 아무도 모르는 인설의 어쩔 줄 모르는 마음의 번민을 안타깝게 지켜보고 있는 사람이 태성이었다.

3년 전에 현이 잠깐 왔다 가면서, 현은 태성에게 인설을 부탁하고 갔다. 물론 처음 만주로 떠날 때도 현은 그에게 인설을 부탁했다. 그러나 처음에는 연인을 부탁하는 느낌이었다면 3년 전에는 곧 결혼할 약혼녀를 부탁하는 느낌이었다고 할까. 태성은 그렇게 느꼈다. 박 씨네 농가에서 만난 후에는 확신이 섰다고 해야 할까, 결혼만 하지 않았지 아내로 여기겠다는 마음이 느껴졌다. "우리는 떨어질 수 없는 운명인 것 같아. 태성아, 너만 믿는다. 인설 씨 좀 도와주라. 지켜 주라, 내가 올 때까지." 현은 떠나기 전 약간 쑥스러운 표정으로 말했던 것이다.

현의 부탁 때문에 어차피 인설과 관계를 맺어야 한다면, 그리고 현의 공백이 길어진다면 어떤 관계가 되는 게 자연스러운 걸까? 태성은 오래 고민했다. 현이 없는 상태에서 인설을 친구처럼 여기기에는 둘의 관계에 예의가 아니었다. 그러나 가까이 다가가지 않고는 '도와주고 지켜 주라'는 현의 부탁을 들어줄 수 없었다. 고민 끝에 태성이 내린 결론은 두 살 어린 인설을 누이동생처럼 여기기로 한 것이다. 친여동생은 없어도 사촌여동생 미영이와 어린 시절을 보낸 태성은 누이동생이라는 존재가 익숙했다. 사고무친四顧無親인 인설은 오빠의 정도 모르고 누이동생의 마음도 모르는 듯했다. 그녀는 나이 고하를 막론하고 누구에게나 친절했지만 약한 구석을 좀처럼 보이지 않았다. 물론 태성에게도 그랬다. 그래도 태성은 그녀가 알든 모르든 인설을 누이동생으로 여기기로 했다. 그리고 자신의 처신에 만족했다.

그 무렵 태성은 소작 농사일을 그만두고 평양의 상사에 들어갔다. 그 상사는 조선인 사업가들이 뜻을 모아 차린 민족자본 회사로, 외국에서 석유와 양약 등을 들여와 전국 각지 소매업자들에게 도매하였다. 회사는 번창했고 도자기 그릇, 옷감, 일용 잡화들까지 품목을 넓혔다. 이 회사는 이익금의 대부분을 비밀리에 만주 무장독립투쟁 지원금으로 보내고 있었는데, 이것이 사업의 진정한 목적이었다. 그는 사장 비서가 되어 실무를 돕는 한편 비밀리에 독립투쟁 지원금을 모아 만주와 상하이와 연해주로 보내는 일도 맡게 되었다.

이 일은 일제의 눈을 완벽히 피해야 했다. 이전 신민회 사건으로 백명이 넘는 조직원이 붙잡혔고, 그중 많은 사람이 투옥과 고문 후유증에 시달리고 있었다. 무사히 풀려난 사람들도 경계 대상자 목록에 올라 있어, 의심받지 않고 활동할 수 있는 사람이 별로 없었다. 그래서 독립운동 인사들은 태성의 적극적인 가담을 환영했다. 최근 태성은 아주 반가운 소식을 접하게 됐는데, 북간도 지역의 무장독립군 단체들과 어떤 경로로 연락이 좀더 원활해질 전망이라는 것이었다. 태성이 이제껏 들은 정보들로 미루어 짐작하기에 그 가운데 현이 있을 확률이 높았다. 머지않아 인설에게 현의 소식을 알려 줄 수 있다는 생각이 들자 태성은 말할 수 없이 뿌듯했다.

"오빠! 이 시간에 웬일이에요?"
미영이 태성을 보고 달려 나와 반갑게 문을 열어 주었다. 미영은 평안여학교 졸업반이었다. 그녀는 학감이 된 인설에게 학교가 내어 준 독립채에서 수연과 함께 기거하고 있었다. 이 집은 학교 옆에 딸린 양옥 스타일의 자그마한 집으로, 초창기 선교사들이 살던 곳이었다. 태성은 미영이의 소식을 들을 겸 가끔 이 집에 들렀는데, 정작 인설 선생과 더 많은 시간을 보낸다는 것이 미영의 불만이었다. 인설이 아직 귀가하지 않아서, 태성은 미영이 인도하는 대로 응접실에 들어가 인설이 올 때까지 잠시 기다리기로 했다. 미영과 이야기를 나누고 있는데 수연이 따뜻한 차를 타 가지고 들어오며 인사했다.

"그러지 않아도 수연인 집에 없나 했다. 잘 지냈니? 공부는 재미있니?"

태성이 찻잔을 받으며 말했다. 수연은 해주 요양원에서 요양이 잘되어 1년 만에 건강을 되찾고 평안여학교에 입학해서 학업을 시작한 지 3년째가 되고 있었다. 수연은 대답 대신 배시시 웃기만 했다. 이제 열일곱이 된 그녀는 병은 다 나았지만 체질적으로 몸이 허약해서 여전히 나이보다 작고 어려 보였다.

얼마 후 인설이 와서 태성을 반겼다. 미영과 수연은 공부하러 방으로 들어가고 인설과 태성만 남아 대화를 나누었다.

"그러고 보니 미영이, 수연이도 벌써 열여덟, 열일곱이네요. 마냥 어린애로만 봤는데, 벌써 결혼해도 될 나이가 되어 가니."

생각 없이 말을 꺼내고 나서 태성은 후회했다. 인설 앞에서 결혼 이야기를 꺼내다니. 인설 또래의 여성들은 거의 대부분 시집가서 아이 엄마가 되었다. 태성은 인설의 꽃다운 10대 후반이 덧없이 지나는 것을 보았고 이제 20대 초반이 지나는 것을 보아야 하리라. 그러나 인설은 조금 피곤해 보인다는 느낌은 들지언정 단정하게 뒤로 묶어 올린 머리와 가는 목선 그리고 가끔씩 입가에 어리는 소녀 같은 밝은 미소 때문에 미영이 또래 처녀들과 비교해도 나이 들어 보인다는 생각은 들지 않았다.

"아, 오시면 이 말부터 하기로 해놓고는 잊어버리고 있었네."

인설은 태성이 당황해하는 것을 느꼈는지, 아무렇지도 않은 듯 책상 쪽으로 가서 서랍을 열고 편지를 한 통 가져다 태성 앞에 놓았다.

"도쿄에서 공부하는 조선 유학생들끼리 모여 독립선언서를 작성했나 봐요. 곧 발표할 것 같은데, 본국의 학교와 교회 같은 단체들도 호응해 달라는 전갈을 받았어요."

"아, 독립선언서… 같은 걸 발표하면, 일제가 가만히 듣고만 있지 않을 텐데요."

태성은 놀랍다기보다는 약간 의아해하는 어조였다.

"일제뿐 아니라 세계의 나라들에게 선언하는 거죠. 선언서 일부를 여기 적어 주었는데 제가 읽어 드릴게요. '조선청년독립단은 우리 이천만 민족을 대표하여 정의와 자유의 승리를 얻은 세계 만국 앞에 독립됨을 선언하노라.' 어때요? 상상만 해도 가슴 뛰죠?"

"후폭풍이 만만찮겠는데요."

"후폭풍을 일으키려고 하는 거겠죠. 작년에 미국 대통령 윌슨이 '민족자결주의'를 제창했다는데, 들어 보셨어요? 그는 '식민지나 점령지역 민족들에게 정치적 미래를 스스로 결정하도록 자결권을 인정해 주어야 한다'고 했어요. 세계대전의 승전국들이 다 같이 동의하면서 동유럽의 여러 약소민족 국가들이 독립하고 있대요."

"일본은 패전국이 아니니 그 말을 들을 리가 없을 텐데요."

태성이 잠시 생각하는 듯 침묵하다 말했다.

"그러니까 세계의 관심을 끌어야죠. 일단 독립선언서를 발표한 다음 조선의 독립의지를 만국에 보여 줘야겠죠. 예컨대 만세운동 같은 것."

인설은 마지막 말을 뜸 들였다 하면서 태성의 반응을 살폈다.

"솔직히 말해 봐요. 무슨 구체적인 부탁 같은 것을 받았죠?"

"그래요, 받았어요. 제가 방금 말했잖아요, 만세운동."

인설은 자기도 모르게 한숨을 쉬며 말했다.

"어떤 만세운동?"

"도쿄에서 발표할 독립선언 같은 것을 본국에서도 발표하고, 그다음엔 온 국민이 거리로 나가서 대한독립만세를 외치는 거죠."

"무장한 군대의 도움 없이?"

인설은 고개를 흔들었다.

"어떤 무기도 없이? 맨손으로 나가서?"

인설이 고개를 끄덕이자 태성은 몸을 구부리고 두 손으로 얼굴을 감싸 쥐었다.

"태성 씨, 무슨 말 좀 해봐요."

"무슨 말을, 내가? 당신들은 할 거잖아. 이미 할 거라고 얼굴에 다 써있는데…."

"제가 결정할 일은 아니에요… 하지만 하게 되면 할 것 같아요. 짐작하시겠지만, 이 계획에 기독교인들이 많이 연관되어 있어요. 도쿄 유학생들 가운데도 기독교인이 많고요. 제 걱정은, 하게 된다면 성공할 수 있을 만큼 많은 사람들이 동참해야 하는데, 그만큼 많은 사람들이 하려 할지… 그걸 도무지 예상 못 하겠어요."

"분명 불교나 천도교 등 다른 종교 단체에도 같은 요청이 갔을 테고. 국내외 독립운동단체나 비밀결사들한테도 연락해서 다 함께 협력하여 최선의 방법을 찾는 게 좋을 텐데, 그러고 있으리라 믿고. 일단 아무것도 정해진 것 없으니 조금 더 기다려 보아요."

태성은 무거운 마음으로 자리에서 일어섰다. 그는 이 일이 그렇게 규모가 큰 일이라면 분명 자신의 회사에도 연락이 올 것이며 상황과 정세를 자세히 알아보아야겠다고 생각했다.

며칠 후 인설과 태성은 다시 만났다. 도쿄에서 한인 유학생들이 2월 8일 독립선언을 했다는 소식을 들은 직후였다. 태성이 인설의 집에 찾아간 저녁 무렵에는 인설 혼자 있었다. 인설이 차를 준비하는 동안 태성은 응접실에 난 창을 통해 밖을 바라보았다. 어스름이 깔리고 있는 작은 마당가에는 목련 몇 그루가 저녁 하늘을 배경으로 가지를 뻗고 서있었다. 태성은 앙상해 보이는 가지 끝에 꽃눈들이 어김없이 돋아나 있는 것을 보았다.

"들으셨죠? 도쿄의 유학생 6백여 명이 어제 도쿄 조선기독교청년회관(YMCA)에서 한국 유학생 대회를 열고 독립선언서를 낭독했답니다. 곧이어 일본 의회에 청원서를 제출하려다 일본 경찰의 제지로 실패했고요."

"일제의 심장부에서 유학생들이 결국 일을 냈군요."

태성이 담담히 말했다. 그는 오늘 아침 회사에서 이 소식을 들었던 것이다.

"독립선언문에 한일합방이 조선 국민의 뜻에 반하는 것인 만큼 일본은 한국을 독립시킬 것, 미국과 영국은 일본의 한국 합병을 솔선하여 승인한 죄가 있으므로 속죄의 의무를 질 것—이런 내용이 들어 있다지요."

"태성 씨도 이미 알고 계시는군요."

"그 후의 일도 알고 있지요. 실행위원들을 비롯하여 60여 명이 체포되어 연행되었죠."

태성은 음울하게 말했다.

"태성 씨…" 인설은 태성의 어두운 어조가 마음에 걸려 그의 표정을 살폈다.

"그런데 이 마지막 부분이 특히 마음에 들어요." 태성이 말을 이었다. "'만일 이로써 성공하지 못하면 온갖 자유행동을 취하여 최후의 일인까지 열혈을 흘릴 것이며, 영원한 혈전을 불사한다.' 우리에게 청년들의 이 멋진 선언을 뒷받침할 실질적인 힘이 있으면 얼마나 좋겠어요."

태성은 그렇게 에둘러 자신의 걱정과 아쉬움을 표현했지만 인설이 귀담아듣지 않으리라는 걸 알았다. 그는 이미 이 대화를 하면서 인설이 눈을 반짝이며 '도와줘요. 할 수 있다고 말해 줘요'라고 말하는 무언의 메시지를 읽었다.

"그래도 할 수 있는 것을 하면 돼요. 언제까지 기다리겠어요? 마침 국제정세도 그렇고… 도쿄 유학생들은 지금이 적기라고 판단했어요."

인설이 말했다. 그녀의 목소리는 들떠 있었다.

"그, 그렇게 믿어 보죠. 실은 우리 회사에서도 해주와 평양 그리고 정주에서 거사를 돕기로 했어요. 평양의 학교들과 교회들의 움직임은 어디까지 되어졌나요?"

인설은 평양 시내 모든 남학교와 여학교가 연락을 받았다고 들었고, 평양뿐 아니라 황해도, 평안도, 함경도 등지에 있는 대부분의 교회에도 연락이 취해지고 있다고 들었다고 했다. 대체로 교회들은 민족과 독립을 위해 간절히 기도하고 있었던 만큼 교인들의 적극적인 호응을 받고 동참을 표시했다고 들었다는 말도 했다. 그러나 학교의 경우는 윗선에서 쉽게 결단을 내리기 어려우리라고 예상했다. 민족주의 전선에 있는 학교들의 경우는 물론 쉬울 것이다. 미션 스쿨의 경우도 조선인들이 일제치하에서 당하고 있는 고통을 잘 알기 때문에 선교사들을 이해시키면 오히려 더 적극적으로 후원해 줄 수도 있을 거라고 인설은 내다봤다.

"인설 씨의 학감이라는 위치가 중요하기도 하고 난처할 수도 있겠어요."

"네? 뭐가요?" 인설은 이렇게 반문하고 태성의 말뜻을 잠시 생각하다 말을 이었다. "학생들과 학교 사이를 잇고, 조선인과 미국인 교장 선생님과 선교사들을 잇고. 그런 어려움 말인가요? 저 그런 거에 익숙하잖아요. 양쪽의 마음을 잘 아니까. 그리고 제가 학교에서 자라다시피 해서 이만큼 온 거니까 양쪽 다 제 말이라면 믿어 주지요."

"만약 문제가 생기면, 예컨대 학생들에게 문제가 생기면… 당신의 직책에 지장이 생길 텐데."

"학감 자리가 날아가면 제가 학교에서 쫓겨나기라도 해서 빌어먹고 살게 될까봐서요?"

인설이 더 이상 못 참겠다는 듯 격앙된 목소리로 말했다.

"숙원인 나라의 독립이 걸린 문제인데 제가 학감 자리에 연연하겠어요? 태성 씨는 제가 그것밖에 안 되어 보여요? 그리고 왜 잘 안 될 경우부터 생각하나요?"

태성은 화내고 있는 인설의 아름다운 눈을 바라보았다. '당신이 말한 대로 학교와 교회가 당신의 전부니까'라는 말은 하지 않았다. 그리고 이 여인의 장점이자 단점이 엄청나게 치러야 할 대가를 계산하지 않고 뛰어드는 성격이라고 생각했다.

"일제 헌병들이 얼마나 잔인한지 알고 있잖소. 당신이 책임지고 있는 학생들도, 또 교인들도 어떤 일을 당할지 알 수 없어요."

"설마 무기를 갖고 있지 않은 학생과 민간인들을 죽이기야 하겠어요. 그리고 조선의 모든 백성이 집밖에 나와 만세운동에 참여한다면 헌병들이라고 어쩌겠어요? 그들을 다 죽이기라도 하겠어요? 다 감옥에 넣겠어요? 온 나라를 감옥으로 만들 수도 없고. 그러니까 한 사람이라도 더 참여시켜야 해요."

인설의 고집스러운 표정을 보고 태성은 마침내 웃었다.

"당신은 못 당하겠군요. 어떻게 하면 그렇게 낙천적인 생각으로 앞만 보고 달려갈 수 있죠?"

"앞을 보는 게 아니라 위를 보면 돼요. 하나님을 보고 하나님의 약속을 믿죠. '너희는 먼저 그 나라와 그 의를 구하라. 그리하면 다른 모든 것을 더하여 주시겠다'고 하셨죠. 압제받는 민족이 자유로워지는 것이 하나님의 의 아니겠어요?"

그들은 속한 곳이 앞으로 되어 가는 상황을 나누기로 하고 헤어졌다.

이틀 후 인설은 교장인 미스 윌리엄스에게 면담을 신청했다. 그 자리에는 교감인 미스 윌콕스도 있었다. 인설은 전국적으로 벌어질 만세운동에 평안여학교 학생들의 참여를 허락해 달라고 부탁했다. 평소 어린 인설이 잘 자라 준 것만도 하나님의 은혜라며 대견한 눈길을 감추지 못하던 윌리엄스 교장이었다. 인설이 무엇을 건의해도 잘 들어주던 그녀지만 이 문제만큼은 선뜻 대답하지 못했다. 예상대로 윌리엄스 교장과 윌콕스 교감은 일제의 탄압에 맞서기에는 여학생들이 아직 어리다는 것과, 신앙 교육에 힘쓰는 것이 당장의 사회참여보다 중요하다는 점을 들어 우려를 표했다.

"아, 알겠습니다. 두 분께서 무엇을 우려하시는지." 인설은 말을 이었다. "저도 그 부분에 전적으로 동의하구요. 그런데 실천이 필요한 순간 그것을 외면하는 것도 학생들의 신앙에 도움이 되지 않는다고 생각합니다. 조선 사람들은 일제 억압을 십 년을 참아 왔습니다. 그 고통과 설움으로 기독교 신앙에 나아오게 되고 의지하게 된 사람들도 많습니다. 믿음이 충분히 진실하다면 행동은 자연스럽게 터져 나오는 것이라고 생각합니다."

인설은 계속하여 이미 3·1운동에 동참하기로 한 교회와 기관들, 미션 스쿨을 포함한 남녀학교들이 늘어 가고 있다는 것을 강조했다. 결국 인설은 공식적인 지원은 할 수 없지만 자발적으로 참여하는 교사와 학생들은 막지 않겠다는 허락을 받아 냈다. 이제 다음 단계는 학생들을 설득하고 참여 준비를 하는 것이었다.

취침 시간을 넘긴 한밤에 인설과 일부 학생들이 기숙사 기도실에
모였다. 촛불 두 자루를 켜놓았는데, 여전히 어두컴컴하여 서로의 얼
굴을 겨우 확인할 수 있을 정도였다. 그럼에도 수연이는 창밖으로 빛
이 새어 나갈까 봐 두꺼운 커튼을 빈틈없이 쳤다.

"다들 모였어? 빠진 사람 없이 다 온 거니?" 인설이 기도실 문을 닫
으며 물었다.

열두어 명 정도 되어 보이는 학생들이 모여 있었다.

"거의 다 왔어요. 아, 현선이, 숙영이, 미자도 온다고 했는데, 아직
안 왔어요. 걔들만 오면 다 온 거예요." 명선이가 대답했다.

그때 문이 열리며 명선이가 말한 세 여학생들이 인설에게 작은 소
리로 인사하며 들어왔다. 아이들 사이에서 웃음소리가 퍼졌는데, 캄
캄한 방에서 옷을 찾아 입고 오느라고 제 동무의 치마를 입고 온 숙영
이 때문이었다. 검정 치마는 키가 큰 숙영이에게 작은 것이어서 깡총
하게 그녀의 종아리를 다 드러냈다.

"쉿! 조용히 하자!" 인설이 얼른 검지를 입에 갖다 대며 말했다. 이
렇게 모였는데도 조그만 일에 웃음꽃을 피우다니, 사춘기 소녀들이라
역시 귀엽다고 인설은 생각했다. 낮에 학교에서 또 기숙사에서 만날
때와 또 다르게 가족 같은 애틋한 마음이 솟아났다.

"얘들아, 우리 이렇게 모인 건 처음이지. 아까 낮에 만났어도 밤중
에 이렇게 모이니까 또 반갑구나."

인설이 낮은 목소리로 말하니까 소녀들도 그 와중에 "네" 하고 소곤
거리며 답했다. 여전히 키득거리는 웃음소리도 간간이 들렸다.

인설은 도쿄 유학생들의 2·8 독립선언 이야기도 하고, 국제정세와

'민족자결주의' 개념을 설명해 주기도 했는데, 사회 · 정치 분야에 관심이 많은 몇몇 학생 외에는 오래 집중하고 듣지 못했다. 졸린 듯 눈을 깜박이거나 하품을 하는 소녀들도 있었다. 인설은 나머지 준비했던 말들을 집어치우고 단도직입적으로 말하기로 했다.

"얘들아, 일제가 우리나라를 외세로부터 보호해 주겠다고 들어온 지 벌써 15년이야. 그래 놓고 결국 우리나라를 지들의 속국으로 삼았어. 그런 지 10년이 되어 가. 속국, 식민지가 뭘 의미하는지 우린 처음엔 잘 몰랐어. 그런데 이제는 다들 알아. 우리나라 사람들은 마음대로 한 자리에 모이지 못해. 모여서 나라 이야기, 정치 이야기 하지 못해. 일제 헌병들이 마구 들이닥쳐 끌어가고 몽둥이로 개처럼 패도 조선 사람들은 아무데도 호소할 데가 없어. 일본인들이 법을 교묘하게 만들어서 조상 대대로 소유하거나 소작하던 땅도 하루아침에 잃기도 해. 그래도 호소할 데가 없어. 항의하면 헌병들이 마구 구타하고, 그러다 죽어도 아무데도 호소할 데가 없어. 왜 우리나라에 들어와 이렇게 못된 짓을 하냐고, 이런 간섭 싫다고 전에 우리 아버지와 할아버지들이 의병을 일으켜서 무력으로 저항하시기도 했어. 그런 분들과 그분들에게 협조한 사람들까지 전부 잔인하게 학살했어. 항일은 이제 정당한 이 나라의 권리가 아니라고. 왜? 조선은 없으니까. 너희는 반역도의 집단이라고. 반역도의 최후는 도살이라고. 우리는 우리나라가 있다고 생각하지만 우리나라는 없어. 그래서 이런 일이 일어나는 거야."

분위기가 숙연해졌다. 그녀는 더 와닿는 예를 들었다.

"우리 집에 손님이 와서 잠깐 머물겠다고 해서 행랑채에서 자게 허락해 주었더니, 그가 날강도로 변해 온 집안 식구들을 위협하고 귀한 물건을 빼앗아 가네. 그러더니 이제는 아예 우리 집 주인 행세를 해.

그러면 우리는 뭐야? 우리는 그 집 종이 된 거야."

학생들은 이 말을 하면서 인설의 **뺨**에 눈물이 한 줄기 한 줄기 흐르는 것을 보았다. 학생들은 인설이 나라 잃은 설움에 감정이 복받친 것이라고 생각했다. 그러나 실은 아이들의 얼굴에 드러난 슬픔 때문이었다.

'손님을 행랑채에 자게 허락해 주었더니…'라고 말하는 중에 인설은 주위를 둘러보다가 현선이와 눈이 마주쳤다. 그녀의 눈은 텅 비어 있었다. 그녀는 현선이 평소 남의 집 행랑채를 부러워할 정도로 쓰러져 가는 단칸방 초가집에 살고 있다는 것을 떠올렸다.

"…날강도로 변해 귀한 물건을 **빼앗아** 가네"라고 말할 때, 인설은 몇몇 아이들이 슬며시 고개를 떨구는 것을 보았다. 미자, 수연, 숙영이였다. 그 아이들의 집에 빼앗길 만한 값나가는 물건이라곤 없었다. 인설은 이 아이들을 배려하지 못한 것을 자책했지만, 시작한 이야기를 멈출 수는 없었다.

그리고 "우리 집 주인 행세를 하는 도둑 때문에 우리는 뭐가 된 거야?"라고 묻고 "우리는 그 집 종이 된 거야"라고 말하면서 인설은 선자가 앉아 있는 쪽을 차마 바라볼 수 없었다. 선자 아버지가 어느 양반 댁 행랑아범 일을 보았다고 했다. 그녀의 어릴 적 이름은 종년이었는데, 가난한 식구의 입을 덜려고 어렸을 적 떠맡기다시피 학교에 보내진 아이였다. 입학 직후 세례를 받자마자, 선생님들은 서둘러 그녀의 이름을 '착할 선' 자로 바꾸어 주었다. 그렇지만 이를 아는 일부 짓궂은 아이들은 지금까지도 종년이라며 그녀를 놀리곤 했다.

인설은 선자의 불안하고 어두운 눈초리를 보며 눈물을 흘렸다. 내어 줄 것 없는 집에 살면서, **빼앗길** 것 없이 이미 가난에 시달렸고, 주인만 바뀌었지 종이라는 꼬리표를 갖고 태어나 살아야 하는 사람들. 이미 없는 것, 잃는 것에 익숙해진 백성이다. 왜 우리 선조는, 왕과 위정자들은 자신들의 백성을 이런 상태에 살게 내버려 두었단 말인가. 왜 그들의 백성이 일본의 압제를 부당하게 느낄 만한 자존감도 없이 살게 해왔단 말인가. 이렇게 살다간 빼앗기는 것도, 맞아 죽는 것도 운명으로 여길 수 있는 게 아닐까. 생각이 여기까지 미치자 인설은 소름이 끼쳤다.

"선생님, 울지 마세요!" 누군가 조그맣게 말하려 애쓰며 말했다.

"네, 선생님! 우리도 만세운동 해요!" 또 다른 학생이 말했다.

"선생님, 무슨 마음이신지 다 알아들었습니다. 우리 같은 여학생들도 필요하다면 해요."

"해요! 해요!"

소녀들은 너도 나도 하겠다고 나섰다. 그러나 그녀들을 바라보는 인설의 눈빛이 어두워졌다. 인설은 곧 손가락으로 눈물을 훔치고 말했다.

"잠깐만, 여러분! 이건 감정적으로 결정할 일이 아니에요. 또, 다른 학교들이 다 참여한다고 우리도 하자는 생각은 좋지 않아요. 그보다 저는 여러분이 생각하는 시간을 가졌으면 좋겠어요. 기도하고 생각하는 시간을 가집시다. 앞으로 사흘 동안. 그리고 여기 졸업반 언니들이 저에게 여러분의 의견을 수렴해서 알려 주세요."

인설의 기도로 모임이 마쳐지자 소녀들은 기숙사 방으로 향했다. 인설이 그렇게 조용히 들어가라고 당부했건만, 어두운 복도는 소녀들이 내는 발자국 소리로 몇 분간 메아리쳤다. 그와 함께 속삭임도 들렸다.

"만세운동이 뭘까?" 경순이가 룸메이트 미자에게 물었다. 경순이는 학교에 일찍 들어왔기 때문에 미자와 같은 학년이지만 두 살이 어렸다.

"거리를 걸어 다니면서 태극기 흔들며 대한독립만세를 외치는 거래."

미자가 말했다. 실은 인설 선생님의 설명에도 불구하고 그녀도 그것이 무엇인지 도저히 감이 잡히지 않았다. 그렇지만 자기보다 나이 어린 경순이가 물어보는 말에 모르겠다고 하는 게 싫어서 최대한 상상해 보려고 애쓰면서 말했다.

"정말 위험해?" 선자가 물었다.

"우리는 평화적으로 시위하는 것뿐인데. 그렇기야 하겠어." 명선이 차분하게 말했다.

"그래도 말하는 내용이 대한독립만세잖아. 아버지가 그러시는데, 무기만 안 들었을 뿐이지 일제에 정면도전이래." 정희가 말했다.

"전에 우리 할아버지 때 동학운동 하셨다는데, 그거랑 뭐가 달라? 하면 되는 거지."

성격이 시원스러운 정숙이 말했다.

"바보야. 그때는 칼이랑 몽둥이 등 무기를 들고 싸운 거잖아."

정희가 정숙을 무안 주며 말했다. "그래도 일본군이랑 청나라 군대랑 다 동원해서 진압당해서, 죽고 처형되었다는데. 그런데 이번에는 무기 든 사람 아무도 없다는데."

그녀의 집안은 동학운동과 아무 관련 없었으므로 그녀의 어조는 매우 냉정했다.

"우리 엄마는 교회에서 참여하기로 했다는데, 이번 만세운동이 하나님께서 주신 기회래." 명선이 평소 목소리보다 약간 크고 무뚝뚝하게 말했다.

"그럼 우리가 열심히 만세운동 하면 하나님께 기도하는 것과 같은 효과야? 하나님이 일제를 몰아내 주셔?" 미자가 물었다.

"우리 엄마는 거의 그렇게 생각하는 것 같아." 명선의 어조는 확신에 차있었으므로 권위 있게 들리기까지 했다. 그녀가 그런 어조로 말할 수 있었던 것은 어머니를 존경하기 때문이었다. 한글도 모를 정도로 배움이 부족한 엄마지만, 명선은 엄마가 가족을 위해 감당하시는 고생을 알고, 또 그녀의 원동력이 새벽마다 기도하는 신앙심임을 잘 알고 있었다.

여학생들은 명선이 공부도 상위권이고 리더십이 있는 1반 반장이기에 그녀가 하는 말들을 쉽게 무시하지 못했다.

"하나님께 부르짖는 거지. 현실에서는 아무 답이 안 보이니까. 구약성경에도 보면 하나님께서 적이었던 나라를 우방으로 만들어 주신 경우도 있고. 반대로 하나님을 떠나려 하면, 우방이라고 믿었던 나라가 침략해 속국으로 만들잖아."

명선이 성경 시간에 배운 말씀으로 설명하자, 친구들은 어렴풋이 기억을 떠올려 보려고 했다.

"그러니까 하나님께 시위하는 거다?"

정숙이 무슨 말인지 알겠다는 듯이 물었다.

"결국은 일종의 그런 거 아닐까. 하나님 보시라고…."

소녀들은 만세 독립운동에 대한 저마다의 상상을 간직한 채 방으로 돌아가서 잠을 청했다.

2월 중순이 지났다. 인설은 혼자 저녁을 먹고 거실 창가에서 책을 읽고 있었다. 환기를 위해 열어 놓은 창문으로 바람이 들어왔다. 그날따라 대동강에서 불어오는 바람은 봄기운을 품은 듯 부드러웠다. 인설은 귀가가 늦어지는 미영을 기다리느라 책에 집중할 수 없었다. 그녀의 상념은 다가올 만세운동까지 미쳤다.

기도회 이후 학교에서는 만세운동에 대한 기도와 토론이 계속되고 있었다. 명선, 점순, 수연같이 신앙과 성적이 뛰어난 학생 리더들이 나서서 흐름을 이끌었다. 덕분에 인설과 그녀를 돕는 몇몇 교사들은 학교 인근 마을들의 유지를 비롯한 주민들에게 만세운동을 알리고 동참시키는 일에 힘을 쏟을 수 있었다.

바빴던 한 주일을 돌아보며 인설은 이번 만세운동이야말로 십년 동안 기다려 온 기회가 되기를, 하나님께서 이 나라의 압제의 사슬을 끊어 주시기를 간절히 바랐다. 또 한편 그녀는 이 길이 현과 해외의 독립운동가들이 고국에 돌아올 수 있는 길마중이 되기를 기대했다. 만세운동이 성공하면 독립이 되고, 그러면 현이 돌아올 수 있는 것이다. 그런 생각에 잠겨 있을 즈음 미영이 돌아왔다.

"이제 왔어?"

인설은 화장에 성장盛裝을 한 미영을 보며 짧게 말했다.

"정말 그거밖에 안 궁금해요? 더 묻고 싶은데 참고 있죠? 물어봐요, 내가 뭐 했는지."

미영이 상당히 거칠게 나오고 있다. 미영이 태성의 동생이기에 함께 사는 집에서는 학교에서 학생들을 대할 때보다 조금 더 허물없이 언니처럼 대하려 노력하기도 했다. 그러나 오늘밤의 그녀는 허용할 수 있는 도를 넘으려 하고 있었다.

"뭐 했는지 말하고 싶으면 말해." 인설은 책에서 눈길을 떼지 않고 약간 냉정하게 말했다.

"석진 씨가 일식집에 가서 요리 사주고, 술도 좀 마셨어요. 그이가 결혼하재요!"

실은 그녀는 오늘 남자친구와 깨어지고 온 것이었다. 오늘 대화하면서 미영은 그가 그녀에게 친구 이상의 관심이 없다는 것을 확실히 알았다. 게다가 그는 눈치없이 인설을 찬양하는 말을 늘어놓았다. 인설에게는 미모와 능력과 신비로움이 있다고 했다.

"근데 언니는 왜 남자 안 사귀어요? 왜 결혼 안 해요?"

미영은 아무 반응 없는 인설을 두고 혼자 대화를 이어 갔다. "아, 맞다! 그래야 만인의 연인이 될 수 있지! 모든 남자한테 여지를 주는 거야!"

"네 얘기 다 끝났으면 그만 들어가렴. 내 얘기 두고 소설 쓰지 말고."

"왜 그렇게 다른 여자들과 달라 보이려고 애를 써요? 뭣 때문에 그렇게 기를 쓰고 다르게 사는 척하는 거예요?"

뜬금없는 질문에 인설이 미영을 바라보니, 그녀의 얼굴은 상처입어 표독스러운 빛으로 가득했다. 인설은 미영이 오랫동안 벼른 말들을 하려 한다고 느꼈다.

"언니가 결혼 안 하는 것도 여자들에겐 민폐야. 남자들이 언니를 신비롭게 생각하잖아. 실은 그게 아니라 남자한테 버림받은 건데!"

"뭐라고!" 인설이 짧고 낮게 외쳤다.

그것은 미영에게 깊은 상처로부터 나온 소리같이 들렸다. 미영의 얼굴에 희미한 확신이 떠올랐다. 그녀는 자신의 심증을 더 밀고나가 보기로 했다.

"언니가 누굴 좋아하는지 알아. 그런데 정말 언니를 사랑한다면 이렇게 방치하고 있겠어?"

미영은 그냥 질러 버리기로 했다. 그녀의 촉은 분명 자신도 알고 있는 사람이거나 관계있는 사람일 거라는 점이었다. 그렇지 않다면 미영의 찔러보는 말에 그렇게 심각하게 반응할 것 같지 않았다.

"태성 오빠가… 태성 오빠 힘들어해. 언니 때문에 결혼도 못하고…
미안해하잖아."

마침내 인설의 표정이 굳어졌다. 그녀의 얼굴은 대리석같이 하얘
졌다.

'역시 태성 오빠인가?' 하는 생각이 스쳤지만 미영은 그것보다 영민
했다. 미영이 보기에 태성이 인설의 연모의 상대는 아니었다. 왜냐하
면 오빠가 평소 인설을 대하는 태도를 볼 때 그녀를 좋아하면 좋아했
지 거절할 이유는 없었다. 그러나 태성 오빠가 결혼하지 않고 독신으
로 지내는 이유가 인설이 독신으로 지내는 이유와 관련이 있는 것 같
다. 누굴까? 태성 오빠와 나와 인설 언니와 그리고 그 누구…?

"우리 태성 오빠는 중간에서 말도 못하고 얼마나 괴롭겠어요. 제
발 부탁이에요."

미영은 정신적으로는 이미 쓰러진 것이나 다름없는 인설을 바라보
며 말했다.

"제발 열녀 코스프레 하지 말고 이제라도 맘 접어요! 만주에서 독립
운동하는 현 오빠가 얼마나 부담스럽겠어요. 이제 그만해."

미영은 인설의 책상 밑으로 내린 손이 덜덜 떨리고 있는 것을 보며
현 오빠가 맞다는 것을 확인했다. 그녀는 천천히 일어나 자리를 떴다.
미영은 진실의 어려운 길을 혐오하는 사람답게 진실을 추구하는 사
람의 약점을 잘 알고 있었다. 그것은 진실을 말하는 사람은 거짓말을
쉽게 믿는다는 것이었다.

힘들었던 준비기간도 끝나고 결전을 앞둔 바로 전날 저녁, 태성이
인설을 찾아왔다. 태성은 인설을 보자마자 그녀의 안색이 좋지 않다
는 것을 눈치챘다.

"저녁도 안 먹은 것 같고 집이 왜 이리 썰렁해요?" 태성이 일부러 심상하게 물었다.

"아, 아이들이 둘 다 학교에 남아서 태극기 만드는 작업을 하고 있어요. 늦게까지 하다가 기숙사 친구들 방에서 끼어서 자겠다고 하네요." 인설이 답했다.

"만세운동은 걱정한 것보다 참여 규모가 클 것 같아요. 1월에 승하하신 고종 황제가 일제에 독살당했다는 소문이 퍼진 것이 호재로 작용했어요. 일제에 대한 국민들의 반감과 증오가 더욱 끓어올랐어요. 3월 3일이 국장일이라서 참배하려고 상경하려는 사람들이 이틀 일찍 와서 시위까지 동참할 예정인가 봐요."

"그렇군요."

"그리고 종교 단체들과 학교가 큰 역할을 감당했더군요. 한일합방 이후 정치성을 띤 우리나라 사회단체들은 일제에 의해 싹 강제 해산된 실정이죠. 이런 상황에서 어떻게 만세운동이 전 국민적인 시위로 확산될 수 있을까 했는데, 종교단체들이 앞장서서 지역 거점, 연락책 역할을 함은 물론 민족애와 독립정신을 높여 주었어요. 기독교와 교회의 역할도 컸더군요."

태성에게서 기독교와 교회에 대해 긍정적인 말을 듣는 것은 거의 처음이었다. 또한 이제껏 만세운동에 미온적이던 태성이 이런 일들을 다 꿰고 있는 것에 놀랐다. 하지만 태성이 이 얘기를 꺼낸 것이 그녀에게 힘을 북돋아 주려는 것임은 몰랐다.

"태성 씨가 어떻게… 그런 것들을?"

"아냐고요? 내가 매일 장사만 하러 다니는 줄 알아요? 이번에 우리 회사도 만세운동에 참여합니다. 혹시 박희도라는 분 알아요?"

태성은 인설이 고개를 젓는 것을 보고 말을 이었다.

"이번에 해주 유기 공장에 출장 차 갔다가 거기서 해주 만세운동 연락책임을 맡은 김명신 씨를 만났어요. 해주는 어디로부터 만세운동 연락을 받고 있느냐 했더니, 민족 대표 33인 중 한 명이고 YMCA 간사인 박희도 씨래요. 박희도 씨가 학생 동원과 지방 연락을 책임지고 있다고. 김명신 씨가 말하기를, 박희도 씨가 주는 독립선언서 삼백 장을 해주 서문밖교회 오 목사님에게 전했다고 합디다. 오 목사님과 몇몇 지도자들이 해주읍 교인과 학생들을 동원하여 내일 만세운동을 주도할 거라고."

"해주 상황은 그렇군요. 다른 단체들이 다 묶여 있는 시기에 교회에 이런 역할이 맡겨진 것이 감사하네요. 만세운동 후 교회마저 일제의 탄압을 받을까 봐 걱정되네요."

태성은 등불이 비추는 인설을 말없이 바라보기만 했다. 따뜻한 차가 담긴 찻잔을 두 손으로 감싸고 있는 인설은 무념무상인 것처럼 보였다. 태성은 신민회나 그 밖의 많은 사회단체가 그랬듯 앞으로 교회가 받을 탄압은 자명하다고 생각했다.

"이번 운동에 학생들의 적극적 참여도 놀라워요. 시위가 전국적 규모가 되는 데 큰 몫을 했어요. 평안여학교 학생들은 내일 나갈 준비 다 되었나요?"

태성이 물었다. 제자들을 생각할 때 인설의 얼굴에 살짝 미소가 떠올랐다.

"그렇죠. 우리 학교 아이들도 어리다고만 생각했는데… 처음 만세운동 얘기했을 때는 의아해하더니 저희끼리 기도하고 준비해 가면서 놀랄 만큼 다들 생각이 성숙해졌어요. 한편 생각하면 애처로워요. 우리나라가 주권을 뺏긴 것이 저 아이들의 책임이 아니잖아요…."

인설은 만세운동을 두고 맨몸으로 무장 병력에 대항하는 것이라며 우려하던 사람들의 말을 떠올렸다. 정말 그렇게 될까? 맨손으로 평화 시위를 하는 백성들을 해한다면 자칭 동아시아 평화의 보호자를 자처하는 일본제국의 체면이 무엇이 되겠는가? 그렇지만 남녀노소, 특히 어린 학생들이 길에 나갔을 때 시위를 제지할 일경과 조그만 충돌이라도 나지 않으리라는 보장은 없었다. 인설은 학감으로서 그 생각을 가장 견딜 수 없었다. 훗날 누군가가 그녀에게 그 희생에 대해 무책임했다고 비난한다면 그녀는 무슨 말을 할 수 있을까?

태성은 인설이 오늘따라 그녀답지 않게 착잡해하고 있다고 생각했다. 보통 그녀의 사전에는 좀처럼 두려움과 망설임이 없었던 것이다. 태성은 선생님으로서의 책임감이 그녀를 그렇게 만들고 있다고 파악했다.

"인설 씨, 당신 눈에는 학생들이 어린애처럼 보인다 해도, 그들은 그렇게 생각하지 않을 걸요. 생각해 봐요. 우리가 그 나이 때 어리다고 생각했나요?"

'그 나이 때?' 인설은 속으로 반문했다.

"그때 내가 기억하기로 인설 씨는 당차기가 지금 상황으로 치면 평양 시내에서 독립선언서를 낭독할 기세였는데요. 무슨 여자가 남자한테 먼저 다가와서 말을 걸지를 않나. 그 많은 사람들 앞에서 남자고 어른이고 조금도 개의치 않고 이런 것입니다, 저런 것입니다… 통역이라고는 하지만 솔직히 미국인 목사가 뭐라 하는지 아무도 모르니 혹시 저 여자 자기 하고 싶은 대로 말하는 거 아냐? 하고 생각할 정도로 태연했죠, 당신은."

인설은 소리 내어 웃으며 긴장이 풀려 감을 느꼈다.

"그러니까 미안해하지 말아요. 그녀들은 자기들이 뭘 하는지 알고 있어요. 최소한 나중에 후회하지 않을 만큼."

태성이 인설의 눈을 똑바로 바라보며 말했다.

아랫목 창문의 창호지가 푸르스름해지고 있었다. 동이 터오고 있다는 증거였다. 성복은 누워서 생각했다. 드디어 오늘이구나.

성복이 더 이상 잠이 안 와서 마당에 나가 바람 쐬고 들어오니 어머니가 일어나 계셨다.

"왜 벌써 일어난 거니? 네가 이렇게 일찍 일어나는 건 너 낳고 처음인 것 같다."

성복도 성복 모도 이유를 알고 있었다. 성복은 쑥스럽게 웃었다. 어머니가 아침상을 차려 와서 모자는 마주 앉았다. 그리고 고개 숙여 평소와 다름없는 짧은 식사 기도를 했다. 기도를 마치고 눈을 뜬 성복 모의 눈에 새로 다린 교복을 입은 아들의 의젓한 모습이 들어왔다. 그녀는 새삼 뿌듯했다.

"많이 먹어라. 오늘은 다른 때보다 더 잘 먹어야…"

성복 모가 말을 더 잇지 못할까봐 성복이 얼른 말을 시작했다.

"어머니, 우리 대현학교 학생들하고 다른 두세 남학교 학생들이 맨 앞에 설 거예요. 여학교들은 일찌감치 거의 대부분 참여한다 해서 인원이 많아요. 그래도 남학생들이 앞장서야겠지요. 무슨 일이 일어날지 모르는 만큼. 그다음에는 여학교 학생들. 그다음에 각 마을에서 오신 어른들이 도착하시는 대로 섞일 거예요. 어머니와 교회 분들도 그쯤에 섞일 거예요. 그러다가 평양 시내 한복판에 다다르면 거기서 독립선언서를 낭독할 거예요. 그다음에는 서너 곳으로 나뉠 터인데, 그때도 학생들이 앞장설 거예요. 그러니까 어머니는 대열을 잘 따라 무리와 함께 있으시고, 절대로 따로 떨어져 나오지 않도록 주의하세요. 그렇게만 하면 별 일 없을 거예요."

성복이 신중한 태도로 말을 하는 동안 성복 모는 아들을 바라보고 있었다.

"성복아!" 성복 모가 입을 열었다. "내 걱정은 하지 마라. 너나 나나 이제까지 하나님이 돌보시는 은혜로 살아왔다. 그렇지?"

"네, 어머니…." 성복은 순순히 대답했다. 자신과 신앙이 어머니 삶의 전부라는 것을 알고 있었기 때문이다.

"오늘 나가는 것도 아버지 하나님께 우리 모자의 목숨을 맡기고 나가도록 하자. 이만큼 나라에 쓸모 있는 사람으로 키워 주신 것도 감사한데, 우리 목소리든, 몸뚱이든 나라의 독립을 위해 쓰시겠다고 하면 드려야지."

결연한 말과는 달리, 눈물 어린 눈길로 아들을 바라보고 있었다. 하지만 그녀는 걱정했던 것과 달리 마음이 심하게 요동하지 않는다는 것을 느끼며 안도했다. 그녀는 만세운동뿐만 아니라 오늘 이 순간을 위해 많은 시간 기도했던 것이다. 그녀는 아들에게 한 자신의 말이 자신의 신앙 진심과 일치한다는 것을 느꼈다. 그녀는 아들 앞에서 부끄러움 없다고 생각했다. 아들은 고개를 떨구고, 어머니의 말을 생각하는 듯했다.

'만약 만세운동 후 어머니의 상황이 더 고통스러워진다면? 어머니가 지금 가장 감사히 여기는 것을 잃는다면?' 성복은 그것이야말로 어머니의 하나님께 맡기는 수밖에 없다는 결론을 내렸다.

"학생들이 앞에 나가면서 위험할 것 같으면 멈추거나 옆길로 빠지거나 할 거예요. 그러니 잘 따라오세요."

성복은 밝은 표정을 지으며 어머니께 말했다.

"알았다."

성복 모는 거듭 안전을 당부하는 아들이 대견해서 미소 지으며 말했다.

"병원에다 오늘은 오후까지 근무 못 한다고 말해 놓았다. 하지만 위중한 입원 환자들이 생겨서 오후 늦게라도 들어가 봐야겠구나. 만세운동 끝나고 그리 가 있을 테니 너도 그리로 와라. 저녁 먹게."

그녀의 목소리는 떨리거나 어색하지 않고 평소 아침과 조금도 다름없이 들렸다.

"이따가 병원에서 만나자."

"네, 어머니."

아들은 어머니와 눈을 맞추고 싱긋 웃더니 모자를 고쳐 쓰고는 골목길을 달려갔다.

제작하기로 한 태극기 수량을 맞추느라 거사 전날 밤에도 쉴 틈 없이 일하고 있는 수연에게 수연의 오빠 기훈이 찾아왔다. 기훈이 다니는 대현학교 학생들의 태극기 제작을 평안여학교가 맡아 주기로 했던 것이다. 시간이 부족해지자 수연은 오빠에게 사정을 말해서 가능한 한 늦게 가지러 와달라고 했고, 기훈이 바로 만세운동 전날 밤에 태극기를 가지러 온 것이다.

"어, 오빠! 너무 늦게 오시라 해서 미안해요. 대현학교 것 다 되어서 저 상자 안에 있어요. 가지고 가면 돼요."

수연은 구석에 쌓아 놓은 상자를 가리켰다.

"어, 그래. 근데 잠깐 얘기 좀 나눌 시간 있어?" 기훈이 물었다.

둘은 교정으로 나가 작은 벤치에 앉았다. 어두워서 모든 것이 검은 윤곽으로만 보였다. 오빠가 지금 어떤 표정인지 분간할 수 없었다. 요양을 마친 후 그녀가 평안여학교에 입학해 기숙사 생활을 하면서 기훈도 평양에 있는 민족주의 계통의 대현학교에 입학했다.

수연이 아는 바로는 기훈은 대현학교에서 만세운동 시위에 주도적인 역할을 맡고 있었다. 공부도 잘하고 반대표를 맡고 있어 집안은 어려워도 전액 장학금으로 공부하고 있는 자랑스러운 오빠였다. 평소 무뚝뚝하고 말이 많지 않지만, 속으로는 불의를 참지 못하고 다혈질적인 기질이 숨겨져 있기에 이번 만세운동도 적극적으로 참여할 거라고 생각했던 그녀의 예상대로였다. 그날이 바로 오늘인 (자정이 넘었으니까) 거사를 앞두고 오빠의 마음은 온통 거기 쏠려 있을 것이다. 그런데 친구들을 먼저 보내고 자신 옆에 이렇게 앉아 있으려는 까닭은 뭘까. 원래 말수가 적은 오빠이기도 하지만, 어쩌면 정말 딱히 할 말이 없는지도 모른다고 수연은 생각했다. 무슨 말을 하랴.

기훈은 어둠을 응시하며 생각하고 있었다. 1919년 3월 1일. 오늘 일어날 독립만세 시위는 역사의 한 페이지에 길이 남을 것이다. 그것은 분명하다. 그러나 어떤 내용과 결과로 쓰일지 그것을 도저히 알 수 없다. 평화시위가 세계에 알려지고 자주 독립에 이르게 되었다고 쓰이게 될 것인가? 평화 시위가 일제의 폭력 진압에 짓밟히고 흘린 피가 먼 훗날 자주 독립의 밑거름이 되었다고 쓰이게 될 것인가. 아니면 영원히 이 나라에 자주 독립이라는 것이 이르지 못하여 3월 1일 피 흘린 역사마저 삭제되어 버릴 것인가. 하긴 결과를 미리 안다면 사람들이 시도하지 않을 일들이 얼마나 많을 것인가. 그것을 모르기에 뛰어드는 것이 역사이고 인생이 아닐까.

그러나 보호해 주고 싶은 여동생, 이제 막 총명하고 아름답게 피어난 여학생, 어떤 일이 있어도 목숨만은 지켜 주고 싶은 여동생이 있다는 게 안타까운 것이다. 그래서 기훈은 말해 주고 싶었다. 이것이 그가 여동생을 찾은 까닭이었다.

"사람들은 평화시위를 하면 평화롭게 마칠 수 있으리라고 생각하는 것 같은데. 내 생각은 달라. 일제 헌병들이 거칠게 나올 거야. 합방 후 지들 멋대로 만든 법을 법이랍시고 집행하다 억울한 사람이 항의라도 하려 하면, 대낮에도 몽둥이질을 하고 잡아가거나 심지어 검으로 찔러 죽이기도 하는 놈들이야. 차라리 법 따위 없는 야만국가라면 모를까, 전쟁 중인 전쟁터라면 모를까, 헌병들에게 하시라도 민간인을 죽여도 된다는 권리를 부여한 법이 어떻게 법이란 말이냐? 이런 세상에서 어떻게 살란 말이냐? 그놈들은 지들 코앞에서 태극기를 흔들며 만세 시위를 하면 절대로 가만히 두고 보지 않을 거야."

수연은 오빠의 말을 가만히 수긍하며 듣고 있었다.

"아, 남자답게 싸우고 싶은데! 우리에게 무기만 있다면. 생각해 봐. 조선 백성이 태극기 대신 총검을 가지고 나가서 싸울 수 있다면. 그렇다면 이길 수 있을 텐데!"

기훈이 답답한 듯 탄식했다.

"총검만 있다면?" 수연이 놀랍다는 듯 되풀이했다.

기훈은 수연이 그 말을 액면 그대로 믿는 것 같아서 덧붙여야 했다.

"사실 무기만 있다고 되는 건 아냐. 그보다 먼저 조선 백성이 하나가 되어야지. 동학 운동 때 표면적으로는 종교 탄압인 듯 보였지만, 실은 양반 상놈 나뉘어 분열되었잖아. 양반들이 일본군과 청나라 군대를 불러들였지. 무기 들고 오라고. 집안싸움에 이기겠다고 대문을 열고 강도들을 부른 거야. 자기들 편들어 달라고. 먼저 도둑들에게 정당성을 부여한 거지. 그때부터 얼씨구나 들어와서 설쳐 대기 시작한 거야. 보호해 준다느니, 싸워 준다느니, 다른 열강을 막아 준다느니. 일본의 잘못이기 이전에 분열되었던 우리나라의 잘못이라고 봐. 지금도 마찬가지야. 만세 시위보다 더 시급한 것은 우리나라가 하나 되고 일본에게 우리가 하나 되었다는 것을 보여 주는 거야. 그런데 기득권을 친일로 유지하려는 양반들이나 난세를 틈타 친일해서 출세하고 부자 되려는 놈들이 있는 한 어려워."

기훈은 잠시 말을 끊고 동생을 돌아보았는데, 그녀는 피곤에 지쳐 무릎을 벤치 위에 굽혀 세운 채 기대어 졸고 있었다. 기훈은 잠시 보다 한숨 쉬듯 말했다. "이참에 만주 가서 독립운동하고 싶어. 수연아, 나 결심했다. 만세운동 끝나면 만주에 가려고 해."

"응, 알았어." 수연의 목소리는 아예 잠꼬대처럼 들렸다. 그러나 기훈은 그녀에게 물었다.

"수연아, 이제 안 아프냐?"

"오빠, 나한테 미안해할 필요 없어."

수연이 여전히 고개를 무릎에 묻고 잠결처럼 말했다.

기훈은 순간 여동생이 자신이 어떤 마음으로 찾아왔는지 알아냈다는 것을 깨달았다.

'내가 어떻게 안 그럴 수 있어. 너를 그 차디찬 바닥에 내버려 두고 캄캄한 곳에서 무서워서 울고, 아파서 울고, 두려워서 울게 만들었던 나를.' 그가 하고 싶은 말이었다.

'그거 다 지난 일이잖아. 이제 다 나았는데. 그런 일을 겪고도 나았다고 생각하면 더 감사한 마음이 들고. 잘 살고 싶다는 마음이 드는데.' 그녀가 하고 싶은 말이었다.

새벽바람을 맞으며 안개 깔린 길을 가는 모녀는 명선과 명선 모였다. 그녀들은 평소와 다름없게 새벽기도를 마치고 집으로 돌아가는 길이었다. 들판을 건널 때 풀잎에 맺혀 있던 이슬이 짚신을 젖게 했다. 개울을 건널 때 모녀는 서로를 의지해서 돌멩이가 띄엄띄

엄 떨어져 있는 징검다리를 건넜다. 개울물은 시원하게 흘러가고 있었다.

"엄마, 오늘인데 긴장 안 돼요?"

엄마의 표정이 하도 평상시와 다름없어서 명선은 물었다.

"뭐가?"

"아이, 참⋯."

"명선아, 나는 참 신나는데. 합방된 지 근 십 년이고, 을사늑약부터 시작하면 십오 년이다. 그 세월을 남의 나라 사람들이 주인 행세하는 것을 보면서도 참고만 살았어. 하나씩 뺏겨도, 개돼지처럼 무시당해도. 벙어리처럼 귀머거리처럼, 봉사처럼. 그런데 오늘 드디어 뛰어나가 말하는 거야, 일본놈들에게. 우리가 바보인 줄 알았지? 다 보고 있었어. 다 느끼고 있었어. 다 알고 있었어. 나도 사람이고, 여긴 내 집이고, 내 나라야! 라고. 얼마나 통쾌하고 신나니!"

주름이 자글자글한 그녀의 눈가에는 장난기마저 어려 보였다.

"알았어요. 그런데 아빠도 마을 사람들이랑 시위 나가실 거고, 저도 학교에서 나가고, 엄마도 교회 사람들이랑 나가시면 명자는 어떻게 해요? 아빠는 내심 엄마가 집에 남기를 바라시는 것 같던데."

"뭘 어떡해? 아빠도, 너도, 나도 각자 할 일 하고 저녁때 집에 돌아오면 되는 거지."

"그렇긴 한데⋯." 명선은 차마 '무슨 일이라도 일어나면'이라는 말을 못 했다.

"명선아, 걱정 마라. 성경에 분명히 있잖니. 하나님께서는 애통하고 의에 주리고 목마르고 핍박받는 자의 편이시라고. 우리 민족이 이제껏 바라는 만큼 강하고 힘세어지지는 못했지만, 그동안 얼마나 애통해하고 핍박받았니. 그것만으로도 하나님께서 편들어 주실 자격이 되는 거란다."

그녀는 언덕 비탈을 오르다 숨찬 듯 잠시 쉬었다가 말을 이었다.

"두고 보렴. 약자를 때린 놈은 발 뻗고 자지 못해도 맞고 들어온 약자는 잠만은 달게 자는 법이란다. 그게 바로 하나님은 약자의 하나님이시란 뜻이지. 이 엄만 이 이치를 여러 번 체험했다. 우리가 강하다면 나는 오히려 오늘 일을 걱정했겠지만, 우리가 약하니 나는 오히려 안심이다. 두고 보렴, 하나님께서 도와주신다."

명선은 엄마의 얼굴이 다시금 미소로 환해지는 것을 보았다. 이미 승리를 예감하는 사람의 미소였다. 명선은 이제까지 시위를 준비하면서 여러 학교 선생님들과 지도자급 되는 어른들을 만났지만 자기 엄마처럼 확신과 평안을 가지고 만세 시위를 말하는 사람은 본 적이 없었다.

"알았어요, 엄마. 걱정 안 할게요. 엄마도 제 걱정하지 마세요."

"걱정하긴. 나보다 훨씬 똑똑한 우리 딸을 내가 왜 걱정해."

명선 모의 얼굴은 다시금 천진스럽게 웃음을 띠었고, 모녀는 손을 잡고 종종걸음 치며 집을 향해 걸었다.

숭덕학교 앞마당으로 각양각색 옷을 입은 사람들이 속속 들어오고 있었다. 요즘은 복장으로 신분을 구분하기가 쉽지 않아졌다지만 한눈에 보기에도 평양의 모든 계층 남녀노소가 모이고 있었다. 1월 말에 승하하신 광무황제(고종)의 봉도식奉導式이 잠시 후 거행될 예정이었다. 갓과 두루마기로 의관 정제한 양반들, 평상복인 흰 무명 한복 바지저고리를 입은 농민들과 천민 직업인 사람들, 빛깔이 은은하게 들어간 한복 치마저고리를 입은 양반 댁 부인들, 무명 치마저고리에 일하기 편하라고 허리에 끈을 질끈 동여맨 여염집 아낙네들이 들어왔다. 어떤 아낙네들은 집에 아이를 두고 올 수 없었는지 업거나 안고 오기도 했다.

한 무리의 보통학교 학생들도 도착했다. 덩치는 엄마 손을 잡고 온 어린이들과 별 차이가 없이 작았지만, 줄 맞추어 들어와서 질서 있게 자리 잡고 앉았다. 학교에서 선생님들로부터 교육을 잘 받고 왔는지 동그스름한 얼굴에 자못 심각한 표정을 짓고 있는 모습에 아주머니들이 황제의 봉도식임을 잊고 멀리서 힐끔힐끔 쳐다보며 귀엽다고 수근거렸다.

고등보통학교 학생들이 들어오고 있었다. 평양 시내에 있는 고등학교 중 숭덕학교*와 가까운 곳에 있는 학교 학생들이었다. 멀리 있는 학교들은 다른 장소에서 개최되고 있는 비슷한 모임에 참석할 것이다. 여자 고등학교 학생들도 도착했다. 여학교 학생들은 제법 의젓하게 남자들 틈에서도 신분이 높다는 양반들 사이에서도 위축되어 보이지 않고 침착하게 자리를 차지하고 있었다. 아낙네들은 그 모습을 지켜보며 '저게 바로 문물이 든 것'이라고 했다.

학교 뒤 언덕에 위치한 장대현교회 종탑에서 종소리가 울리기 시작했다. 봉도 모임의 시작을 알리는 종소리였다. 미처 들어오지 못한 사람들이 발걸음을 서두르는 것이 보였다. 교회에서 주관하는 봉도식이기에 개교회 중심으로 교인들이 모여 오는 것도 당연해 보였다. 시의 유지들을 위한 단상도 따로 마련되어 있었다.

태성은 단상에서 왼쪽으로 떨어진, 교회 언덕 경사진 곳을 깎아 스탠드처럼 만든 곳에 자리를 잡았다. 그곳에서는 중앙도 교문도 다 잘 보이고 운동장 아래 운집한 사람들의 모습도 한눈에 보였다. 그는 눈어림으로 모인 사람들의 수를 세어 보았다. 어림잡아 천 명이 훨씬 넘어 보였다. 이렇게 많은 조선 사람이 모이는 것은 근래 매우 드문 일로, 매우 큰 집회가 될 것이다. 분명 일본 경찰들도 와있으리라 짐작했다. 이 집회가 못마땅했겠지만 서울에서 오늘 치러질 장례에 맞추어 평양에서도 봉도식을 거행하겠다는데 반대할 명분도 없었으리라. 정복 입은 경찰은 보이지 않았지만 분명 사복형사들이 진을 치고 있을 것이었다.

봉도식은 예배 형식에 따라 진행되었다. 마지막에 찬송가가 울려 퍼졌고, 조의를 표하는 기도가 시작되었다. 청중은 눈을 감았다. 그들이 눈을 떴을 때 놀랍게도 단상에는 대형 태극기가 계양되어 있었다. 온 장내가 술렁이기 시작했다. 공식 석상에서 태극기 계양은 약 십년 전 한일합방 때 이후 볼 수 없던 광경이었던 것이다.

그때 거사 계획대로 맡은 사람이 단상에 뛰어올라 조선 독립 선포식을 거행하겠다고 했고, 독립선언서 낭독으로 이어졌다. 선언서 낭독은 애국가 제창으로 이어졌고, 모인 사람들에게 이미 준비되었던 태극기가 나뉘어졌다. 이 모든 일은 거사 계획을 의논할 때 가능한 한 빨리 치러지도록 의견 일치가 된 것이었다. 언제 일경이 진입해서 진행을 방해할지 모르기 때문이었다. 태성은 독립 선포식이 시작되면서 애국가 제창으로 마무리될 때까지 제발 일경에게 연락이 늦게 가서 가능한 한 출동이 늦춰지기를 간절히 바라는 마음으로 지켜보았다. 이미 정면에 계양된 태극기를 보며 뜨거워진 군중의 마음은 굳이 독립선언서를 들으면서 고양될 필요가 없었다. 사람들은 애국가를 부르며 눈물 흘렸고, 태극기를 나누어 받자 더 기다릴 수 없다는 듯 누가 시키지 않았는데도 만세를 부르며 감격의 박수를 치기도 했다. 곧 운동장은 천여 명 군중의 만세 소리와 태극기의 물결로 가득 찼다.

"해방을 맞은 것처럼 기뻐하는구먼. 오늘이 해방의 날이면 얼마나 좋겠어!"

태성 옆에 서 있던 동료가 말했다. 그의 목소리에는 깊은 탄식이 배어 있었다.

태성의 눈은 입구 쪽을 향해 있었다. 제복을 입은 경찰 십여 명과 평양경찰서장이 급히 달려오고 있었다. 그들은 곤봉을 휘두르며 목청 높여 '즉시 해산'을 외치며 저지하려 했으나 오히려 인파에 밀려나 꼴이 우습게 되었다. 하지만 더 많은 경찰 투입을 요청할 것이고, 이미 오고 있는 경찰들도 있을 것이다. 어쨌거나 독립선언서는 이미 선포되었고 만세 시위의 봇물은 터진 셈이었다. 거사는 현재까지 계획대로 진행되고 있었다. 태성도 함께 온 동료들과 일어나서 만세를 부르며 정문으로 나가는 대열에 합류했다.

"종로로! 종로 큰 거리로 간다!"

기훈이 대현학교 행렬을 선도하며 외쳤다. 기훈 옆에는 이번 시위에서 그를 전적으로 돕는 동기와 후배들이 함께 있었는데, 그중에는 1학년 후배인 성복이 있었다. 맨 앞줄에 선 그들은 큰 목소리로 방향을 인도하려 했지만 만세 함성에 묻히곤 했다.

어쨌든 학생들의 행렬이 앞장서자 그 뒤를 이어 사람들이 쏟아져 나왔다. 그들은 쉬지 않고 독립만세를 부르며 장대현의 좁은 언덕길로 내려왔다. 그들이 관후리 골목을 통과하여 종로 큰 거리를 향할 즈음엔 행사장에 참석하지 못했던 동네 사람들이 골목골목에서 나와 행렬을 지켜보았다. 곧 그들도 대열에 합세했다. 태극기 보급을 맡은 사람들이 여학생들과 함께 새로 합류한 사람들에게 부지런히 태극기를 나누어 주었다.

"이런, 형! 우리 목소리가 안 들려. 통제가 안 돼!"

성복이 기훈의 소매를 붙들며 말했다. 그의 목소리는 이미 쉬어 있었다.

"사람들이 너무 많아서 그래. 더 많아질 것 같아. 일단 학생들만 데리고 종로 쪽으로 가자. 어른들은 알아서 오시겠지." 기훈이 성복의 귀에 대고 대답해 주었다.

기훈은 이제 대열의 의미가 없다고 생각했다. 그도 그럴 것이, 골목을 돌 때마다 새로운 사람들이 합류하여 온 길과 큰 길에 만세 시위를 외치는 평양 주민으로 가득 찼던 것이다.

만세 행렬이 종로 큰 거리를 향해 행진하던 중 반대 방향에서 전진해 오던 행렬과 만나게 되었다. 설암리 천도교구당 집회에서 독립선언서를 낭독하고 진출한 군중이었다. 그들과 합세하자 시위행진은 더욱 큰 힘을 얻었다. 대열은 종로 큰 거리를 통과하여 남문거리까지 이르렀다.

성복의 눈에 남대문경찰서가 보일 즈음 영창여관 골목 쪽에서 새로운 시위 물결이 다가오는 것이 보였다. 어머니와 어머니의 교회 교인들은 남산현 감리교회에서 열린 집회에 참석하고 만세 시위 대열에 합류하기로 했었다. 남산현교회 집회도 같은 시각인 오후 1시에 장대현교회 집회와 비슷한 형식으로 봉도식에 이어 독립선언서를 낭독하고 행진해 오기로 한 것이다. '그쪽도 별 탈 없이 성공했구나.' 성복은 안도하며 어머니나 아는 교인 어른들을 찾을 수 있을까 살펴보았지만 허사였다.

피곤한 눈을 감았다 뜨느라고 인설의 걸음은 잠시 늦춰졌다. 만세 행진을 한 지 세 시간은 족히 지난 듯했다. 초봄의 햇살이 앞서가는 사람들의 머리와 어깨 위를 비스듬하게 비추고 있었다. 그들이 흔드는 태극기의 흰빛, 푸른빛과 붉은빛, 검은빛이 석양 아래 점점이 섞이고 있었다. 인설은 정신을 가다듬으려 했다. 지난 몇 주, 거사 전 마지막 날까지 지역 유림들과 유지들을 만나며 설득하고 회의하느라 체력 소모가 많았다. 초반부터 힘이 들더니 오후부터는 행렬을 따라가기에 힘이 부쳤다. 그녀는 앞뒤를 돌아보며 여학생들이 잘 따라오는지 살폈다. 숙영과 선자는 벌써 인설보다 앞서서 저만치 가고 있었다. 태극기를 흔들며 아직도 목청껏 '대한 독립 만세'를 외치는 모습이 평소 여걸이라는 별명에 어울렸다. 점순과 명선도 행인들에게 태극기를 나누어 주면서 오느라고 힘들었을 터인데 동생들을 격려하며 잘 따라오고 있었다.

조금 앞에 주택가 골목으로 들어가는 길이 보였다. 인설은 잠시 그곳에서 쉬어야겠다고 생각했다. 모퉁이를 돌자 놀라운 광경이 보였다. 일본 헌병들이 만세운동하다 끌려온 것처럼 보이는 조선 사람 남녀 다섯 명 가량을 마구 발길질하며 총검으로 내리치고 있었다. 그들은 이미 꽤 오랜 시간 그렇게 당했는지 피투성이가 되어 거의 정신을 잃은 상태였다. 인설은 뒷걸음치려 했으나 발걸음이 떼어지지 않았다. 그녀는 옆에 있던 주택의 벽 뒤로 몸을 숨기려 했다. 조금만 움직이면 될 것 같은데 그마저 힘들었다. 그때 누군가 뒤에서 그녀의 소맷부리를 홱 잡아서 그녀의 몸을 낚아챘다.

인설은 몸을 틀며 소리를 지르려 했으나 순식간에 입도 막혀 버렸다. "놓아 주세요"라고 인설은 입이 막힌 채 정신없이 말했다. 들릴 리 만무했지만 왠지 입을 막고 있는 사내의 손이 조금 느슨해진 것처럼 느껴졌다. 사내는 왼손으로 그녀의 고개를 붙들고 그녀의 몸을 돌려 자신을 바라보게 했다.

"다, 당신은….."

인설의 목소리가 떨렸다. 금세 시야가 눈물로 흐려진 듯 몇 번이나 눈을 깜박였다.

"그래요. 나예요. 알아보겠어요?"

4년 전보다 더 마르고 눈매가 어두워 보였지만 그는 현이었다.

"당신이 어떻게 이곳에?"

"그 얘긴 차차 하고 급한 얘기부터 할게요. 아까 시위 행렬이 남문 근처에 있는 평양경찰서 쪽으로 가고 있었죠? 거기 위험해질 거예요. 방금 헌병들이 하는 짓 봤죠? 그쪽 지역도 그렇게 될 거에요. 빨리 여학생들을 데리고 방향을 틀어 평양역 광장으로 가는 행렬을 따라요."

"당신이 어떻게 그걸…?"

"내 말 믿어요. 곧 알게 될 거예요. 어서요, 당신의 애들이 위험해진다구."

인설은 현의 말을 듣자마자 뒤돌아 있는 힘을 다해 뛰기 시작했다. 현은 예상은 했지만 단번에 몸을 돌려 오던 길로 되돌아가는 인설의 뒷모습을 착잡한 눈길로 바라보고 있었다. 그녀는 한 번도 뒤돌아보지 않고 멀어졌다.

'그 사람이 왔다. 방금 본 사람이 현 씨 맞는 거지? 설마 헛것이나 환상은 아니겠지?'

그녀는 스스로에게 묻고 있었다. 그녀의 입술 위로 느껴지던 현의 손가락 온기를 떠올렸다. 그 느낌은 너무나 생생하고 특별했다.

그녀가 대로변에 다시 나왔을 때, 그녀의 걱정과 달리 시위 행렬은 멀리 이동해 있지 않았다. 경찰들이 경찰서 앞을 결사적으로 막고 통제하고 있기 때문이었다. 그럴수록 군중은 거의 제자리걸음 상태에서 목이 쉬도록 만세를 외치고 있었다. 근처가 일본인들이 사는 신시가지이고 일본 경찰력에 비해 시위 군중의 규모가 압도적으로 컸지만 평화 시위라는 애초의 계획답게 시위는 폭동으로 번지지 않았다. 인설은 평안여학교 학생들이 모여 있는 곳으로 찾아갔다.

"숙영아, 점순아! 애들 데리고 평양역 쪽으로 이동하자!"

"네, 선생님?"

숙영과 점순은 잠시 안 보이다 나타난 선생님의 느닷없는 말에 놀랐다. 평양역은 그들 학교가 행진하기로 한 구역이 아니었던 것이다.

"우리 학교만요?"

"정의, 성심, 명설 여학교 학생들에게도 장소 변경됐다고 다 얘기해서 함께!"

인설은 평양 시내 여학교들의 만세 시위 참여를 지휘하는 위치에 있었다. 그녀의 지시는 세 여학교 학생들에게 전해졌고, 그들은 있던 장소를 떠났다. 그리고 평양역을 향해 가는 대열을 따라잡으려고 재빨리 움직이기 시작했다. 그 행렬은 주로 남산현 감리교회 집회에서 온 사람들이어서 교인들이 많았다. 그들은 이웃에 위치한 여학생들이 따라오는 것을 보자 반가움을 표했다.

"어서들 와. 목 마르지? 이 물 좀 마셔."

"아이구, 얼굴들이 먼지투성이가 됐네."

교인들은 아빠, 엄마뻘들이라 여학생들을 스스럼없이 챙겼다. 실제로 평안여학교 학부모들도 있어서 만세 시위 중에 다시 만난 부모와 딸들은 감격했다.

"엄마, 여기 있었네. 길 잘 찾았네…." 명선이 엄마 손을 붙잡고 반갑게 말했다. 명선 엄마는 무리에서 몇 걸음 떨어진 곳에 서있어서 눈에 잘 띄었다.

"명선아! 네 얼굴이 꽃처럼 환해 보인다. 웬일이냐."

그녀는 고개를 들어 다가온 명선을 바라보며 말했다.

"아이 참, 엄마! 누가 들으면 욕해요. 그런 말 마요."

명선은 얼굴을 붉히며 말했다.

"아무리 내 딸이지만 할 말은 해야지."

명선 엄마도 주름진 얼굴에 딸 못지않은 환한 미소를 지으며 말했다.

인설이 보기에도 아이들의 얼굴은 다들 꽃처럼 활짝 피어 보였다. 키도 큰 데다 목청도 좋은 숙영이는 깃발을 높이 들며 만세를 외치고 있었다. 그녀 옆에는 선자가 있었다. 숙영이 겁 많은 선자를 일부러 데리고 있는 듯 둘이 한 짝이 되어 만세를 부르고 있었다. 선자의 얼굴이 발그레하게 상기되어 있었다. 종년이라고 놀림받을까 봐 지레 주눅 들던 이전의 표정이 사라지니 오목조목한 이목구비가 돋보이고 맑은 소녀다운 표정이 보였다.

현지와 미자와 경순이도 태극기를 흔들어 대며 열심히 참여하고 있었다. 평안여학교에서 나온 가장 어린 학생들이었다. 그녀들을 인설은 오늘 아침 출발 전에 인설이 인도하는 기도회를 마치고 따로 불렀다. "너희는 이제까지 태극기 만드는 작업한 것으로 충분하다. 함께 가는 걸 말리진 않겠다. 그렇지만 언니들이 한다고 하고 남들이 간다고 가지는 마라"고 했던 것이다. 그때 이 소녀들은 이렇게 말했다.

"선생님, 저희가 비록 어려도 무엇이 옳은 것인지 판단할 수 있어요. 그리고 윌콕스 교감선생님도 지난주 특별 기도회 때 신앙이 하나님과 일대일 관계인 것처럼, 하나님을 바라보며 옳은 것을 택하면 결코 후회 없는 거라고 말씀하셨어요.'

미스 윌콕스는 만세 시위 준비에 내내 무관심해 보였었다. 그런 그녀가 뒤에서 소녀들에게 시위를 감당할 수 있는 신앙을 다져 주었다는 것이 느껴졌다. 현지와 미자의 뒷모습이 보였는데, 앞에서 일어나고 있는 일을 보려고 까치발을 했다가 풀었다 하고 있었다. 한 갈래로 길게 땋은 그녀들의 댕기 머리 사이로 드러나는 목덜미와 솜털 같은 잔머리들이 흩날리는 것이 보였다.

"아이들이 왔는데 인설 선생님이 안 보여서 걱정했어요."

성복 모가 다가오며 말했다. 인설은 그 말이 성복이와 남학생들은 왜 안 데리고 왔느냐는 말로 들려 가슴이 철렁했다.

"남학교 학생들은 평양경찰서 앞에 있어요. 성복이도 잘하고 있더라구요. 대현학교 대표답게 학생 시위대 잘 통솔하면서…"

인설은 아까 현의 말이 생각나서 더 이상 말을 이을 수가 없었다. 무사하길 바랄 뿐이었다.

남문경찰서 앞에서 만세 시위 군중과 일본 경찰이 대치한 지 꽤 시간이 흘렀다. 행진이 막히자 중간에 다른 경로로 빠져나간 사람들로 한동안은 숫자가 줄었다. 그러나 저녁 7시쯤 되자 학교별·지역별로 다시 모인 시위대들이 다시 경찰서 주변으로 모여들어 낮보다 오히려 두 배쯤 더 많아 보이는 군중이 모였다. 마치 경찰서 주위를 포위한 듯한 형상이 되었다. 저녁에 합류한 군중은 시위대에게 새로운 활기를 불어넣고 있었다.

기훈은 긴장한 기색이 역력한 낯빛으로 정면을 노려보고 있었다. 시위 군중도 칠십 미터 정도 앞에서 막아선 경찰도 움직이지 않는 정물처럼 보였다. 어둠이 깔리기 시작한 지 오래되었지만 기훈은 그것을 의식하지 못할 정도로 긴장하고 있었다. 머릿속으로는 수십 가지 일어날 수 있는 상황을 그려 보았다. 마찬가지로 수십 가지 대응 방법도 생각해 보려 했지만 경험 없는 그로서는 역부족이었다. '뭐지? 이런 상황은? 이제 어떻게 해야 할까?' 그는 되뇌고 있었다.

이성은 그에게 만세 시위는 평화적 시위이므로 목적을 달성한 이상 이쯤에서 해산하고 돌아가야 한다고 말했다. 그러나 왠지 그러기엔 억울하고 뭔가 끝을 보고 싶다는 젊은 패기가 그것을 막고 있었다.

"기훈 형, 새로 도착한 사람들한테 들은 건데, 평양 시내 곳곳에서 2차 행진이 이어지고 있대. 분위기도 뜨겁대."

성복이 상기된 표정으로 전하였다.

"그래? 저기 방금 대표들이 모여서 오늘 밤 시위를 어떻게 마무리할지 회의한다고 한다. 나는 여기 있을 테니, 나 대신 네가 다녀와라. 저 모퉁이 돌아 공터에서 한다."

기훈이 여전히 정면의 일경들을 주시하며 성복에게 말했다.

기훈을 포함한 남학교 학생들이 여전히 시위의 가장 앞 대열에 있었으므로 일경들의 동향을 면밀히 주시하는 것도 그들 몫이었다. 기훈은 대표회의에서 제발 뭔가 획기적인 것이 나오길 바랐다.

얼마 후 성복이 달려왔다.

"형, 일본 보병군으로 구성된 두 연대가 이곳으로 오고 있대. 곧 도착할 것이고 완전무장군이래."

그 순간 소낙비 같은 물이 시위 군중의 머리 위로 떨어졌다. 일본 경찰이 부른 소방대가 펌프로 물을 뿌려 군중을 해산시키려 한 것이다. 강한 물줄기를 맞은 군중은 몸을 가누지 못하고 비틀거렸다. 그 와중에 군중 중에 누군가 돌을 던졌는지 경찰서 유리창문이 깨어졌다. 마치 이를 기다렸다는 듯 경찰의 발포가 시작되었다. 이미 일본 보병 소부대가 도착하여 지원사격을 시작한 것이다. 사방은 총소리로 가득해졌고 군중은 흩어지기 시작했다.

기훈은 어디로 날아올지 모를 총알을 피해 몸을 낮추었다. 성복도 기훈을 따랐다. '결국 이렇게 될 것을. 틀렸다.' 기훈의 머릿속에 허탈하게 든 생각이었다. 애초에 이런 식으로 대치할 이유가 없었다. 무슨 수로 맨손으로 일본 경찰과 싸운단 말인가. 처음에는 시위대가 수적으로 우위였지만 시간을 끌수록 불리할 것이 뻔했다.

경찰은 흩어지는 군중을 마구잡이로 붙들어 연행하고 있었다. 그들의 총검에 구타당하여 지르는 신음소리, 머리채며 옷이 뜯기며 잡힌 여자들이 내는 비명소리가 들리기 시작했다. 한편 그 와중에 더욱더 목청을 높여 '대한 독립 만세'를 부르는 사람들도 있었고, 발포에 분격한 군중이 경찰에 달려들어 마침내 난투극이 벌어지기도 했다. 대부분 당황하여 총을 피하려 움직인 것이지만, 그 사이를 틈타 경찰서 진입을 시도하기도 했다. 그날 밤의 발포는 시위대를 위협하기 위한 공포 사격이었음이 후에 밝혀졌다. 그러나 일본 경찰과 소방대원들은 불 끄는 데 사용되는 쇠갈고리를 마구 휘두르고 찍어 당겼다. 이때 무수한 부상자가 생기고, 수백 명이 검거되었으며, 군중은 그들의 잔악한 폭행이 계속되자 흩어지고 있었다.

기훈은 성복에게 눈짓했다. 성복은 그 눈짓이 무엇을 의미하는지 알았다. 둘은 몸을 낮추고 경찰서 후문 쪽으로 빠르게 뛰기 시작했다. 기훈의 예상대로 앞쪽으로 모든 신경이 집중된 탓에 경찰서 뒤쪽은 아무도 없었다. 그들은 경찰서 안으로 진입을 시도했다. 그런데 안에 숨어 있던 일경 둘이 나타나 그들을 향해 사격했다. '타앙 타앙' 하는 총소리와 동시에 기훈과 성복은 '대한 독립 만세'를 부르며 자리에 쓰러졌다.

성복과 기훈의 사망 소식은 다음 날 학교를 통해 각자의 집에 전달

되었다. 어찌 보면 통보라도 받은 그들의 가족은 운이 좋은 편이었다. 장례는 합동 교회장으로 치러졌다. 입관예배 후 동급생들이 운구하여 장례 행렬은 마을 공터로 이동했다. 그때 일경들이 나타났다. 그리고 총검으로 위협하며 남녀 학생들과 장년 교인들을 가리지 않고 붙잡아 연행하기 시작했다. 그들은 만세 시위 참여자를 검거하라는 지시를 받고 온 시내와 마을을 뒤지고 있었던 것이다. 숙연했던 무덤가는 아수라장이 되었다.

인설과 그녀의 제자들도 포승에 묶여 호송되었다.

인설이 호송된 곳은 평양경찰서 뒤 공터를 개조한 임시 유치장이었다. 경찰서 안은 먼저 잡혀 온 시위 참가자들로 가득 차서 더 이상 수용할 수 없었던 것이다. 그들 중 일부는 바닥에 널부러져 있었는데, 한눈에 보아도 정신을 잃을 정도로 심한 매질을 당했음을 알 수 있었다. 사람들이 저 사람들은 경찰서에 들어갔다가 저렇게 되어 나온 사람들이라고 수근거렸다. 대여섯 명씩 호출된 사람들은 경찰서 안으로 불려 들어갔다. 인설의 차례는 한밤중이 되어서야 왔는데, 일경들은 며칠간 계속되는 밤샘조사에 신경이 날카로워진 낯빛이었다. 여러 방이 있는데 방마다 일본 경찰의 욕설과 발길질 그리고 신음소리가 들려왔다. 마침내 방에 들어가자 일본 경찰은 만세 시위 참가에 대한 반성문을 쓰면 풀어 주지만 그렇지 않은 사람들은 구치소로 이송할 거라고 했다. 인설과 함께 들어간 사람들 중에 반성문을 쓰겠다는 사람은 아무도 없었다. 그러자 발길질과 몽둥이질이 시작되었다. 인설은 복부에 숨 쉴 수 없는 고통을 느끼며 쓰러졌다.

"여기 병원이에요. 인설 씨, 정신이 좀 들어요?" 누군가 물었다.

눈을 녹이는 2월 오후의 태양빛 같은 목소리. 마음을 진정시켜 주고 천천히 덮혀 주는 듯하다가, 곧 겨울하늘을 불그스레하게 노을 지으며 사라지는…. '태성 씨구나' 하는 생각이 들자 인설의 지친 얼굴이 비로소 편안해지고 겨울 석양 같은 화색이 돌았다. 그녀는 고개를 끄덕여 보이다가 다시 잠에 빠졌다.

'이런 때 불러다 줄 부모나 형제, 먼 친척조차 없다니. 고작 내 목소리를 듣고 안심하는구나.' 태성은 인설을 바라보며 말할 수 없는 연민을 느꼈다.

"여기는 머시병원…이군요. 제가 어떻게 여기에?"

다음날 인설이 눈을 떴을 때, 태성이 여전히 병상을 지키고 있었다.

"평양경찰서 유치장에서 학교로 연락이 갔나 봐요. 당신이 좀 위중한 상태라고. 윌콕스 교감이 달려가 당신을 빼내서 여기로 입원시켰어요. 당신, 6일 만에 눈뜬 거예요."

언제나처럼 태성의 표정은 읽기 힘들었다. 그의 표정과 목소리는 신중했다.

"제가 위중했다구요? 이상하게 하나도 기억이 나지 않아요."

취조실에서 구타당한 기억이 조금씩 떠올랐다. 태성은 그때 그녀가 장기가 손상될 정도로 맞았고 피를 많이 흘렸다는 것, 닥터 영과 닥터 바네사가 그녀를 살리려고 많이 애쓴 것, 수술이 잘 되었다는 것을 말해 주었다.

"그럼 아이들은, 아이들은 아직도 유치장에 있나요? 모두들 괜찮은 거죠?"

인설은 갑자기 생각난 듯 소리쳤다.

태성은 인설이 자기 학교 여학생들을 아이들이라고 부르는 버릇이 있다는 것을 알고 있었다. 그는 윌리엄스 교장이 애쓴 덕에 처음 연행된 학생들 3분의 2 정도가 훈방 조치되었지만, 며칠 전 시가 진출 만세운동을 다시 할 때 여학생들도 참가했고 다시 유치장에 연행되었다는 사실도 얘기해 주었다.

"만세운동을 또 했다고요?"

"실은 지금도 계속되고 있어요. 3월 1일 당일 서울과 동시에 봉기한 곳은 평양을 비롯해 의주, 선천, 안주, 원산, 진남포의 여섯 곳이고, 그다음 날부터 강서, 해주, 개성 등 주로 이북 전 지역에서 봉기가 이어졌는데, 그 후로 전라도, 경상도, 강원도, 충청도 등 전국 각지에서 차례로 일어나고 있죠. 다음 주쯤 되면 전국 13개 도가 3·1운동에 동참하게 될 거예요. 온 나라 온 국민이 일어서고 있어요.

일제도 헌병·경찰뿐 아니라 완전무장한 2개 사단 이상의 병력을 전국에 분산 배치시켜 대응하고 있어요. 거의 전쟁 상태로 보고 있는 거죠. 하지만 놈들이 당황하긴 했어요. 아무리 무력을 사용해도 진압되지 않으니까. 그도 그럴 것이 시작부터 조선은 맨손이었고 일제는 무력이었어요. 그러니 무력을 사용해도 진압이 안 되는 거죠. 어차피 그걸로 굴복하지 않겠다는 뜻이니."

태성이 일부러 통쾌한 듯 전하고 있지만, 결국 무수한 생명이 희생되었다는 말이었다. 인설의 입가가 살짝 경련을 일으키더니 눈에서 눈물이 소리없이 흘러내렸다.

"아이들은 안전한가요? 어서 말해 줘요."

"인설 씨, 한꺼번에 다 말할 테니 마음 단단히 먹어요."

태성이 선 채로 잠시 심호흡을 하고 말했다.

"수연이와 미영이가… 행방불명이에요. 그리고 숙영이와 명선이가 감옥에 있어요. 악질로 찍혀서 좀 심하게 고문당하고 있다고 들었어요."

"수연아! 미영아! 숙영아! 명선아! 이를 어쩌면 좋니!"

그녀는 간신히 몸을 돌리고 파리한 손으로 시트를 꼭 움켜쥐었다. 그리고 마치 해산을 앞둔 여인이 고통스러워하듯 숨죽여 흐느꼈다.

태성은 그녀를 잠시 내려다보다 병실 문을 닫고 나갔다. 그는 복도를 걸으며 생각했다. '인설 씨, 이렇게 될 줄 알고 만세 시위를 반기지 않았던 거야. 나는 그걸 알고 있기에 내가 현명하다고 생각했는데, 방금 당신 앞에서 한없이 못나고 비겁한 자가 된 것 같더군. 이렇게 될 줄 모르고 화염 가운데 뛰어들었다가 이제야 고통스럽다고 울면 어쩌자는 거지… 용감한 건가, 어리석은 건가.'

태성이 병원을 나와 향한 곳은 회사였다. 거기에 현 일행이 숨어 거처하고 있었다. 현 일행 40여 명은 3월 1일 거사 날 정오 무렵 평양에 간신히 도착했다. 고종의 봉도식에 참석하겠다고 해서 국경 검문과 평양 외곽 검문을 통과하는 데 큰 어려움은 없었지만 일행 중에 아픈 사람들이 생기는 바람에 예정보다 하루 반 늦어진 것이다. 태성과 그의 회사 사람들은 현 일행이 거사 전날 저녁쯤 온다는 전갈을 듣고 그들과 만세 시위에 나가려고 했다. 하지만 시간이 다가오자 더 못 기다리고, 장대현교회 봉도식에 간 것이다. 한편 현 일행은 평양 입성이 늦어지자 봉도식 참석을 생략하고 곧바로 그다음 순서로 계획했던 남문 평양경찰서 시위 현장으로 갔다고 했다.

태성은 미처 알지 못했지만 현 일행은 3·1 시위를 국내에서 무장 독립투쟁을 촉발시킬 기회로 삼고자 온 것이다. 그것은 최승영 사장과 태성을 비롯한 핵심 임원 다섯 명 그리고 현과 다른 한 명의 독립단원이 모여서 한 회의에서 밝혀졌다.

최 사장은 3·1 평화 시위에 동참하러 온 줄만 알았던 독립단원들이 무력으로 저항할 계획을 말하자 다소 당황하고 있었다. 그러나 일단 현이 어떤 말을 할지 듣기로 했다.

"여기 저와 함께 온 친구들은 간민회 출신으로, 명동학교를 졸업한 후 지난 3년간 저와 함께 서간도에 가서 무관학교 군사훈련을 받다가 이번에 3·1 거사 소식을 듣고 참여하러 온 군사 훈련생들입니다."

현은 거침없는 어조로 자신들을 소개했다.

"간도에서는 생존하는 것만도 어렵습니다. 그런 곳에서 각 가정이 아들들을 군사학교에 보내는 것은 큰 희생입니다. 고국과 이역만리 떨어진 곳에서 이들을 민족정체성을 지닌 항일투사로 만드는 것도 대단히 힘들죠. 정신적으로도 이길 민족 교육을 시켜야 하고 실전에서도 이길 군사훈련을 시켜야 하니까요. 교육과 훈련에 필요한 자원이나 재원도 한없이 부족합니다. 그것만도 어려운데, 일제가 수시로 방해합니다. 이거 참 미칠 노릇이죠."

말을 하는 현의 눈빛이 날카로운 빛을 띠었다. 그는 자신의 말에 빨려들 듯이 귀 기울이고 있는 사람들을 바라보며 말을 계속했다.

"고작 60여 명 되는 조선인 군사학교 훈련생을 일제가 두려워할 이유는 없을 텐데요. 지들 피해서 국경 넘어 그 멀리 허허벌판까지 갔는데 그냥 좀 놔두면 얼마나 좋겠습니까. 하지만 일제는 아는 겁니다. 만주에 흩어져 있는 많지 않은 한인촌과 그곳 무장학교들이 조선의 멈추지 않는 심장이 될 수도 있다는 것을. 그래서 일제는 부지런히 만주까지 사람을 보내 싹을 짓밟습니다. 중국 당국에다 조선은 우리의 속국이니 간도의 조선인들도 우리가 감시 지도할 권리가 있다고 억지를 부리면서요. 마적단들을 교사해서 조선인 마을을 습격하게도 합니다. 중국 당국에 이간질해서 조선 마을에 대해 비우호적인 정책을 추진하게 합니다. 살기 위해 우리는 진과 액을 다 짜내야 하는 한 가지 방법밖에 없는데, 일제가 망치는 방법은 날로 무궁무진합니다. 얼마나 재미있겠습니까?"

그는 일그러진 얼굴로 말을 잠시 멈추었다. 그는 낮은 목소리로 내뱉듯 말했다.

"다, 조선이 약자라서 그런 것입니다."

그 말에 최승영 선생이 깊은 한숨을 내쉬며 고개를 떨구었다.

"이번에 고국에서 3·1 만세 시위를 한다는 소식을 듣고, 저와 단원들은 오는 내내 흥분된 마음을 억제하지 못했습니다. 국내 상황도 (무장독립투쟁 할) 준비가 되어 있지 못하다는 것을 잘 알고 있습니다. 하지만 제가 말씀드린 것처럼 독립운동은 국내는 국내라서 어렵고 해외는 해외라서 어렵습니다. 그러나 언제까지 기다려야 하겠습니까? 뭐라도 해봐야 하지 않겠습니까? 우리 같은 독립단들이 게릴라 작전을 해보려 해도 일본 국경 수비대가 삼엄해서 국경 뚫는 것이 여의치 않습니다. 저는 5년간 독립만 바라보고 무장 투쟁 준비를 위해 살아온 사람으로서 이번 만세 시위에서 조그만 기회라도 발견하면 놓치지 않고 싸워 보고 싶습니다."

최 선생은 현의 말이 간도의 현실을 정직하게 꿰뚫은 것이고, 그의 입장은 희생을 각오한 사람답게 군더더기 없이 명쾌하다고 생각했다. 그는 조선에 현과 같은 청년들이 많지 않음을 아쉬워했는데, 막상 그런 인재가 나타났는데도 마음껏 지지하지 못하는 현실이 안타까웠다. 최 선생은 잘 들었으며, 고민하고 상의한 뒤에 답을 주겠다고 하고 모임을 폐했다.

모임 후 태성과 현은 따로 만나 대화를 나누었다.

"잘 들었다, 현. 정말 수고가 많았구나. 이제부터 너를 형으로 불러야겠는걸."

그 말에 방금 전에 끝난 회의로 잔뜩 경직되었던 현의 얼굴에 예전처럼 장난기가 번졌다.

"좀 늦은 감이 있지만 이제라도 그렇게 부르렴."

어린 시절 친구가 좋은 것은 아무리 오랜만에 만났어도 세월의 벽을 허물고 단번에 다시 가까워질 수 있기 때문이다. 현은 며칠 동안 참고 있었던 질문을 했다.

"인설 씨는 어떠냐?"

"인설 씨 오늘 깨어났다. 내가 병원 가서 보고 왔어."

"…."

"요즘 같은 때 병원에 있는 게 차라리 잘된 거지. 인설 씨 성격에 만세 시위 하겠다고 거리로 뛰쳐나가도 벌써 몇 번은 뛰쳐나갔을 거다."

태성은 말없이 괴로워하는 현을 위로했다. 그리고 조만간 적절한 기회에 밤에 병원에 들르자고 했다.

"아까 네가 한 말에 한마디만 할게. 지금 3·1시위에 묻어 무장독립 투쟁하면, 결국 시위에 참여했던 사람들만 더 고초를 겪는다. 더 심한 고문, 일반인 학살 등이 이어질 게 뻔해."

태성이 말했다. 현은 거기까지 미처 생각해 보지 못했다는 표정으로 멈칫하더니 말했다.

"…그래도 뭐라도 해봐야 하지 않겠나? 가만 당하고 있을 수만은 없잖아."

"처음에는 나도 너처럼 3·1 평화시위에 불만스러운 점이 많았어. 준비도 되지 않았는데 맨손으로라도 뛰쳐나가겠다는 부녀자들, 학생들을 그냥 두고 보기 힘들었어. 그런데 시위가 지금도 진행되고 있지만 내가 예상하지 못한 면들, 긍정적인 면들이 찾아져. 동학 농민운동으로 사람들이 죽어 나간 지 불과 25년이다. 종교 투쟁 이전에 양반 지도자와 농민 계층간의 투쟁이었지. 하지만 동학 지도자들이 처형되고 나자 동학전쟁은 끝났어. 상처와 한만 남았고 오히려 외세가 개입할 여지를 주었지.

그런데 3·1 시위는 동학 때 분열되었던 양반·농민은 물론 학생 부녀자 어린이 거지 기생 여학생, 게다가 천도교뿐 아니라 천주교, 기독교, 불교도까지 모두 함께 나와서 시위한다. 온 가족이 시위한다. 무장 전쟁이라 하면 이들은 참여할 수 없었을 거야. 그저 전쟁으로 끝났을 거다. 그런데 이 사람들은 맨손으로 나와서 시위하며 죽어 나가도, 옥에 갇혀도 대한 독립 만세를 외치고 있다. 무섭지 않냐? 내가 일본인이라면 무서울 것 같다.

시키는 대로 살기만 했던 사람들, 양반 말이라면 그게 법인 줄 알았던 사람들, 여자는 감히 자기 의견을 표출할 수 없고, 길거리에 얼굴도 드러내고 다닐 수 없는 관습에 몇 백 년 동안 묶여 있던 여자들이 나와서 대한 독립 만세를 부르짖는다. 누가 시켜서가 아니라 자기들이 원해서. 대한민국이라는 나라가 자기들에게 무엇을 해줄지 알지 못하지만, 자기들이 그 나라를 꿈꾸며 외치는 만세다. 그래서 이들의 얼굴에 증오나 미움 대신 기쁨과 감격이 있는 거야. 죽어 가며 승리의 빛이 있는 것이다. 사람답게 자신이 원하는 것 외치다 죽는 게 좋은 것이다. 누구에게나 평등하게 주어진 하나의 목숨을 가지고 그것을 걸고 외치다 죽는 것이다. 그래서 가능성 있다는 거다."

"하루아침에 끝날 일이 아니라는 거지. 백성에게 시민의식이 싹트고 있다?"

현이 유심히 듣고서 말했다.

"그래, 그거야. 독립 이전에, 투쟁 이전에, 그보다 먼저 어떤 나라로 독립하길 원하는지 국민들이 스스로 알아내고 찾아내서 합의하는 과정이 필요하다. 3·1운동이 그런 과정이 아닐까 싶다."

태성이 말했다.

"네 말을 듣고 보니 그런 것도 같다."

현은 싱긋 웃으며 짧게 말했다.

비록 최승영 선생으로부터 무장 투쟁은 현 상황에서 도울 수 없으니 자제해 달라는 답을 들었지만 현은 만세 시위 현장을 다니며 시위자들을 보호하거나 구조하는 한편, 파출소 등을 대상으로 소규모 공격을 감행하기도 했다. 현은 태성으로부터 그의 사촌동생 미영과 여학생들이 만세운동 때 행방불명되었다는 말을 들었다. 현은 비밀리에 인맥을 동원해 조사한 끝에 그녀들이 감금되어 있는 곳이 고문이 악랄하다고 소문이 난 장안경찰서 유치장이라는 사실을 알아냈다. 곧 현은 무장독립단 열 명을 데리고 장안경찰서를 습격할 계획을 세웠다. 습격 시간은 밤 열두 시, 밤 교대 시간을 노리기로 했다.

그날 밤 현과 그가 이끄는 무장독립단 열 명은 일본 경찰서 습격에 성공했다. 그들은 미영과 수연을 비롯하여 3·1 만세 시위로 유치장에 갇혀 있던 열한 명의 남녀를 탈출시켰다. 또한 총기 십수 정을 수거했다. 수연을 포함해 몇 명은 고문으로 위중한 상태여서 당장 치료가 필요했다. 현과 태성은 그들을 머시병원으로 데려갔다. 한밤중에 문을 두드려 다 죽어 가는 환자를 부탁하자, 닥터 영은 어떻게 온 환자들인지 짐작하는 듯, 아무 말도 묻지 않고 입원 조치해 주었다. 잠시만 인설을 보고 갈 수 있게 해달라는 태성의 부탁도 들어주었다.

"고맙다, 현. 네 덕분에⋯ 고모 생명까지 살려 준 거나 마찬가지야."

태성이 병실로 향한 어두운 복도를 지나가며 고마움을 표했다.

"뭘, 네가 이제껏 인설 씨 도와준 거에 비하면 정말 아무것도 아니다."

현이 무겁게 말했다.

그들은 잠든 인설을 병실 창문으로 볼 수 있었다. 현과 인설이 박씨 농가에서 마지막으로 만난 후 벌써 약 5년이 지났다. 현은 태성으로부터 그동안 인설이 병원과 학교 일에 매진했고, 마치 결혼한 여자처럼 뭇 남성들의 시선에 아랑곳하지 않고 살았다는 것을 들었다. 함께했던 시간을 다 합해 보아도 사흘도 안 되는데 자신의 무엇을 믿고 약혼이라도 한 여자처럼 살아왔는지. 그는 다시 한 번 인설의 얼굴을 안쓰럽게 쳐다보았다.

"태성아, 안 되겠지? 내가 이 여자 더 힘들게 하면?"

태성을 바라보는 눈빛에는 피곤과 슬픔이 배어 나오고 있었다. 태성은 현이 이렇게까지 힘들구나 하는 생각에 충격을 받았다.

"데려가고 싶지만 거긴 진짜 아무것도 없다. 나는 간도에서는 가족을 돌볼 겨를이 없다."

"…."

"놔줄까?"

허탈하게 하는 이 말은 태성에게 마치 미래에 대한 소망과 조국의 독립에 대한 꿈도 놓아 버릴까 하는 말로 들렸다. 희망이 있다고 생각하는 한 남자는 절대로 사랑하는 여자를 포기하지 않으니까.

"어떤 게 인설 씨를 힘들게 하는 건데? 어떤 게 인설 씨를 행복하게 하는 건데?"

태성은 마침내 입을 열고 조용히 물었다. 그는 현이 굳은 표정으로 아무 말도 하지 못하는 것을 보면서 다소 단호한 목소리로 말을 이었다.

"혼자 고민하고 혼자서 답 내리지 말고, 인설 씨한테 물어 봐."

여전히 텅 빈 표정인 현을 보며 태성이 말했다.

"이만 가자."

그들은 오래 있을 수 없었기에 서둘러 숙소로 돌아왔다.

다음 날 낮에 태성은 머시병원에 다시 가서, 수연이와 어제 밤에 입원한 사람들의 상태를 확인했다. 수연은 워낙 약한 몸에 남자 못지않은 심한 고문을 받아서 회복이 가능할지 모르겠다고 했다. 태성은 인설의 방에도 잠시 들러 소식을 전했다.

"진짜예요. 어젯밤에 무장독립단이 장안유치장에 잠입해서 수감되어 있던 사람들을 빼내 왔어요. 거기에 수연이와 미영이도 포함되어 있어요."

인설은 기뻐할 새도 없이 수연과 몇몇의 위중한 상태를 듣고 고개를 떨구었다.

"일제는 그렇게 심하게 고문을 하는군요, 여자아이에게도… 그렇다면 숙영이와 명선이도 어떤 일을 당할지 모르는 거네요. 평안학교 아이들도 계속 시위에 참가하고 있는 것 같던데… 그리고 지금도 체포가 계속되고 있다던데…." 인설의 어조는 어두웠다.

태성은 현이 이 일을 이끌었다는 것과 어젯밤에 병원에 왔다 갔다는 사실도 알려 주었다.

"그랬군요… 고맙네요."

인설은 제자들이 처한 상황에 큰 충격을 받았는지 현의 이야기를 해 주어도 밝아지지 않았다. 그녀는 슬픈 미소를 띠며 이렇게 말했다.

"위험한 일을 하는 것 같은데… 조심하라고 전해 주세요…."

그러더니 인설은 이제 조금씩 걸을 수 있다며, 숙영이와 명선이 투옥되어 있는 감옥에 면회를 가게 도와 달라고 했다. 태성은 자신이 거절해도 안 갈 인설이 아니라는 것을 잘 알고 있었다. 차라리 자신이 돕는 것이 안전하겠다 싶어 면회를 신청하고 데려다줄 인력거를 찾아 놓았다.

그리하여 사흘 뒤 인설에게 명선과 숙영이와의 면회가 허락되었다. 인설이 면회실에 들어가 앉아 있는데 숙영이가 명선을 힘겹게 부축하며 들어왔다. 여기저기 찢기고 멍들어 성한 데가 없는 몸으로 배시시 웃으며 들어왔다.

"숙영아! 명선아!" 인설이 벌떡 일어나 둘을 한꺼번에 끌어안았다.

"얼마나 고생이 많니." 인설도 더 이상의 말을 찾지 못했다.

"선생님은 이제 괜찮으세요? 선생님이 먼저 잡혀 가셨잖아요. 심문 받다 쓰러지셨다는 말 들었어요."

숙영이 걱정스럽게 인설을 보며 말했다.

인설은 고개를 끄덕이며 소녀들을 가만히 안고 있었다.

"니네들, 좀 얌전히 있어야 일찍 나올 수 있을 거 아냐."

"그러려고 하는데 일경들이 자꾸 부추겨요. 말을 시키니까 대답은 제대로 해야 되잖아요." 대답하는 명선의 입이 터지고 붓고 이빨도 여러 개 부러진 것을 인설은 보았다.

"닷새 전에 여자 감방에서 박 선생님이랑 남 부인, 다른 학교 친구들이랑 옥중 만세 시위를 했거든요. 기도하고 찬송하고 방마다 동시에 만세 소리가 들리니까 일경들이 사색이 돼서… 헤헤헤."

숙영이 통쾌하다는 듯 말했다.

"명선아, 혹시 박 선생님이 알려 주시디? 어머니 지난주에 장례 치렀다고."

인설이 차마 명선의 눈을 쳐다보지 못하고 말했다.

"네, 알아요. 괜찮아요, 선생님. 엄마랑 약속했어요, 천국에서 보자고요."

씩씩하게 시작한 명선이의 말꼬리가 걷잡을 수 없이 흔들렸다.

"엄마 장례 날, 그날 만세 시위한 거예요. 그래서 엄마도 들으셨을 거예요."

아이들은 지난 며칠 동안 슬퍼서 운 것이 아니라, 고문 통증으로 우느라 잠을 못 잤다고 했다. 인설은 그 위로 아닌 위로의 말에 차마 눈물을 보이지 못하고 떠나왔다.

그 무렵 현은 북간도의 동료에게 소식을 받았다. 명동촌에서도 독립만세운동을 계획했고 거사일도 일주일 후로 잡았다는 것이다. 편지를 읽다가 현은 그 부분에서 자신도 모르게 미간을 찌푸렸다.

'만주에서도 만세 시위를? 조선 전역에서 만세 시위로 아무 성과 없이 수많은 사람이 죽어 가고 있다는 사실을 아직도 모르는 걸까.'

그는 생각하면서 마음이 답답해졌다.

시위가 멈추지 않자 얼마 전부터 일제는 시위 참가자들을 경찰서로 연행하지 않고 현장에서 곧바로 마구 학살하기도 했다. 시체들을 일부러 들판에 늘어놓거나 나무에 매달아 놓기도 한다고 했다. 그런 걸 보여 줘야 만세 시위가 그칠 거라고 생각하는 것 같다고, 그러나 이런 일을 당할 수도 있다는 걸 알면서도 만세 시위 집회는 전국적으로 계속 이어지고 있다고 태성이 말해 준 것이다.

편지 내용으로 볼 때 명동촌뿐 아니라 연해주와 북간도, 서간도 등 만주의 거의 모든 한인촌이 만세 시위를 했거나 할 예정이라는 것이었다. 현은 두 손으로 얼굴을 감쌌다. 그의 눈에는 말 탄 일경들이 총검을 휘두르며 마을을 쑥대밭으로 만드는 광경이 훤하게 그려졌다.

어떻게 일군 한인촌들인데. 그는 돌아가기로 했다. 그리고 그 결정을 태성에게 말했다. 태성은 말없이 그의 얘기를 듣다가 입을 열었다.

"인설 씨는? 데리고 갈 거냐?"

그 물음은 거의 '데리고 가라'는 권유로 들렸다.

"모르겠어." 현이 자신 없는 표정으로 말했다.

그날 저녁 태성과 현은 퇴원하여 집에서 요양 중인 인설을 찾아갔다. 태성은 인설과 인사 몇 마디 나눈 후 왠지 모르게 어색해하는 두 사람을 남겨 두고 자리를 떴다. 그들의 대화를 방해하고 싶지 않았다.

인설은 현을 살짝 바라보다가 자연스러운 목소리로 마실 것을 가져오겠다며 주방으로 갔다. 하지만 주방에 들어서서 차를 준비하는 동안 그녀의 손은 떨리고 가슴은 걷잡을 수 없이 두근거렸다. '어떡하지?' 그녀는 혼자 되묻고 있었다. '망치면 이런 기회는 다시 오지 않을 거야. 현은 무슨 말이 듣고 싶을까? 어떻게 내 마음을 전하지?'

그녀는 생각했다.

현은 거실 한가운데 여전히 서 있었다. 주방에서 인설이 뭔가 꺼내고 여닫는 소리를 들으며 주위를 둘러보았다. 하얀 전등갓이 씌워진 램프가 놓인 테이블, 꽃무늬 자수 커튼, 서양식 소파와 양탄자. 그는 왠지 모를 거부감과 답답함을 느꼈다. 그때 인설이 찻잔과 작은 주전자가 담긴 쟁반을 들고 왔다.

"따뜻한 메밀차예요."

인설이 그의 눈을 주의 깊게 바라보며 말했다.

현은 비로소 눈을 들어 인설을 보았다. 사랑의 확신이 있지만 결코 상대에게 강요하지 않는 눈빛이었다. 현은 잔잔한 물결이 미풍에 일렁일 때처럼, 그 눈빛이 속에서 우러나오는 미소로 흔들린다고 느꼈다. 아름다웠다. 이제 그의 시선은 눈 위의 반듯한 이마, 이마 위로 반듯이 빗은 머리(그 머리는 전과 달리 결혼한 부인처럼 쪽진 머리였다) 그리고 귀가 보이는 옆선으로 옮겨 갔다. 인설은 현의 시선이 어디에 향해 있는지 알고 있었으므로 그에게 시간을 주기 위해 다시 한 번 주전자를 기울여 현의 잔에 차를 따랐다.

현은 주전자를 잡은 인설의 손가락이며 조심스럽고 유연한 몸놀림을 보면서 이 순간이 지난 5년간의 보상이라 여기고 싶어졌다. 자신이 남편으로 이 자리에, 이 집에 있다면, 이 소박한 즐거움을 누릴 수 있다면 하는 생각이 들었다.

"잠을 잘 자야 된다는데 가끔 밤에 잠이 안 올 때가 있어요." 인설이 천천히 말했다. "그럴 때 좋다고 이웃에서 가져다줬어요. 마시기 좋죠? 아, 국화차도 있었는데. 하지만 그건 향기가 강해서 밤에 마시면 안 돼요. 현 씨가 한 달만 일찍 왔어도 맛볼 수 있었을 텐데… 아, 그리고…"

인설은 찻잔을 만지며 혼자 뭔가 추억하듯 미소 지어 눈길을 끌더니, 어느덧 고개를 돌려 현을 바라보며 눈꼬리가 반달 모양이 되도록 맑게 웃었다. 그리고 대담하게 현의 눈을 바라보았다. 오히려 현이 얼굴을 붉혔다.

현은 느꼈다. 인설의 수줍은 듯 다정스러운 태도가 변치 않고 상대만을 기다린 사람만이 가질 수 있는 맑은 긍지에서 나온 것임을. 뻣뻣해 보이던 현의 어깨가 풀렸다. 일자로 다물어졌던 입술이 한결 자연스러워졌다. 그는 속으로 이렇게 말하고 있었다. '나, 당신 많이 보고 싶었어. 당신 많이 생각났어.'

그 눈은 또 이렇게 말하는 듯했다. '해준 것도 없는데, 미안할 뿐인데, 그래도 날 생각해준 거니?'

인설은 그 눈을 보고 바로 읽었다. 그녀의 따뜻한 미소 띤 눈은 이렇게 대답하고 있었다. '하루도 당신을 생각하지 않은 적이 없었어요. 당신 생각하며 잠이 들고, 날이 다시 밝아 오면 길고 긴 시간들을 당신과의 세 페이지밖에 없는 추억을 붙들고 버텨 왔어요. 앞으로도 그것밖에 못 보고 살아도 괜찮아요, 괜찮아. 당신을 기다리는 것이 내 삶을 충만하고 아름답게 하니까.'

"그날 저를 구해 주셔서 감사해요. 어떻게 제가 거기 있는지 아셨어요?" 인설이 물었다.

"함께 온 사람들과 남문경찰서 앞으로 가고 있었어요. 그쪽으로 몇몇 여학교들도 간다는 것을 알고 있었지만 인설 씨의 학교도 있을 줄은 몰랐어요… 그냥…."

현은 사실 거사 당일 독립군단의 행동 계획을 짤 때, 평양 시내 봉도식 거행 장소들과 각각의 장소에 참석 예정인 단체들과 그들의 시위 동선 등을 면밀히 파악한 것을 인설에게 말하지 않았다.

"그랬군요. 참 신기해요. 저는 나중에 생각할수록 제가 헛것을 보았나, 너무… 생각하다 보니 사람을 잘못 봤나 별 생각을 다 했어요."

"뭘 그랬어요. 나중에는 뒤도 안 돌아보고 달려가더구만."

현이 약간 너스레를 떨며 말했다. 그 웃음의 여운이 가시기 전에 그가 가진 모든 용기를 다해 물었다. "나랑 같이 간도로 갈래요?" 진지한 목소리였다.

그 순간 인설의 빛나던 눈에서 광채가 사라졌다. 미소 띤 얼굴은 창백하게 얼어붙었다. 그것이 프러포즈와 다름없는 말이라는 것을 모를 리 없었다. 그토록 듣고 싶었고 받고 싶었던 말이었다. 그것은 어쩌면 오늘 밤 현과의 만남에서 인설이 확인받고 싶어 하는 것을 봉인하는 말이었을 것이다. 그런데 바로 그 말이 현의 입에서 나오자 그것은 한여름에 번개를 동반한 소나기가 모든 것을 바꿔 버리듯, 현을 향한 모든 감정—사랑, 설렘, 그리움, 존경, 자랑스러움—을 밀어내 버렸다.

"아, 그건… 그건 힘들 것 같아요."

인설이 급격하게 변한 자신의 감정을 추스르며 입을 열었다.

"애들이 감옥에 있어요…."

억제하고 있던 마음이 북받쳐 올랐다. "지금 이 순간에도 그 아이들이 어떤 잔혹한 고문을 받고 있을지 몰라요. 그 생각만 하면… 여기 멀쩡히 있는 것도 죄스럽고, 먹는 것도 죄스러워요. 잠 자는 것이 가장 죄스러워요. 그 시간 동안 그 애들을 잊은 것 같아서…."

"죄스러워 해야 할 사람은 일제와 일본인이에요. 인설 씨가 아니에요."

하고 있는 말과 별개로 현은 속으로 생각하고 있었다. '인설을 데려가기 어렵겠구나. 그녀의 마음은 내 마음이 간도와 독립군단에 묶여 있는 것처럼 그녀의 학교와 학생들에게 매여 있구나.'

그 깨달음은 그에게 인설에 대한 미안함을 덜어 주었다.

"당신이 오세요. 다음번에 이 나라를 독립시키러 오세요. 저는… 기다리고 있을게요."

인설은 간절한 호소를 담아 말했다.

'나는 이제 당신의 아이를 못 낳아요. 이 아이들이 내 아이, 우리 아이에요.' 그녀는 모성애를 포기하지 않은 여인의 눈빛으로 이렇게 말하고 있었다. 그녀의 눈에서 말이 되지 못한 고백의 결정체인 것처럼 눈물이 빛났다.

그날 밤 현은 인설 곁에서 그녀의 침상을 지켰다. 그는 밤새 고문으로 몸이 심하게 쇠약해진 그녀가 힘들게 잠을 이루는 것을 한없이 괴로운 마음으로 보고 또 보았다.

다음날 현과 독립군 일행은 만주로 떠났다.

아침부터 인설의 사택에서 수연과 미영을 포함한 여학생 서너 명이 청소와 정리정돈을 하고 있었다. 가구들을 벽에 붙여 거실을 되도록 널찍하게 만들고 방석들을 배치했다. 곧 관서·관북 지방 부인회 회원들이 도착할 것이다. 그들은 지난 두 달간 자신들이 모은 군자금을 하나로 모으는 정기 모임에 참석하기 위해 평양 인근뿐 아니라 멀리 함북 지방에서까지 오는 것이다.

"수연아, 후원금을 다 합치면 이 노란봉투에 넣을 거야. 그러면 이 걸 네가 살짝 들고 거실에서 나가. 나가서… 음, 어디다 숨기는 게 좋을까?"

인설이 긴장된 표정으로 집안을 둘러보았다. 주위에 있던 여학생들도 인설의 고민에 함께 고개를 갸우뚱하다가 다른 곳을 청소하러 흩어졌다. 마침내 인설이 수연에게 속삭였다.

"일단 주방 입구의 저 고무나무 화분 흙 속에 숨겨 놓아."

그때 부인들이 들어오며 인설에게 반갑게 인사했다. 작년 즈음부터 그들은 인설이 그들 모임에서 중추적인 역할을 하길 바랐다. 전국적으로 부인회 같은 성격의 여성 군자금 후원 모임이 여럿 있었다. 지역이나 종교에 따라 나뉘어 있는 이런 모임들을 하나 되게 소통하고 조율할 사람이 필요했는데, 그러한 위치에 있고 역량이 있다고 신뢰하는 사람이 인설이었다.

그녀들은 각자 지역에서 있었던 만세 시위에 대해, 그에 따른 일제의 잔인한 학살과 보복에 대해, 죽고 잡혀 들어간 동지들에 대해 무거운 어조로 이야기했다. 상하이에서 임시정부가 세워지려는 조짐에 대해 말이 나왔고, 임시정부가 세워지면 상하이로 지금 보내는 독립군자금이 더욱 공식 경로로 보내지는 셈이 된다는 말이 나왔다. 그들은 다양한 방법으로 숨겨 가져온 군자금을 꺼내 인설에게 전했다. 한 시간쯤 지나 부인들이 더 지체하면 의심 산다며 모임을 폐하려 할 즈음, 현관문을 거칠게 두드리는 소리가 났다. 일경들이었다.

"다 알고 왔다. 너희들이 뭐 하러 모였는지."

"무슨 말씀을 하는 거예요? 이분들은 제가 모처럼 모신 친구들이에요. 여성 지도자 친목 모임이고, 제가 아프다고 해서 멀리서 방문하신 거예요."

인설이 나서서 지지 않고 강경한 태도로 일경들을 상대했다.

"너희들이 군자금을 모아 대일본제국에 반역하려는 독립군 무리들에게 전해 왔다는 사실을 알고 왔다. 군자금 내놔!"

인설의 얼굴이 하얘졌다. '대체 어디서 누구로부터 기밀이 새어 나갔단 말인가?' 절망적인 물음이 스쳤다. 그것을 생각할 때가 아니었다. 어떻게든 빠져나가야 했다. 그러나 일경들은 수색을 시작했다. 거실과 방들 주방까지 열어젖히고 뒤엎고 뜯는 소리들이 들렸다. 수색은 끝날 기미가 보이지 않았다. 바닥의 양탄자까지 뜯어내는 모양이었다. 일분 일분이 피가 마르는 것 같았다. 그녀는 함께 서있는 동지들의 얼굴들을 바라보았다. 이런 일이 언제든 생길 수 있다고 각오가 되어 있는 무덤덤한 표정들이었다. 주방 쪽에서 화분이 넘어지며 깨지는 소리가 났다. 인설은 자신의 귀를 의심하며 현기증이 났다.

"아무것도 없습니다." 일경의 말이 들렸다.

"에잇, 간교한 것들! 모두 연행해! 다 경찰서로 데려가서 무슨 반역행위가 있었는지 엄중히 취조하고, 수색팀 다시 불러 집안을 다시 수색해!"

인설과 부인회 여인들, 그 자리에 있던 교사와 학생들까지 모두 연행되었다. 그들은 사흘 밤낮 취조를 당했다. 그러나 아무리 고문 취조하여도 자신들이 부인회 회원이라는 것은 인정했지만, 무슨 반정부 행위를 했느냐에 대해서는 아무 말도 하지 않았다. 게다가 체포 근거로 제시할 군자금이 발견되지 않았다. 결국 경찰은 부인회를 해체하라는 조건으로 사흘 만에 그녀들을 풀어주었다.

인설은 궁금했다. 군자금이 도대체 어디 갔을까? 수연이는 그날 모임 자리에서 미영이도 사라졌다고 알려 주었다. 그들은 일경들이 들이닥칠 때, 미영이가 눈치 빠르게 군자금 봉투를 가지고 쪽문으로 도망갔다고 결론 내렸다. 그리고 미영의 재빠른 판단을 고마워했고, 그녀가 들키지 않고 어딘가에 잘 숨어 있다가 잠잠해질 때쯤 돌아오기만을 기대했다.

인설은 퇴원 후 석 달 동안 평양과 인근 지역 파출소와 형무소를 다니며 제자들의 행방을 찾았다. 숙영과 명선이 있는 형무소에는 정기적으로 사식과 옷가지를 가져다주는 한편 그들을 빼내려고 백방으로 노력을 기울였다. 다른 학생들은 유치장에 며칠 갇혔다가 풀려난 기록을 찾기도 했지만 그 후의 행방을 알지 못하는 경우도 많아 인설을 애타게 했다.

어느 날 인설은 선자와 점순이가 시위 주도하러 간 고향, 정주에서 죽었다는 소식을 들었다. 며칠 후 인설은 학교를 통해 숙영과 명선의 옥중 사망 소식을 전해받았다. 인설은 시신을 찾아오겠다고 학교에 말하고 형무소에 갔다. 형무소 문이 열리며 곧 부서질 것같이 얇은 판자로 만든 관 두 개가 나왔다. 그녀는 여기저기 검은 못 끝이 뾰족뾰족 튀어나온 허술하기 짝이 없는 관을 쓰다듬다가 쓰러져 통곡했다. 그녀는 속으로 울부짖었다.

'너무나 아까운 인재들이 희생되었어. 한 명 한 명 인재로 키워 내기 위해 누군가는 생명을 걸고 터를 닦고, 누군가는 핍박을 받으며 학교를 세우고, 누군가는 십 년 넘게 매일같이 온 정성을 쏟아부어 가르쳤는데… 지식이 뭔지 관심 없고, 배움의 인내를 싫어하던 아이들, 어두운 시대에 희망 없는 가정에서 태어나 생각 없이 살아가려던 아이들, 그들을 불러서 깨우고 때로 책망하며 달래고 격려하며 한 걸음 한 걸음 스스로 나아가게 했다. 생각의 등불을 켜주자 그들은 비로소 자신의 가치를 발견했지. 누구도 기대하지 못한 용기로 바르고 의로운 것을 향해 달려간 아이들. 그렇게 자신의 가치, 인간의 가치를 증명한 너희들! 장차 독립된 이 나라에 큰 기둥이 될 너희들이었는데! 살리는 것은 한없이 쏟아부어야 하는데 죽이는 것은 총검 한 번 휘두르면 끝이구나.'

▲ _숭덕학교: 미국 북장로교회 모펫 선교사와 베어드가 1894년 평양의 흥남면 남산리에 세운 미션 스쿨. 평양 만세운동의 선두에 선 학교 중의 하나다.

4
장
—

1920년, 의주:
정희 실업학교 설립

1922년, 남만주:
독립군 전투

숙영과 명선의 장례를 치른 후 인설은 학교에 사표를 제출했다. 그리고 수연과 현선을 찾았다. 수연은 병원에 오랫동안 입원해 있다가 인설의 집으로 돌아온 지 얼마 되지 않았다. 현선은 투옥되었을 때 고문 후유증으로 오른쪽 다리를 잘 못쓰게 되어 목발을 짚게 되었다. 인설이 사직서를 냈다고 하니 놀라는 그녀들에게 말했다.

　"내가 만세 시위를 하면서 일제에 미운털이 많이 박혔잖니. 그래서 일경들이 우리 학교를 더 감시하러 다니고. 더 있다가는 나 때문에 우리 학교도 휴교가 풀리지 못하고 폐교될 수도 있어. 그렇기도 하고 평양은 이제 학교가 많아졌으니까 학교가 더 필요한 곳으로 가보고 싶어졌어."

　"어디 오라는 데가 있으세요?" 수연이 물었다.

　"아니," 인설이 고개를 저으며 말했다. "찾아야 돼. 그런데 찾기가 어려우니까… 어려우니까 하나 만들까?"

　인설이 수연과 현선의 얼굴을 바라보며 조심스레 말했다.

　"선자랑 점순이 고향 근처에 의주가 있는데, 거기에 여학교가 있으면 좋겠대."

"누가요? 선자랑 점순이가 그랬어요?" 현선이 자신도 모르게 큰 목소리로 물었다.

"의주에 사는 누군가가 그랬겠지."

수연이 스승의 슬픈 표정을 눈치채고 재빨리 현선에게 말했다.

"의주라면 여기서 북쪽 끝까지 올라가서, 압록강 근처 아니에요?"

"응, 국경이 보일지도 몰라. 나도 거기가 어떤 상황인지 전혀 몰라. 전에 잠시 유치장에 있을 때 알게 된 남 부인이라는 분이 의주에서 온 분인데, 의주에도 평양처럼 여학교들이 있었으면 하고 말하던 기억이 나서." 인설이 조금 간격을 두었다가 물었다.

"현선아, 수연아! 너희도 같이 갈래? 가서 나 좀 도와서 애들 가르쳐 줄래?"

"아, 선생님! 저는… 저는 당연히… 선생님, 감사해요!"

수연이 얼굴 가득 감격과 미소를 담아 말했다. 그녀는 자신의 거취를 걱정하고 있었던 것이다. 만세 시위에서 오빠를 잃은 후, 부모님은 충격에서 아직 헤어나지 못한 채 간신히 시골집에서 농사일을 하고 계셨다. 졸업이 한 학기 더 남았지만 등록금을 마련할 수도 없고, 인설이 떠나면 그녀의 집에서 숙식을 해결하지 못하게 되는데 그렇다고 기숙사에 들어갈 비용은 더더욱 힘들었다.

"그래, 수연아. 같이 가자! 현선아, 너는 어떠니?"

"선생님, 제가 가면 뭘 할 수 있을까요? 선생님께 무슨 도움이 되겠어요?"

그녀는 멍한 표정으로 말했다. 얼마 전 인설을 만났을 때 이제는 불구의 몸이 되어 공부를 해도 교사가 될 수 없고 시집도 갈 수 없게 되었다며 울었던 것이다. 현선은 인설이 자신에게 함께 가려느냐고 묻는 것이 자신을 위한 배려임을 알았다.

"무슨 말이야. 조국 독립을 위해 만세 시위를 하고 투옥되고 고문 받은 영광의 흔적을 지니고 있는 선배이자 조교 선생님과 함께 공부 하게 될 학생들이 영광인 것이고, 그 학교가 명문 학교가 되지 않겠 어?"

인설의 말을 들으면서 가족에게조차 존중받아 보지 못한 사람 특유 의, 자신감이 없다 못해 멍해 보이기까지 하던 현선의 얼굴이 전구에 빛이 들어오듯 서서히 밝아지고 있었다. 그녀는 인설의 말을 하나도 빠짐없이 기억하고 싶었다. 그것을 다 기억하고 믿고 싶었다.

"저, 정말 열심히 할게요. 꼭 필요한 사람이 될게요. 꼭 데려가 주 세요, 선생님. 네?"

현선이 인설의 옷소매를 붙잡고 말했다. 인설은 그녀의 손을 꼭 잡 았다.

인설은 외아들을 잃고 슬픔 속에 두문불출하고 있는 성복 모에게도 찾아가서 의주에 함께 가자고 부탁했다. 그녀는 성복 모의 놀란 표정 을 바라보며 말을 이었다.

"성복 어머니, 저랑 같이 가요. 가서 절 좀 도와주세요. 저 어렸을 때부터 돌봐주신 윌리엄스 교장 선생님도 미국으로 돌아가셨어요. 저 에겐 집 같았던 학교도 떠나요. 의주에 아는 사람 아무도 없어요. 힘 들 텐데, 외로울 텐데, 기댈 분이 필요해요. 엄마처럼, 이모처럼."

인설의 눈은 타인의 아픔에 닿기 위해 자신의 상처를 처음 드러낸 사람이 보이는 어색함과 묵은 슬픔으로 촉촉이 빛나고 있었다.

"아이고, 인설 선생님! 왜 이렇게 외로운가요?" 성복 모는 인설에 게 다가가 그녀를 안았다. 그리고 말했다. "의주라고 했어요? 같이 갑시다, 우리."

인설은 의주로 이사하기 전에 태성과 이 일을 의논했다. 태성은 인설이 생각한 것보다 놀라거나 심하게 부정적인 반응을 보이지 않았다. 그는 이렇게 말했다.

"의주 쪽은, 조선 중심부에서 멀리 떨어진 외진 곳이긴 하지만, 예부터 중국과 무역이 발달한 지역이어서 주민들의 삶의 수준이 그리 나쁜 편이 아닙니다. 그렇지만 교육에서는 뒤처졌을 수 있겠네요. 교육의 필요성을 느끼는 지역 부호를 후원자로 찾을 수 있다면 학교 세우기가 그리 어렵지 않을 거라고 봅니다."

태성은 회사 일로 관서와 관북 지방을 자주 다니고 있었는데, 인설의 말을 듣고 마침 신의주 지역으로 출장 갈 일이 있다며 간 김에 의주를 둘러보고 오겠다고 약속했다. 그가 돌아온 것은 그로부터 약 열흘 뒤였다.

"의주는 압록강을 볼 수 있는 곳이더군요. 날씨가 좋으면 만주 땅도 보인다고 합디다, 산에 올라가서 보면. 우리 회사와 거래하는 신의주 상인들을 통해 의주 상인들을 소개받고 같이 식사하면서 여러 가지를 물어보았어요. 거기에는 초등교육기관도 많이 없다며 학교를 세운다고 하면 반길 거라고 했어요. 좋은 부지도 알아봐 주겠다고 했어요. 조금만 기다려 봐요."

"고마워요, 태성 씨." 인설은 진심으로 고마운 마음으로 말했다. "그런데 미영이가 걸려요. 미영이가 그때 군자금 봉투를 들고 몰래 빠져나가지 않았으면 부인회 모두 꼼짝없이 투옥되고 큰 난리를 치렀을 거예요. 상하이나 만주로 가서 군자금을 전달하겠다는 말만 남기고 더 이상 소식이 없네요. 그 먼 길을 가다가 혹시 잃어버렸다 해도 군자금보다 더 귀한 부인회 조직과 목숨들을 건진 셈이니, 그냥 돌아오면 좋을 텐데…." 인설은 미안한 표정으로 태성에게 말했다.

"그 아인 공부는 잘 못해도 그런 일은 오히려 똘똘하게 잘하는 편이
라니, 아직은 걱정하지 말고 기다려 보죠."

"대담한 아이예요."

인설이 미영에게 빚진 마음으로 찬사를 담아 말했다.

"지나치게 대담한 아이예요." 태성이 어두운 표정으로 말했다.

며칠 뒤 태성은 인설에게 괜찮은 학교 부지가 나왔다고 알려 주었
다. 지인을 통해 들어온 정보에 의하면, 초등학교를 세우려고 건물을
짓다가 사정이 생겨 중단된 곳이 있다는 것이었다. 인설은 인수를 결
심하고 수중에 있는 모든 돈을 계약금으로 보냈다. 곧 인설 일행은 짐
을 배편으로 부치고 의주로 떠났다.

그들은 신의주까지 기차를 탔고, 압록강변까지 가서 배를 타고 북
동쪽으로 올라갔다. 의주에서 내리니 태성이 일러준 대로 박 씨란 사
람이 인설 일행을 학교까지 데려다주려고 마중 나와 있었다. 박 씨
는 다리가 불편한 현선을 위해 포장을 친 인력거를 불렀는데, 탄 지
오래지 않아 목적지에 도착했다. 내려 보니 나지막한 산들이 마을을
반구 모양으로 둘러싸고 있어서 아늑한 기분이 드는 작은 마을이었
다. 산 능선은 압록강 쪽으로 점점 낮아지는 듯하다가 소나무들이 듬
성듬성 서있는 수풀로 이어지다 끝났다. 북쪽이라 역시 평양보다 일
찍 저녁이 오는 듯, 멀리 압록강 서쪽으로 보이는 하늘에 붉은 기운
이 퍼져 가고 있었다. 강에서 불어오는 바람도 수풀을 뚫고 제법 강
하게 불어왔다. 인설은 떠나온 고향 대동강을 떠올렸다. 그러자 평양
산하가 기억에 선명하게 펼쳐지면서 이곳이 더욱 낯설게 느껴졌다.
'인설, 너에게 과연 고향이란 게 있는 걸까?' 인설은 냉정하게 자문했
다. '너에겐 조선 어디든 고향일 수 있어'라며 스스로를 강하게 몰아
붙여야겠다고 다짐했다.

"저것이 학교 건물입니다."

박 씨가 손가락으로 가리킨 곳은 산 언덕에 가려 잘 보이지 않았다. 조금 더 다가서자 마을을 바라보며 산기슭에 아담하게 세워진 신식 단층 건물이 보였다. 지붕만 덮고 창문을 달면, 그리고 내부를 단장하면 곧 쓸 수 있다고 박 씨는 말했다. 인설은 만족했다. 그렇게 진행해 달라고 하고 일행은 임시숙소로 들어갔다.

인설 일행이 학교에 들어간 것은 그로부터 일주일 뒤였다. 교실과 사무실 등으로만 쓸 용도였지만, 학생들을 모집하여 학기를 시작하기 전까지는 우선 학교 건물 안에서 지내기로 했다. 인설은 학교 건물 옆 땅에 기숙사도 짓기로 했다. 그녀는 말했다.

"집 있는 아이들은 우리 학교가 아니더라도 어디든 다닐 수 있어요. 그렇지만 집이 없고 보호자가 없는 소녀나 처자들은 기숙사가 없으면 학교에 절대로 다닐 수 없습니다. 아직 마을에 형편이 어떤 사람들이 사는지 잘 모르지만, 이렇게 기숙사를 열어 두면, 그런 이들이 반드시 찾아올 것입니다. 이 학교는 그런 여성들에게 필요한 학교가 될 것입니다."

기숙사를 지으려면 당장 자금이 필요했다. 학교를 사는 데만도 가진 돈을 다 썼고 그나마 계약금을 포함해서 3분의 1 정도만 지불했을 뿐이다. 인설은 후원자를 찾아 나섰다. 먼저 남 부인이 소개해 준 최정자라는 여인을 만나기로 했다. 평양을 떠나기 직전 옥에 있는 남 부인을 면회하러 가서 의주에 학교를 세울 거라는 계획을 말하자 그녀는 매우 기뻐하면서 최정자라는 사람을 찾아가면 도와줄 수 있을 거라고 했다. 자신도 인편에 말을 전해 놓겠다고 했다.

최정자 씨는 김 진사 댁 맏며느리 또는 최 부인이라고 불렸는데, 인설이 갈 때마다 집에 없다는 소리를 들었다. 하루는 문지기가 미안했는지 통군정에 가보면 만날 수 있다고 하였다. 통군정은 학교에서 멀지 않은 곳이고, 의주에서 가장 아름다운 압록강 경관을 볼 수 있는 곳이라고 들어온 터였다.

통군정이 보이는 강변에 이르자 근처 작고 아담한 정자에 여인들이 모여 놀고 있는 것이 보였다. 계절상으로는 8월 한여름이지만 북쪽 지역의 여름 태양은 빛을 온 천하에 투명하게 쏘아 주기만 할 뿐, 열기가 없었다. 대기도 습기를 머금지 않아 후텁지근하지 않았고, 청량한 강바람이 끝없이 불어와 나무와 수풀을 흔들었다. 구름 한 점 없는 하늘 아래 푸른 압록강이 빛 물결을 만들어 내며 흘러가는데, 그것을 보는 것만으로도 마음속에 맺힌 것들이 씻겨 내려가는 것 같았다. 여인들은 배도 대절했는지 정자 아래에는 작은 배도 띄워져 있었다. 가까이 가니 오색 한복을 곱게 차려 입은 열 명 정도의 여인들이 음식이 차려진 상을 앞에 두고 앉아 있는데, 술잔을 기울이기도 하고, 흥에 겨운 이는 노래를 부르기도 하고, 노래에 맞춰 즉석에서 춤을 추는 이도 있었다. 그러나 남자도 없고 가장 젊어 보이는 여인도 삼십은 넘어 보이는 것으로 보아 분명 기생들의 음주가무는 아니었다.

"날 찾아왔다구요?"

무리 가운데서 한 여인이 정자에서 내려와서 말했다. 둥글고 복스러운 흰 얼굴에 가느다란 눈이 매혹적으로 보이는 30대 초반의 여인이었다. 인설이 자기소개를 하자, 마뜩치 않은 표정이 되었다.

"학교라… 여기서 똘똘한 애들은 다 신의주로 보내서 학교를 다녀요. 그리고 일제가 워낙 깐깐한 게, 허가를 잘 안 내주어서 쉽지 않을 거예요."

"꼭 어린 학생들이 아니라, 배움의 기회를 놓친 소녀들과 처녀들 그리고 기혼녀들을 위한 교육을 하려 합니다. 책 읽고 상급학교에 진학하기 위한 공부보다 자립을 돕는 실용적인 교육과정을 생각하고 있고요."

최 부인은 인설이 말하는 중에도 연신 정자 쪽으로 시선을 향하면서 그녀의 관심이 놀이에 있다는 것과 학교 설립 따위에 큰 의미를 두고 있지 않다는 것을 보여 주었다. 그녀는 지금은 바쁘니 다음에 한번 더 찾아와 달라며, 미안한 듯 한마디 덧붙였다.

"남 부인은 저와 정말 친한 언니예요."

그녀는 남 부인과의 친분을 자랑스럽게 여기는 듯했지만 속으로는 그녀가 평양에 머물 때 야소교 사람들과 어울리더니 만세 시위에 너무 깊이 연루되고 옥고까지 심하게 치른다고 걱정하고 있었다. 그녀는 만세 시위로 투옥된 여성 운동가의 7, 80퍼센트가 기독교인이라는 것도 알고 있었다. 그래서 인설을 보면서도 혹시 조용한 마을에 폭풍을 몰고 올 여자가 아닌지 우려했던 것이다.

나흘 후 인설은 최 부인으로부터 '나흘 뒤 백마산 기슭으로 놀러 오세요'라는 서신을 전달받았다. 인설은 가마를 타고 백마산 입구까지 갔다. 원경에 높은 산들이 병풍처럼 겹겹이 솟아 있고, 그 앞의 크고 작은 산봉우리들은 바위 절벽 틈을 딛고 빽빽이 서있는 소나무와 참나무들 그리고 잣나무들로 뒤덮여 있었다. 야트막한 산기슭을 보니 울긋불긋한 천조각들이 끈에 매달려 장식되어 있는 곳에, 벌써 남녀노소 많은 사람들이 모여 있었다. 굿당에서 벌어지는 굿판이었다.

그때 최 부인이 인설을 보고 빠른 걸음으로 다가왔다. 앞가르마를 타고 양쪽 뒤로 빗어 넘긴 검은 머리는 동백기름을 발라 윤기가 흐르고, 뒤로 쪽진 머리에는 보석들이 박힌 옥비녀가 꽂혀 있었다. 그녀는 다홍색 치마 위에 두루마기를 입고 있었는데, 녹색과 홍색으로 배

색된 화려하면서도 기품이 느껴지는 차림이었다. 그것은 조선 여인들이 혼례식 때 신부복으로 외에는 다시는 입어 보지 못하는 원삼과 매우 비슷했다. 최 부인은 그녀의 손을 이끌고 소나무 언덕에 있는 작은 정자로 갔다.

"인설 씨, 여기까지 오느라 힘들었죠. 그냥 당신에게 보여 주고 싶은 마음이 들었어요, 나 사는 모양을… 내 얘기를 들어줘요. 그리고 당신 얘기를 듣고 싶어요."

그녀는 말을 이었다.

"굿판이 생기면 나와 내 친구들은 이렇게 차려 입고 구경하러 가요. 알아요, 사람들이 뒤에서 비웃는다는 거. 앞에서는 마을 유지 진사 댁 며느리니까 대놓고 웃을 수는 없고. 그렇지만 그들이 나의 미모와 부를 엄청나게 부러워한다는 것도 알아요…."

최정자 씨는 열다섯 살에 혼인을 했다고 한다. 양가 모두 부자에다 유서 깊은 양반집으로 매우 어울리고 바람직한 혼인이었다. 그러나 을미년에 의병이 크게 일어났을 때 남편이 의병 항쟁에 뛰어들었다고 한다. 6개월도 안 되어 남편의 전사 소식을 들었고, 충격을 받은 시아버지가 쓰러졌다. 그리고 1년 만에 세상을 떠나게 되자 최 씨는 열여섯에 과부가 되었다. 남편과 외아들을 잃은 충격으로 시어머니는 몸 겨누웠고 최 씨는 8년간 시어머니 병수발을 하며 집 안팎의 큰살림을 꾸려 가야 했다. 시어머니가 긴 투병 끝에 별세했을 때 최 씨는 스물넷 아직 한창 나이였다.

슬하에 자식도 없었던 그녀는 친족들에게 가산을 골고루 분배하여 재산을 모두 정리했다. 그리고 자신의 몫으로 남은 재산을 가지고 하고 싶은 것을 마음껏 하고 살자고 다짐했다. 그녀 주위에는 비슷한 형편의 과부 친구들이 모였다.

"우리는 날마다 오늘은 뭘 하고 즐기며 시간을 보낼까 궁리한답니다. 그냥 꽃구경. 산수 구경, 눈 구경… 마음 맞는 친구들과 어울려 이렇게 청춘을 보내는 거야. 이러면서도 말 못하게 공허해. 서로 말 안 해도 알아… 그래서 굿당까지 찾고 굿판 열리는 곳마다 구경 다니게 된 건데…." 최 씨는 말을 이었다.

"굿판 다니며 사주팔자 그런 것 들으면서 생각한 것이, 나는 일찍 과부될 팔자였구나. 남편복, 자식복도 없이… 굿이라도 보면 마음이 뻥 뚫리기는 것 같기도 하고. 내 팔자만 박복한 건 아닌 것 같아 위로도 되고. 그래도 공허함은 채워지지 않아요. 왜 그럴까? 뭐가 문제일까?" 최 씨는 깊은 한숨을 쉬며 말을 이었다.

"남 부인 언니는 나에게 이렇게 말한 적이 있어요. '작두 타고 예언하는 무당이 장군신, 조상신이 있다고 하니까 믿는 게 아니다. 사람들에게 조상신이 있었으면 하는 바람이 있으니까 점점 더 빠져드는 거다'라고. 그런데 그렇다면 당신이 믿는 야소교 신도 마찬가지 원리 아니에요? 사람들이 있었으면 하고 바라니까 있다고 믿어지는 것 아니겠어요?"

최 씨의 눈은 정말 궁금해 보였지 시비를 거는 어조는 아니었다. 인설이 대답했다.

"성경은 복음이 말로써만 전파된 것이 아니라 능력과 성령과 큰 확신으로 전파된 것이라고 증거해요(살전 1:5). 저는 그 말씀을 이렇게 해석해요. '능력'이란 하나님의 영이 일하셔서 사람을 바꾸어 주시는 능력이에요. 조선에 기독교인이 되고 나서 완전히 다른 새 인생을 살게 된 사람들이 얼마나 많은 줄 아세요? 남 부인을 지켜보아서 아실 거라 생각해요. 사람들은 전도의 말을 듣고 믿는 것이 아니라 나와 다름없던 사람들이 바뀐 모습을 보며 교회에 나와요.

그런데 성경에는 이 능력에 반드시 경건의 요소가 들어가야 한다고 해요(딤후 3:5). 경건은 우리를 도덕적이고 이타적인 삶으로 인도하죠. 이것이 저와 저의 제자들이 3·1 만세시위 때 맨손으로 평화시위를 할 수 있었던 능력이고, 저는 죽은 소녀들의 못 다 이룬 꿈을 이루기 위하여 여기 온 것입니다. 당신이 기독교에서 이것들을 보지 못한다면 안 믿어도 좋고 안 도와줘도 좋습니다. 하지만 종교 이전에 여인들의 삶을 변화시키는 교육이 의미 있다고 여긴다면 도와주세요. 물질적으로뿐 아니라 함께하는 것으로. 그리고 우리에게서 이런 변화와 경건이 이끄는 이타적인 삶을 본다면 그때 주 예수를 믿으세요."

최 씨는 인설이 한 말을 다 받아들이지는 않았지만, 평양에서 온 이 촌스럽고 대담한 아가씨에게 호감을 느꼈다. 그녀는 여러 차례 많은 후원금을 냈을 뿐 아니라, 학교를 열기 위해 필요한 것들이 무엇인지 함께 찾고 구해 주려 애썼다. 8월 말에 기숙사가 완공 예정되어 가을 학기에 맞추어 학생 모집을 할 수 있게 되었다. 한편 인설은 학교 매입한 나머지 대금을 치르기 위해 더 많은 후원자들을 찾는 데 골몰했다. 다행히 태성의 소개로 그가 거래하는 의주 상인들 가운데 몇몇 사람이 정기 후원을 약속했다.

기숙사 완공이 얼마 남지 않은 어느 날, 열린 창으로 북쪽 지방의 이른 가을을 알리는 서늘한 바람이 불어오고 있었다.

"선생님, 그런데 초등학교도 아닌데 설마 한글을 모르는 사람들이 올까요?"

현선이 고개를 갸웃거리며 인설에게 물었다.

"그럴 수도 있을 것 같은데? 뭐든 쉽고 재미있을 것 같다는 생각이 들게 준비해 줘요. 안 그러면 포기할지도 몰라." 인설이 말했다.

그때 문을 요란스럽게 두드리는 소리가 들렸다. 수연이 일어나서 문가로 갔다. 그녀는 살짝만 열고 누구인지 확인하려 했는데, 찾아온 여인은 더 센 힘으로 문을 확 열어젖히고 자신의 짐 보따리부터 들이밀어 놓았다. 20대 후반 정도로 보이는 이 평범한 아낙은 안으로 곧장 들어와 소리치듯 말했다.

"저 학교 다니고 싶어요. 정말 꼭 열심히 공부하겠습니다."

그녀는 박색은 아니었으나 얇은 입술가가 아래로 처진 것이 꼭 사람들을 비웃는 것처럼 굳어진 인상이었다. 열심히 공부하고 싶다는 말과 달리 눈에는 총기가 하나도 없이 멍했다. 인설은 직감적으로 그녀가 아직 개교하지도 않은 이 새 학교에 1호 학생이 되리라는 것을 알았다.

그녀의 이름은 전끝년이었으나 나중에 남편을 졸라 지어 받은 이름은 영순이었다. 어디서 사냐는 질문에 이제 더 이상 자신의 집이 아니지만 아랫마을에서 살았다고 했다. 실제로 시어머니와 남편을 위해 아침상을 차리다가 쫓겨 나온 것이었다. 그녀는 떨리는 손으로 앞치맛단을 연신 만지작거리며 감정을 억제하려 했다.

"저는 공부가… 공부가 하고 싶어 왔어요. 이웃집 사람들이 산 아래 새로 짓고 있는 학교에 가면 제가 지낼 수 있는 곳이, 아니 공부…할 수 있는 곳이 있다며 거기 가보라고 했어요." 영순 씨가 공부를 부자연스럽게 강조하며 말했다.

"그래요. 언제부터 공부가 하고 싶었나요?" 인설이 물었다.

"결혼한 지 12년이 넘었는데 아이가 생기지 않았어요. 한번 2년 만에 생겼는데 밭일이 너무 힘들어서 유산하고는 다시 생기지 않았어요. 그래서 시어머니가 매일같이 구박했어요. 남편이 처음에는 제 편을 들어 줬는데… 사랑해 줬는데… 너무 오래 아이가 안 생기니 같이 저를 구박했어요. 아, 제가 신혼 때 한번은 집안에 조상신을 모시는 사당이 있는데, 사당을 청소하다가 그만 단지를 깨뜨린 적이 있어요. 시어머니가 그래서 아이가 안 생기는 거라고, 저에겐 절대로 아이가 생기지 않을 거라고….”

영순은 울음을 참으려 했다. 그러자 그녀의 얇은 입술이 더욱 양쪽 끝으로 처져서 마치 자신의 운명을 비웃는 듯한 표정이 되었다. 그녀의 표정은 믿고 싶지 않지만 그게 자신에게 일어난 일이라서 어쩔 수 없이 믿는다고 말하는 듯했다.

“남편은 공부를 많이 한 사람이에요. 양반은 아니지만 신의주에서 고등학교까지 나오고 장사를 해서 얼마 전부터 돈도 꽤 잘 버는 상인이에요. 원래는 미신이라고 안 믿던 사람이었는데 얼마 전부터 그게 니 운명이라면 니가 나를 위해 떠나 달라고 했어요. 선생님, 신학문을 한 사람도 그런 걸 믿나요?”

그녀는 인설이 고개를 젓는 것을 보고 한결 학구열이 생긴 표정이 되었다.

“남편이 원래 장사하느라 만주도 다니고 집을 비울 때가 많았어요. 그런데 오늘 아침에 집 비운 지 열흘 만에 여자랑 같이 들어왔어요. 시어머니는 오히려 반기고 저더러 이제 그만 나가라고….”

그렇게 해서 영순은 학교 문을 열기도 전에 학생이 되었다. 그녀는 기숙사가 완공되기 전까지 인설 일행들과 학교에서 숙식을 했다. 그런데 영순의 소문이 났는지 그녀 이후로 학교 문을 두드리는 마을 여인들의 발길이 드문드문 이어졌다. 대부분 무엇을 가르칠 것인지, 공부를 하면 무슨 혜택이 있는지 궁금해하는 정도였지만 영순 씨처럼 당장 숙식을 제공하지 않으면 안 되는 사람도 있었다. 그중에 한 사람이 김소라였다. 그녀가 온 날은 초가을 비가 온 땅을 싸늘하게 적시는 어둑한 오후였다.

비 때문에 공사를 못 하니 공사장 인부들에게 식사를 대접할 필요가 없어 한가해진 성복 모가 영순 씨와 감자를 쪄서 학교 식구들과 먹고 있었다. 그때 문을 두드리는 소리가 났다. 비를 맞아 온통 옷이 젖은 채로 들어온 여인은 술 냄새가 풀풀 풍겼다. 그녀는 흔들리는 발걸음을 애써 바르게 유지하며, 젖은 치마에서 물방울이 뚝뚝 떨어지는 것도 개의치 않고 들어와서는 등을 꼿꼿이 펴고 의자에 앉았다. 성복 모가 물기를 닦으라고 수건을 건네주었으나 그녀는 오만한 손동작으로 거절했다. 성복 모는 의자가 젖는 것이 못마땅해서 얼굴을 찌푸렸다.

"곧 학교를 연다고 들었어요. 혹시 일할 사람이 필요하지 않나요? 저 음식 잘하는데… 부침개도 잘 만들고…."

인설이 일할 사람을 찾는 것이 아니라 공부하고 싶은 사람을 찾는다고 하자 그녀는 금세 기가 죽어 기어들어 가는 목소리로 물었다.

"그럼 여기 있으려면 꼭 공부를 해야 하나요?"

인설이 그렇다고 말하고, 대신 어려운 공부가 아니라 앞으로 직업을 얻어 자립할 수 있도록 돕는 공부라서 오랫동안 다니지 않아도 된다고 했다. 여인은 한숨을 푹 쉬고 말했다.

"사실 저는 공부가 필요하긴 필요한데요… 그리고 이 학교는 학교에서 잘 수 있다고 해서 왔어요."

그녀는 잠시 말을 끊고 그 사실이 맞는지부터 확인하고 싶은 양 주위 사람들을 둘러보았다. 여인은 뼈대가 굵었지만 키가 크고 늘씬한 편이었다. 튀어나온 광대뼈와 쉰 듯한 거친 목소리가 남성스러운 느낌도 나고, 큰 편인 눈이 약간 올라간 것이 대가 세어 보였다. 그러나 본능적으로 어떻게 해야 남자들의 마음을 사로잡는지 아는 듯 허리를 꼿꼿이 펴고 앉는다든지, 윗저고리가 젖어 찰싹 달라붙은 것을 조금도 부끄러워하지 않고 당당해한다든지 하는 모습에서 왠지 모를 매력을 풍기고 있었다. 그녀는 인설을 비롯한 학교 식구들이 인상이 나쁘지 않고 모두 호의적인 것처럼 보이자 안심하고는 무료한 오후를 홀딱 날려 버릴 만큼 긴 이야기를 시작했다. 그녀는 구성진 입담꾼이었다.

"세상에 저처럼 기구한 여자가 있을까요? 내 이름은 소라예요, 김소라. 열여덟에 시집갔는데 신랑 집이 못살았지만 어찌 얼굴이 그리 동그스름하고 잘생겼는지! 그리고 저를 너무너무 아껴 주고 사랑받으며 살았어요. 추운 한겨울이면 장작 때서 덥힌 물을 대야에 담아 방으로 들고 왔어요. 나 세수하라고. 그런데 결혼한 지 5년 만에 남편이 시름시름 앓다가 죽었어요. 그러자 이웃 마을 노총각이 자꾸 나에게 치근덕거리는 거야. 밭 가는데 따라오고, 우물가에 물 길러 가도 따라오고 냇가에 빨래하는데 오고, 급기야는 한밤중에 막 문을 두드려, 열어 달라고."

성복 모는 매우 동정하는 표정으로 그녀의 말을 들었다. 그녀도 남편이 죽은 후, 주변 과부 친구들을 통해 자식 없이 혼자 된 과부를 못살게 구는 남자들이 많다는 이야기를 많이 들었던 것이다. 심지어 '보쌈'이라고 해서 과부 된 여인의 동의 없이 한밤중에 몰래 침입해 이불로 싸서 납치해 가 데리고 사는 일도 비일비재했다.

"아유, 어쩌나! 신고해야죠! 경찰이나 어디 없었나요?" 수연이 안타까워하며 물었다.

"아가씨, 어디다 하소연을 해요? 일경? 꽤나 지켜 주겠네! 그리고 조선 남자들도 다 한통속이라우. 과부는 아무 권리도 없어요. 그저 먼저 찜한 사람이 임자라는 거지."

김 씨는 젊은 아가씨의 순수함을 비웃는 듯 느끼한 웃음을 흘리며 말했다.

"결국 난 어느 날 밤 보쌈당했어요. 자물쇠까지 사서 채워 놨는데 그 죽일 놈이 나무문에 미리 구멍을 뚫어 놓고 살짝 막아 놓았던 거야. 그렇게 놈의 집에 가서 난 몇 날 며칠을 울기만 하고 밥도 먹지 않았어요. 하지만 별 수 있수? 결국 밥도 먹고, 밥도 하고, 살림하고… 그렇게 부부처럼 살았지. 이놈이 처음에는 날 데려다 놓고는 한 말이 뭔지 아우? 너는 못나고 약해서 힘 있는 남자가 지켜 주어야 한다나? 흥, 지켜 주기는 개뿔! 매일같이 술 처먹고 하는 말이 너는 못나고, 할 수 있는 게 아무것도 없고, 무식하대, 게으르고 더럽대… 그리고 온갖 욕을 다 하면서 때려. 가난한 살림에 얼마 없는 세간도 던지고 부수고. 대체 그 지랄을 하려고 나를 보쌈해 간 거야."

김 씨는 물음인지 탄식인지 모를 말을 하고 한동안 숨을 멈춘 듯 가만 있었다.

"근데 참 웃긴 게, 어느 날부턴가 나도 에라 모르겠다 하고 같이 술 처먹고, 집안은 돼지우리 꼴이고. 쌍욕하면 나도 쌍욕으로 받아 주고…."

"그러면 안 때려요?" 겁에 질린 현선이 손톱을 물어뜯으며 물었다.

"때리지! 어차피 가만있어도 때리는데 뭐. 맞고만 있는 건 열통이 터져 못 참겠더라구. 에라, 이렇게 된 거, 니놈 손에 언젠가 죽을 테니, 죽을 때까지… 죽을 때까지 니가 이기나 내가 이기나 해보자."

성복 모는 울음이 섞여 떨려 나오는 소라의 목소리를 듣고는 죽음의 문턱을 날마다 넘나들던 자신의 과거를 기억하며 그녀보다 먼저 눈물을 흘리고 있었다.

"그러다가 그놈이 아편에 손을 댄 거야. 중국 어디서 흘러 들어온 걸 구했는지. 하여간 개새끼들은 세상에 나쁜 건 다 해보려 하지. 나도 같이 피우자더라고. 나는 피우는 척만 했지. 취한 척도 하고. 그랬더니 더 신나서 피워 대더니 곧 중독 증세가 오더군. 나중에는 비쩍 말라서 몸을 사시나무 떨듯 떨고 어느 날부터 바깥출입을 못하더군. 그래서 나는 벌떡 일어나서 짐을 쌌지. 그 드러운 놈이 이제는 움직일 수 없으니, 내가 나가는 모습을 멍하니 쳐다만 보더군."

그녀의 눈빛은 악의에 차 보였으며 공허해 보였다. 모두들 한동안 기뻐해야 할지 경악스러워해야 할지 멍하게 있었다. 소라는 인설을 바라보며 간절한 어조로 말했다.

"선생님들, 아랫마을 사람들이 그러든데 여기 학교 선생들은 죄다 노처녀 아니면 과부라던데. 학교 공부를 하면 과부라도 남자새끼들이 함부로 못 건드리나요? 만약 그렇다면 배우겠어요. 그런데 그런 방도가 있나요? 한글도 배워 본 적 없는 까막눈이지만 까짓 죽기를 각오하면 못 배우겠어요?"

인설은 그것이 공부의 효능이라고 생각해 본 적은 한 번도 없지만, 소라의 말을 들으니 그런 효능도 있겠구나 생각되었다. 그녀는 여기서 글 배우고 실업교육을 받으면 취직을 하거나 스스로 생산을 할 수 있다, 그러면 돈을 벌고, 돈을 벌면 남자가 함부로 못 할 것이라고 말해 주었다. 그렇게 해서 소라는 두 번째 입학 예비학생이 되었다.

그 무렵 인설과 친분을 쌓게 된 의주 상인들은 학교의 새 후원자가 될 만한 사람을 찾아 주었다. 그는 박민효라는 젊은 사업가로, 아버지 박민상이 시작한 비단과 견직물 가공 사업을 더욱 번창시키고 있다는 평을 듣고 있었다. 그의 아버지는 일본과 신의주를 오가며 부지런히 사업을 일구었다. 그리고 외아들을 잘 키워 일본 유학까지 다녀온 인텔리로 만들어 그를 사업에 십분 활용하고 있었다. 마침 박민효가 참석하기로 한 '만상들의 모임'이라는 의주상인들의 정기 친목 모임에 그들은 인설을 특별 손님으로 초대하기로 했다.

'만상들의 모임' 회원들은 인설에게 호의적이었다. 여느 지역과 다름없이 타지 사람들에게는 배타적인 선입견이 아주 없을 수 없었고, 여성이 앞장서서 무엇을 하는 것을 보아야 하는 것에 불쾌한 마음이 컸던 것도 사실이다. 그러나 태성의 지인이라는 점이 처음 벽을 허무는 데 큰 효과가 있었다. 일단 벽을 허물자 나이로 보니 인설이 그들의 딸이나 손녀뻘이라는 사실에 마음이 더 열렸고, 혼기가 찬 사람들을 보면 짝을 지어 주는 것이 미덕이라는 생각에서 박민효와의 만남을 주선한 것이다.

만상들의 바람대로 박민효와 인설은 초면임에도 매우 밝은 표정으로 인사를 하더니 급기야 구석진 자리에서 둘만의 대화를 이어 갔다. 훤칠한 키에 양복이 매우 잘 어울리는 박민효는 잘생긴 얼굴에 시종일관 흥미로운 미소를 띠고 있었고, 인설은 도시에서 온 여자답게 수줍음 한 점 없이 묻고 대답하고 있었다.

"학교를 하려면 기왕이면 큰 도시에서 하면 좋을 텐데. 그래야 공부에 열의가 있는 똑똑한 학생들을 배출하고, 그래야 후원도 늘고 그래야 명문이 될 수 있죠. 의주가 제 고향이긴 하지만 사실 추천할 만한 곳은 아니에요."

민효는 이렇게 딱 떨어지는 원리는 더 없다는 식으로 잘라 말했다.

"저는 의주에 학교가 많이 없다는 말을 듣고 온 거예요."

인설은 민효의 말이나 그 말로 노린 것들에는 전혀 관심이 없다는 듯 받아쳤다.

민효는 인설의 대답에 약간 충격을 받았다. 평양에서 일이 잘 안 풀렸는지 어쨌는지 의주까지 굴러 온 이 여자는 자신의 수준을 알아보지 못하고 있었다. 그것만 봐도 왜 평양에서 풀리지 못했는지 알 수 있을 것 같다며 그는 속으로 혀를 찼다. 그리고 오늘의 이 만남을 어떻게 풀어 가야 할지 막막해졌다. 사실 그가 굳이 인설과 대화를 계속해야 할 이유는 없었다. 그러나 그는 일단 여성을 만난 이상 그녀에게 깊은 인상을 주고 그녀가 자신을 숭배할 정도까지 만들어 놔야 된다는 강박관념이 있었다. 그는 조금 더 기회를 노려 보기로 했다.

"그렇다고 왜 하필 국경 지역에. 의주는 성장이 다한 곳이라고 봐요."

"민효 씨는 모르시겠지만, 저는 의주가 국경 지역이라서 더 좋은 걸요. 압록강도 보이고."

"아, 물론 의주가 아름답긴 하죠. 저도 의주의 자연경관을 참 좋아합니다. 특히 압록강의 신비로움은 우리나라 어떤 강보다 뛰어나죠. 그래서 저는 어렸을 때부터 압록강 가에 앉아 사색하는 것을 좋아했어요. 특히 초가을 새벽 물안개 핀 압록강은 어찌나 심오한지. 그 환상적인 모습은 몇 시간이나 앉아서 존재의 깊은 심연을 탐구해야 직성이 풀리게 만들죠… 그리고 겨울 설경은 또 어찌나 눈부신지, 영혼까지 순수하게 만드는 그 순백의…"

그는 눈을 가늘게 뜨고 허공을 응시하며 말하면서 인설의 얼굴을 흘끔흘끔 바라보았는데, 가을에서 겨울로 넘어갔는데도 그녀의 표정은 미동이 전혀 없었다.

여러 여자를 사귀어 본 그의 경험이 이 화제로는 승산이 없다고 그에게 말해 주었다. 포기한 그는 무안하기도 하고 화가 나서 앞에 놓인 물잔의 물을 벌컥 다 마셨다. 그때 인설이 물었다.

"저, 부친께서 신의주에서 견직 공장을 하고 계신다고 들었어요. 물론 공장 제품에 비할 수는 없겠지만 저희 학교에서도 학생들에게 양잠 기술을 가르쳐 주고 싶은데, 어떤 교육이 좋을지, 그리고 실습 기계는 어떤 것이 필요한지, 그런 것이 알고 싶어요."

그때부터 그날 모임을 폐할 때까지 민효는 인설에게 양잠 기술과 기본 과정에 대해 쉬지 않고 이야기했다. 그렇게라도 자신의 지식을 여성에게 과시하는 것으로 손상된 허영심을 충족시켜야 했다.

박민효는 양잠 교육 기계와 재료비 후원을 약속했다. 그리고 아버지에게도 말씀드려서 아버지의 정기적인 후원을 받을 수 있게 돕겠다고 했다. 더욱 기쁜 소식은, 일제로부터 학교 설립에 대한 정식 허가를 받아야 하는데 박민효의 아버지가 그 과정에도 힘을 쓸 수 있을 거라고 한 점이었다. 이 남자에 대한 인설의 인상은 세련되고 융통성 있는 남자라는 것이었다. 무엇보다 인설의 교육 사업에 관심을 가져 주고 선뜻 투자해 주겠다는 말에 호감을 가졌다. 약간 낭만주의자 같은 점이 좀 우습게 여겨졌지만 그리 마이너스는 아닌 느낌이었다.

의주는 국경 지역, 오래전부터 무역이 번성했던 도시답게 뭔가 느슨하고 자유로운 공기가 느껴졌다. 만약 독신 여성이 남자들의 모임에 가서 같이 밥 먹고 독신 남자와 오랫동안 대화를 나누었다면 평양에서는 한동안 뒷담화에 시달렸을 것이다. 그러나 여기는 의주였고, 인설의 나이는 20대 중반에 가까워 아무리 문화가 서양화되었다고 하나 이제 초혼 대상으로는 어려운 나이가 되었다. 인설은 박민효와 만남에서 얻게 된 소득이 기뻤고, 쓸데없는 소문이나 평판을 의식하지 않아도 되는 요소들을 생각하고 더욱 뿌듯했다.

10월 초가 되자 기숙사가 완공되었다. 학교에서 생활하던 식구들은 기숙사로 입주했다. 내년 3월에 개교하기로 하고 그때까지 학생들 모집에 힘쓰기로 했다. 인설은 학교 이름을 '정희학교'라고 지었다. 한

자로 '깨끗할 정'에 '기쁠 희'를 써서 정숙하고 정결한 몸과 마음에 참 기쁨이 깃든다는 뜻이었다. 개교일과 상관없이 이미 기숙사에 들어온 학생들은 한글과 산수 등 기초 공부를 배우기 시작했다. 10월 중순부터 첫눈이 흩날리더니 며칠 후 거센 바람과 함께 눈보라가 휘몰아쳤다. 한동안 기숙사 식구들은 바깥출입을 못하고 안에서만 지내야 했다. 눈보라는 짧은 가을이 지나가고 겨울이 왔다는 신호였다.

그 무렵 몇 명이 더 기숙사에 합류했다. 어느 날 밤 강은자라는 여성이 찾아왔는데, 그녀는 30대 초반의 재봉사라고 자신을 소개했다. 신의주에서 재봉틀로 옷을 짓는 아주 작은 공장에서 일을 했다고 한다. 그녀는 말투가 조용조용하고 약간 어눌한 면이 느껴졌다. 희고 작은 얼굴에 몸매도 작고 말라서 언뜻 보면 소녀 같은 분위기를 풍겼다. 옷 짓는 솜씨가 뛰어나서 재봉공장에 채용되었지만 일이 너무 많고 힘들어 버틸 수 없었다고 했다. 그녀는 울 듯한 표정으로 학비 대신 학교 사람들 옷을 지어 주거나 재봉 기술을 가르쳐 주면 안 되겠냐고 물어보았다. 인설은 학교에서 공부하고 싶은 마음이 있다면 그런 것들은 차차 생각해도 되니까 염려하지 말라고 하였다.

겨울이 다가올수록 하늘은 낮아지고 해는 살짝 비치다 구름 뒤로 사라져 온 종일 마을을 아련한 회색빛으로 보이게 했다. 거리에 사람들이 다니는 시간이 점점 짧아지고, 그들은 저마다 다른 집 사람들은 긴긴 겨울밤을 어떻게 지루하지 않게 보내는지 궁금해하는 듯했다. 바람만이 집집을 이어 주는 통신이 되어 나뭇가지를 스치는 소리를 하루 종일 들려주었다.

인설은 겨울이 되자 의주로 이사 온 후 처음으로 한가한 시간을 갖게 되었다. 어느 찌푸린 흐린 날 오후, 기숙사 식구들이 난롯불 주위에 모여 환담을 나누고 있는 것을 보고 혼자 조용히 빠져나왔다. 그녀는 압록강이 보이는 언덕으로 발걸음을 옮겼다. 강을 바라보고 있는 의주에는 항상 바람이 거셌다. 사람들은 그것을 강바람이라 하는데, 과연 평양의 바람보다 훨씬 신선하고 물냄새가 느껴질 때가 많았다. 그러나 인설은 물냄새가 나지 않기를 바랐다. 압록강에서 시작된 것이 아니라 저 멀리 대륙에서 불어온 바람이길 바랐기 때문이었다.

야트막한 산을 바람막이 삼고 그 뒤에 세워진 학교 기숙사에서 완만한 경사를 따라 내려와서 강이 잘 보이는 언덕까지 왔다. 언덕을 따라 내려가면 넓은 밭과 농가들이 몇 채 있고 강으로 향하는 길이 나 있지만 인설은 언덕에서 멈추었다. 벌판은 바람이 너무 거센데다가 해가 완전히 떨어져 어두워지면 자칫 돌아오는 길을 찾지 못하고 헤맬 수 있었다. 그녀는 방풍림으로 심은 듯한 소나무와 잣나무들 사이로 들어갔다. 잣나무 가지와 가지에 붙어 있는 나뭇잎들은 쉼 없이 흔들리는 것이 마치 대보름에 대동강가에 아이들이 띄워 날리던 가오리연처럼 당장이라도 하늘로 빨려 올라갈 것 같았다. 그러나 다행히 수백 년 동안 나이를 먹어선지 굵은 몸체와 몸체에 붙어 있는 굵은 가지들은 미동도 하지 않았다. 그들은 마치 백 년 전 결혼식에 참석했기 때문에 언제까지라도 성실한 증인이 되어 주겠다고 모인 오랜 벗들 같았다.

'현 씨,' 그녀는 비로소 마음 깊이 묻어 두었던 이름을 불렀다.

'저 여기까지 왔어요. 압록강 국경까지. 당신 모르죠, 당신이 나를 여기까지 끌어당긴 것을….' 그녀는 강풍에 잠시 중심을 잃고 휘청거리다가 바로 옆 소나무의 둥그렇게 휜 굵고 튼튼한 가지를 붙들었다.

'당신이 간 후에도 근 3개월 넘게 온 나라를 뒤덮었던 만세 평화시위가 이제 거의 잠잠해졌어요. 너무 많은 피를 흘리고 너무 아까운 목숨들을 떠나보냈어요. 무력이 아니라 평화로 호소했고, 증오가 아니라 공의의 깃발을 흔들었던 고귀하고 대담한 영혼들을 일제는 너무나 하찮게, 개돼지만도 못하게 취급했어요. 일제는 듣지 못했지만 그들은 이렇게 외치고 갔어요. 무력으로 뺏고 죽일 수는 있어도 무력으로 영혼의 자유를 살 수는 없다. 권력으로 억누르고 비열해질 수는 있어도 인간의 존엄성을 살 수는 없다. 그 외침이 장차 독립할 대한민국의 위대한 초석이 될 것으로 믿어요.

저의 아이들은, 저의 제자들은 저보다 순수하고 확고하게 이것을 믿고 저보다 용감하게 저항하다 떠났답니다. 감옥에서 힘겹게 죽어 간 내 아이들을 기억하는, 떠올리는 사람이 많으면 좋겠어요. 그러나 현실은, 살아남은 자가 살기에도 힘들어요. 아니, 살기 위해 애써 잊으려는 것 같아요. 저는 그 아이들을 잊지 않으려고 여기에 학교를 세우는 거예요. 그 아이들의 심장을 여기 묻으려고 온 거예요.

나라 안에서 일어난 일도 이리 쉽게 잊히는데, 항일 독립운동의 최전방에 선 만주지방 동포들과 당신 동지들의 희생을 우리는 감히 상상도 못해요. 상상이 안 되어 더 감사하지도 못하는 것 같아요. 당신들은 어쩌면 그렇게 묵묵히 앞서가기만 하는지, 한마디도 가르치려 하지 않는지, 당신들의 희생을 몰라주는 우리를 한 번도 책망하지 않는지.

강만 건너면 바로 저기인데. 이제 겨울 속으로 들어갑니다. 그곳은 얼마나 더 추울까. 황량할까. 3·1 만세 시위로 그곳 간도 지역 마을에 피해가 많았다는데 어떤 형편인지⋯ 정희학교는 내년 봄에 개교식을 합니다. 그때 당신을 볼 수 없겠지만, 언젠가 다시 만날 때까지 몸 건강하세요.'

인설은 그렇게 말하고 여전히 바람이 모든 것을 송두리째 뽑아 버리려는 것처럼 집요하게 불어 대는 언덕을 떠나려 했다. 그런데 뭔가 그녀의 속에서 울컥하고 솟아오르는 것이 그녀를 다시 그 자리로 불렀다. 그녀는 검은 두 나무들 사이에 서서 양손으로 굵은 밑둥을 붙잡았다. 마치 두 절친과 강을 내려 보듯 그녀의 시선은 압록강과 하늘, 그리고 그 둘이 만나서 이루어 내는 먼 수평선과 또 더 멀리 지평선을 헤아려 보려 했다. 그즈음 여느 날들과 마찬가지로 하루 종일 해가 보이지 않았지만 수평선에 가느다랗게 분홍빛이 번지고 있었다. 그녀에겐 이 시간이 마치 영원으로 흡수될 수 있도록 신께서 특별히 허락한 시간으로 느껴졌다. 그녀의 눈에는 압록강을 건너 만주로 향하던 현의 뒷모습이 보이는 듯했다. 그녀는 아름다운 눈빛을 가장자리부터 얼음이 서리기 시작한 강 위에 쏟았다. 그녀는 겨울의 일몰 의식을 조용히 반사하고 있는 강을 향해 작정한 듯 마음속으로 외쳤다.

"사랑하는데! 이렇게 사랑하는데…! 내 맘 다 보여 줄 수가 없어.

내가 어떻게 변할지 나도 모르는데 어떻게 지금 내 맘 다 말할 수 있어?

사랑하는데! 이렇게 사랑하는데도… 나 당신 맘 다 받아 줄 수가 없어.

당신이 어떻게 달라질지 당신도 모르잖아. 지금 당신이 나 때문에 사랑이라는 이름에 자신을 구속하는 것을 보고 싶지 않아."

그녀는 스스로에게 속삭였다. '세월이 흘러가야 나도 내 마음이 진짜인지 확인할 수 있고 그 사람도 자신의 마음을 확인할 수 있으니까, 세월이 필요해! 저 강의 흐름이 밀어다 주는 세월이 필요해! 근데 그건 너무 잔인해! 때로 참을 수 없이 힘들어!'

그리고 그녀는 어느 때보다 낮게 깔린 잿빛 하늘을 향하여 기도했다.

'하나님, 저희들이 진실하다면 이 마음이 진실의 길을 따라갈 수 있게 지켜 주소서. 진실의 길이 다시 만날 때 저희가 변함없는 마음으로 만나게 하소서.'

긴 겨울이 지나가고 봄이 되었다. 정희학교는 간판을 다는 것으로 개교식을 대신했다. 교사들이 학생보다 많은 개교식이었다. 여성 실업학교가 개교한다는 소문이 겨울 내내 돌았지만 선뜻 돈을 들여 딸을 공부시켜야겠다는 생각을 하는 부모가 거의 없었기 때문이다. 학생들은 이미 겨울에 기숙사에 입주해서 개교를 기다린 학생들(이들은 2, 30대 이상이다)과 새해가 되어 부모가 보낸 어린 소녀들, 두 부류로 나뉘었다. 그러나 교양 수업은 나이대별이 아니라 초등교육을 받았는지 여부에 따라 나뉘어 듣게 했다. 그리고 양잠, 재봉, 수예 같은 실용 수업의 경우 난이도를 고려하고 경제적 자립이 시급한 나이 든 학생들에게 먼저 선택권을 주었다.

수연과 현선이 교양 수업을 가르치고 성복 모(그녀는 '은혜'로 이름을 바꾸고 나서 은혜 선생이라고 불리었다)가 성경을, 재봉사 출신 학생 강은자가 재봉 실습을 맡기로 했다.

그 무렵 평양 형무소에서 출옥한 남 부인이 고향 의주로 돌아와 인설과 만났다. 그녀는 40이 넘는 나이에 고문으로 시달려 몸이 쇠약해져서 곧바로 고향으로 돌아오지 못하고 한 달 가량 평양의 병원에서 요양한 후 올라온 거라고 했다. 머리는 하얗게 세었고 얼굴이며 몸이 부어 보였지만 작고 검은 눈동자는 젊은이의 그것처럼 반짝였다. 그녀는 부어서 통통해진 손으로 인설의 손을 잡으며 말했다.

"진짜 의주까지 올라왔네, 평양 토박이 아가씨가."

"살아 나오셔서 정말 다행이에요. 젊고 건장한 남자들도 못 버틴 사람 많은데.”

인설이 감격스러운 어조로 말했다.

“늙은 내가 죽고 젊은 그들이 살았어야 했는데… 아무리 생각해도 그놈들이 날 늙은 할망구 취급하고 고문을 살살 한 모양이야.” 그녀의 걸걸한 목소리가 가늘어졌다. “숙영이, 명선이를 살려 보내려 했는데… 미안해요, 내가 정말 면목이 없어.”

남 부인은 두 소녀의 이름이 나오자마자 눈물을 주루룩 흘리는 인설을 잠시 바라보다가 잠긴 목소리로 말을 이었다.

“감옥 안에서 찬송가를 불러도, 독립 만세를 불러도 일정들이 벌을 주는데 유독 여학생들을 심하게 해. 하긴 숙영이, 명선이가 바른 대답을 또박또박 했지. 오죽하면 내가 보다 못해 ‘얘들아 그렇게 마음에 있는 말 다 할 필요 없어. 고문만 심하게 당하잖아. 어서 여기서 나가야지.’ 이렇게 말했다니까. 그런데 지나고 생각해 보니 걔들 살아서 옥을 나갈 마음이 없었어.”

남 부인은 말을 멈추었다. 말을 해야 할지 말아야 할지 망설이는 듯했다.

“그놈들이 고문할 때 여죄수들 옷을 벗길 때도 있어. 항상 그러는 건 아니지만 재수 없으면 걸리는 거지. 오죽하면 한번은 놈들이 내 치마도 벗겼다니까. 그래서 내가 그랬지. ‘이놈들아, 보고 싶냐? 보고 싶으면 내가 벗겠다. 여자 몸이 뭐가 신기하냐? 니들 젖 먹이던 어머니 몸이랑 비슷할 거다.’ 하면서 내 손으로 옷을 훌훌 벗었지.▲ 그랬더니 그놈들이 얼굴이 벌개져서 다 외면하는 거야. 웃기지. 양심이 눈곱만큼이나마 남아 있었던 거야 뭐야.” 그녀는 허허 웃으며 말했다. “나는 그렇게 대처했지만, 혹시라도 놈들이 그 애들에게도… 그랬다면, 내가 말해 줬어야 했는데. 떳떳하라고! 내가 요즘도 자다가도 일어나 땅을 치며 후회해….”

짙은 회한이 어린 남 부인의 눈이 충격으로 굳어진 인설을 바라보았다.

“내가 이 이야기를 나 혼자 덮어 두지 않고 인 선생 힘들게 굳이 하는 이유는… 앞으로 신학문 교육을 받고 배출되는 이 땅의 소녀들은 절대로 구습에 발목 잡히지 않고… 광명한 세상을 바라보며 광명정대하게 나아가는 여성 독립운동가로 키워주길 바라서 하는 말이야.”

“그런 예상도 못하고… 대비도 안 시키고 무방비 상태로 만세 시위에 내보냈다니… 제가 너무 어리석었어요. 너무 무책임했어요.”

인설이 자책으로 얼어붙은 목소리로 말했다.

“인 선생도 젊은 처녀잖아. 그런 것에 대해 뭘 알았겠어. 결혼도 하고 애도 낳아 키운 나 같은 엄마 세대 책임이지.”

남 부인은 갓 개교한 정희학교가 잘 자리 잡고 있는지 여러 질문을 했다. 자신이 소개해 준 최정자 씨가 거액을 후원했다는 말을 듣고 기뻐했다. 자신의 향후 거취에 대해서는 재산을 다 정리해서 북간도에 가겠다고 해서 인설을 깜짝 놀라게 했다. 남 부인은 자신이 전에도 그렇게 말하지 않았냐고 반문하면서 오랫동안 품어 온 소원이었다고 강조했다.

“인 선생, 나는 예수교의 희생정신, 애타사상, 민족관념, 그 참되고 거룩하고 영원한 소망을 내다보며 용감히 싸워 나가는 정신이 참 좋아. 남은 인생은 나라 독립을 위해 꼭 그렇게 살다 갈 거야.”▲▼

남 부인은 그 후로 열흘 동안 가산을 다 정리해서 나누어 줄 사람에게 나누어 주고 정희학교에도 큰 액수를 희사하고는 간도로 떠났다. 인설은 그 돈을 학생들 가운데 당장 낼 등록금이 없어 입학이 어려운 이들을 위한 장학금으로 쓰기로 했다. 남 부인 장학금은 학생들을 모집하는 데도 좋았고 학교 운영에도 큰 보탬이 되었다.

그 무렵 박민효로부터 연락이 왔다. 아버지가 신의주에서 오시는데 함께 식사하는 자리를 마련할 테니 시간을 낼 수 있느냐는 것이었다. 박민효의 부탁대로 그의 아버지는 정희학교가 일제로부터 학교 허가를 받는 데 큰 도움을 주었고 앞으로도 정기 후원을 약속했다. 인설로서도 언제 한번 만나 감사의 뜻을 전해야겠다고 생각하던 터라 약속을 잡았다.

박민상은 아들 민효보다 뭐든지 조금씩 작아 보이는 사람이었다. 작은 덩치는 양복 위에 걸쳐 입은 신식 양모코트를 더 온화하게 돋보이게 했고, 코 위에 얹힌 알이 작은 은테안경 뒤로 작은 눈을 깜빡깜빡할 때면 정겨운 느낌과 기민하다는 인상을 동시에 주었다.

그는 스스로를 뼛속까지 민족주의자라고 믿는 사람이었다. 사업하면서 어느 지역, 어느 모임에 가도 그가 꺼내는 첫 번째 화제는 조선의 독립과 각지의 독립운동 현황이었다. 이 신념은 그에게 여러모로 유익을 주었다. 첫째로는 '나는 정통 민족주의자다'라는 자각이 들 때마다 그의 마음속은 고결함으로 채워졌고, 의로운 기상이 속에서 뻗어 나와 모든 일을 할 때 고결한 정신 속에서 임할 수 있었다. 둘째로 각지를 돌며 사업하는 관계로 독립운동이 어떻게 되고 있는지에 대한 화제에서 그를 당할 사람이 없었다. 그는 연해주 블라디보스톡부터 북간도 용정, 길림, 서간도, 남만주, 상하이까지 다 다녀 보았고, 실제로 보고 들은 이야기들을 조국 독립을 향한 염원과 탄식을 섞어 말하다 보면 그와 대화한 사람들은 그의 애국심과 열렬한 민족주의 정신에 빨려 들어 그만 넋을 놓고 듣게 되는 것이었다.

그렇게 독립 운동에 대한 박학다식과 염려를 쏟아 내고 나면 웬일인지 사업 계약도 술술 풀렸고, 복잡한 이익이 걸린 부분에서는 '저는 나라의 독립이 첫째 숙원인, 장사밖에 모르는 순수한 장사꾼일 뿐입니다. 귀하께서 계약서의 이 부분이 걸리신다면… 저를 믿으셔도 좋습니다'라고 하면 대부분의 계약이 원만하게 마무리 지어졌다.

박민상의 상인 감각으로는 '여성 자립을 돕는 실업학교' 후원이라는 아이디어에 그다지 구미가 당기지 않았다. 그러나 그는 자신이 정통 민족주의자라는 것을 기억해 냈다. 자신의 말과 행동은 일치시킬수록 좋았다. 때로 자신이 너무나 많은 말을 했기 때문에 기억을 다 못할 때도 있고, 감당하기 어렵기도 했지만. 자신이 교육, 특히 여성 계몽과 실업을 접목한 교육을 후원한다면 많은 사람을 감동시킬 수 있을 것이다.

그렇지만 운영자가 똑똑한 사람이 아니라면 모든 것이 헛된 투자가 될 것이다. 지난 몇 달 동안 자신을 끈질기게 조른 아들의 말에 의하면 운영자는 평양 최초의 여자 사립학교에서 고등교육을 받고 교사 생활을 오래 한 유능한 신여성이라고 했다. 그래도 그가 망설이자 아들은 그녀의 미국 인맥에 관해 슬쩍 귀띔해 주었는데, 이것은 그를 흡족케 했다. 그에겐 아직 미국 인맥이 없었던 것이다. 또 일본 유학까지 다녀왔지만 공부나 사업에 두각을 나타내지 못하고 허우대만 멀쩡하게 돌아다니는 아들이 그렇게 극찬하는 여성에 대한 관심도 있었다. 만나 보아 괜찮기만 하다면 짝을 지어 주면 어떨까 하는 것이 아비의 마음이었다.

인설이 만나기로 약속한 중식 요릿집에 들어가 주위를 돌아보기도 전에 박민효가 테이블에서 일어나 친근한 목소리로 그녀를 불렀다. 여느 때처럼 깔끔한 양복에 스타일 있게 빗어 넘긴 머리가 한 번쯤은 꼭 다시 쳐다보게 만드는 차림이었다. 그 옆에 앉아 있는 노인도 은테 안경 너머로 호의적인 미소를 짓고 있었다.

대화는 조선 독립의 필요성에 대한 박민상의 열변으로 시작되어 3·1 만세 시위로 넘어갔다. "3·1 만세 평화시위는 문제가 많았어요. 그 직전에 민효가 일본 유학 중이어서 2·8 독립선언에 참여하는 것에 대해 어떻게 생각하느냐 물었어요. 나는 단번에 아들더러 그 일에 개입 말라고 했어요. 승산 없다고. 과연 2·8 독립선언에 참여한 많은 학생들이 일제에 연행되었어요. 그랬는데도 조선에서 이번엔 만세 평화시위를 한다네? 그때도 난 부정적으로 내다봤어요. 민효가 미국 대통령이 말했다는 윌슨 민족자결주의, 뭐 이런 거 믿고서 미국과 세계 열강들이 도와줄 거라고 하길래 내가 대뜸 그랬지.

내가 너를 도쿄에 유학시켰지만, 너는 모두가 부러워하는 도쿄 인텔리지만, 나는 장사로 이 바닥 최고가 된 사람이다. 세상 이치를 훤히 꿰뚫지 않고 그게 가능한 줄 아느냐? 세상에 자신에게 손해되는 일을 하면서 남을 도울 사람은 없다. 부자가 괜히 부자가 된 것이 아닌 것처럼 열강이 괜히 열강이 되었겠느냐? 손해되는 짓 하지 않고 착실하게 때로는 잔인하게 실리를 챙겨야 열강이 되는 것이다. 그런 열강에게 바랄 걸 바라야지! 일본이 지들에게 덤비지 않는 이상 동양의 작은 나라를 위해 개입할 이유가 없다!"

인설은 별 말 없이 뭔가 생각하는 듯한 표정으로 계속 식사만 했다. 민상은 이 점이 마음에 들었다. 그는 이 진중하고 현명해 보이는 아가씨가 마음에 들었다. 그래서 민효가 인설의 학교에 양잠 교육이 필요하다는 것과 양잠 실습을 통해 생산한 물건들을 팔아 줄 판로가 필요하다는 것 등등 후원이 필요한 부분을 말하자 적극 도울 것을 약속했다. 그는 감사를 표하는 인설에게 당부라기보다는 중요한 정보를 주었다.

"인 선생, 요즘 일본 정부가 학교 허가를 할 때 붙이는 단서가 있어요. 나는 인 선생이 당연히 따를 줄 알고 허가를 받았어요. 그것은 학교에서 조선어는 따로 가르치지 말라는 거예요."

그는 인설의 얼굴에 말할 수 없는 놀라움이 떠오른 것을 눈치챘다. 그녀의 눈은 이제까지와 전혀 다른 사람을 바라보는 듯했다. 그는 더욱 태연스럽게 말했다. "에, 그러나 별로 중요한 건 아니죠. 사실 조선어를 모르는 조선인은 없으니까. 그 대신 일본어 수업을 강화하라는 건데. 사실 이건 이렇게 생각해야 해요. 적을 알고 나를 알면 백전백승이다. 그러므로 일본말과 정신을 잘 배우면 이길 수 있다. 그러므로 이건 우리에게 매우 유익한 결정이 될 수도 있어요."

박민효는 아버지가 대어 주는 돈으로 정희학교의 양잠 실습과 교육 과정, 그리고 학교 차원에서 할 수 있는 양잠 사업까지 설계해 주겠다고 약속했다. 그리하여 학교에 자주 오게 되었는데, 그의 양복 입은 말쑥한 모습이 여학생들에게 큰 감명을 주었다. 그리고 그전까지는 벌레를 다뤄야 한다고 치를 떨던 양잠 강좌가 가장 인기 있는 강좌가 되었다.

어느 토요일에 그는 자기 회사 일꾼들을 데리고 와 학교 실습장에 양잠 기계를 설치하겠다고 알렸다. 인설은 마침 오후에 있을 '정희의 모임'에 그를 초대했다. '정희의 모임'은 수업이 없는 토요일에 기숙사에서 지내는 학생들끼리 무료함도 달랠 겸 친목을 위해 마련한 다과 시간이었다. 학생, 교사, 직원을 통틀어 기숙사에 남아 있는 사람들은 두 사람씩 한 팀을 이루어 돌아가며 주말 다과를 만들어 대접했다. 요리 솜씨도 늘리고, 한 팀이 된 사람과 친해지는 기회가 되고, 섬기는 자세를 몸에 익히는 여러 가지 유익을 위해 인설이 고안한 것이다. 본래 목적이야 어찌되었든 기숙사 사람들은 이 시간을 '진정한 기쁨'이라는 별칭으로 부르며 기다렸다. 이 모임엔 가끔씩 인설이 초대한 특별 손님이 오기도 했다. 그럴 때면 인설은 미리 식구들의 양해를 얻었는데, 이번에 박민효 씨가 특별 손님이라고 알리자 모임 준비는 대번에 큰 활기를 띠었다.

그 주 모임 당번은 전영순 씨와 김소라 씨였다. 평소에도 성격이 매우 달라 쉽게 친해지지 않던 그녀들은 메뉴 선정할 때부터 삐걱거렸다. 영순 씨는 자신이 돋보일 욕심으로 그가 가장 잘 만들 수 있는 노치떡을 만들자고 했다. 이전에 결혼생활할 때, 그녀의 노치떡은 동네 여인들 사이에서도 새큼달큼하게 삭힌 맛과 그 맛을 돋보이게 하는 쫄깃한 식감으로 부러움 섞인 인정을 받았던 것이다. 그러나 소라 씨는 떡 따위가 무어냐며 그보다 녹두지짐을 만들자고 하여 한마디로 영순 씨의 주장을 일축했다. 녹두전은 소라 씨가 가장 좋아할 뿐 아니라 가장 잘 만드는 음식으로, 막걸리와 함께 내놓으면 손님 대접으로는 최고라는 말을 하고 싶었지만 이제는 학생 신분인 관계로 그 말은 할 수 없는 것이 안타까웠다.

결국 그들은 학교 식구들을 한 사람씩 붙들고 어느 메뉴가 더 좋은지 물어보며 은근히 상대방의 메뉴를 비방했다. 이 모습을 본 은혜 선생한테 꾸중을 듣고 나서야 이번에는 손쉬운 녹두전을 하고 다음에 노치떡을 하기로 타협을 보았다.

그렇게 하여 그 주 '정결한 기쁨' 정기 모임에는 녹두지짐의 구수한 냄새가 실내를 가득 채우며 참석자들의 식욕을 돋우고 있었다. 핑크빛 테이블보로 덮인 식탁에는 노란 들꽃이 담긴 작은 화병이 군데군데 놓여 화사한 분위기를 자아냈다. 접시와 컵, 수저 등도 평범한 것들이지만 유난히 반짝이는 것이 공들여 닦은 티가 났다. 이런 분위기는 테이블 앞에 앉은 참석자들의 마음도 '정결한 기쁨'이라는 모임 이름처럼 차분하고 밝게 만들어 주었다.

드디어 소라 씨가 나타나 동그랗고 두툼한 녹두전을 개인 접시마다 올려놓았는데, 돼지비계로 지글지글 구워져 노릇노릇했다. 입이 나온 영순 씨는 찻주전자를 들고 나와서 붉은 빛이 곱게 감도는 오미자차를 컵에 따라 주었다.

"제가 정희 모임의 두 번째 초청 손님이라니 이거 정말 영광입니다."

박민효는 자기 접시에 놓인 먹음직스러워 보이는 부침개를 감탄하듯 바라보더니 예의 있게 말했다. 그는 '두 번째'라는 말을 마치 '첫 번째'라는 단어를 발음하듯 감격스럽게 말했다.

"오늘 접대는 전영순 씨와 김소라 씨 두 분이 해주셨어요. 두 분 사랑에 감사해요."

인설이 박민효가 부침개 조각을 입에 넣기 전에 얼른 감사의 말을 하고 짧은 식사기도를 했다. 모두들 김이 모락모락 나는 지짐을 입으로 후후 불어 가며 먹었다. 이미 고소한 냄새로 한껏 식욕이 고조된 사람들에게 지짐은 맛을 느낄 사이도 없이 목구멍을 넘어가 버렸다.

"어때요? 자랑이 아니라 제 녹두지짐은 정말 특별하다는 말을 많이 들어요."

소라 씨는 이때를 놓치지 않고 자랑스럽게 말했다.

"칭찬이 아니라 정말 특별한데요. 사업상 평안도 각지를 다녀 봤지만 이렇게 맛있는 녹두지짐은 처음 먹어 봅니다." 박민효는 환하게 미소 지으며 말했다. 그러면서 그는 '이 녹두지짐만큼은 아니지만 제 기억에 남는 맛있던 음식은 중국 북경에서 먹어 보았던…' 하면서 자신의 중국 여행기를 옆에 앉은 인설에게 하기 시작했다.

여인들도 그들의 대화를 시작했다. 그들은 예절 수업시간에 서로 이름에 '씨' 자를 붙여서 부르고 존대말을 쓰라고 교육받았다. 이런 모임 자리는 배운 것을 실습하는 자리이기도 했다. 이제껏 그들은 존중하는 의미에서 자신의 이름이 불린 경험이 거의 없었다. 욕먹을 때, 놀림받을 때, 학대받을 때와 연관된 기억뿐이었다. 상처가 된 자신의 이름이 불리는 것도, '씨' 자를 붙여 가며 상대를 존중하는 것도, 다 어색하고 괴로운 일이었다. 그것을 알기에 교사들은 '정결한 기쁨' 시간이 도움이 되길 바랐다. 아직은 갈 길이 멀지만, 서로 대접하고 대접받으면서, 알지 못하는 사이에 '나도, 너도 가치 있는 인간이다'라는 인식이 마음에 새겨지기를 바랄 뿐이었다.

그 무렵 은혜 선생은 가까운 친척의 사망으로 부득이 평양에 다녀올 일이 생겼다.

"장례식만 참석하고 얼른 올게요." 은혜 선생이 말했다.

"아녜요. 기왕 가는데 천천히 만날 사람도 만나고 볼 일도 다 보고 오세요. 저도 평양 소식이 궁금하니까요. 여기 와서 정착하느라 우리 그동안 평양에 다녀오기는커녕 소식도 한번 못 전했잖아요. 그리고… 성복이 묘도 다녀오셔야죠. 1주기가 지난 3월에 지났는데 못 가봤잖아요. 그러지 않아도 한번 다녀오시라고 하고 싶었어요."

두 사람 사이에서 성복이라는 이름을 꺼낸 것도 들은 것도 작년 3월 이후 처음이었다. 인설은 1주기라는 말을 했을 때에도 성복 모의 무심한 듯한 눈빛이 흔들리지 않는 것을 보았다. 그리고 그것이 그녀가 매일매일 1주기를 치르는 것 같은 마음으로 살았기 때문임도 알고 있었다.

성복 모는 20여 일 만에 여러 가지 소식을 가지고 돌아왔다. 그중에는 인설이 깜짝 놀랄 만한 내용들도 있었다. 그중 하나는 닥터 영과 닥터 바네사의 결혼과 닥터 영의 죽음이다.

"글쎄, 우리가 작년 가을에 평양을 떠나왔잖아요. 그리고 나서 얼마 되지 않아 두 사람이 혼인식을 올렸대요. 병원 마당에서, 몇몇 지인들만 와서 축하해 주고, 조촐하게. 어쩐지 작년 초부터 두 사람 분위기가 좀 다르더라니. 둘이 같이 산책하고 돌아왔는데 저랑 마주친 적이 있었어요. 나는 그런가 보다 하고 있는데 닥터 영은 괜히 서랍을 열었다 닫았다 하질 않나, 닥터 바네사는 나를 보고 얼굴이 빨개지고… 닥터 바네사가 어디 그런 여자였나요…."

성복 모는 그 모습을 생생하게 떠올리다가 한숨을 푹 쉬었다. 그녀는 말을 이었다.

"그래서 결혼식을 하는데 왜 저에게 알리지 않았냐고 했더니 그녀가 그래요. 원래 봄에 식을 올리려 했지만 3·1 만세 시위가 일어나는 바람에 사람들이 너무 많이 죽고, 감옥에 가고, 실종되고 하는데 할 수가 없었대요. 그래서 부득이 가을에 하게 되었다고.

그런데 그해 봄부터 닥터 영은 너무 무리를 한 거예요. 만세 시위로 워낙 많은 사람들이 죽고 다쳤으니까, 병원 안팎으로 환자가 넘쳤으니까요. 그래서 혼인식 전부터 몸이 많이 쇠약해 있었는데, 혼인하고 한 달이 채 되기도 전에 또 평양 외곽 멀리까지 진료 나갔다가 쓰러졌대요. 처음에는 말라리아처럼 열이 막 오르다가, 나아진 것 같더니 발진티푸스 같은 증상도 나타나고… 그렇게 며칠 만에 머시병원에 실려 돌아왔을 때는 혼자서 변기에 용변을 볼 수도 없는 상태였다네요. 마지막에 닥터 영이 아내에게 하려 애썼던 말은 이거였답니다. '당신을 사랑하오. 내가 평양에 갔던 것을 원망하지는 마시오. 나는 예수님의 뜻을 따른 것이오. 하나님의 은혜를 받았소'"▲▼▲

그 밖에도 3·1 만세운동 이후 죽거나 행방불명된 제자들과 교인들의 근황을 듣는 동안 인설의 얼굴에선 핏기가 가시고, 지그시 깨문 아랫입술이 떨렸다.

"저런, 내가 너무 말을 많이 했나. 인설 선생님?"

은혜 선생이 그녀에게 시선을 돌리다 깜짝 놀라 말했다.

"성복 어머니는 괜찮아요? 성복이 산소에 다녀왔어요?"

인설이 아까부터 하고 싶었던 말을 조심스럽게 물었다.

인설은 그제야 오늘은 자신이 은혜 선생이라는 호칭 대신 성복 어머니로 부르고 있다는 것을 알았다. 성복 모도 그것을 의식하게 된 듯했다.

"다녀왔죠. 묘소도 아담하고, 풀도 파르라니 잘 나있고, 소나무가 병풍처럼 둘러서 있어서 바람도 막아 주고, 새들이 날아와서 쨱쨱대서 심심치 않은… 괜찮은 곳이에요."

성복 모가 천천히 말했다. 그녀는 인설을 바라보았다. 평화스러운 내용과 달리 묘사하는 말 한 마디 한 마디를 마치 칼날이 찌르는 듯한 표정이었다.

"인설 선생님, 알잖아요. 그날 이후 나는 하나님의 시간에 살아요. '행악하는 자는 끊어질 것이나 여호와를 기대하는 자는 땅을 차지하리로다. 잠시 후에 악인이 없어지리니 네가 그곳을 자세히 살필지라도 없으리로다'(시 37:9-10) 하셨지 않아요?

3·1 만세 시위 이후로, 우리 성복이를 하늘로 보낸 이후로, 나는 세상을 그대로 보지 않아요. 그대로 볼 필요도 없어요. 하나님의 때에 이미 이루어진 일들을 나는 봅니다. 그것이 내겐 현실이에요. 나는 일부 사람들처럼 3·1 만세 시위가 실패했다고 생각하지 않아요. 만세 시위가 실패할 줄 알았다면 그렇게 많은 사람들이 맨몸으로 나서지 않았을 거라는 사람들도 있는 모양인데, 그렇지 않아요. 승리하는

전쟁에도 제일 앞에서 요새를 뚫고 담을 넘는 사람들이 필요하죠. 우리 성복이와 함께 떠난 사람들은 그 일을 한 거예요."

성복 모는 무거운 소식들 중에도 반가운 소식을 하나 가져왔다. 태성이 일주일 내에 회사 업무 차 의주를 한 달간 방문할 예정이라는 것이었다. 원래 인설과 식구들이 의주로 이사한 직후 다녀가려 했는데 일정이 변경되는 바람에 겨울을 넘기게 된 것이다. 태성이 온다는 소식을 듣고 평양에서 온 식구들은 평소보다 들뜬 일주일을 보냈다. 딱히 그래서이기보다는 태성이 아니라 누가 온다 해도 국경 끝의 고립된 의주에 평양에서 아는 사람이 온다면 그랬으리라. 그렇지만 태성이라서 더 반가워하는 것도 분명 있다는 것을 인설은 느꼈다. 성복 모는 병원에서 일할 때부터 태성이 병원에 방문하면 음료수 한 잔이라도 챙길 만큼 좋은 사이였다. 수연이는 오빠를 잃은 후라서 그런지 태성 오빠의 방문을 더욱 기다리는 눈치였다. 그녀는 손님용 요와 이불의 호청을 다 뜯어 빨고 풀 먹이고 다림질하고 바느질을 반듯이 해놓았다.

드디어 노란 포장 천으로 덮인 짐마차가 산모퉁이를 돌아 좁은 길을 따라 기숙사 앞뜰에 도착한 날은 자줏빛 모란이 활짝 핀 오월의 봄날 정오 무렵이었다. 마차가 서자, 키가 큰 태성이 껑충 뛰어내렸다. 태성은 비둘기색 양복을 입고, 캐러멜색 중절모를 쓰고 있었다. 그는 쑥스러운 듯 모자를 얼른 벗어 쥐고 인설에게 다가갔다.

"잘 지냈어요?"

전과 다름없는 부드러운 미소를 지으며 인설에게 인사했다.

그는 옆에 서 있는 수연과 현선에게도 다가가 "의주에서 겨울부터 나다니 역시 용감한 아가씨들이네" 하고 반갑게 인사를 나누었다.

그 모습을 흐뭇한 눈으로 바라보고 있던 은혜 선생은 병원에서 처음 볼 때만 해도 태성이 자주 웃지 않아서 화가 난 듯 보이기까지 하는 전형적인 조선 젊은이였던 것을 기억했다. 언제부터인가 태성의 얼굴에 미소가 저렇게 자연스러워졌나 싶어 그녀는 흐뭇해졌다.

그는 교과서로 쓸 수 있는 책들과 평양의 최신 교양서적들을 선물로 가져왔다. 교과용 교재가 많지 않은 정희학교에 꼭 필요한 것이었다. 인설은 미처 부탁하지 못한 것까지 챙겨다 준 태성에게 감사하며 답례로 그를 다음 '정희의 모임'에 초대했다.

그 주 모임 접대 당번은 은혜 선생과 은자 씨였다. 그녀들은 굴린 만둣국을 만들기로 했다. 먼저 맑은장국을 만들기 위해 적은 소고기나마 구해다가 물에 넣어 끓였다. 손으로 동그랗게 쥐어 모양을 낸 만두속을 밀가루에 굴려 끓고 있는 장국에 넣자 고소하고 푸근한 냄새가 주방에서 솔솔 풍겨 나왔다.

드디어 바닥이 우묵하게 팬 하얀 사기그릇에 정갈하게 담겨 나온 만둣국을 앞에 둔 정희의 모임 식구들은 저마다 어린 시절 새해 밥상으로 받던 어머니의 굴린 만둣국을 떠올렸다.

정희의 모임 식구들에게 평양에서 온 젊은 남자, 태성에 대한 소문은 이미 쫙 퍼져 있었다. 낮에 인설 선생과 같이 다니는 걸 보았는데 키 크고 남자답게 생겼다는 평이었다. 그러나 평양에서 온 것치고는 차림새가 조촐할 정도로 평범한 점이 아쉬움을 남겼다. 지난번 모임 손님 박민효의 세련된 말투와 최신 유행의 양복차림이 그의 잘생긴 외모를 얼마나 돋보이게 했는지 그들은 생생하게 기억하고 있었던 것이다. 그런데 비하여 태성은 농사짓던 얘기를 하지 않나, 함께 식사를 할수록 평범한 점뿐인 태성을 보면서 '정결한 기쁨' 식구들의 기쁨은 점점 줄어들고 있었다.

그때 잠시 자리를 떴던 인설이 최정자 씨와 들어왔다. 그녀는 원래부터 '정결한 기쁨' 모임에서 초청 계획 중인 손님이었다. 그런데 오늘 인설과 급하게 상의할 일이 있어 들렀다가 식사 제의를 받은 것이다. '정결한 기쁨' 식구들은 그녀를 반겼다. 정자 씨가 시작한 실용 수예 수업을 듣는 학생들은 시원시원한 성격에 양반 특유의 잰체하는 태도가 없는 그녀를 좋아했다.

식사를 하면서 인설과 태성, 정자 씨는 대화를 시작했다. 인설은 정자 씨에게 태성을 의지하는 오빠 같은 친구라고 소개했고, 정자 씨를 태성에게 소개하면서 그녀의 남편이 정미丁未 의병으로 나가서 전사한 사실을 알려 주었다. 사람 보는 눈이 예리한 정자 씨는 태성을 보았을 때 한눈에 그가 투박하지만 진실한 청년이라고 느꼈다. 그래서 자신의 지난 이야기를 털어놓았다.

"…함경도 깊은 산 속까지 가서 싸웠다고 하는데, 집 나간 다음에 다시는 보지 못했어요. 사랑방에서 늘 책만 보던 사람이 칼을 잡고 싸운다는 사실이 믿기질 않았죠. 우리 남편은 싸움은커녕 하인들에게 욕 한 번도 못 한 사람이에요. 가만히 있다간 나라를 일본에 빼앗길 일이 불 보듯 뻔하고, 주군인 임금님이 일본 정치인들에게 농락당하고 있다는 사실을 못 참아서 뛰쳐나갔을 뿐이죠."

"나는 애국심이 딱히 없었어요. 우리 부부와 친한 부부가 있었는데, 남편이 의병 투쟁 갈 때 그 집 남편도 함께 갔어요. 후에 그분도 전사했지요. 그 미망인 언니는 결국 50이 넘은 나이에 만주에 독립운동 한다고 갔어요. 그런데 저는 인설 씨를 만나기 전까지 놀고 살았어요. 굿당에도 다니고."

"꽃놀이 물놀이 다니고 굿당에 다닐 때는 흘러가는 내 청춘이 불쌍하고 만사가 그렇게 허무하기만 했더랬죠… 이젠 여기 와서 배우기도

하고 수예 사업을 돕는 게 즐거워요."

이때쯤 만둣국 식사가 끝나고 은혜 선생과 은자 씨가 솔잎차를 들여왔다. 은혜 선생이 뒷산에서 따다 말린 것이라고 했다. 사람들은 솔잎을 후후 불면서 차를 마시는 데 집중하느라 잠시 차분해졌다.

심각한 얼굴로 정자 씨의 이야기를 내내 집중해 듣던 태성이 입을 열었다.

"남편 분이 의병이셨군요. 대단하시네요. 저의 아버지는 동학란에 가담해서 관군과 일본군에게 죽임당하셨죠. 하지만 전사 통지 같은 것이 있을 때가 아니니, 어머니는 아버지가 살아서 어디선가 의병활동까지 하셨다고 믿고 싶어 하셨어요. 그렇지만 아버지는 엄연히 양반 관료에 대항해서 싸운 것이고 요즘말로 하면 반정부군이었죠. 그런 아버지가 묘향산맥이나 낭림산맥 어딘가에 숨어 사시다 이번에는 주군의 나라를 지킨다고 의병이 되셨다면, 양반 의병들에게 환영받으셨을지도 모르겠군요."

"앗, 우리 아버지도 의병이었어요!"

한번 더 따뜻하게 데운 주전자를 들고 테이블을 돌면서 솔잎차를 따르고 있던 은자 씨가 정자 씨와 태성이 나누는 이야기 가운데 '의병' 이야기가 들리자 특유의 얇은 목소리로 소리쳤다. 정자 씨가 흥미로운 눈빛으로 "그런가요?" 하자, 은자 씨는 아예 그 테이블 빈자리에 앉았다.

"사실 우리 아버지는 의병 대장이셨대요. 어릴 적 기억에 콧수염을 기르고 아주 엄하시고 무서웠던 기억이 나요. 일본놈 하면 자다가도 벌떡 일어나 칼을 뽑아 들 정도로 미워하셨을 뿐 아니라 나라를 어지럽히는 세력들을 다 싫어했어요. 특히 동학교도들… 때문에 청나라놈, 일본놈이 들어오게 되었다며 아주 죽이려 했어요."

은자 씨는 분명 정자 씨와 태성의 이전 대화를 듣지 못한 것 같았다. 인설은 난처해져서 태성의 얼굴부터 보았다. 태성의 얼굴은 별 미동이 없고, 오히려 그녀의 이야기에 꽤 몰입해 듣는 것처럼 보였다. 여기서 은자 씨의 말을 제지한다면 상황이 더 어색해질 것 같았다.

"우리 아버지는 충성심이 대단한 분이어서 임금님께 절대 충성을 맹세하셨어요. 그만큼 부하들에게도 절대 충성을 요구하셨는데, 학자든, 관리든, 관군 출신이든 나이가 많든 적든 아버지 휘하의 부하들은 아버지 명령에 완전히 복종하게 하셨대요. 아버지가 늘 강조하신 말씀이 이런 것이었습니다. '비록 나라가 기울어 가긴 하지만 유생이라는 자부심만은 잊지 말고, 왜놈들에게 선비의 기개를 보여 주자. 죽을 각오로 싸우자.'"

시끄럽던 학생들 테이블 쪽에서도 은자 씨가 이쪽에서 하는 말에 집중하고 있는 것이 보였다. 그제야 인설은 말수 없던 은자 씨가 기를 쓰고 의병 아버지 이야기를 하는 이유를 알았다. 영순 씨나 소라 씨 사이에서 눌려 지낸 그녀는 이 기회에 자신이 양반 출신임을 보이려 했던 것이다. 만약 그녀가 평민이 대부분인 학생들 사이에서 이 사실을 말했다면 오히려 구박의 대상이 되었을 것이다. 그러나 인설과 정자 씨와 선생님들 앞에서 공표하여 인정받는다면 다른 문제가 되는 것이다.

"그런데 어느 날 아버지 부대에 평소 용맹하고 잘 싸워 눈여겨보던 의병이 평민 출신이라는 것을 아셨대요. 아무리 나라가 기울어 간다고 하나 감히 평민이 양반 사이에 끼어? 그럴 수는 없다며 아버지는 아끼던 그 부하를 단번에 총을 쏴 죽이셨대요."

은자 씨의 하이톤의 얇은 목소리는 감동적으로 떨리고 있었다. 태성의 양미간이 약간 찌푸려지는 듯싶다가 다시 제자리로 돌아갔다.

"그랬군요. 그러나 의병활동도 중반 이후부터는 양반, 평민 함께 잘 했고, 평민 가운데 훌륭한 의병장군이 나왔다는 소문도 들었어요. 모두들 안타깝게 죽거나 체포되었지만…."

최정자 씨가 묘하게 팽팽한 분위기를 돌리려는 듯 자연스러운 목소리로 말했다.

"그리고 3·1 만세 시위 이후 상하이에 세워진 임시정부가 공화정을 추구한다고 했지요. 그것을 알면 우리 남편과 친구 의병들이 지하에서 어떻게 생각할지… 얼마나 원통해할지… 설마하니 임정을 파괴하겠다고 뛰어들진 않겠죠." 그녀의 목소리는 비통하기는커녕 여전히 자연스럽고 듣는 사람에 따라선 명랑하게 들리기까지 했다.

"인설 선생님, 나는 전에 이런 것들을 생각할수록 모든 게 우습거나 허무하다는 결론에 이르는 나쁜 버릇이 있었어요. 그리고 그걸 핑계로 마음껏 놀았어요. 그런데 당신은 어떤가요? 어떤 결론에 이르게 되던가요?" 정자 씨는 인설에게 고개를 돌려 물었다.

"배워야지요."

"네?"

"그러니까 우리는 배워야 한다고 생각해요."

인설은 정자 씨가 방금 한 말의 뜻과 의도를 파악하지 못하고 여전히 아버지의 영웅적 의병 투쟁사에 젖어 슬픈 듯 멍한 눈으로 앉아 있는 은자 씨를 바라보며 말을 이었다.

"많이 배워 똑똑한 사람이 되어야 한다는 뜻이 아니고요, 역사나 제도나 윗사람이나 옆사람이 뭐라 하든 휩쓸리지 않고, 나 자신을 소중히 여길 줄 알고, 그런 만큼 남도 소중히 여길 줄 아는 사람이 되려면 배워야 한다고 생각해요."

"여기 만난 우리들은 만약 10년 전 20년 전 아니, 그 이전에 태어나 만났으면 서로 적이거나 원수였거나, 서로 경멸하거나 혐오했을 사이일지 몰라요. 그리고 그 가운데 어쩌면 제가 가장 혐오스러운 존재였을지도 몰라요. 아는 분은 아시겠지만 저는 고아였어요. 화류계의 여자가 몰래 낳아서 버린 딸이었을지도 모르고, 백정의 딸이었을지도 몰라요. 정말 아무도 모른답니다. 그런데 중요한 건, 지금 우리는 다 같이 정희의 일원이 되어 정희학교 울타리 안에서 서로 돕게 되었어요. 그게 무엇보다 감사하고, 그러기 위해 편견과 고집과 상대적인 열등감과 우월감에서 벗어나게 하는 배움이 중요하다고 생각해요."

인설은 모두를 바라보며 말했다.

"저 대단한 평양 아가씨는 언제부터 저렇게 대단했나요?" 정자 씨가 태성에게 소곤거렸다. "십 년 전 처음 보았을 때부터 이미 그랬어요." 태성이 정자 씨에게 미소와 함께 말했다.

태성은 처음 두 주간은 의주에 거래하러 오는 무역상들을 수용하려 지은 여관에 숙소를 잡고 지냈다. 회사에서 의주로 출장을 보내서 온 거라고 했는데 그런 것치고는 일이 좀 한가해 보였다. 오전부터 한나절은 만상들이 모이는 밥집이나 부두, 회의로 모이는 사무소 근처에서 어슬렁거리며 일을 보고, 그 후부터는 정희학교에서 보내는 시간이 많았다. 인설은 그 무렵 학생들과 후원자를 모집하러 인근 마을들을 수시로 다녀야 했고, 관청에 가서 학교 허가에 따른 서류 문제들도 마무리 지어야 하는 등 할 일이 많았다. 태성은 그 사이 학교에서 되어야 할 일들을 대신 봐주어서 인설의 일을 크게 덜어 주었다. 그는 기숙사의 치안도 걱정했다. 그러더니 어느 날 인설을 찾아온 태성은 회사에 부탁해서 아예 의주에서 근무하는 것을 허락 받았다고 했다. 그는 아주 기뻐 보였다. 인설도 기뻐했다. 태성은 아예 시내 여관에 있던 짐을 빼서 학교 기숙사 1층 빈방으로 옮겼다.

"정말 괜찮겠어요? 평양에 어머니도 계시는데⋯."

"어머니는 아직 건강하신데다가 제 밥 해주는 걸 귀찮아하세요. 의주에 몇 년 머물면서 색시감 찾아오겠다고 하면 오히려 기뻐하실 걸요."

"색시감요? 의주에서?" 인설의 얼굴에 미세한 충격이 스쳤다. 곧 그녀는 말했다.

"그러고 보니 태성 씨도 이미 결혼할 나이가 많이 지났잖아요. 평양 아가씨들이 마음에 차지 않았다면 어쩌죠? 의주 아가씨들 가운데 숨어 있는 보석 같은 아가씨를 잘 찾아 봐야겠네. 저도 도와드릴게요."

"그래 주시면 저로선 고맙죠." 태성이 찡긋 눈웃음을 지었다.

정희학교 개교 첫 해는 바쁘게 지나갔다. 박민효가 책임지고 후원하는 양잠 실습 교육과 최정자 씨가 후원하고 직접 가르치는 수예 실습 교육이 특히 좋은 소문이 났다. 실습 과정을 잘 이수한 학생들이 학교에서 만든 천을 가지고 간단한 옷이나 수예품을 만들어 팔았는데 그것들이 값싸고 질이 좋았기 때문이다. 그리하여 개교할 때 학생 수는 많지 않았지만, 점차 실용 교육의 이점을 깨닫고 스스로 오거나 딸을 보내는 가정이 생겨났다. 인설은 후원자들에게 받은 돈을 모아 신입생들의 장학금 기금을 마련해서 열심있는 학생들은 학비가 없어도 학교를 다닐 수 있게 했다. 그리고 1학년을 마친 후부터는 실습 교육 과정을 하면서 학생들이 만든 수예품 등을 팔았다. 그래서 얻은 수익금을 학생들에게 돌려주어 학비를 충당할 수 있게 했다. 수예품 판로는 반 이상을 박민효 씨 부자가 맡아 주었고, 나머지 반은 의주 만상들이 판로를 뚫어 주었다.

드디어 개교한 지 2년째를 바라보는 12월의 어느 날, 최정자 씨는 감격한 얼굴로 인설의 방에 찾아왔다. 그녀는 인설에게 가을부터 최근까지 판매한 댕기와 수건 등의 수예품으로 인한 하반기 수익이 그들이 목표한 액수를 넘어섰다고 보고했다.

"정말인가요? 학생들의 장학금과 학교 운영비 충당금을 제하고도 그만큼의 수익을 얻었단 말이죠?" 인설이 기뻐하며 다시 확인했다.

"그렇다니까요, 교장선생님. 내가 몇 번을 확인했는데요. 얼마 전에 박민상 회장님을 만났는데, 우리 학교 학생들이 만든 수예품은 품질이 좋고 바느질이 꼼꼼해서 앞으로도 수요가 많아질 거라고 했어요." 정자 씨가 말했다.

정자 씨는 학교 후원자이자 투자자이며, 수예 실용 교육 전담 선생이자 이 분야 사업까지 일정 부분 책임지고 있는, 그야말로 정희학교에 빠질 수 없는 기둥이 되어 있었다. 그러나 그녀는 인설에게 조금도 주장하는 자세를 보이지 않고, 나이도 어린 인설을 깍듯이 교장선생님 대접을 했다.

수업에 지친 학생들이 재미있는 얘기를 해달라고 할 때 정자 씨가 해주는 이야기가 있었는데, 그것은 자신이 인설 선생님을 처음 만났을 때 이야기였다.

'처음에 인설 선생님에게 뱃놀이하는 정자에서, 그다음 번엔 굿당에서 만나자고 했는데, 그 이유는 유치하지만, 평양에서 인정받는 재원이었다는 그녀에게 미모와 재력으로 인정받고 싶은 허영심이었어. 가장 화려하게 차려입고 인설 선생님에게 투정했지. 내 인생은 왜 이렇게 억울하고 서럽냐고. 그랬더니 의주 날씨도 모르고 평양에서 무명으로 된 검정치마 흰 저고리를 달랑 입고 온 그녀가 눈 하나 깜짝 안하고 말하더군. 자신을 위해 살려니 억울하고 불공평한 거라고…'

그렇게 한 번도 생각해 보지 않았던 나는 '이 사람이 생각하고 살아가는 대로 한번 따라가 보자' 하고 결심했지.' 그러고서 인설을 돕다 보니 정희학교가 그녀의 인생이 되고 소명과 기쁨이 되었다고 고백하곤 했다. 인설은 물론 학생들도 그녀의 겸손하고 솔직한 태도를 좋아하고 존경했다.

인설과 정자 씨가 특히 더 가슴 벅차했던 까닭은, 이제부터는 일정 금액의 수익금을 독립군 군자금으로 상하이와 만주에 있는 독립운동기구들에 보낼 수 있기 때문이었다. 군자금 후원 계획은 다른 교사들과 학생들과 함께한 오랜 기도제목이었다. 그렇지만 이 일은 대외적으로는 철저히 비밀에 부쳐진 계획이었다. 일제 관청이 알게 되면 큰 제재를 받거나 자칫하면 학교 문을 닫게 될 수도 있었다. 두 사람은 이 기쁜 소식을 새해 아침 식탁에서 정희의 모임 식구들에게만 발표하기로 했다.

"원, 세상에 이게 진짜 새해 아침이란 말이야? 설마 시계가 잘못돼서 우리 모두 한밤중에 일어난 건 아니죠?"

소라 씨가 밥상을 차리다 말고 커튼을 열고 창밖을 바라보며 말했다.

"정말! 찌무룩하고 어두컴컴한 게 새해가 안 오려나 봐? 살다 살다 이런 새해는 처음이야." 영순 씨도 소라 씨 옆에 나란히 서서 창밖을 보더니 불평했다.

조금 지나자 실내가 약간 밝아졌다. 그러나 밖은 여전히 해가 전혀 보이지 않게 구름이 잔뜩 낀데다 그 아래로 안개까지 짙게 퍼져 있어서 아무것도 보이지 않고 기껏해야 사방이 노르스름해 보일 뿐이었다.

"곧 눈이 오려나 보네. '설은 질어야 풍년이고 보름은 맑아야 풍년이다'라는 말도 있는데 잘들 모르나? 마음이 싱숭생숭하면 모든 게 이상한 법이에요."

은혜 선생이 주방에서 음식을 나르며 말했다. 그 말은 설에는 눈이 많이 내려야 그해에 풍년이 들고, 정월 대보름에는 맑아서 보름달을 볼 수 있어야 그해에 풍년이 든다는 뜻이다.

"그건 별로 모르겠고 '설에도 부모를 모르다니'라는 속담이 오늘 같은 날 생각나네요."

은자 씨가 우울하게 말했다. 아무리 여건이 좋지 않아도 새해 첫날에는 고향을 찾아 부모를 모시고 설을 쇠는 것이 자식의 도리라고 여기고 그렇지 못한 자식은 불효막심하다고 여겨졌다. 은자 씨는 돌아가신 부모님을 생각하고 있었다.

"쉿! 그만해. 인설 선생님이 곧 들어오는데, 그런 속담 따위 얼른 집어치워."

소라 씨가 낮은 목소리로 다급하게 말했다. 사고무친인 인설 선생님에게 그들의 대화가 행여 상처가 될까 봐 그런 것이다. 은혜 선생이 소라 씨의 뒷모습을 바라보며 살짝 미소 지었다. 소라 씨를 비롯한 기숙사 학생들이 저마다의 거칠고 날카로운 부분들로 인해 하루가 멀다 하고 다툼과 분란이 일어나서 골머리를 썩던 일들이 머릿속에 스쳐 지나갔다. 이제는 가끔씩은 이렇게 서로의 마음과 입장을 배려하는 모습도 보여 준다. 아주 가끔씩이어서 그렇지.

현선 선생과 수연 선생이 조금 늦게 주방에 나타났다. 현선이 아침에 일어났는데, 그녀의 눈썹이 하얗게 된 것을 수연이 발견한 것이다. 그녀들은 어젯밤에 기숙사 학생들이 "선생님, 섣달그믐 밤에는 잠을 자면 안 된다면서요?" 하고 물어 본 것이 암시였던 것을 알아차렸다.

몇 번을 씻어서 지우느라 시간이 걸렸다며 그녀들은 자신들의 여학생 시절에 왜 이 장난을 치지 못했을까 아쉬워했다.

모두 자리에 앉았다. 새해에 꼭 먹어야 하는 음식, 만둣국이 나왔다. 인설이 새해 감사 기도를 하고 식구들이 수저를 드는데, 커튼을 열어젖힌 창문으로 눈 내리는 것이 보였다. 유난히 날이 어두워서 창문마다 커튼을 열었는데, 테이블에 앉은 사람들은 동서남북 어디를 봐도 눈 오는 광경을 볼 수 있었다. 회색 먼지 같은 눈이 어딘가에서 내려오는데 점점 많아져서 상아빛 안개 낀 대기를 채워 가고 있었다. 바람이 이는지 작은 눈송이들이 가볍게 떠돌며 창문에 부딪혀 오자 사방의 눈이 안으로 들어오는 듯했다. 정희의 모임 식구들은 마치 자신들이 눈 내리는 광야 한가운데서 식사를 하는 듯한 착각이 들었다.

"새해 첫날 내리는 눈은 상서롭다 했는데… 의주 농민들 기분 좋겠는데요."

태성이 유쾌한 목소리로 말했다.

"왜 새해 눈이 오면 한 해 농사에 좋다는 건지 정확히 잘 모르겠어요." 수연이 태성에게 물었다.

"눈이 온 땅을 덮으면 땅 속의 보리싹 같은 농작물들을 겨울 한파로부터 보호해 준답니다. 그것이 그해 풍년으로 이어지죠."

태성이 수연과 궁금해하는 다른 식구들을 향해 말했다. 그는 작년부터 정희학교의 역사 수업도 담당했는데, 쉽고 재미있게 가르쳐 학생들에게 인기가 많았다.

"눈은 차게 하는 것인 줄만 알았는데 더 큰 추위를 막아 보온 역할을 한다니 참 신기하네요." 현선이 말했다.

"그러고 보니 인설 선생님 이름이 '좋은 눈'이란 뜻 아니에요? 선생님 성격이랑 비슷하네. 공부도 신앙도 실용교육도 절대로 쉽게 안 봐 주는데 나중에 보면 꼭 고마워하게 되더라." 소라 씨가 말했다.

소라 씨가 말했을 때 영순 씨는 국을 먹다 말고 태성 선생의 얼굴을 일부러 한번 쳐다보았다. 정희 식구들은, 여자들의 모임에서 연애와 결혼 이야기가 빠지면 허전한 단골 관심사인 것처럼, 그들이 아는 모든 미혼 처녀 총각들을 짝지어 혼인시킬 생각에 골몰하곤 했다. 그래서 그녀들은 작년에 박민효 씨가 정주 출신 양갓집 아가씨와 결혼했을 때 큰 충격을 받았다. 그녀들은 박민효 씨가 인설을 좋아한다고 생각했고, 인설이 어서 그와 결혼하기를 꿈꾼 것이다. 이제 그녀들의 관심은 태성 선생에게 가 있었는데, 원래 박민효 씨와 인설이 맺어지길 바랐을 때, 태성 선생은 수연 선생과 좋은 짝이라고 생각했다. 아직도 그 의견이 대세이긴 했지만, 한편으로는 태성 선생과 인설 선생이 어울린다는 의견도 힘을 얻고 있었다.

영순은 인설의 칭찬이 나왔을 때를 놓치지 않고 태성의 얼굴에서 뭔가 애정의 증거를 찾아보려 했지만, 오히려 태성이 영순의 뜬금없이 탐색하는 시선에 '뭐 궁금한 게 있느냐?'는 듯 엉뚱한 표정을 지어 보였다. 태성은 다시 농사에 관한 말을 이었다.

"하긴 작년처럼 일제가 농사지은 것을 수탈해 가면 풍년이든 흉년이든 의미가 없어요. 일제는 나라만 빼앗은 것이 아니라 땅도 빼앗아 가고, 지은 곡식도 빼앗아 가고, 회사나 학교도 전처럼 쉽게 허가해 주지 않아요."

"그러지 않아도 제가 하려던 말이 있는데, 태성 선생님이 방금 하신 말과 관계가 있어요." 인설이 태성의 말을 받았다. "여기 계신 선생님들뿐 아니라 학생들은 정희의 핵심 멤버들이니까 여러분에게 새해를 맞아 몇 가지 좋은 소식과 기도 부탁을 알려드립니다… 일단 어려운 소식은, 관청에서 공문을 받았는데 새 학기부터는 국어 시간에 일본어를 가르치라고 합니다." 식구들이 술렁거렸다. 인설은 이런 반응을 예상한 듯 잠시 멈추었다.

"그리고 아까 태성 선생님하고도 상의했는데. 역사 과목을 가르치는 것이 금지되었습니다. 그렇지만 정희에서는 세계사 교양이라는 이름으로 수업을 하고, 그 안에 국사를 충실하게 넣을 계획입니다. 국어도 일본어 시간 말고 교양 시간에 하겠습니다. 식민지 나라 백성의 혼까지 빼앗는 것이 지배국의 목표입니다. 이렇게 어려운 시기일수록 무엇이 나라를 되찾는 데 필요한 일인지, 또 나라를 되찾는 데 해가 되는 일인지 잘 분별해야지요. 그 마음 잃지 말고 학교에서 만나는 학생들, 후배들 잘 도와주시구요. 그리고 좋은 소식으로 마무리할게요. 최정자 선생님의 보고에 의하면, 우리가 양잠해서 만든 천으로 만든 수예품으로 얻은 수익금이 목표액을 달성했답니다."

인설은 잠시 말을 중단하고 환호하는 교사와 학생들을 바라보며 밝은 미소를 지었다.

"그래서 우리가 기도한 대로 이제부터 늘어나는 수익금은 전부 독립군 후원금으로 보내게 되었습니다. 이것은 밖으로는 절대로 새어나가서는 안 될 기밀이니 여러분 정말 주의해 주세요."

인설의 마지막 말은 표정으로밖에 전달되지 않았다. 모두들 흥분해서 각자의 머리에 떠오르는 대로 말을 시작했기 때문이다. 어떤 수예품이 가장 잘 나갔는지 혹은 수익금으로 쌀을 산다면 몇 가마니를 살 수 있는지 혹은 독립군이 어디서 싸우고 있는지 등등의 말이 들렸다. 은혜 선생은 근엄한 표정으로, 수연 선생은 난처한 얼굴로 학생들의 대화에서 흥분을 가라앉히려 애썼다. 이 자리에서 입단속의 필요성을 단단히 해두어야 했기 때문이었다. 많은 사람이 알게 될수록 단속이 어려우니 독립군 후원 문제는 교사만의 기밀로 유지하면 어떻겠냐고 은혜 선생이 말했지만 인설은 독립군 후원은 기도제목이자 교육의 중요한 부분이므로 학생들을 빠뜨릴 수 없다 하여 정희의 모임 식구들까지만 비밀을 공유하기로 했던 것이다. 사실 소라 씨, 영순 씨, 은자 씨는 1호 입학생들이고, 기숙사에서 교사들과 생활하는 식구와 다름없을 뿐 아니라 양잠·수예에서 가장 열심히 노력하여 뛰어난 실력으로 실적을 올리는 멤버들이 되었다. 인설은 그 모습을 뒤로 하고 태성과 함께 식당을 빠져나와 거실로 자리를 옮겼다.

"정희 학생들이 참 대단한 일을 이루었네요. 축하합니다." 태성이 기쁜 목소리로 말했다.

"감사해요. 다 우리 선생님들 덕분이죠. 그리고 태성 씨하고. 도와주시지 않았다면 저 혼자 결코 할 수 없었을 거예요. 더 잘 아시잖아요."

인설이 따뜻한 생강차를 잔에 따라 건네며 말했다. 인설은 차의 온도로 서서히 덥혀지는 따뜻한 작은 잔에 두 손을 감싸고 잠시 말이 없었다. 그녀는 오랜만에 행복해 보였다.

"좋네요. 새해도 되었고, 눈도 오고, 학생들이 열심히 해줘서 군자금도 모였고…."

인설은 더 말을 잇지 못했다. 그녀는 현을 생각하고 있었고, 태성도 같은 생각이었다.

"이제야 저도 독립을 위해 애쓰는 분들께 뭔가 도움이 되는 일을 하는 것 같아서 기뻐요." 인설이 말했다.

"알아요." 태성이 말했다. 그의 표정도 모처럼 편안해 보였다.

"그런데 이 군자금을 어디에 어떻게 보내면 좋을까요?"

태성은 인설의 눈빛이 현이 있는 곳에 지금이라도 당장 들고 가고 싶다고 말한다고 느꼈다.

"아무래도 지금은 겨울이니까, 그리고 만주 쪽은 더 추운 겨울이니까 봄이 될 때까지 기다리는 게 좋지 않을까요? 그리고 직접 전하는 것보다는 군자금 전달을 전문으로 하는 사람들에게 부탁하는 게 안전할 것 같은데."

태성은 인설의 마음을 안 이상 이성적으로 말하기가 쉽지 않았다.

"알고 있어요." 인설은 자신의 어린아이 같은 속마음을 들킨 것도 무안한데다, 그것이 현실적으로 어렵다는 것을 다시금 깨닫고 약간 새침하게 말했다.

"인설 씨가 원하면 의주 상인으로 위장해서 국내 각지의 군자금을 받아서 상하이 임시정부로 전하는 일을 하는 사람을 연결해 줄 수 있어요." 태성이 말했다.

"그게 좋겠군요. 그렇게 해주세요. 하지만 날씨가 따뜻해지면 다음번엔 만주 지방 독립군에게 직접 전할 수 있는 방법도 있겠지요?"

인설이 묻자 태성이 고개를 끄덕였다.

"여기는 조용한데 동쪽으로 더 가면 국경 지역은 시끄럽다고, 독립군 공격과 일본군 맞공격이 꽤 자주 일어난다고 들었는데 사실이에요?" 인설이 물었다.

"사실이에요. 일 년 전쯤 처음 들었을 때는 한두 번 어쩌다 그렇게 부딪힌 전투가 아닐까 생각했는데, 그런 소식이 끊임없이 들리고 일본군이 꽤 골치를 앓는 걸 보면 독립군의 무장전투력이 상당히 좋아진 것 같아요."

"만주가 굉장히 넓죠? 서간도, 북간도 그리고 러시아 국경과 가까운 곳은 연해주라던데…."

태성은 자기도 모르게 피식 웃었다. 오늘은 인설이 쉽게 만주 이야기를 그만두지 않으려는 것이다. 인설이 오늘같이 뿌듯한 날 현을 향해 달려가는 마음을 굳이 억제하지 않으려는 듯했다.

"그렇죠. 서간도라고 해서 의주랑 가까운 것은 아니죠. 하지만 만주 독립군들은 어쩔 수 없이 이동도 많이 하나 보더라구요. 지난번에 얘기를 들어 보니, 현이는 처음에는 북간도로 올라가서 '명동'이라는 곳에 오래 머물며 그곳에서 군사훈련 과정 쪽에서 일했고, 그후로 서간도의 무장학교 일에도 참여했던 모양입니다. 3·1 만세 시위 때 데리고 온 훈련생들 가운데 서간도 출신이 꽤 있었던 걸 보면. 그때 갈 적에, 명동촌 주민들도 만세 시위를 한다며 급히 올라간다고 했죠. 그다음에는 연락이 닿은 적은 없고요, 여러 사람 건너 들은 소식으로는 백두산 쪽에서 치열한 전투에 참여했다고도 하고, 남만주 지역이나 인설 씨가 아까 말한 국경 지역에서 일본군과 교전 중인 부대에 있다는 말도 있어요."

"격전지에!!!" 짧게 외치는 인설의 얼굴이 창백해졌다.

"인설 씨, 이렇게 하죠. 날이 좀 풀리는 대로 내가 회사 일로 만상들이랑 상하이에 갈 일이 있어요. 거기 가서 현이 어디 있는지, 거기는 본부니까 그리고 현이 아직까지 무명 인사로 남지는 않았을 테니까, 분명 그가 어느 소속으로 어디 있는지 알 수 있을 거예요. 그렇게 위치 파악이 되면 그때 내가 먼저 다녀오든 인설 씨와 함께 가든 그렇게 될 수 있게 해볼게요. 군자금 열심히 모아 두면 직접 전해 줄 수도 있을 거예요."

태성은 한 달 반쯤 뒤 상하이로 떠났다.

태성은 상하이에서 일을 마치고 의주로 곧바로 돌아가지 않았다. 그는 압록강을 앞에 두고 있는 남만주의 어느 마을에 비밀리에 찾아간 것이다.

상하이에 있을 때 임시정부와 연결되어 일하는 여러 독립운동가들을 만나는 중에 그는 현에 대해 아는 사람을 틈틈이 수소문했다. 그러다 서간도 삼원보의 무관학교 교관 출신인 한 독립운동가를 만났다. 그는 자신과 현이 절친한 동지라며 태성을 만난 것을 반가워하면서도 태성에 대한 경계를 풀지 않았다. 태성이 자신이 상하이에 국내에서 모은 군자금을 전한 일들과 그때 상하이 임시정부 인물과 교류한 서신을 보여 주고 나서야 조금 안심하는 눈치였다.

마침내 그는 현이 만주 지역 중에서도 조선에 가장 가까운 독립운동기관 참의부에 소속되어 있다는 것을 알려 주었다. 또 현이 참의부를 이끄는 수뇌 장군 중 양 장군 밑에 있다면 압록강 국경 근처에서 군사훈련을 하고 있을 것이며, 기회가 될 때마다 압록강을 건너 조선 땅의 작전 준비지역으로 넘어와 일본군과 전투를 도모하고 있을 거라고 했다. 태성이 들었던 먼 소문이 사실에 가까웠던 것이다. 문제는 그가 정확히 어느 지역에 머물고 있는지였는데, 그것이야말로 군사기밀에 속한 것이어서 알기 힘들었다. 태성이 거듭해서 현을 꼭 만나 군자금을 전해 주고 싶다고 하자, 여러 날 후 조심스럽게 말했다. 현이 있는 부대에 갈 연락병이 있는데, 그와 동행하고 싶으면 하라, 단 그 연락병이 먼저 현을 만난 뒤 현이 허락하면 태성을 그와 만나게 해주겠다는 것이었다.

그렇게 해서 연락병과 함께 간 곳이 남만주의 한 국경 마을이었다. 정확히 어디쯤, 어느 지역에 속한 곳인지 그는 후에도 알지 못했다. 연락병은 그를 숲속에 남겨 두고 갔다가 한나절 만에 돌아왔다. 해가 떨어질 무렵 돌아온 그는 면회 허락을 받았다며 따라오라 했다. 그를 따라가면서 날이 어두워져 방향과 위치를 전혀 파악할 수 없었다. 숲

길과 들길이 번갈아 나오다가 마침내 한밤중이 되어서야 숙소에 도착했다. 연락병은 태성에게 빈방을 하나 주고, 자고 나면 내일 아침에 오현 대장을 만날 수 있으리라는 말을 남기고 사라졌다. 태성은 곧 잠에 곯아떨어졌다.

다음날 태성이 눈을 떠서 숙소 밖으로 나왔을 때는 이미 아침이 한참 지난 오전이었다. 청명한 하늘에 겨울 햇살이 눈부신, 보기 드문 좋은 날씨였다. 그러나 의주와 마찬가지로 이곳도 햇살이 잠시 머물다 떠나는지 땅은 여전히 딱딱하게 얼어 있고, 밖에서 보면 캠프가 전혀 보이지 않을 정도로 완벽하게 감싸고 있는 소나무와 전나무 등의 침엽수림을 뚫고 불어오는 바람도 신선하지만 매서웠다. 공터 한쪽에 배식하는 곳이 있는데, 아무도 없는 것으로 보아 병사들은 이미 오래전에 식사를 마치고 훈련을 하러 간 모양이었다.

"벌써 일어났어?" 어느새 현이 다가와 말했다.

고동색 군복은 낡고 후줄근했지만, 그을린 얼굴과 며칠 동안 깎지 않아 제멋대로 자란 턱수염이 그를 더욱 관록 있고 강인해 보이게 했다. 그러나 목소리만은 예전과 다름없이 다정하게 들렸다.

"현아, 잘 지냈… 잘 살고 있었구나!"

"오느라 수고 많았지? 듣자하니 상하이에서 왔다고? 내가 생각보다 가까운 곳에 있었지? 아무튼 여기까지 찾아와 줘서 고맙다."

두 사람은 누가 먼저랄 것도 없이 얼싸안고 반가움을 나누었다. 현은 태성과 자신의 아침 식사로 따로 남겨 둔 것을 그릇에 퍼담았다. 두 사람은 대원들의 식사 장소로 보이는 공터 나무 그루터기에 자리 잡고 앉았다. 식사는 기장과 피 같은 잡곡과 무시래기 같은 나물을 섞어 끓인 죽이었다. '이런 식사를 하며 훈련을 받고, 전투를 하고 있구나.' 태성은 안쓰러움과 함께 감사의 마음이 차올랐다. 어린 시절 서당 동기이자 오랜 친구지만 오늘 피죽을 함께 먹는 이 독립군 대장은 친구로 대하기에는 너무나 숭고한 일을 하고 있었다.

"어머니는 잘 계시겠지? 그리고 너의 어머님도 건강하시니?"

현이 물었다.

"여기 오기 전에 평양에 들렀을 때, 두 분 함께 계시는데 인사드렸어. 요즘 두 분이 적적할 때마다 자주 만나시나 보더라. 너 만나러 간다니까 가지고 가기 편하라고 금반지들을 한 주머니 주셨어. 다행이지. 만약 솜바지나 솜이불이었으면 어쩔 뻔했냐고."

태성은 저고리 안쪽에 간직했던 작은 주머니를 현에게 꺼내 주며 말했다.

"건강하니 걱정 말라고 전해 달라 하셨어. 그런데 아버지 품위유지비와 독립군자금으로 양쪽으로 지출이 많아 땅을 많이 팔았다고 한소리 하시더라."

"아버지 품위유지비?"

"일정에게 쥐어 주고, 친일 앞잡이들도 적당히 구슬리고, 일제 관청에도 분기마다 뭐 주는 게 있어야 양반 재산가 가문을 내버려 두지 않겠니. 게다가 니가 여기 이러고 있으니 맘먹고 독하게 뒷조사를 하면 가문이 망하는 건 시간문제니까. 없는 흠도 만들어 내면 멀쩡하던 가문이나 학교, 기업도 쓰러지는 판인데… 어머니는 그것도 너를 돕기 위해 쓰는 돈으로 여기시더라. 너를 돕기 위해서는 어쩔 수 없다고."

"…."

현이 어두운 표정으로 말이 없자, 태성은 화제를 돌렸다.

"나는 잘 모르지만, 왠지 이곳 분위기가 활기차고 사기가 높은 것 같아. 상하이 임시정부에서도 서간도 무관학교에서도 너를 안다 하면 '오 소대장을 아십니까?' 하고 대번에 호의적인 반응이 오고. 너 아주 잘 하고 있는 것 같다…?"

"잘 하고 있다? 내가 요즘 느끼는 게 하나 있는데, 잘 하려고 애를 쓰면 쓸수록 실망되는 게 너무 많아. 나 자신의 무기력함에 화가 나서 미칠 것 같고. 그런데 '모르겠다. 생각하지 말고 하루하루 버티자. 당장 눈앞에 해야 할 것, 그것 하나만 생각하고 하자' 이러면 사람들이 나더러 잘하고 있대. 당황스럽지. 모처럼 태성이 니가 왔으니 어디 나 사는 게 어떤지 얘기 들어 보고 말해 주라."

현의 말에 태성이 고개를 끄덕였다.

"평양에서 3·1시위 후 내가 급히 올라가면서 헤어졌지, 우리가? 그때 내가 명동촌에서도 3·1시위를 한다고 해서 간 거였거든. 나라 안에서 만세 평화 시위 한다 할 때도 분명 일제 경찰과 군대에 희생될 거라고 예상되어 마음에 걸렸는데 그렇게 된 걸 확인했잖아. 그런 판에 만주에서도 만세 시위를 한다는데, 가슴이 철렁했어. 만주는 남의 땅이잖아. 조선에서는 독립을 위해 시위를 해도, 무력 전투를 해도, 설사 실패해도 명분이 있어. 우리 안방에서 하는 거니까 일본이 확실히 나쁜 놈이 되는 거야. 그런데 만주는 중국 땅이라 거기서 조선 독립을 위해 시위를 하거나 전투를 해도 중국이 일본 편을 들면 조선인만 웃긴 놈들이 되는 거야. 그걸 난 너무 많이 깨달았어. 그때도 분명 일본 놈들이 조선에서 시위 탄압하던 것보다 몇 배 잔인하게 간도 지방에서 하리라는 안 좋은 예감이었지.

일본 경찰은 결국 평화 시위하는 용정촌, 명동촌의 8천여 명 시위자들에게 발포했지. 남의 나라 땅에서도! 그해 내내 간도 곳곳에서 일제는 조선인 민간인을 여러 차례 학살했어. 절정은 독립군의 청산리 전투 승리 이후였지. 일제는 간도의 한인 촌락들을 보복 대상으로 삼았지. 이듬해까지 일제에 의해 만주의 한인 3,700여 명이 피살되었다는 보고가 있어. 그러니 한인 촌락의 피해는 어땠을지 감이 오지. 그중에 내가 살던 명동촌의 피해가 컸어. 일제는 명동촌을 항일독립운동 기지로 지목한 거야. 보병·기병·공병까지 동원해 명동학교를 불태우고 주민을 살상했어. 그때도 중국은 방관했어. 상상할 수 있어? 다른 나라 군대가 너의 나라에 와서 외국인을 살상하는데 왜 가만히 있나? 너의 나라 주권 차원에서라도 그러면 안 되는 거 아냐? 그런데 중국은 가만히 있었어. 조선인을 소, 닭 취급했다는 얘기밖에 안 되지. 물론 일본이 중국인과 조선인 사이를 이간했어. 그런데 중국인은 그 이간질에 너무 쉽게 넘어갔어. 왜 그랬겠나?

군인들이 집과 마을을 떠나며 '잘 싸워서 승리하고 올게'라고 가족에게 말할 때 이 말은 '우리가 반드시 지켜 줄게'라는 의미지. 그러나 간도에서 무장독립군들의 '싸워서 승리하고 올게'라는 말은 무슨 뜻이 되는 것 같아? '미안해. 우리가 이기면 우리 때문에 희생당할 수도 있어'야. 그걸 각오하고 싸우러 가고, 그걸 알면서도 무장독립군을 배출하고 전투에 나가는 군인들을 배웅하는 가족들이 간도의 조선인이야.

청산리 전투에서 대승하고 돌아오니까 마을이 그 모양이 되어 있었던 거야. 일본군이 복수하러 왔다 간 거야. 온통 불타 잿더미가 되고, 파괴되고, 죽고, 목 잘리고 팔다리가 잘린 시체가 여기저기 널려 있었어. 독립군의 승리에 내 가족이 희생제물이 되어 있었던 거야. 나 그때 솔직히 속으로 생각했어. 인설 씨가 여기 없는 게 얼마나 다행인가. 인설 씨 데려오지 않은 게 얼마나 잘한 건가. 너무 이기적이지만 그런 생각이 드는 게 미안해서 울면서 시체를 수습했다.▲▼▲▼

마을 복구를 시작도 못 했는데 만주에 흩어져 있는 독립군들은 모두 연해주 러시아령에 있는 자유시로 이동하라고, 거기 집결해서 만나자는 명이 내려왔어. 정확한 목적은 몰랐지만 러시아 공산정부가 조선 독립을 도와주겠다고, 독립군의 항일투쟁을 지원해 주겠다고 한 것 같다고들 했어. 실제로 연해주의 조선인 무장군대가 소련 적군을 도와준 것이 그런 지원을 기대하고 한 것이었지. 행인지 불행인지 내가 모시던 김 장군▲▼▲▼▲께서 자유시로 향하는 도중 마음을 바꾸고 발걸음을 돌리셨어. 불행이란 말은 장군께서 애초에 가지 않기로 하셨더라면 산하의 수많은 군사들을 앞서 보내지 않았을 거란 뜻이야. 뭔가 이 회합에 석연치 않은 구석이 있는 걸 느끼셨나 보구나, 그렇게만 생각했어. '혹시 중국을 못 믿듯, 소련을 못 믿으시는 건가?' 하고만 생각했지. 얼마 후 들은 소식▲▼▲▼▲은 우리 귀를 의심케 했어.

그 소식은 자유시에 모인 독립군 가운데 공산군으로 적을 옮길 것에 동의하지 않은 모든 군인이 몰살당했다는 것이었어. 그들에게 총구를 겨눈 것은 소련군과 그들과 뜻을 같이한 조선인 출신 공산주의자와… 공산주의 계열 독립군이었어. 너도 알듯이 독립군 내에 여러 노선이 있고 그 안에도 수많은 분파가 있어. 그럼에도 우리는 하나의 목표, 항일 독립이라는 목표를 위해 힘을 합쳐 왔어. 그런데 러시아령으로 초대해 놓고, 무장해제를 요구하고, 공산주의 노선을 강요하더니, 설득되지 않은 독립군 동료들을 총살시켜? 그들의 목표가 독립이냐? 공산혁명이냐? 아니, 서로의 목숨을 의지해 가며 함께 싸운 동지를 쏜다는 게 말이 되는 거냐? 청산리에서 그 말도 안 되는 적은 수로 일본군을 물리치고, 어떻게 살아 남은 동지들인데…!

난 요즘도 자다가도 벌떡벌떡 일어나서 생각해 본다. 무엇이, 어떤 것이 고려 공산당 동료들로 하여금 제 동지들에게 총을 겨누어 몰살시키게 했는지… 수도 없이 생각했지만… 나쁘게 생각하고 싶지 않다. 그들 가운데는 내가 존경하는 장군도 있고, 본받고 싶은 용맹스

러운 동료도 있고, 좋아하는 친구도 있었어. 이용당했다는 생각밖에
안 들어. 러시아 공산당이 협박했든 유혹했든… 일본이 소련과 우리
독립군 사이를 이간했든… 아님, 적군이 전쟁을 할 때는 도울 용병이
누구라도 필요했으니 조선 독립군의 협조를 구했지만 전쟁에 이기고
나니 조선보다는 일본과 동맹을 맺는 것이 더 유리하다고 판단했는
지, 내가 매일 이리저리 생각해 보다가 떠오른 거라 아무 근거도 없
지만 그건 모를 일이야.

설마 소문이겠지 하고 자유시에서 돌아올 독립군들을 기다렸지만
그들은 돌아오지 않았어. 살아남아 도망쳐 온 소수의 사람들 외에는.
내가 6년간 훈련시켜 키워 온 청년 독립군도 다 잃었어. 믿을 수 있
어? 내가 함께 끼고 훈련시킨, 청산리에서 내 목숨을 잃을지언정 살
려 내려고 안고 뛰던 내 새끼들이란 말이다! 그 한 명 한 명을 키워내
기 위해 간도의 아버지와 어머니들이 어떤 희생을 치렀는지 내가 다
보았고, 한 명 한 명이 일본군과 싸울 때 일 당 수십의 가치가 있는 놈
들이다. 실제 우린 그런 상황에서 싸웠으니까! 그런 놈들을 일본 놈도
아닌 내 동료들한테 총 맞아 죽게 했다고! 내가 거기 보냈다고!

그러고 나서 살아남은 우리는 서로 얼굴 보기가 민망해졌어. 너무
죄스럽고 허탈해서 아무것도 하고 싶지 않았어. 다시 처음부터 시작
해야 하는데 마음이 안 잡히는 거야. 그런 자신의 모습을 동료에게 부
하에게 보이는 게 또 얼마나 민망한 일인지. 그렇게 뿔뿔이 흩어지게
되었어. 북으로, 서로, 남으로… 나는 모시던 장군과 헤어지고 서간
도로 갔어. 거기 갔더니 무관학교에 조선에서 갓 온 청년들이 많이 와
있는 거야. 이놈들이, 어떻게 왔냐 했더니 3·1운동 한 다음에 마음이
뜨거워져서 온 놈들이었어. 그래서 그들과 있다가 양 장군▲▼▲▼▲▼▲을
만났는데, 복잡하게 이 생각 저 생각하지 말고, 국경 지역에서 일본군

하고 전투나 하자고 하시더군. 그래서 따라왔어. 그래도 무관학교는 그동안 터를 닦아 놓은 게 있어서, 죽은 지 선배들이 닦아 놓은 게 있어서… 새로 온 애들은 한결 좋은 여건에서 수월하게 적응하더라고. 재능 있고 준비가 되었다 싶은 아이들은 여기로 데리고 온다. 훈련하면서 싸우고, 싸우면서 가르치고. 하루하루 그러고 있어….”

현이 잠시 말을 끊은 듯싶었는데 더 잇지 않았다. 그의 시선은 광막한 하늘을 향해 있었다. 태성이 보기에 현은 하고 싶은 말이 더 많은데 어떻게 표현해야 할지 모르는 것 같았다. 태성의 마음에 현을 향한 안쓰러운 마음이 일었다. ‘지금 니 세계는 내가 더 잘 알 것 같은데. 내가 더 잘 버틸 것 같은데… 약한 자로 살면서 강한 자들의 이해관계에 따라 이용되기도 하고, 세움받다가도 곧 내쳐지는 세계. 언제라도 이 간질당할 마음의 준비를 하고, 당해도 아무 말 못하는 것을 운명이라고 여기는 세계. 무지와 착각과 배신에 익숙해야 하는 세계. 나 그런 거에 무지 익숙한데. 그래서 아예 발을 뺀 건데, 비겁하게. 그런 거에 비해 곱게 자란 너는, 모든 사람이 너처럼 너그럽고 선하다고 믿고 있던 너는, 이제껏 겪은 것들이 얼마나 괴롭고 환멸스러웠겠니.’

“그런 일이 있었구나. 나는 그런 일이 있었다는 것도 몰랐구나… 본국인들은 그런 것도 모르고 살고 있구나.”

태성은 짧고 담담하게 말했다.

태성은 현이 원하는 것이 위로도 동정도 격려도 아니라는 것을 알고 있었다. 그저 잠시나마 그의 본 모습, 속 모습을 비추어 볼 수 있는 어릴 적 친구가 되어 주면 그것으로 된다는 걸 알고 있었다. 그래서 그는 현이 이제부터 방금 말한 것과 다른 생각과 감수성으로 행동한다 해도 놀라지 않으리라 생각했다. 아무나 독립군 소대장의 위치까지 오를 수 있는 게 아니다. 이 순간이 지나면 현이 적들을 잔인하고 가혹하게 죽이는 모습을 볼 수 있을지도 모른다. 허세와 강인함으로 부하들을 압도하는 모습을 볼 수 있을지도 모른다. 수컷의 본성을 자극하는 매력으로 부대의 사기를 올리고 그 힘으로 통솔하는 모습을 볼지도 모르는 것이다. 태성은 현이 그런 크고 작은 기만 없이는 여기까지 오지 못했을 거라고 말없이 생각하고 있었다.

"여기 생활… 생활이라기보다는 전시 상황이겠지만… 어쨌든 지내는 데 어려움은 없니?" 태성이 물었다.

"없어. 처음에 왔을 때는 '닥치는 대로 죽여 버려야겠다, 나도 죽을 때까지.' 하는 생각이었는데 점점 이기고 싶은 마음이 들고, 국경을 넘어 조선 땅에서 전투할 때는 설렌다. 이기면 짜릿하고. 평안북도 초산과 강계 지역까지 공격해 들어간 적이 있다. 경찰서 공격하기도 하고, 탄광 사무소를 습격하기도 했고. 끝까지 해보자는 마음이다. 그리고 내가 해서 안 되어도, 나를 따르는 후배들이 끝없이 이 길을 따라오면 언젠가는 안 되겠나."

"총이나 실탄, 무기들은 충분하니?"

"항상 부족하지. 그런데 우리 부대만의 문제는 아냐. 간도에서 무장독립투쟁하는 모든 부대는 무기도 부족하고, 군복이나 신발도, 먹을 것도 부족해. 변명이 아니라 군자금만 더 있으면 독립군의 무장독립투쟁이 훨씬 효과적으로 될 수 있을 거야."

"그걸 누가 변명이라 하겠니. 다 아는 사실이지. 다행히 국내에서 비밀리에 군자금 후원하는 모임이 더 많이 생겼어. 아무래도 상하이 임시정부가 가장 상징성이 있으니 그리로 많이 보내고 있다는데. 여기까지 혜택이 오는지?"

"그것도 좋고, 아무래도 직접 받을 수 있다면 그게 더 효과적이지."

"실은 인설 씨가 부탁해서 너를 찾아온 거야." 태성은 생각지 않게 이렇게 말했다.

그는 자신의 우정보다도 인설의 사랑을 앞세우고 싶은 자신의 마음에 스스로 놀랐다. 인설이 얼마나 어렵게 현과의 사랑을 지켜 가고 있는지, 담담하고 용감하게 살아가지만 사고무친인 그녀가 의지하고 있는 것은 현과의 사랑이라는 것을 알리고 싶었다. 그는 인설이 의주에 가서 한 일들과 여성 실업학교의 수익금을 모아 현에게 전해 달라고 한 것 등등의 사실을 이야기해 주었다.

"의주라면 연고도 없을 텐데. 고생이 많겠구나. 태성아, 인설 씨 잘 부탁한다. 이 말밖에 할 수 없어서 미안하고. 우리는… 지난번에 떠나올 때 인설 씨와 약속했어. 하루속히 조선을 독립시키러 내려와 달라고 했어. 그때 같이 살자고. 인설 씨는 마음속의 아내야. 한시도 그것 잊지 않고 있어."

태성은 현의 진실된 눈동자가 짙은 눈썹 아래서 아련한 듯 빛나는 것을 보았다. 태성이 보기에도 그것은 현의 입장에서 할 수 있는 최선의 다짐이었다. 조선의 독립과 개인의 사랑 사이에서 나라를 먼저 둔 두 사람의 선택이었다. 그럼에도 그는 '아아, 뭔가 답답해. 두 사람 사이, 정말 이게 최선일까? 뭔가 더 나은 방법은 없는 걸까…'라고 생각했다. 그러나 더 이상은 생각해 낼 수 없었다.

그날 내내 현은 시간 나는 틈틈이 태성과 지내며 이야기를 나누었다. 이전 공격이 성공적으로 마쳐지고 잠시 쉬며 전열을 가다듬는 기간이라 했다. 곧 다음 작전이 시작되면 분위기가 팽팽해질 거라고 했다. 다음 날 동이 트기 전에 안내인의 도움을 받아 그곳을 떠나기로 했다. 산 중의 이른 봄 저녁은 밤이 일찍 찾아왔다. 저녁 먹을 무렵 화려하게 번지던 압록강 하늘의 노을이, 상을 치우기 무섭게 검보랏빛으로 하늘에 긴 자국을 남기더니 지평선 아래로 사라졌다. 그리고 어둠이 밀려왔다.

자정쯤 태성은 왠지 잠이 안 와서 숙소에서 나왔다. 압록강 쪽에서 불어오는 바람이 찼다. 현의 방에도 불이 켜져 있었다. 그런데 안에서 현의 목소리와 함께 여자 목소리가 들렸다. 싸우는 것처럼 여자의 언성이 높아 있었다. 태성이 놀라서 미처 어떤 생각을 하기도 전에 문이 벌컥 열리더니 한 여자가 뛰쳐나왔다. 그녀는 잠시 멈추어 서더니 뒤돌아 방 안을 향해 작지만 날카롭고 독한 어조로 "어디 그딴 식으로 해봐!"라고 하고는 다시 돌아서서 태성 쪽을 향해 걸어왔다.

키가 크고 늘씬한 실루엣이었고, 한쪽 어깨를 옆으로 기울인 듯 구부정하게 걷는 자세가 묘했다. 감히 독립군 부대 소대장에게 그런 식으로 말을 할 수 있는 사람이 어떤 여자란 말인가. 뒤쪽에서 열린 태성의 방문으로 나오는 불빛이 그녀의 갸름한 얼굴선과 흐트러진 머리카락으로 반쯤 가려진 이목구비를 비추려는 순간 현이 방에서 서둘러 나오며 낮은 목소리로 그녀를 불렀다.

"미영아!"

순간 여인의 반항적인 시선이 태성과 마주쳤다. 그녀는 미영이었다.

"미영아?" 태성이 사촌동생의 이름을 불렀다.

미영은 태성을 보고 전혀 놀라지 않는 듯했다. 무엇엔가 강하게 불만스러워 보이는 눈빛이 불타고 있을 뿐, 지금 그녀의 안중에는 태성이든 그 누구든 상관없는 것처럼 보였다. 태성의 눈이 미영의 어깨 너머로 보이는 현의 놀란 눈과 마주쳤다. 현은 미영과 잠시 얘기하더니 그녀를 방으로 보내고 태성에게 태성의 방에 들어가서 얘기 좀 하자고 했다. 그러나 좀처럼 입을 떼지 못했다. 풀 죽은 현의 모습은 태성이 생각하고 싶지 않은 최악의 경우가 사실임을 보여 주고 있었다.

"할 말이 뭐냐? 왜 나에게 처음부터 얘기하지 않았니?"

태성이 격앙된 마음을 억누르며 애써 부드럽게 물었는데 그게 더 비난조로 들렸다.

"태성아, 너 가기 전에 말하려 했는데 이렇게 알게 해서 미안하다."

"지금 이게 나한테 미안한 일이냐?"

태성은 자신도 모르게 낮게 소리쳤다.

"니가 미영이 찾고 있다는 것 알고 있었는데 미리 연락 못해줘서 미안하고… 미영이를 보내야 하는데….."

현은 평소의 그답지 않게 우물쭈물 말을 이었다.

현의 말은 태성을 격분한 상태에서 잠시 멍한 상태가 되었다가 한없이 비참한 상태로 빠트렸다. 그것은 자신이 지금 미영의 일 때문에 현에게 화가 난 것이 아니라는 점과, 미영이 오빠라는 자격 외의 어떤 자격으로 현에게 화를 낼 입장이 아니라는 점 때문이었다.

"…얘기해 주라. 어떻게 된 건지… 정 곤란하면 미영이한테 물어보겠다."

가까스로 태성은 이렇게 말했다.

현의 말은 다음과 같았다. 현이 서간도 무관학교에서 몇 개월 머물며 학생들을 훈련시키고 있을 때, 미영이 찾아왔다. 그녀는 상당한 액수의 독립군자금을 건넸는데, 평양에서 부인회가 모은 자금이라고 했다. 기밀이 새어 나가 일경이 들이닥쳤을 때 탄로 날 위기에서 자신이 그것을 들고 몰래 도망쳐서 여기까지 왔다고 했다. 현은 고맙게 받았다. 그런데 그녀의 말인즉, 자신은 평양에 다시 돌아가지 못할 것을 각오하고 온 거라고 했다. 돌아가면 일경이 자신을 잡아 수사할 것은 뻔하고 심지어 고문 수사를 하게 될 텐데, 자신이 부인회 회원들을 말하게 되면 조직은 깨어지고, 그들도 전부 큰 위험에 빠질 것이라는 얘기였다. 그러면서 자신을 서간도에 있게 해달라고 했다. 현은 미영이 정착할 수 있도록 기거할 곳을 찾아 주었고, 그녀가 무관학교가 있는 마을의 소학교에서 교사로 일할 수 있도록 주선해 주었다. 현은 학교와 부인회를 위해 자신의 인생을 희생한 미영이 대견하고 안쓰러웠으며, 간도에서 조국 독립을 위해 헌신하겠다는 담대한 자세가 믿음직스러웠다고 했다.

"미영이가 원래 한 성깔 있잖아. 뜻만 확실하다면 간도에서 뿌리내리고 독립군을 돕는 데 요긴한 역할을 잘 할 것 같더라구. 어차피 돌아갈 수도 없다는데… 그리고 평양에서 자신을 찾는 관심이 좀 사라지면 그때 가족에게 알리겠다고 했어. 그러라고 했지. 어느 날 같이 술을 좀 마셨는데… 그러고는 정말 기억이 없어. 일어나 보니…"

현은 태성의 평소 표정 변화가 크지 않은 얼굴이 걷잡을 수 없이 붉어진 것을 보고 말을 멈추었다.

태성은 자리에서 벌떡 일어났다. 들으나마나 뻔한 이야기를 현의 입으로 더 듣고 싶지 않았다. 문을 열고 밖으로 나가자 미영이 기다리고 있었다. 그녀는 태성에게 '오빠, 나랑 얘기 좀 해'라고 하고는 그녀의 숙소로 이끌었다.

"오빠, 놀랬지?" 말하는 미영의 얼굴은 태성의 눈치를 보는 듯 조심스러웠다. 그러나 그녀는 여전히 침착했고 조금도 부끄러워하거나 어색해하는 기색이 없었다.

"너, 어떻게 이럴 수 있니? 너에게 그렇게 많은 도움을 준 사람이 인설 씨 아니냐. 니가 어떻게?"

"그러니까 오빠는 지금 내 걱정이 아니라 인설 씨 걱정을 하는 거지? 역시 그렇군. 오빠야말로 너무한 거 아냐?" 그녀는 서운한 기색이 스치는가 싶더니 흥분해서 말을 빠르게 했다. "나야말로 인설 언니와 부인회를 위해 내 인생을 희생했다구. 인설 언니는 그것만도 평생 나에게 감사해야 해. 그리고 막말로 내가 유부남을 꼬셔서 살림을 차렸어? 그렇게 좋아한다면서 왜 압록강 건너와서 현 오빠 밥상 차려주고 살림 안 해 줘? 혼자 고상한 척 고고한 사랑을 하는 척은 다 하고! 고생하기 싫으니까, 망가지기 싫으니까 안 오는 거지. 현 오빠가 얼마나 외롭게 살았는지 알아? 음식이며 옷이며 챙겨주는 사람 없이 진짜 딱해서 못 보겠더라… 나야말로 그 일이 일어났을 때 죽고 싶었다구. 믿었던 현이 오빠가 그렇게 나올 줄은… 나, 평양에서도 돈 많고 잘나가는 도쿄 유학생들이 줄줄 따르던 몸이야. 그중 아무하고나 결혼할 수 있었다구. 그렇지만 어쩌겠어? 이제 나도 오빠한테 지조를 지킬 거고, 현 오빠도 나를 책임져야 돼."

미영의 말은 언제나처럼, 일견 일리 있는 듯한 그녀의 논리를 따라가다 보면 그녀 자신이 최대 피해자이자 가장 선한 의도를 가진 사람이라는 결론에 이르게 되었다. 그것이 너무 완벽해서 태성은 오히려 의심이 갔다.

"먼저 미안하다. 오빠로서 너 괜찮냐는 말을 먼저 물었어야 했는데… 그건 사과할게."

태성이 사과하자마자 미영이 못을 박았다.

"오빠의 사과 받을게. 오빠도 놀라서 그랬겠지." 그녀는 관대한 태도로 말했다.

"평양에서, 고모 고모부를 비롯해 학교 사람들 등등 많은 사람들이 네 걱정 많이 했다. 여자 몸으로 만주까지 무사히 가서, 군자금도 잘 전하고. 정말 잘했구나. 그런데 어떻게 서간도에 갈 생각을 했니? 상하이로 전하기로 한 것 아니었어?"

"상하이로 전하기로 한 돈이라는 건 알고 있었지만, 내가 거기까지 가기엔 너무 멀었어. 서간도가 제일 가기 쉬웠어." 미영이 조금 당황스러운 목소리로 말했다.

"그런데 왜 하필 현에게 자금을 준 거야? 서간도에서 사람들에게 말하면 상하이에서 기다리고 있는 사람에게 전해 주지 않았을까?"

"그, 그건 내가 주고 싶었으니까. 내가 말했잖아. 현이 오빠 부대 꼴이 말이 아니더라고. 그리고 인설 언니도 현 오빠 어디 있는지 알았다면 당연히 현 오빠한테 보내려고 했겠지!"

"그러니까 너는 일부러 현이 어디 있는지 알아내서 현에게 왔다는 거네."

"뭐, 뭘 알고 싶은 거야? 이제 와서? 내가 현 오빠와 인설 언니의 지고지순한 사랑을 방해했다는 거야 뭐야? 설마 현 오빠가 그렇게 말해? 흥, 그렇게 말 못할 걸. 현 오빠가 정말 인설 언니를 마음에 두고 있었다면, 처음에는 술 때문에 실수라 쳐. 그 다음번은? 그리고 지금까지 나를 곁에 두는 이유는? 가서 인설 언니한테 물어 봐. 현 오빠가 아무리 그렇게 우겨도 인설 언니가 받아들이지 않을 걸. 오빠, 뭘 그리 놀라? 정, 입장 곤란하면 인설 언니한테 가서 말 안 해도 돼."

미영이 조소 섞인 미소를 지으며 말했다. 그녀는 놀라움에 차서 바라보는 태성의 눈길을 의식하며 말했다.

"오빠, 난 여기 오면서 모든 걸 다 잃었어. 그렇지만 그것들을 다 잃은 대가로 독립투쟁을 하는 현 오빠에게 도움이 될 수 있다면, 그걸로 만족할 거야. 여기 독립군들에게 물어봐. 내가 현 오빠에게 도움이 되는지 안 되는지. 오빠도 느낄 거 아냐. 독립군 소대장의 지위가 얼마나 외롭고 중압감이 큰 자리인지. 현 오빠도 두렵고 무섭고 힘들 때가 왜 없겠어. 하지만 부하들에게 절대 보일 순 없지. 나는 그이의 눈빛만 봐도 알아. 두려워서 혼자 떨고 있는 아이 같은 눈빛, 나한테만 보여 줘. 내 품에 두려움을 다 쏟아 낸 뒤에 밖에 나가면 더욱 용맹해지지. 부하들이 우리 관계를 어떻게 생각하느냐고? 걱정 마. 내 존재는 그이의 카리스마에 신비함을 더 보태 주고 있으니까. 원래 사람들은 지도자가 뭔가 자신들과 다를수록 우상시하니까. 퇴폐적인 것일 때는 더욱 열광하지!"

"닥쳐!" 태성은 더 이상 듣지 못하고 소리쳤다. 하지만 곧 미안해져서 말했다. "못하는 말이 없구나, 결혼도 안 한 아이가."

"오빠 말 잘했어! 결혼도 안한 처녀를 이렇게 만들어 놓고, 결혼을 안 하면 안 되는 거 맞지? 아님 나를 이용하고 있는 거잖아. 그러니까 현 오빠한테 말해 줘. 나랑 어서 결혼하라고. 모양새 갈수록 이상해진다고."

"미영아, 너 정말!" 태성은 더 이상 할 말이 생각나지 않아 악의에 찬 눈빛을 쏘며 흥분해 있는 미영을 바라만 보았다. 미영이 그를 잠시 바라보다가 방을 나갔다.

뜬 눈으로 밤을 새운 태성은 새벽닭이 처음 울기를 기다려 현의 방을 찾아갔다.

"현아, 자나? 가기 전에 할 말이 있다."

태성이 방문 밖에서 물었다. 태성의 부드러운 목소리는 현에게 그가 추궁하려는 것이 아님을 알려 주고 있었다.

"들어와라. 안 잔다." 안에서 현이 말했다.

태성은 문을 열고 안으로 들어갔다. 만약 그 순간 현이 자책하며 자포자기하고 있었다면 태성은 현을 영원히 혐오했을 것이다. 또는 미안함에 어쩔 줄 몰라 하거나 구차하게 남 탓을 하며 변명을 늘어놓으려 하거나 했다면 억눌렀던 분노가 솟구쳐 나중에 후회할 말을 했을지 모른다. 그러나 친구를 맞는 현의 표정과 몸짓에는 태성이 어렸을 적부터 익히 아는, 현의 본질이자 매력이라고 생각하는 선량함이 어려 있음을 보았다. 적어도 태성에게는 그렇게 느껴졌다.

인간의 선량함을 믿고, 타인의 약점과 모순에 관용을 베풀고 기다려 주는, 모든 사람에게 그런 기회가 주어져야 한다고 여기는 그 신념이 이끄는 대로 살다가 여기까지 온 친구라고 생각했다. 태성의 마음속엔 친구에 대한 고마움과 사랑으로 다시금 온기가 살아났다. 태성의 마음을 녹인 현의 선량함과 관용은 현이 언제나 위기상황을 돌파해온 무기였다. 그의 도움을 받고 난 사람들은 그에게서 받은 선량한 관용을 돌려주고 싶어 했다. 태성도 그랬다.

"미영이한테 너무 뭐라 하지 마라. 결국 내 책임이니까. 처음에는 정말 그럴 의도가 없었기 때문에 당황했지. 그 후에는 실은 미영이 도움을 많이 받았어. 내가 얘기했지. 서간도에 다시 갔을 때 나는 살고 싶은 마음이 없었어. 동지들을 다 잃고 다시 시작할 자신이 없었어… 그때 미영이가 옆에 있어 준 것에 감사해. 그렇다고… 태성아, 내가 너에게 이렇게 말하면 죽일 놈인데… 너를 미영이 사촌오빠가 아니라 내 친구로 여기고 말할게. 그렇다고 미영이를 사랑하는 건 아냐. 내가 사랑하는 사람은 인설 씨뿐이야."

태성은 그 순간 이 이해할 수 없는 말이 이해되는 자신이 모든 남성을 대표해 부끄러웠다.

"누군가 의병의 정의를 이렇게 내렸대. 목숨을 내놓고 싸우는 자. 독립 투쟁도 꼭 성공시키고, 살고 싶은 것은 인설 씨를 위해서인데,

죽음이 나를 압도하려 할 때 나를 깨워준 건 미영이였어. 웃기지. 하지만 태성아, 내가 해결할게. 나를 믿어 줘."

현의 얼굴에 솔직하게 모든 것을 다 털어놓은 자가 보여 주는 환한 미소가 떠올랐다.

태성은 자신이 묻고 싶고 알고 싶었던 것을 다 말해 준 현에게 더 이상 할 말이 없었다. 그는 생각했다. '현에게 뭔가 생각이 있겠지. 지금은 내가 이 친구를 믿어 줘야 할 때다.'

그는 고개를 끄덕이고 작별인사를 했다.

▲ _여성 독립운동가 어윤희의 실제 에피소드다.

▲▼ _이덕주, 《한국 교회 처음 여성들》(홍성사, 2007), 남자현 편, 223쪽 참조.

▲▼▲ _셔우드 홀 지음, 김동열 옮김, 《닥터 홀의 조선회상》(좋은씨앗, 2003), 175쪽 참조.

▲▼▲▼ _경신참변. 1920년 일본군이 만주를 침략해 무고한 한국인을 대량으로 학살한 사건이다. 봉오동 전투 이후 훈춘사변(琿春事變, 1920년 10월)을 조작한 일본군이 이를 구실로 만주를 침략하여 독립군을 소탕한다는 명목 아래 만주에 거주하는 한국인을 전멸시키려는 작전을 감행했다. 그러나 독립군은 이미 일본군의 추격이 미치지 않는 깊은 산속이나 중·소국경지대로 부대 이동을 단행함으로써 일본군의 작전은 차질을 빚었다. 더욱이 청산리에서 독립군에 대패한 일본군은 그 보복으로 무차별 한인 학살 작전을 감행했다. 3~4개월 동안 벌어진 일본군의 무차별 학살로 수많은 동포가 참혹한 죽음을 당했다.

▲▼▲▼▲ _김좌진 장군(1889~1930). 대한 광복회가 와해된 후 북간도 지역으로 건너가 북로 군정서군을 이끌었으며, 이후 독립운동사에서 이름을 길이 남긴 청산리 전투(1920년)에서 독립군 연합부대를 이끌었다. 이후 밀산을 거쳐 북으로 이동하다 다시 남으로 내려왔으며, 1920년대 중후반 북만주 지역의 독립운동을 이끌었다.
자유시 참변으로 반공 노선으로 전향한 후, 불모지나 다름없는 만주에서 방앗간 등으로 동포들에게 인심을 얻으며 만주의 독립운동에 지도자로 활약했으나, 공산주의자 박상실에 의해 피살됐다.

▲▼▲▼▲▼ _자유시 참변. 1921년 러시아 자유시(알렉세예프스크)에서 독립군 부대와 러시아 적군이 교전한 사건으로, 흑하(黑河)사변이라고도 한다. 소련 영토 내에 한인혁명단체를 육성하는 것이 러시아와 일본 양국의 우호관계에 큰 지장이 있다는 일본의 주장을 받아들여 소련이 독립군의 무장취소를 약속하고 1921년 6월 22일, 무조건 무장해제의 통지가 내려졌다. 이에 의용군이 완강히 반대하자 군정의회는 강제로 무장해제를 단행할 것을 결정하고, 6월 28일, 의용군을 공격하여 많은 희생자를 냈다.

▲▼▲▼▲▼ _양세봉 장군(1896–1934). 심양과 남만주 일대에서 활동한 항일 무장투쟁가다. 20세에 만주로 망명하여 소작농으로 일하다가 1919년 3 · 1만세운동을 주도하고 국경을 넘어와 평안도 지역의 천마산대(1923년 광복군총영과 합류하여 광복군 철마 병영으로 확대 개편됨)에서 활약했다. 1924년 참의부 소대장으로 평북 초산과 강계에서 일경과의 전투를 지휘하고, 1926년에는 남만주의 독립운동 단체인 정의부에 들어가 민족유일당 결성과 민족운동 세력의 단합에 힘썼다. 1934년 9월, 양세봉은 전부터 잘 알고 있던 일본경찰의 밀정인 박창해의 계략에 빠져 대원 여러 명과 소황구에서 일본군에 포위되어 치열한 전투 끝에 전사했다.

이 소설에서 현은 1920년경부터 양 장군 밑에서 소대장으로 싸웠고, 양 장군은 한중연합군의 일원으로 1938년에 압록강 이남 의주까지 내려와 일제를 공격한 것으로 기술되었다.

만주사변 이후 일제가 만주 전역을 침략하자 양세봉은 중국 무장 세력과 연합한 조선혁명군 총사령으로 일제와 싸웠는데(부득이 중국 공산군 산하에 들어간 것뿐, 공산주의자로서가 아님) 이는 역사적으로 중요한 사실이며, 이 소설에서 현이 중국 공산군 산하 조선혁명군으로 싸우긴 했지만 공산주의자가 아니었다는 점을 분명히 할 수 있다.

5
장
—

1932년, 의주, 신빈:
압록강을 사이에 둔 기다림

정희학교 교정 담벼락에 가득한 담쟁이 잎들이 바람이 불 때마다 장난스럽게 팔랑거리다 뒤집어지고 햇살을 받아 반짝였다. 10년 전에 심었던 것이 이제는 벽을 온통 덮도록 무성해진 것이다. 여학생들이 청소 시간에 열심히 닦아 놓은 유리창이 빛을 곱게 반사하는 모습이나, 비바람에 페인트가 군데군데 벗겨진 학교 건물과 함께 그것들은 이제 제법 오래된 멋을 풍기며 주변 환경과 잘 어울렸다. 정희학교는 이제 그 마을 주민뿐 아니라 의주 사람들 사이에서 '압록강 근처에 있는 학교', '댕기 만드는 학교', '밥 굶지 않는 법 가르치는 학교' 등으로 통했다. 사람들은 가난한 집 딸도 정희학교에 보내면 최소한 스스로 학비 벌어 자기 입에 풀칠할 수 있게 된다고 했고, 과부나 홀로 된 첩도 이 학교에 가면 방물장수나 전도부인이 되어 장사하거나 생계를 꾸릴 수 있게 된다고 했다.

이만하면 꽤 괜찮은 입소문이었고, 그 시기 많은 일반 학교들이 이런 저런 일제의 까다로운 규제로 정원이 줄거나 폐교한 것에 비해 잘된 경우라고 볼 수 있었다. 실제로 지난 10년간 정희학교 졸업생은 해마다 늘어났고, 재작년에 정점을 찍고 약간 줄었지만 여성 실업학교로는 인근 도시에서도 소문을 듣고 찾아오는 학교가 되었다.

그러나 작년 하반기부터 학교 운영이 조금씩 어려워지더니 올해는 선생들 사이에서도 체감되어 그들 사이에서 '아, 우리 학교도 이제 어려워지는구나' 하는 탄식이 나오게 되었다. 그 이유는 일제가 그들의 식민지 교육정책에 잘 부응하는 학교들을 지원 육성해 주는데 비해, 애초에 민족주의 정신에 따라 세워지고 운영되는 학교들은 알게 모르게 탄압하기 때문이었다. 한동안 민족 계몽에 호의적이던 일제는 몇 년 전부터 노골적으로 조선 교육의 목적은 황국시민을 만드는 것이라고 떠들고 있었다. 민족주의 학교들은 이런 정책 표방을 한 귀로 듣는 시늉을 하고 가능한 한 민족정신을 심어 주는 교육을 계속하려 했지만 오랜 투쟁과 갈등 끝에 결국은 둘 중 하나의 길로 가게 되기 마련이었다. 뜻을 굽히지 않다가 정부의 미움을 사서 폐교하게 되거나 조금씩 타협하다 결국 식민 교육 기관으로 변질되거나.

사실 그동안 정희학교가 민족주의 정신으로 교육을 하면서 일제의 방해를 받지 않고 순조롭게 발전할 수 있었던 데는 박민상의 적극적인 후원이 컸다. 그러던 박민상이 요즘 태도가 달라졌다. 전만큼 적극적으로 정희학교의 바람막이가 되어 주지 않는 듯했다. 일제 교육 관청에서 정희학교에 대한 간섭과 규제와 감시가 전과 비교할 수 없을 만큼 강화되었다. 인설은 어떻게 하면 국어와 국사와 성경 교육을 일제의 감시의 눈을 피해서 할 수 있을지 머리를 싸매고 고민했다. 교사들과 고민하여 시도한 아이디어는 기상천외했다. 예를 들어 양잠 시간에 양잠을 하면서 국어(조선어)를 배우고 일본어(그 무렵에는 국어였다) 시간에 민족주의 사관의 국사(국사 시간에는 황국사관을 배우므로) 내용을 조금씩 다루는 식이었다. 그러나 언제 일경이 불시 검문을 나올지 모를 일이어서 교사들의 피를 마르게 했다. 그럴 때마다 교사들은 일경의 검시를 미리 알려 주곤 하던 박민상의 관심이 얼마나 큰 도움이 되었는지, 왜 요즘은 그런 관심이 뜸한지 궁금해하곤 했다.

방학을 해 한가한 기숙사로 최정자 씨가 수예품을 한 아름 들고 찾아왔다. 가을 학기에 학생들과 만들기 위해 구한 새 수예품 견본들이었다. 인설에게 보여 골라 보려 왔는데 은혜 선생으로부터 교장선생님은 출타 중이라는 말을 들었다.

"인설 선생님은 누구를 만나러 가셨어요?" 정자 씨가 물었다.

"박민효 씨요." 은혜 선생은 박민효 씨를 생각하자 자기도 모르게 이맛살을 찌푸리며 말했다.

"박민효 씨요? 그 사람이 웬일로?"

"내가 아나요. 의주와 신의주 규수들을 그렇게 만났으면 한 명 골라 혼인을 하면 될 것이지, 이혼하고 독신이 된 지 벌써 칠팔 년이 넘었는데 아직도 엄한 여자들 자꾸 만나고 다닌대요. 그 와중에 바쁜 인설 선생님까지."

"한동안 학교에 발걸음 않더니 왜 또 그러죠? 인설 선생님도 그 사람의 인품을 알 만큼 알 텐데… 사적으로 만나는 게 아니라 학교 문제나 그런 걸로 문제가 생긴 게 아닌가 모르겠네요." 정자 씨는 걱정스럽게 말했다.

"그럴 수도 있어요. 요즘 들어 인설 선생님이 잠도 잘 못 자고, 안색이 안 좋아요. 특히 학교 이사들 모임에 다녀오면 그래요. 박민상 씨가 전에는 인설 씨 입장을 적극 옹호해 줬는데 요즘은 오히려 궁지에 모는 데 앞장서는 모양이에요."

확실하지 않은 얘기는 좀처럼 하지 않는 은혜 선생이 말했다.

"저런, 박민상 씨는 왜 저럴까! 가뜩이나 나라도 더 힘들어지고 일본이 만주를 침략하느니 어쩌느니 분위기도 어수선한데… 인설 선생님 힘들게."

정자 씨는 운영난에 부딪힌 민족주의 계열 학교들 얘기를 많이 들었기 때문에 진심으로 걱정하는 기색으로 말했다.

그때 인설과 박민효는 시내 음식점에서 식사를 하고 있었다. 박민효는 숱이 적어진 머리에 기름을 발랐는데, 너무 반듯이 빗어서 되레 나이가 들어 보였다. 외모가 약해진 만큼 자신감도 떨어졌는지 그는 예전의 신사다운 여유가 사라지고 종종 심술궂은 말투나 표정이 떠오르곤 했다.

"그러니까 아버지 생각은 그간 독립운동에 들인 노력에 비해 효과를 얻지 못했다는 것이죠."

그는 생각보다 맛이 없는 요리에 매우 실망한 표정으로 말했다. '아버지 생각은 말이죠', '아버지가 생각하시는 것은…'이라는 어구를 거듭 넣으며 말을 이어 가고 있었다. "그 말은 결국 조금 어렵지만, 경제용어로 효율적이지 않았다는 뜻이죠. 3·1운동이 대표적인 낭비였죠. 연해주와 간도에도 한인 이주민의 역사가 벌써 30년이 넘지만 거기서 된 게 뭐죠? 여전히 찢어지게 가난하게 살고, 만주 현지인 지주들에게 시달리고, 일본군에게 시달리고, 만주 전역의 독립군을 다 합해도 여전히 일본군대랑 맞설 만한 몇 개 대대도 되지 않을 걸요.

민족주의 계열의 애국계몽운동도 그런 맥락에서 효율적이지 못하죠. 한 사람을 교육으로 계몽시키는 데 얼마나 많은 투자와 노력이 들어갑니까? 그건 저와 인설 씨가 더 잘 알죠. 그렇다고 그 사람들이 다 일본에 맞설 만한 인재로 성장하는 것도 아니구요. 이런 식으로는 밑빠진 독에 물 붓기와 같이 답이 없다는 말입니다."

민효는 말을 맺으며 식사도 마쳤다. 조금 후 고뇌에 찬 한숨을 쉬었다.

인설은 민효의 의견을 경청한다는 것을 보여 주는 적당한 미소를 머금고 있었는데, 갈수록 그 미소를 유지하기가 힘들어 얼굴 근육이 떨릴 지경이었다. 그녀는 요사이 민효에게 많이 실망해서 '이 사람이 원래 이 정도밖에 안 되는 사람인가?' 하는 회의가 들 정도였다. 원래 허세와 허풍기가 있는 사람인 줄 알았지만 마음은 순수한 줄 알고 있었는데, 나이가 들수록 허세와 허풍만 남는 듯한 느낌이 들었다. 그녀는 자기 그릇에 남은 요리를 마저 먹으며 뭐라고 대답해야 할지 생각하고 있었다.

"앗, 비유가 정확치 못하군요. 물은 흔하기나 하지, 돈은 그렇지 않죠."

민효는 인설의 반응을 보다가 그녀가 딱히 답을 내놓지 않자, 다시 한마디 덧붙이고는 또 한숨을 쉬었다.

민효는 요즘 들어 후원금에 대해 유세 떠는 느낌을 줄 때가 있다. 인설은 그것이 그의 생각이 아니라 아버지 박민상의 생각임을 알고 있었다. 그것은 후원금을 줄이려는 포석일 수도 있고, 학교 운영 방침에 더 영향력을 행사하고 인설에게 그것에 맞추라는 은근한 협박일 수도 있었다.

"하지만 한 사람의 인재가 역사를 바꾸거나 많은 사람을 옳은 길로 인도할 수 있죠. 그게 교육의 힘이잖아요."

"그렇긴 해도 정희학교에서 그런 인재를 기대할 순 없죠."

인설의 얼굴에서 웃음기가 완전히 가셨다. 그녀는 표정을 굳힘으로써 자신을 더 존중해 줄 것을 점잖게 요구했다.

"그런 인재를 기를 수 있는 어머니가 나올 수 있죠."

그녀는 약간 부자연스러운 어조로 말하고 애써 화제를 돌렸다. "이번 다가오는 정희 이사회 모임에는 아버님이 오시나요? 아님 민효 씨가?"

"아버님?"

박민효는 일부러 되물었다. 인설은 그가 다시 심술부릴 빌미를 잡았다는 것을 알았다.

"박민상 이사님요." 그녀는 얼른 고쳐 불렀다.

인설과 박민상의 사이가 틀어진 계기가 있었다. 지난 10여 년간 차근차근 우정과 호의를 쌓았던 두 사람 사이는 작년 이맘 때쯤 정점을 찍었다. 그때 박민상이 인설에게 매우 놀라운 제안을 했다. 자신의 양딸이 되어 달라는 것이었다. 장남 민효를 포함해 아들만 셋인 그는 전부터 딸이 없어 아쉬웠다며 "오랫동안 지켜봤는데 인설 씨 같은 사람이 상냥하고 똑똑한 딸이 되어 준다면 노년이 정말 즐거울 것 같다"고 했다. 그 말을 할 때 박민상은 눈가에 가득 주름을 지으며 선량한 노인네같이 웃었다.

그때까지 인설은 박민상이 노련한 사업가이며 일제 치하에서 수완 있게 사업을 키워 왔다는 점에서 그를 마냥 선량한 노인으로 여기진 않았지만, 그녀에게 한결같이 후견인 역할을 해준 터라 쉽게 거절할 수는 없었다. 사실 박민상이 인설을 수양딸로 삼으려는 데는 인정 때문만은 아니었으며, 오히려 같은 값이면 더 큰 이익을 택하는 장사꾼의 생각이 깔려 있었다. 처음 정희학교를 후원한 것은 어려움에 처한 과부와 고아를 도와 구제하는 사람이라는 인상을 주기 위함이었고, 정희학교가 예상보다 잘 커가면서부터는 투자 수익을 거둬들이는 재미를 보았기 때문이다. 그후 학교가 지역에서 인정받으며 명성을 얻자 이제는 그 학교 전체를 차지하고 싶은 욕심이 생긴 것이다. 그러기 위한 여러 방법을 생각해 보았는데, 그중에서 가장 무리 없고 선량한 방법이 인설을 양딸로 삼는 것이었다. 인설이 박민상의 이런 속셈을 알았다면 단번에 거절했을 것이다. 그리고 10년 전쯤 박민효가 인설에 빠져 그녀와의 결혼을 어떻게 생각하시는지 아버지에게 물었을 때, 그가 '인설이 근본을 알 수 없는 고아'라는 이유로 반대했다는 것을 인설이 알았다면 이제 와서 딸로 삼으려는 박민상의 제의에 고민할 필요도 느끼지 못했을 것이다. 어쨌든 인설은 박민상의 제의를 거절했고, 그의 후의를 거절한 것을 두고두고 미안해했다.

박민효는 모든 것이 새로운 게 없다는 듯한 표정으로 의자에 등을 기대고 앉아서 그가 한때 결혼하고 싶은 마음이 들 정도로 매력에 빠졌던 여인의 얼굴을 무표정한 눈길로 바라보았다. 실은, 그는 그런 과거가 있었다는 것조차 기억하지 못하고 있었던 것이다. 그의 눈길을 느끼며 인설은 한때 좋은 친구였고 남매 관계가 될 수 있었던 사람의 얼굴을 바라보았다. 그녀와의 우정이든, 구제든, 애국계몽이든, 부녀자 자립이든, 사업과 성공이든, 그와 10년간 나눈 대화 중 어느 한 대의라도 그의 영혼의 일부가 되었기를 바라는 마음으로 살폈다. 그녀는 응석받이 남동생을 보는 듯한 쓸쓸한 눈길로 그를 바라보았다. 그녀는 아무것도 발견하지 못했던 것이다.

교장실 문이 열리고 양복 또는 두루마기 차림의 10여 명의 신사들이 밖으로 나왔다. 정희학교 정기 이사회가 끝난 것이다. 그들은 회의실로 들어갈 때와 다름없는 근엄하고 무표정한 얼굴로 나왔다. 신사들이 다 나간 다음 텅 빈 회의실에 인설이 혼자 앉아 있었다. 그녀는 신식 스타일로 올린 머리를 하고 있었으므로 반듯한 이마로부터 양 귀볼 아래로 흐르는 얼굴 윤곽 그리고 목선이 돋보였다. 그러나 유감스럽게도 이제는 한창 젊었을 때 사람들의 눈길을 끌던 만큼 윤곽이 갸름하거나 목선이 가늘지는 않았다. 그녀는 흰 블라우스에 발목까지 덮는 긴 검정치마를 입고 있었는데, 이러한 양식 복장은 남자들의 양복이 보편화된 만큼 이제 여성들의 격식 있는 복장으로 이상하게 여겨지지 않았다.

양손을 책상에 올려놓은 채로 앉아 있는 그녀는 평정심을 되찾으려 애쓰고 있었다. 속눈썹 아래로 검은 눈망울이 쏟아질 듯이 흔들리고 있었다. 회의에 들어온 이사들은 어찌 된 일지 모두 입을 맞추고 온 것 같았다. 처음에는 중구난방 여러 의견이 나오며 서로 반박하는 듯하다가 결국은 하나의 결론으로 귀결되었다. 일제의 단속과 탄압에 융통성 있게 맞서기 위해 좀더 신속한 의사결정 절차를 만들어야 한다는 것이었다. 해결 방법으로 이사회 대표를 한 사람 뽑아 상시로 교장과 상의하게 하자는 것이었다. 그 말은 결국 이사회의 결정권을 강화하자는 것이고, 대부분의 이사들이 후원자들이지 교육과 경영에 관심이 없는 사람들이었기 때문에 그들이 뽑은 대표 한 사람에게 결정권을 위임하게 될 터였다.

최정자 선생이 교장실에서 통하는 다른 문으로 들어왔다. 그녀는 문밖으로 들려오는 소리를 통해 이야기가 대충 어떻게 흘러갔는지 들었다. 그녀는 자신이 이사회에서 나온 것을 처음으로 후회했다. 총 투자액으로 치면 그녀는 몇 사람 안에 들었다. 그러나 설립 초기 수년 안에 한꺼번에 다 기부하고 평교사 신분으로 학교 일에 참여했기 때문에 이사회에서 빠진 지 오래되었다.

"아니, 이사님들이 오늘은 왜들 다 저런대요?"

최 선생은 애써 가볍게 말하려 했지만 불길한 징조를 느낀 듯 목소리가 무거웠다. 그녀는 아직도 멍한 채 앉아 있는 인설 옆에 의자를 당겨 앉았다.

"비바람 맞아 다 쓰러진 학교 다시 세워갈 때는 뒷짐 지고 보고 있던 분들이, 학교 운영이 수익을 내기 시작하자 하나 둘씩 합류했잖아요. 황무지에서 오늘의 결과를 이룬 교장선생님을 이렇게 함부로 대해도 되는 건가요?"

최 선생은 결국 아까부터 하고 싶었던 말을 쏟아 냈다.

"최 선생님, 그분들이 저 함부로 대하지 않았어요."

인설이 그녀를 진정시키려고 말했다.

"말은 점잖게들 했죠. 다 차려진 밥상에 슬금슬금 와서 숟가락 얹으려 할 때 거절해야 했어요. 솔직히 말해 현재 이사들보다 훨씬 많은 액수의 기부금을 낸 분들도 있지만 이사직 사양하고 인설 선생님에게 모든 것을 맡긴 분들도 있는데… 신참 이사들은 후원보다 운영에 더 눈독을 들이는 것 같아요."

"박 이사님이 인맥이 워낙 넓어서 다양한 분야의 분들이 이사회에 들어올수록 무엇인가 할 때 도움을 쉽게 받을 수 있다고 하셔서…."

"그렇게 들어온 분들이 죄다 박 이사님 허수아비 노릇하는 것 같아요."

최 선생은 인설의 말이 끝나기도 전에 속 시원히 말해 버렸다.

그녀의 솔직하고 시원한 말은 인설이 느끼고 있었지만 인정하고 싶지 않던 것을 말했다. 또 하나 인설이 말로 정리하지 못하고 어렴풋이 느끼는 것이 있는데, 그것은 여성 지도자에 대한 남성들의 적개심이었다. 정희학교가 정상 궤도에 오르지 못했을 때 이사들은 오히려 인설을 자신들의 사교 모임이나 대화 가운데 흔쾌히 끼워 주었다. 인설을 홍일점으로 여기고 조언과 격려를 아끼지 않았다. 그런데 학교가 자신들의 사업체를 넘어서는 규모가 되자 그녀를 부담스러워하는 눈치가 느껴졌다. 그런 사람들은 인설에게 냉정해졌고, 먼저 인사하지 않았으며, 인설이 무슨 말을 걸어도 굴욕스러워했다. 그런 모습은 나이, 성격, 인품에 상관없이 비슷했다. 그런 상황에서 인설과 이사들의 사이를 잘 이어 주고 분위기를 부드럽게 하던 사람이 박민상 이사였다. 그런데 양녀 제의를 거절하고 그와 사이가 벌어지자 이사들과 인설의 간극은 걷잡을 수 없이 멀어지고 있었다.

인설이 애초부터, 그리고 30대 중반인 지금은 더욱더, 순진하거나 둔한 성격은 아니었다. 그녀는 자신이 총명하다는 것을 자각하고 있고 결단력 있는 여자라고 여겼다. 그리고 그것이 그녀 주위 사람들의 평이기도 했다. 의주로 와서 정희학교를 이끌면서 계획한 일은 될 때까지 끝장을 보고, 문제가 발견되면 정확하게 원인을 찾아내어 해결했다. 학생들에게 본인과 남들에게 책임감 있는 사람이 되라는 것을 강조했고, 학생들이나 교사들 그리고 급사나 일꾼들에게 고쳐야 될 점을 발견하면 부드럽지만 따끔하게 지적했다. 그리고 자신에게 가장 냉철하게 대함으로 본을 보였다. 그러나 사람의 호의를 믿으려는 고집이 있어서, 흑심을 품고 접근하는 상대의 진심을 빨리 분별해 내지 못하는 약점이 있었다.

그녀는 오늘 회의가 어디서부터 잘못된 것인지, 자신의 잘못이 있었는지 머릿속으로 거듭거듭 돌려 보았다. 이사들이 '학교에 문제가 있다'라는 전제를 가지고 온 것이 문제의 시작이었다. '시국이 험난하다', '일제의 교육 탄압이 거세다', '살아남아야 한다'… 이런 것들은 정희학교뿐 아니라 모든 학교의 오랜 고민이었는데, 새삼스레 그것을 '학교 운영에 문제가 있다', 즉 '교장의 운영 방법에 문제가 있다'는 식의 결론이자 전제로 들고 들어온 것이다. 그녀는 옆에 있던 최 선생이 심각하게 생각에 빠진 인설의 모습을 보고 곁을 살며시 떠나는 것도 모를 만큼 몰두하여 상황을 분석하고 있었다.

인설은 계속 골똘히 생각했다. 누군가 '이제 정희학교는 인 교장 혼자 힘으로 해결하기에는 한계에 다다른 것 같다'고 했을 때 아무도 반박하지 않았다. 거기에는 인설의 능력을 불신한다기보다는 인설이 여성이기에 능력이 부족할 수밖에 없다는 암묵적 공감대가 있었던 것 같다고 그녀는 생각했다. 그녀는 놀랐다. 10년 전에 인설이 처음 의주에 와서 황무지에 학교를 세우려 할 때나 모든 것이 어설펐을 초반에 그런 말을 들었다면 충분히 이해했으리라. 그런데 세월이 지나 정희학교가 성공적인 여성 실업학교의 사례로 꼽히게 되었고, 학교 자체가 다른 사람이 아닌 인설의 헌신과 지도력으로 일군 결과물인데, 인설의 능력을 의심받다니 이를 어떻게 이해해야 하는가.

몇날 며칠을 아무 해결책 없는 번민으로 보내던 그녀는 박 이사의 방문을 받았다. 박민상은 그녀를 찾아와 자신이 이사회의 장이 되었다는 것과 이사회장의 의결 권한은 당분간 보류하고 인설에게 모든 것을 믿고 맡기겠다고 했다. 그들이 뭔가 오해를 한 것 같고 자신이 잘 중재했다며 생색을 냈다.

"인 선생, 내가 인 선생을 딸같이 생각하는 것 알잖아요. 인 선생은 어떨지 몰라도, 내 마음 속에는 이미 딸인데 설사 무슨 문제가 있더라도 내가 잘 풀어 주겠소. 내가 인 선생을 위해 일부러 이사회 대표를 맡았어요. 날 믿고 힘내요."

그는 특유의 선량한 미소를 지으며 말했다.

일단 큰 위기를 넘긴 인설은 이 일을 아는 최정자 선생과 가슴을 쓸어내리며 안도했다. 이사회의 결정권이 강해지면 학교 운영 절차가 복잡해지는 것 외에 다른 문제가 있었다. 인설의 입지가 약해지는 것은 그녀에게 부차적인 문제였다. 그보다 그녀가 정희학교를 설립할 때 품었던 뜻인 '신앙 인격을 갖추어 독립에 밑거름이 되는 여인이 되자'는 설립 취지대로 운영하기 어려워질 수 있었다. 신앙 인격에 대한 강조는 정희를 굳이 기독교 계통 학교로 만들지는 않았지만 그녀가 한결같이 간직한 뜻이었다. 이제까지 이사진은 다양한 사업이나 생업, 다양한 노선과 신념과 종교를 가진 사람들이었지만 인설의 이런 뜻을 존중하고 인정해 주었다(실은 별 관심이 없었던 것이다). 그러나 만약 이사진의 영향력이 세어지면 그들은 기독교 정신을 유지해야 할 필요를 느끼지 못하게 될 것이다.

8월이 되자 태성이 곧 돌아온다는 전갈이 왔다. 태성은 지난 2년 간 거의 의주에 없다시피 했다. 올해 들어서는 중국에 다녀온다고 하고 간 뒤로 처음 온다는 것이었다. 태성이 오는 날 먼 길 온다고 은혜 선생은 최 선생과 함께 초계탕을 만드느라 분주했다. 인설이 돕는다고 주방에 들어와 그들의 대화에 끼어들었다. 화제는 얼마 전 있었던 이사 모임이었다.

"이사들이 잠잠해진 것이 다행이긴 하지만, 병 주고 약 주고도 아니고, 박 이사가 왜 저런대요?" 어이없다는 투의 은혜 선생이 양파를 퉁퉁 썰며 물었다.

"글쎄, 인 선생님이 수양딸 제의를 거절해서 그런 거 아닐까요?"

최 선생이 살짝 인설의 눈치를 보며 답했다.

"나는 그것도 이해가 안 가는 게, 이제껏 내둥 잘 있다가 웬 수양딸 이랬대요? 재산을 물려줄 것도 아니면서." 은혜 선생이 빠른 손놀림으로 썰어 놓은 감자와 호박을 냄비에 던져 넣으며 의혹스럽다는 듯이 물었다.

"혹시 딸 재산까지 먹으려는 것 아닐…"

돈 문제에 냉철하고 솔직한 최 선생이 말을 마치기도 전에 인설이 말했다.

"사람들 올 시간 됐으니 그 얘긴 그만 하죠?"

수양딸 제의 이야기는 인설이 두 사람에게만 털어 놓은 비밀이었다. 또한 인설은 최 선생이 박 이사가 뭔가 흑심을 품고 있는지 모른다고 경계한다는 것을 알고 있었고, 지난번 이사회 일도 박 이사가 모든 것을 주도하는지도 모른다고 생각한다는 것을 알고 있었다. 그러나 인설은 그렇게까지 보고 싶지 않았다.

마침내 태성이 도착했다. 그는 방에 짐을 갖다 놓기도 전에, 때마침 알맞게 된 초계탕부터 먹어야 했다. 그는 이렇게 맛있는 닭요리는 중국 상하이에도 없다며 한 그릇을 다 비워 은혜 선생을 기쁘게 했다. 식사를 마치고 인설과 태성은 오랜만의 대화를 나누기 위해 기숙사 앞 정원으로 나왔다. 그들은 늘 앉던, 산사나무가 제법 무성하게 그늘을 드리우고 있는 벤치에 가서 앉았다. 10년 전에 심은 나무들이 자라서 그늘 아래는 아늑하고 시원했다. 마당을 가로질러 맞은편에는 중국단풍이 늦여름 햇살 속에 이파리가 주홍빛으로 물들어 가고 그 뒤에는 울창한 너도밤나무가 강바람을 막아 주며 흔들리고 있었다. 어디선가 목이 검은 꾀꼬리가 노란 날개를 펼치고 밤나무 숲 쪽으로 느리게 날아갔다. 새는 거기서 한동안 아름다운 울음소리를 들려주었다.

"태성 씨, 재작년인가 작년인가부터는 의주에 있는 날보다 없는 날이 많았다는 거 알아요?"

인설이 자신도 모르게 서운함이 드러나는 어조로 물었다.

"그랬죠… 그래서 드디어 학교에서 저를 선생 직에서 자르기로 하셨나요? 이렇게 오래 학교를 비웠으니 그래도 싸죠."

태성이 너스레를 떨며 말했다.

"그게 아니라… 학생들이 자꾸 태성 선생님을 찾고, 찾으면 어디 있는지, 언제 오시는지 저도 말해 줄 수 없으니까…."

인설은 교장으로서 그를 책망하는 듯한 느낌을 줄까 싶어 후회했다. 그러나 태성은 인설의 말을 책망으로도 투정으로도 받지 않았다. 둘 사이에는 많은 어려운 고비를 함께 넘은 우정이 있었다.

"제 도움이 필요한 일이 많이 있었나요?"

태성이 몸을 돌려 인설의 얼굴을 유심히 바라보며 물었다. 그러더니 곧바로 또 농담 모드로 돌아가며 말을 이었다.

"학생들에게는 뭐라고 하나… 음, 학생들에게는 만주 전쟁에라도 나갔다고 하면 어때요? (작년에) 일본이 만주를 침략해서 점령한 이후 만주는 전시 상황과 다름없는데, 일본군 한 놈이라도 더 죽이고 싶다면 만주군 편에 들어가 싸워야겠죠? 그런데 만주 군벌들이 만주에 있는 우리 항일 운동가들을 일본에 무수히 넘겨주었거든요. 그렇다고 그 원수 갚으려고 일본군에 들어갈 수도 없고 말이죠.

아, 둘 다 싫다. 근데 나랑 똑같은 마음인 쪽이 있네? 중국이죠. 중국은 나처럼 만주도 싫어하고 일본이랑 싸우려 해요. 그럼 내가 중국더러 너도 나처럼 일본이 적이니 내가 너희 나라 땅에서 너를 도와 싸워 줄게. 그다음엔 너도 조선에서 와서 나랑 일본과 싸워 줘. 아, 이건 뭐야, 청일전쟁 복사판도 아니고. 그들이 조선에 와서 일본을 이겨 주고 얌전히 돌아갈 거라고. 예전 일은 다 잊고 대범하게 생각해야 하나?"

태성의 말은 농담조로 시작해서 진지하고 어두운 어조로 끝났다. 시국에 대한 깊은 고민이 묻어났다.

"만주도 중국도 전쟁 때문에 분위기가 그러면, 태성 씨, 이번에 일보러 다닐 때 어려웠겠어요." 인설이 그의 얼굴을 살피며 물었다. "혹시 미영이 찾으셨나요?"

인설은 태성이 국경 밖으로 출장 갈 때면 늘 미영이 생각을 하며 그녀에 대한 소식을 듣기를 바랐다.

"아, 아니요." 태성은 급하게 말하고는 당황한 기색을 감추려고 몸을 굽혀 신발을 고쳐 신었다.

"현 씨 있는 데는 다녀오셨나요?" 인설이 물었다.

"아, 아니요. 이번에는 상하이 가서 몇 사람 건너서 소식만 들었어요."

태성은 이번에는 신발 끈을 고쳐 매보았다.

인설은 궁금했던 것을 마음에 떠오른 순서대로 물은 것인데, 태성에게는 그녀가 마치 미영이 어디 있는지 알고 묻는 것처럼 들렸다. 인설이 모르고 묻는 거라고 생각하면서도 그래서 더욱 인설에게 죄책감이 들었다.

"만주 땅에서 항일투쟁하고 있는 이상 중국이 일본과 싸우려 한다면 중국과 힘을 합치는 게 순리겠지요." 태성은 아까의 냉소적 어조를 버리고 인정했다. "그러나 또 문제가 있는데, 중국에도 우파 성격이 짙은 국민당과 공산당이 있어요. 자유시참변을 잊지 못하는 항일 운동가들은 국민당과 손을 잡으려 했어요. 그런데 국민당과 공산당이 항일이라는 한 목적을 위해 합작을 한 겁니다. 그래서 공산당을 싫어하는 일부 민족주의 항일 운동가들도 중국 공산당 산하에 배치되어 싸우기도 하게 된 겁니다. 이건 뭐 아이러니한 걸 넘어 좀 많이 슬프지요."

"우리 민족에겐 사상도 사치군요…." 그의 말뜻을 금세 알아들은 명석한 인설이 쓸쓸히 받았다.

"그런데 사상이란 것이 갈수록 나라의 독립만큼 중요해지고 있나 봐요."

"인설 씨에게 신앙과 나라의 독립이 중요한 만큼요."

"그 정도예요? 그럼 당연히 목숨을 버릴 수도 있겠군요."

"문제는 그 옛날 종교전쟁이 있었던 것처럼, 사람들은 사상이 다른 사람에게 충분히 총을 겨눌 수 있어요."

"그 정도군요. 세상은 날로 복잡해지는데⋯ 태성 씨, 저는 의주에 묻혀서 학생들과 양잠, 수예 그리고 판매 수익금 맞추는 것, 이런 것에 파묻혀 있다 보니 촌부가 다 됐나 봐요. 이제는 세상 돌아가는 것도 잘 모르고⋯ 여기 일은 다 쏟아부어도 늘 부족해요. 한 여성이 제 발로 일어서서 독립하기까지 얼마나 많은 정성들이 필요한지. 힘에 부칠 때가 많아요."

인설의 눈빛은 유난히 쓸쓸해 보였다. 태성은 방금 전에 주방에서 초계탕을 만드는 은혜 선생에게 인사하러 들어갔다가 그녀로부터 박민상 씨와 이사회의 일에 대해 간략히 귀띔받았다. 태성은 박 이사에 대해 분노하면서도 인설이 얘기를 꺼낼 때까지 일부러 물어보지 않기로 했다. '내가 이 여자의 짐을 조금이라도 나누어 질 수 있다면, 할 수만 있다면 그러고 싶다'는 생각이 스쳤다. 대신 그는 현 얘기로 화제를 돌렸다. 이 화제라면 인설에게 생기를 줄 수 있으리라.

"이번에 가서 현의 군대가⋯" 말을 시작하자 현은 인설의 얼굴이 환해지는 것을 보았다. 이번에는 그것이 그의 마음을 애처롭고 쓸쓸하게 했다. 그는 말을 이었다. "중국 어느 부대에 소속되어 항일투쟁하고 있는지 알아보려 했는데⋯."

태성은 흠칫하고 말을 끊었다.

태성은 벌써 십여 년 전부터 민족주의 상회에 근무해 왔지만 그 회사의 독립군자금 모집 및 전달 활동을 하면서 상하이 임시정부와 국내외 독립운동 조직 사이에서 연락하는 일에도 관여해 왔다. 출장이 많은 그의 상회 회사원 자격은 그의 비밀 임무를 숨기는 데 더할 나위

없이 좋았고, 조직 외에는 아무도 모르는 일이었다. 그는 혹시 인설에게 자신의 비밀 신분이 탄로 났을까 싶어 그녀의 표정을 살폈지만 전혀 아무렇지 않아 했다. 그녀도 오래전에 눈치챘던 것이다.

"…현의 군대도 아까 제가 말한 경우가 아닌가 생각됩니다… 꽤 확실한 소식통의 말로는 중국 팔로군에 소속되어 싸우고 있다던데. 물론 현이 혼자 결정에 의한 것이 아니고, 현이 모시고 있는 양 장군 조직의 판단일 터인데… 그렇지 않다면 이게 말이 되지 않는 게, 지난번에 만났을 때도 현은 공산주의 계열과 연합하는 것을 몹시 싫어했어요. 독립군 동지들을 자유시에서 다 잃었다고. 전에 모시던 김 장군도, 지금 모시는 양 장군도 그런 입장이구요. 결정적인 순간에는 민족보다 사상을 앞세워 동지도 죽일 수 있는 사람들이라는데. 어쨌든 멀리서 들은 얘기에 의하면 최근 현이 소속된 한중 연합군이 남만주 신빈新賓 쪽에서 일본군을 대파했다고 들었습니다."

"신빈이라면 의주에서 북쪽으로 쭉 올라가면 있는 곳 아니에요?"

인설은 흥분해서 물었다. 옅은 홍조마저 띤 그녀의 볼을 보면서, 태성은 인설에게 현의 사상적 입장이라든가 일본군을 상대로 얻은 대승 소식보다 현이 생각보다 가까운 곳에 있다는 것이 그토록 기쁜 소식이 된다는 것을 깨닫고 있었다.

"그, 그렇죠…."

"최 선생이 이번 봄 학기 판매 수익을 계산하고 있거든요. 원재료 값이나 박 이사님 회사에 완제품 생산비로 매학기 갚는 것 같고 나면 수익금이 나오는데, 그것을 신빈에 전달하면 어떨까요…."

인설은 태성이 조금 난감해하는 것을 보며 말꼬리를 내렸다.

"이제는 중국군 산하에 있어서 그걸 가져가도 중국군 윗선에 전해야 할 텐데… 하여간 저도 좀더 알아볼게요."

안에서 인설과 태성을 부르는 소리가 들렸다. 초계탕이 다 되었으니 어서들 와서 식사하시라고 했다. 그녀가 자리에서 일어나며 말했다.

"시장하시죠, 어서 가요. 은혜 선생이랑 수연이가 어제 장 서는 읍내까지 멀리 가서 사온 닭이에요. 많이 드세요. 성복이가 닭을 좋아했어요."

마지막 말은 오른손으로 입술을 살짝 가리며 말했다.

태성은 고개를 끄덕이며 인설을 뒤따라 돌층계를 올라갔다. 공산주의자들이 민족주의 계열에 적대적일 뿐 아니라 기독교에 적대적으로 대응한다는 사실을 인설이 알까, 안다면 어떻게 받아들일지 그는 오는 내내 고민했던 것이다.

초가을 새벽, 한층 높아진 하늘을 향해 아침 해가 떠오르고 있었다. 대기는 사라져 가는 잿빛과 일출의 분홍빛으로 가득 차, 그 시각에 깨어 있는 만물에게 투명한 아름다움을 선사했다. 인설은 이 짧은 순간을 가장 좋아해서 하루라도 놓치고 싶어 하지 않았다. 그녀는 개인 기도실에서 새벽 기도를 마치고 나와 잠시 마당의 벤치에 앉았다. 서늘한 미풍에 흔들리며 압록강을 바라보고 서있는 전나무와 소나무들, 가까운 정원의 잡목들이 이 고요하고 경건하고 거룩한 가을 아침의 인상 안으로 들어왔다. 이제 날이 완전히 밝으면 바람도 거세어질 것이다. 인설은 이때나마 바람이 잔잔한 것이, 차가워지는 강바람에 하루 종일 시달릴 나무들이 쉴 수 있도록 자연이 자비를 베푸는 시간이 아닐까 하며 고마웠다.

그때 학교 채플 기도실에서 기도회를 마친 정희 식구들 십여 명이 밝은 목소리로 얘기를 나누며 나오는 모습이 보였다. 학기 중에는 인설이 기도회를 인도하지만 방학에는 은혜 선생이 모임을 인도했다. 그녀들은 이제 기숙사로 자리를 옮겨 아침 당번이 아침식사를 만드는 동안 성경을 읽을 것이다. 인설은 무리와 약간 떨어져서 걸어가는 수연을 불렀다. 수연은 나무 그늘에 파묻혀 있는 벤치 쪽으로 고개를 돌렸다. 인 선생님이 그녀를 향해 손짓하고 있었다.

"다들 여름방학 중인데도 열심히 나오네. 기도회 시간에는 학생들이 열심히들 기도해요?" 인설이 다가와 자신 옆에 앉는 수연에게 물었다.

"그럼요, 빠진 사람 있으면 은혜 선생님이 그 방 소등을 한 시간 일찍 한다고 겁을 주셔서, 꼭 나와야 돼요. 모처럼 방학인데 밤에 한 시간 더 떠들고 노는 게 얼마나 좋은데요. 그리고 요즘은 안 그러셔도 다들 기도도 열심히 해요. 소라 씨가 자주 울면서 기도하고요, 자기는 죄 많은 여자라고 그러면서. 그러면 은자 씨도 따라서 훌쩍이고요, 힘들었던 날들 생각하며 이제 정희에서 재봉 교사로 어엿이 쓰임받게 된 것 감사하다고. 그리고 영순 씨는 자기를 버린 남편과 시어머니를 미워했는데, 이제는 예수 믿고 구원받게 해달라고 기도한답니다. 그리고 은혜 선생님은 요즘 뭘 위해 기도하는지 아세요?"

수연이 왠지 행복해 보이는 웃음기 담은 얼굴로 물었다.

"뭐지?"

"태성 선생님 신앙 갖는 거요."

"그렇구나."

인설은 은혜 선생의 마음을 알 것 같았다. 죽은 성복이와 태성은 나이차가 꽤 되었지만 은혜 선생은 태성을 볼 때마다 그의 과묵하고 속 깊은 면이 성복이를 닮았다며 죽은 아들을 본 듯해했다. 물론 인설만 아는 비밀이었다. 그건 그렇고 인설은 태성 이야기만 나오면 전부터 수연이 생글거리는 것 같다고 생각했다.

"나도 수연이 위해 하는 기도제목 있는데…" 인설이 말을 이었다.

"수연 선생님 한시 빨리 좋은 배필 만나는 것."

인설은 발그레해지는 수연의 얼굴을 바라보며 말을 이었다.

"결혼이 여자 인생에 가장 중요하다고 생각해서 그러는 건 아냐. 그동안 학생들을 위해 기도할 때는 늘 학업과 신앙과 경제적 자립, 나라의 독립을 위해 이바지하는 삶을 살게 해달라고 기도했어. 영순 씨, 소라 씨, 은자 씨 달라진 것 좀 봐. 처음 우리학교 찾아왔을 때 상처받고 버려지고 어찌해야 할지 몰라 했고, 성격도 많이 모난 사람들이었는데, 정희에서 10년이 지나고 나니 이젠 유능하고 성실하고 남을 배려하는 어엿한 선생님들이 되었어. 얼마나 감사한지! 그 사람들 위해서도 좋은 배필 있으면 맺어 달라고 기도해. 수연이 위해서만 그러는게 아니라, 정말 좋은 짝 만나면 이제라도 혼인하는 게 혼자 사는 것보다 좋다고 생각하니까. 마음 같아선 현선 선생도 그렇게 되길 바라지만, 그건 조금 힘들겠고…."

인설은 목발을 짚고 다니면서도 한결같이 밝은 표정으로 교정 안팎을 부지런히 다니는 현선 선생을 떠올리며 한숨을 쉬었다.

"선생님, 저희 걱정은 하지 마세요."

수연은 자신도 현선이와 마찬가지로 결혼이 어려울 것 같다고 말하고 싶었지만 걱정 끼칠 생각에 그만두었다. 대신 그녀는 그동안 궁금했던 선생님의 사랑에 대해 물었다.

"선생님 좋아하시는 분, 만주에 계세요?"

인설이 사랑하는 사람이 있다는 사실은 이제껏 은혜 선생 외에는 아무도 모르는 비밀이었다. 그러나 인설은 수연에게 굳이 비밀로 하고 싶지 않았다.

"전에 잠시 선생님이랑 은혜 선생님이랑 얘기하는 것 스쳐 들었는데… 그때 저와 미영이가 경찰서에 잡혀 있을 때 구해 주러 오신 분, 태성 오빠와 같이 오신 오빠 친구, 그분 맞죠?"

인설은 부끄러운 듯이 고개를 끄덕였다. 수연은 선생님의 부드러운 눈빛이 소녀 같다고 느꼈다.

"그때 이후로 십 년도 더 됐는데, 상처 받을까 봐 겁나지 않으세요?"

"맘 변하지 않을까? 그런 걱정? 안 해요. 왜? 나는 너무 보고 싶은데, 약속 잊지 않고 그것 지키기 위해 살고 있는데, 만약 그 사람이 사랑을 잊었다면 그는 내가 사랑하던 사람이 아닌 거야. 내가 잘못 안 거지. 그러면 그만두면 되는 거예요. 하지만 미리 불안해하거나 의심하진 않을래. 왜? 믿어 주고 싶어. 그것이 내가 선택한 사랑에 대해 내가 해줄 수 있는 예의예요."

"시간이 지나잖아요. 선생님의 한 번뿐인 인생인데."

말하는 수연의 얼굴엔 안타까움이 떠올라 있었다.

"그래. 수연이가 지금 나 같은 생각을 하고 나 같은 짓을 하고 있다면 나도 똑같이 말해 주었을 거야. 인생은 한 번뿐이라고. 내가 생각해도 여기서부터는 도박으로 넘어가는 것 같아. 확률이 낮은 줄 알면서, 그래도 내 사랑만은 이루어질 것 같은 거야. 기다려 줘야 할 것만 같은 거야. 무엇보다 사랑은, 내 한 번뿐인 인생에서, 한 번만 하고 싶어서. 내 생애 단 하나의 사랑으로 남기고 싶어."

"…선생님과 도박꾼. 안 어울려요."

"나도 내가 이렇게 오래 기다릴 수 있을지 몰랐지. 처음 헤어질 때는 내가 너무 어려서 3, 4년 안에 독립이 될 줄 알았나 봐. 그런데 내 인내심의 끝에 이른 것 같을 때마다 그이는 나를 찾아와 주었어, 기적처럼. 이제껏 세 번. 그래서 난 지금도 당장 내일이라도 길모퉁이를 돌아서면 거기서 그가 기다리고 있을 것 같아… 아니다, 내일은 아닐 거야. 그이는 전혀 기대하지 않을 때 찾아왔으니까."

"선생님, 저는 솔직히 선생님같이 사랑해야 한다면 포기할 것 같아요. 너무 힘들잖아요. 기다리는 사이 마음이 사막이 되어 버릴 것 같고, 그러면 하루하루 살기 어려울 것 같아요."

"내 인생에 현 씨를 빼면 아무것도 남지 않을 것 같지? 나도 그렇게 생각했어. 그런데 내가 그를 기다리지 않았다면 지금까지의 일들도 이루지 못했을 거야. 그저 평범한 여염집 아내가 되지 않았을까. 지금은 그래. 그를 빼도 내 인생은 충만해. 충만하게 살아왔어. 그걸로 된 거야. 난 잘 사랑한 거고, 잘 살아온 거야."

가을로 접어들어 새 학기가 시작된 어느 날, 인설은 인편으로 만주에서 항일 독립운동하고 있는 남 부인이 보낸 편지를 받았다. 근 6, 7년 만에 받아 본 반가운 서신이었다. 인설이 기억하기에 마지막 편지는 남 부인이 북간도 명동에 정착하여 그곳 인근을 근거지로 항일 투쟁 하고 있는 독립군들과 함께할 거라는 내용이었다. 그 후로 몇 년에 한 번씩 남 부인의 절친한 친구인 최정자 씨에게 소식이 와서, 인설도 정자 씨를 통해 남 부인 이야기를 듣곤 했다. 그녀의 편지는 이랬다.

친애하는 인설 씨,
교장선생님을 감히 이렇게 불러도 되겠나 싶지만 내 마음속의
인설 씨는 십 년 전에 감옥에서 제자들 생각하며 울던 앳된 처녀
선생님으로 남아 있어서…. 잘 지내고 있죠? 늘 기도 속에서

만나고 있어서 저에겐 당신이 친숙하답니다. 지난번에 받은
독립군 후원금 감사히 잘 전했고, 그래 놓고 오래도록 소식
못 전해서 미안해요.

이곳 만주 생활은 생활이든 독립운동 일이든 우열을 가릴 수 없이
힘들어요. 만주 지주들의 횡포가 갈수록 심해져서 수확을 하면
거의 다 가져가 버려요. 피죽이나 겨우 쑤어 가며 자녀를 키우는
여자들이나 그런 가족 뒤로하고 독립군 활동까지 하는 남자들이나
모두 말할 수 없이 어렵지요.

이렇게 조국 독립이라는 한 가지 소원과 목표로 조국까지 떠나 온
사람들이지만 살다 보니 마음이 안 맞아지고 생각이 안 맞아질 때
가슴이 아프지요. 전에 말한 것처럼, 명동은 기독교와 뗄 수 없는
역사가 있는 곳이에요. 이곳에 가족들과 뜻이 맞는 사람들
백여 명을 이끌고 조선에서 와서 개척한 김 선생님은 처음엔
기독교인이 아니었지만 만주 척박한 땅에서 조국 독립의 꿈을
놓지 않고 항일투쟁하기 위해 신앙의 필요성을 느끼고 교회를
세우고, 학교를 세워 신앙교육을 했어요. 어머니들의 눈물의
기도로, 아버지들의 목숨을 건 신앙으로, 이곳은 많은 신실한
독립운동가들을 배출했습니다. 그런데…

인설 씨, 이 말을 쓰려는 제 마음이 얼마나 찢어지듯 아픈지.
인설 씨, 이곳 명동이 아픕니다. 명동뿐 아니라 북간도 전체가
그렇지요. 연해주나 서간도 등 다른 지역은 더 심하다고
들었습니다. 공산주의자 청년들이 교회에 들어와서 예배를
방해합니다. 목사님들과 신실한 교인들을 무기로 위협합니다.
명동은 한인 밀집지역이라서 덜하지만 사람이 많이 없는 근교나
연해주같이 외진 곳이 많은 곳에선 실제로 이런 극렬

공산주의자들에게 목숨을 잃은 목사님들과 교인들 이야기가
이제는 흔한 이야기가 되어 버렸습니다. 3·1운동 이후 이곳에도
사회주의, 공산주의 사상이 들어와 많은 청년들이 경도되긴
했지만, 설마 이들이 아비 어미에게 총칼을 들이대겠습니까?
이 청년들이 어디서 온 사람들인지 우린 알지도 못하는 사이에
그들은 교회를 파괴하고, 기독교인 지도자들을 죽이고, (이들은
기독교인일 뿐 아니라 오랫동안 항일투쟁을 해온 지도자들인데도!)
기독교인이라는 이유만으로 해코지하여 온 마을을 공산주의
마을로 만들어 가고 있습니다.

사태가 이 지경이 되도록 아무 조처도 취하지 못한 저의 무능함에
가슴을 칠 뿐입니다. 저는 약 3년을 명동을 떠나 더 북쪽의
김 장군✦✦ 아래서 독립군 활동을 하느라고 이제 돌아와 보니
이 지경까지 되었군요. 게다가 작년에 김 장군께서도
공산주의자의 총탄에 세상을 뜨셨습니다. 만주항일투쟁의
선봉이셨던 분을 잃고 우리는 한없는 슬픔에 잠겨 있습니다.
어찌하여 공산주의자들은 일본 좋은 짓을 하는지! 어찌하여
동지들에게 이런 짓을 하는지? 왜 우리를 동지로 여기지 않는지?
쓰다 보니 주책맞게 너무 길어졌고, 다 쓰자면 끝이 없을 것 같아
마무리 겸 부탁을 하려 합니다. 인설 씨! 이게 얼마나 무리한
것인 줄 알면서 부탁합니다. 인설 씨가 제가 처음 만주 갈 때
도움을 줄 거라고 소개해 준 현 씨와 지금도 친분이 있지요?
저도 예전에 도움을 받았고, 명동에 그분을 아는 분들 많아요.
몇 년간 이곳에 살면서 함께 독립운동 했던 분이니까요. 지금은
서간도나 남만주 쪽에서 항일투쟁 한다고 들었는데… 그분한테
연락 가능하다면 명동의 사정을 말하고 중재 좀 해달라고 부탁해

줄 수 있습니까?

편지 내용은 인설을 큰 근심에 빠뜨렸다. 내용도 그랬지만 특히 남 부인의 마지막 말, '중재'라는 단어가 마음에 걸렸다. 인설은 생각했다. 중재라는 것은 양쪽과 다 친분이 있는 사람이 할 수 있는 일이다. 그렇다면 현의 위치는? 현의 입장은? 두 사람 다 만주에서 독립운동을 함께하는, 서로 면식이 있는 동지들인데. 인설과 현의 관계를 알고, 인설이 현과의 연락을 최대한 자제하고 있다는 것을 아는 남 부인이 굳이 인설에게 부탁했다면?

인설은 그날 저녁 식사 후 태성을 따로 만나 이 문제를 털어놓았다. 그녀는 아예 남 부인의 편지를 보여 주었다. 편지를 다 읽고 난 태성의 표정도 가볍지 않았다. 그는 편지를 인설에게 다시 주고, 말없이 생각에 잠겼다. 인설이 말을 먼저 시작해야 했다.

"…간도도 예전 같지 않아 기독교에는 시들하고 사회주의·공산주의 사상 공부를 하는 청년이 많아졌다는 말을 꽤 오래전부터 들어 왔어요. 그러나 조선의 실정도 그러하니까 간도도 그렇겠거니 하고 생각했는데. 기독교를 이 정도로 적대시하고 탄압하다니… 이건 학살 수준이잖아요! 정말 이 정도인 건가요?"

인설은 딱히 다른 말을 찾지 못하고 결국 학살이라는 말을 썼다. 동족에게, 동지에게 그런 말을 쓴다는 것이 개탄스러웠다.

"공산주의 계열 독립 운동가들이 그렇게 나쁜 사람들만은 아니에요. 인설 씨 기분은 알지만 객관적으로 말할게요. 현재 만주 전역의 한인촌은 공산주의 계열에게 도움과 보호를 받고 있어요. 만주 지주들이 하도 조선인 소작인들을 힘들게 하니까. 그들의 권익을 적극적으로 대변해 주고 싸워 주니 마음을 줄 밖에요. 그러다 보니 그들이 과격한 건 사실이에요."

"그렇다고 기독교인 한인들이 만주 지주들처럼 한인촌에 무슨 해를 끼쳤답니까?"

"아니오, 그건 일종의 주도권 싸움 같은 걸로 이해해야 할 거예요. 한인촌 사회에 절대 영향력을 미치기 위한."

인설이 흥분할수록 태성은 더욱 신중하게 말했다.

"뭐라고요? 주도권을 잡기 위해 주민을 죽이고 교회 건물을 파괴합니까? 그럼 왜 조선 내에서는 그런 짓을 하지 않습니까? 본국 내에서 더 확실히 주도권을 잡아야 하지 않습니까?"

인설은 자신의 마음을 헤아려 주지 않고 건조하게 말하는 태성에게 실망했다. 그녀는 존댓말을 써가며 딱딱하게 말함으로 불편한 심기를 표현하려 했다.

"여기서는 어차피 일본 때문에 주도권이고 뭐고 잡을 수 없으니까요. 일본의 공산주의 탄압을 피해서 간도로 간 공산주의 사상가들도 많다고 들었어요. 그들 가운데 엉터리, 뜨내기, 폭력배들이 따라가서 사상을 등에 업고 맘대로 하는 건지도 몰라요. 그곳은 광활하고 외져서 경찰의 손도 미치지 않고, 또 경찰이 있다 해도 조선인 간의 문제에 힘을 쓸 리 만무한, 그런 곳이니까…."

"됐어요, 태성 씨. 오늘은 딴 사람 같아요. 아무리 기독교인이 아니라도 이리 냉정하게… 말할 다른 사람이 따로 없어서… 물어본 건데… 정말 너무하네요."

인설이 서운함을 감추지 않고 말했다.

아름다운 얼굴에 분노의 빛을 일렁이며 그녀가 자리를 뜨려는데 태성이 불렀다. 그는 인설에게 현이한테 부탁해 달라는 건 어떻게 할 생각이냐고 물었다.

"인설 씨, 현이 있는 곳에 한번 갈래요?"

인설의 답을 기다리지 않고 태성이 물었다.

인설은 놀랐다. 이제껏 인설이 가보고 싶다고, 직접 군자금 후원금을 전하는 식으로라도 가면 안 되겠냐는 말을 내비칠 때마다 태성은 현의 부대가 계속 이동하거나 전투중이라서 위치 파악도 어렵고 위험하다며 만류해 왔던 것이다.

"갑시다." 태성이 결론을 내리듯 말했다.

태성은 여러 경로로 얻어 낸 정보들로 현의 부대가 소속된 한·중 합작군이 여전히 신빈에 머물며 그곳의 군사적 요지를 점령하는 전투를 하고 있다는 것을 알아냈다. 인설은 함께 군자금 후원을 하는 평양의 부인회들에까지 급히 연락해서 군자금을 더 모았다. 군자금이 충분히 모아지고, 출발일이 정해졌다. 인설이 들뜬 마음으로 여행 준비를 하는데 태성이 인설에게 말했다.

"인설 씨 만주 여행 처음이죠? 지도에서 보는 것보다 멀고 불편할 테니 각오해요. 게다가 전쟁 지역에 가는 것이니 멋 부릴 생각일랑 말고 짐은 한손에 들 수 있을 만큼만 가져갑시다."

출발일은 9월 하순 어느 날이었다. 조금 이른 아침이지만 대기는 벌써 차가워지고 밖은 어두웠다. 북쪽으로 가는 장거리 여행인데다 혹시 도중에 헤매게 되면 만주 체류기간이 길어질 것을 감안해서 일부러 옷을 두껍게 껴입은 태성과 인설은 서로를 보며 웃었다. 코 밑까지 두른 자주색 머플러 위로 인설의 검은 눈동자가 장난스럽게 반짝이고 있었다.

태성은 인설에게 이용 가능한 모든 운송수단을 이용하게 될 거라고 했는데, 과연 그러했다. 그들은 의주에서 버스를 타고 신의주까지 갔다. 신의주 기차역으로 갔는데, 역사는 오전인데도 많은 사람들로 붐비고 있었다. 인설은 기차를 기다리는 동안 2층 난간에 기대어 서서 인부들이 화물차에서 바삐 화물을 내리고 싣는 것을 보았다. 화물은 끝없이 많았다. 다른 선로에서는 객차가 도착해서 어딘가에서 태우고 온 사람들을 내렸다. 젊은 남자, 젊은 여자, 나이든 남자, 나이든 여자 그리고 아이를 업거나 손목을 잡은 어머니들. 그들은 그들이 입은 무채색 옷만큼이나 표정 없는 얼굴로 제 갈 길을 향해 바삐 흩어지고 있었다. 고단하고 힘들어 보이는 사람들. 기차로 어디든 갈 수 있고, 신작로가 나서 버스와 자동차들이 다녀도, 신식 건물이 들어서고, 우리 땅에서 생산한 물건들이 다른 나라로 팔려 가고 다른 나라의 편리한 물건들이 화물차로 들어와도 사람들은 더 바쁘고 힘들기만 할 뿐, 신식이 되어가는 나라의 겉모습과 조금도 관계가 없어 보였다.

　기차가 울리는 경적 소리와 섞여 하늘로 올라가는 연기를 따라 시선을 들어 보니 멀리 가을 햇살이 비치는 하늘 아래 푸른 압록강이 보였다. 태성이 곁에 와 타고 갈 기차가 도착했다고 했다. 기차에 오르니 곧바로 철교를 타서 아까 본 압록강을 지났다. 인설은 철교를 지나는 내내 어린애처럼 설레는 표정으로 하늘과 강을 만질 듯이 차창에 손을 대고 구경했다. 기차가 강을 건너고 얼마 되지 않아 중국 단둥에 도착했다. 거기서 만주철도 기차로 갈아타야 했다. 광활한 만주 땅을 가로세로로 지르는 수많은 노선 중에서 신빈에 가장 가까운 곳에 있는 역을 지나는 기차표를 샀다. 서둘러 오르자마자 기차는 경적을 요란스럽게 울리며 출발했다. 실내는 그리 깨끗지 않았고, 퀴퀴하고 역한 냄새가 문을 여닫을 때마다 훅 끼쳐 왔다. 승객이 많지는 않았지만 침울한 얼굴을 한 남자들이 술병을 들고 돌아다니거나 짐을 올렸다 내렸다 하는 아주머니들로 어수선했다.

태성은 얼른 이런 분위기가 잠잠해져서 모두들 자리 잡고 앉아 잠이나 잘 수 있기를 바랐다. 그러나 맞은편에 앉은 인설은 이런 분위기에 눈살 한 번 찌푸리지 않고 일등석에 탄 귀부인처럼 어깨를 반듯이 펴고 생각에 잠겨 있었다. 창밖으로 비쳐 드는 햇살이 그녀의 얼굴에 비쳐 들었는데, 그것들은 기차가 덜컹거릴 때마다 코와 눈언저리에 음영을 만들어 내며 어른거렸다. 그것들은 감출 수 없게 속에서부터 솟아나는 인설의 활기와 함께 어울려 뛰놀았다. 태성은 그 모습을 보며 스르륵 잠이 들었다. 태성이 잠에서 깨어났을 때는 오후가 한참 지나 있었다. 끝없이 펼쳐지는 대지를 강렬하고 건조하게 내리쬐던 햇빛이 이때쯤 되자 모든 것을 감싸는 듯한 안온함으로 내려앉고 있었다. 산악지대를 통과하고 있는지 잠시 산들이 보였는데, 산봉우리들은 서로에게 산 그림자를 드리워 주면서 광야의 평온함에 깊이를 주고 있었다.

"잘 잤어요, 태성 씨?"

"내가 꽤 오래 잠이 들었나 보네요. 별 일 없었죠?"

"들판 보고 하늘 보고 또 들판 보고… 창밖 실컷 구경하며 재밌었어요."

"저런, 얼마나 놀러를 못 다녔으면 만주 들판을 보고 재밌다고 할까."

"그러게요. 평양에서도 학교에서만 살았고, 의주에 가서도 학교에서만 살았네, 생각해 보니. 이게 내 첫 여행이에요." 인설은 태성을 향해 살짝 웃으며 말했다.

"첫 여행이라… 오길 잘했네요. 전쟁 지역에 가는 거라서 망설였는데. 혹시 내일 걷다가 총알이 귀 옆을 스쳐 지나가거나 포탄이 머리 위를 날아가도 불평하지 말아요."

인설은 고개를 갸웃했다. 태성의 말은 어조만으로는 농담인지 진담인지 모를 때가 간혹 있었다. 어떤 말들은 수수께끼처럼 한참 지나서 무슨 뜻인지 깨달아지는 말들도 있었다. 그런데다가 오늘은 표정마저도 기분이 좋은지 안 좋은지, 즐거운지 지루한지 감을 잡기 어려웠다. 자신을 바라보는 눈빛은 분명 따뜻한데 가끔씩 아주 피곤하고 어두워 보였다. 그들은 이제 오누이처럼 다른 사람들은 눈치채지 못하고 넘어가는 사소한 표정의 변화에도 단번에 어떤 특별한 낌새를 채곤 했다.

"태성 씨, 고마워요."

"뭐가요?"

"첫 여행갈 수 있게… 현 씨에게 갈 수 있게, 데려가 주어서."

"인설 씨는 현이에게 부탁이 있어서 가는 것 아니었어요? 그게 아니라 현이 얼굴 보러 가는 거였어요? 이런, 염불보다 잿밥에 관심이 있다더니, 쯧쯧."

태성은 장난스럽게 혀를 차더니 정말 궁금하다는 듯 물었다.

"아니, 그럼 인설 씨는 남 부인 부탁이 아니었다면 현을 도대체 언제까지 기다리기만 하려는 거였어요? 만나러 간다고 이렇게 좋아하면서!"

"조선이 독립될 때까지." 인설이 미소 지으며 말했다. "지난번 헤어질 때 우리 얘기했어요. 저는 저의 일이 안 중요한 일도 아니고. 현 씨는 저를 데려가고 싶지만 제가 현 씨 곁에 간다 해도 안정된 가정을 이룰 수 있는 것도 아니라 마음이 괴로워질 것 같다고. 그래서 그렇다면 현 씨는 하루빨리 독립군 이끌고 조선 땅으로 내려와 다 싸워 이기라고. 저는 한 명이라도 많은 여성들이, 전통이 여성에게 채운 족쇄를 스스로 끊게 돕겠다고. 그리고 등불 켜고 나가서 맞겠다고."

인설은 태성의 눈동자에 미소가 어리는 것을 보고 말했다. "우리로서는 생각해 낼 수 있는 최선이었다구요!"

"그래요. 현은 현답고, 인설 씨는 인설씨다웠네요. 그나저나 두 사람 보면서 사랑과 결혼이 저렇게 애매하고 난해한 거라면 못하겠다…고 포기한 나는 어떻게 되는 거냐구요."

"그런 거였어요? 애매한 게 아니라 우리는 독립되는 날 결혼할 건데. 어려운 거 없는데. 겁내지 말고 태성 씨도 이제라도 색시감 구해요. 태성 씨라면 얼마든지 좋아할 여성 많아요."

석양이 끝없는 만주 벌판을 오렌지 빛으로 물들이고 있었다. 대지를 물들인 빛은 창유리를 통과해 인설의 얼굴에도 황금빛 음영을 주었는데, 세월의 주름은 가려 주고 소녀의 홍조에 버금가는 화사한 빛을 뿌려 주었다. 그것은 그녀를 더 성숙하면서도 소녀처럼 보이게 했다. 태성은 이 특별한 일몰의 한때가 인설에게 주는 선물을 보며, 자신이 아니라 현이 이 자리에 있으면 두 사람은 얼마나 좋았겠나 하고 생각했다.

식당 칸에서 저녁을 간단히 때우고 나니 사방은 이미 캄캄해져 있었다. 인설은 일찍 잠이 들었다. 밤이 되어 시야가 제한되니 기차의 덜컹거림은 더 크게 들리고, 속도는 더 빠르게 느껴졌다. 태성은 내일 오전 중에 기차에서 내려 어떻게 신빈까지 무사히 갈 수 있을지 생각해 보려고 애썼다. 연락책에 의하면 분명 인설과 찾아가겠다는 태성의 메시지가 현에게 전달되었고, 조심해서 오라는 답도 받았다고 했다. 현은 알까, 현과 미영의 관계로 자신이 지난 8년간 받은 고통을. 인설은 조금이라도 이해해 줄까, 자신의 죄책감을. 용서해 줄까. 어찌하여 두 사람의 운명의 길은 이다지도 가까워질 기색을 보이지 않는 걸까. 그 사이에서 좋아하는 두 사람이 고통받는 것을 지켜보는 것도 지쳤다. 소식이 닿지 않은 지난 수년 동안 현과 미영 사이의 일이 깨끗하게 정리되었길 바랐다. 제발 인설이 가기 전까지 해결되어있기를. 만약 그렇지 않다면, 상상하고 싶지 않지만 인설이 사실을 받아들이고 어떤 식으로든 현과의 관계를 매듭짓는 게 최선일 것이다. 그런데 사상 문제는 또 어찌 되려는지. 이것 역시 태성이 보기에 절대로 만만한 문제가 아니었다.

다음 날 오전, 두 사람은 목적지인 역에서 내렸다. 조촐한 역사 외에는 왜 이곳에 역을 만들었는지 알 수 없을 만큼 주변은 황량했다. 조금 기다리니 마차가 왔다. 태성이 미리 잡아 놓은 것이다. 그들은 마차에 올라타고 신빈을 향했다.

"가까이 왔지만 오히려 여기서부터 더 오래 걸릴 수 있어요. 신빈이 산으로 둘러싸여 있거든요."

태성이 말했다. 그는 그렇기 때문에 전략적 요충지인 것 같고, 그래서 이곳을 점령하기 위해 끊임없이 전투가 있는 것 같다고 설명했다.

"마부가 말하길, 언덕 경사가 심해서 말이 더 이상 가기를 거부하면 그때부터는 내려서 걸어야 해요. 또 지금은 전투가 끝난 지 얼마 안 된 휴식기이지만 혹시 오늘밤이라도 전투가 재개되면 목숨은 보장 못한답니다."

말은 마차를 매우 천천히 끌고 갔고, 시간이 지나도 황량한 들판의 풍경은 바뀌지 않았다. 전투 지역이 근처에 있다는 것이 믿어지지 않을 정도로 단조로웠다. 두 사람 다 처음에는 긴장해서 말없이 앞만 보고 있었지만 시간이 지나면서 지루함을 이기기 위해서라도 대화를 나뉘야 했다. 태성은 며칠 전 최 선생이 걱정스럽게 털어놓았던 말이 생각났다. 박 이사가 요즘 이상한 소문을 흘리고 다니는 듯하다는 것이었다. 그는 인설에게 그 이야기에 관해 물었다. 인설은 자신이 최근에 겪은 일을 말해 주었다.

얼마 전 의주 시내에 나갔다. 한 아는 사람이 다가와서 매우 거북하고 걱정스러운 표정으로 이 얘기 저 얘기 하다가 한참 만에 물어보기를 "인설 선생님, 부모님을 찾았다는 말을 들었는데 그렇냐"고 했다. 인설은 아니라고, 그런 얘기는 금시초문이라고 하고 헤어졌다. 다른 곳에 들렀는데 거기서 다른 지인이 비스무리한 질문을 했다. 그 후로도 여러 사람이 차마 못 묻겠다는 듯한 표정으로 결국 물어 보았던 것이다. 그런데 이상하게도, 사람들마다 인설의 생부가 누구인지에 대해서는 다 다르게 알고 있었다. 집안이 망해서 미쳐 버린 양반이라고 들었다거나, 도망친 노비로 들었다고 하는 식이었다.

"그게… 딱히 박 이사님이라는 증거는 없어요. 최 선생님의 심증일 뿐이지."

인설은 박 이사에 대한 분노를 감추지 못하는 태성을 보며 말했다.

"아니, 평양에서 20년 동안 돌지 않던 소문이 어떻게 의주에서 지금 돌고 있단 말이에요? 말도 안 되는 얘기인데다 이건 누군가가 악의적으로, 계획적으로 퍼뜨린 거예요."

"맞아요. 누구든지 조금만 생각해 보면 태성 씨처럼 생각할 거예요. 흥분할 가치도 대응할 필요도 없어요."

"그게 꼭 그런 것만이 아닌 게, 사람들은 이성적으로 판단하기보다 감정적으로 판단할 때가 훨씬 많아요. 그리고 소문은 사람들의 감정에 영향을 미치구요. 어떤 놈이 인설 씨를 흔들려고 하는 거예요. 그런데 인설 씨는 정말 괜찮아요?"

"맞다는 증거도 없지만 아니라는 증거도 없으니, 제가 할 수 있는 일이 없죠. 태성 씨도 알죠. 제가 부모님이 누구인지 모르잖아요. 제가 발견된 곳이 평양 근교 들판이었고, 저와 함께 계시던 선교사님은 동사하신 상태였죠. 당시, 그리고 그 후에도 여러 번 평안여학교와 교회에서 제 생부모를 찾으려 애썼지만 찾지 못했죠. 저라고 왜 부모님이 누구인지 궁금하지 않고, 어디 계신다면 만나고 싶다는 생각 안 했겠어요? 한때는 족보라도… 내 몸 속에 흐르는 피가 어떤 피인지! 궁금해서 미칠 뻔한 적도 있었죠."

그녀의 눈동자에 오랜 고뇌의 흔적이 보였다. 언제나 침착하고 맑은 그녀였기에 일반 사람들이 그녀 같은 처지라면 응당 했을 고민과 고통을 그녀는 겪지 않았으리라 생각했지만 그것이 착각이었음을 태성은 깨달았다.

"그렇지만 언젠가부터 그게 그리 중요하지 않게 되었어요. 족보 따위 몰라도 저는 저예요. 아니, 조선에서는 오히려 족보가 없는 것이, 족보의 한계대로 저를 키워야 하는 부모님을 저는 갖지 못했기 때문에, 어떤 제약 없이 저는 제 심장이 명하는 대로 여기까지 왔다고 생각해요. 지금 저 자신이 저의 족보입니다."

태성은 자신에게 이렇게 솔직한 고백을 해준 인설이 안쓰럽고 고마웠다. 또한 족보가 지워 주는 굴레 없이 살수 있다는 것이 축복이라는 말에 동의하며 확신을 주고 싶었다. 그런 차원에서 자신의 불행했던 과거를 예로 들어 말한다는 것이 그만 긴 고백이 되어 버렸다. 그는 이렇게 말했다.

"인설 씨 대단하네요. 그리고 인설 씨 말이 맞아요. 소작인이었던 내 아버지와 동료들은 동학혁명 때 싸우다 관군과 양반들에게 잔인하게 진압되고 몰살당했어요. 그래서 나는 한일합방이 되고 구국을 위해 나에게 함께하자고 손 내미는 양반들을 믿지 못했어요. 내가 나서도 될까? 이들을 믿어도 될까? 구국을 하면 뭐하나? 양반이 갑인 나라, 세상을 다시 찾으면 뭐하나. 나는 공부해서 생각하는 법을 배운 뒤 이런 생각부터 먼저 한 소인배랍니다.

나는 양반만 못 믿은 게 아니라 인간을 안 믿은 거예요. 양반도 평민도 양쪽을 잘 아는 만큼 둘 다 환멸스러웠어요. 나의 외조부는 직업도 없이 평생 집에서 책만 읽는 학자 양반이었지만 그 많은 학식으로 미신 앞에서 하나밖에 없는 딸자식도 지키지 못하고 포기했어요. 친할머니는 평생 양반 지주에게 등골이 휘어지도록 시달렸지만 다 쓰러져 가는 초가집 안에서 그녀는, 그 작은 세계 안의 대지주, 아니, 소황제였어요, 한 사람, 내 어머니에게는. 인간은 가장 연약한 사람들도 휘두를 수 있는 손톱만큼의 권력이 있다면 뻔뻔스럽게 잔인해집니다.

소년 시절부터 이런 결론을 내린 나는 인생을 다 산 노인처럼 다리에 힘이 빠지거나 마비된 듯 모두 달려가는 것을 향해 달려갈 수 없었죠. 그런데 현과 당신은 나와 반대였어요. 당신들은 앞만 보고 달려갔죠. 내가 전에 당신들은 쌍둥이나 남매 전사 같다고 한 것 기억나요?"

인설은 태성의 말에 조용히 귀 기울이며 듣다가 그 부분에서 작게 웃었다. 태성이 말을 이었다.

"내가 현에게 정말 고마워하는 게 있어요. 내가 마비된 것처럼 빨리 걷지도 못할 때 현은 한 번도 나를 비난하지 않았어요. 그로서는 절대 이해할 수 없었을 텐데. 그 점은 인설 씨에게도 마찬가지로 고마워요. 당신들이 모든 것을 쏟아 바치는 독립운동에 나는 그렇게 살지 못할 때 나를 판단하거나 재촉하지 않았어요. 당신 둘은 나를… 믿어 줬어요.

그러니 인설 씨, 부탁이 있어요. 현에게도 관대함을 베풀어 줘요. 혹시 현이 뭔가를 지키려다 그보다 더 소중한 것을 놓칠 수도 있어요, 잠시 동안. 그가 그걸 깨달을 때까지 기다려 줄 수 있어요? 나는 현을 믿어요. 현의 판단을 믿는 것이 아니라 그의 선의를 믿어요. 그가 악의 없이, 실수 없이, 완벽하다고 믿는 것이 아니라, 그가 모든 것을 경험한 후에는 실수를 반드시 회복하리라 믿어요. 인설 씨도 나와 함께 그래 줄 수 있어요?"

"태성 씨?" 인설은 왜 그런 말을 하는지 의도를 알 수 없어서 태성을 쳐다보았다.

"그냥 한 말이에요. 워낙 오랜만에 만나는 거고, 그리고 전쟁터에서 만나니까 성격이 거칠어졌을 수도 있고."

태성이 얼버무리자 인설은 더 이상 마음에 두지 않는 듯했다. 그녀는 마차 밖으로 고개를 돌려 만주의 붉은 토양과 대비되어 자갈길의 돌들이 희게 빛나는 것을 구경했다. 문득 그녀는 태성에게 말했다.

"우리 다음 세대들은, 양반 평민의 그늘 없이 서로 동등하게 살아갈까요? 여자도 남자의 그늘 없이, 고아도 과부도 낙인 없이 그렇게 살 수 있을까요?"

인설은 생각만 해도 벅차다는 듯한 미소를 지었다.

마차가 섰다. 끝이 없을 것만 같던 광야 대신 시야를 완전히 막는 숲이 나타난 것이다. 태성이 마부와 이야기하더니 다시 자리로 돌아와서 인설에게 여기서부터는 걸어야 한다고 했다. 그들이 가방을 내리자마자 마차는 흙먼지를 일으키며 가던 길을 돌아가 버렸다.

"신빈이 산으로 둘러 싸여 있대요. 그래서 중·일 양군이 서로 차지하려고 애쓰는 요충지인 듯해요. 내가 출발 전에 모든 이동수단을 이용하게 될 거라고 했던 것 기억나요? 자, 마지막으로 이제는 두 다리로 걷는 거예요."

다행히 전투가 얼마 전에 끝나 휴식기이고, 그들이 가는 길은 전쟁 시 군사들이 사용하는 루트와는 멀리 떨어져 안심해도 된다고 들었다. 그렇지만 어두워져 가는 길을 지도도 없이 가야 한다는 점 때문에 태성의 마음은 무거웠다.

아직도 오후의 해가 많이 남아 있는 시간이지만 숲 안으로 들어서니 초저녁이라도 된 듯 어두웠다. 마차 몰이꾼은 이 길만 따라서 가고 갈래길이 나올 때는 무조건 왼쪽 길로 가라고 했다. 이 길은 독립군이 개발한 비밀 통로처럼 쓰이는 길로, 계속 가면 신빈현의 한 마을이 나온다고 했다. 그 마을 사람 대부분이 독립군 가정이라고 했다. 처음에 자작나무가 빽빽한 숲 들판이었는데 길은 갈수록 굽이굽이 경사진 산 등성이를 따라 돌기도 하고, 좁아져서 한 사람 가기도 힘든 길이 되기도 했다. 인설은 태성의 생각보다 잘 걷고 있었다. 그들은 거의 쉬지 않고 걸었다. 해가 완전히 떨어지기 전에 마을까지 도착해야 했다.

"인설 씨, 괜찮아요? 조금 천천히 걸을까요?" 태성이 물었다.

그녀는 고개를 저었다. 숨이 차면서도 뭔가 골똘히 생각하는 듯했고, 그럼에도 현을 만날 생각을 하는지 얼굴이 밝아 보였다.

"생각해 보니 이제껏 현 씨와 제가 만난 것이 다섯 손가락 안에 꼽혀요. 그중에 여유 있게 대화를 나눈 것은 서너 번도 안 되어요. 나머지 날들은 온통 기다린 시간이에요."

"그렇군요." 태성은 인설이 편히 말할 수 있도록 발걸음을 조금 늦췄다.

"현 씨를 처음 만났을 때 생각나요. 예배드리러 가고 있었는데 여자들만 들어가는 뒷문 통로에 웬 키 큰 남자가 우두커니 걸어가는 거예요. 우두커니 걷는다는 말이 이상한가? 하여튼 그렇게 보였어요. 짧게 자른 머리에 흰 두루마기가 왠지 빌려 입은 것처럼 어울리지 않고. 실례를 무릅쓰고 이 길이 아니라 다른 길로 가시라고 했죠. 어두워서 얼굴도 못 보고. 무안함을 참고 깍듯이 목례하는 모습이 왠지 기억에 남았어요. 아마 그때부터 좋아한 것 같아요….”

말을 하다가 인설은 고개를 돌렸는데, 태성의 얼굴이 가슴이 덜컹할 만큼 굳어 있었다.

“태성 씨? 무슨 문제 있어요?”

“아, 네. 그랬…어요, 었군요.”

그때 나무숲 사이로 희미한 불빛이 보였다. 머지않은 곳에 인가가 있었다. 목적지에 다다른 것이다.

현은 부대에서 마을로 돌아가고 있었다. 일주일 전에 일본군과 전투가 성공적으로 끝났다. 일본군은 영릉가永陵街를 빼앗으려고 결사적으로 달려들었지만, 연합군은 수적인 열세에도 불구하고 열흘 만에 적군을 완전히 패퇴시켰다. 전투가 끝난 후 얼마간은 전사한 전우 시신을 수습하고, 부상자들을 치료하며 전열을 다듬어 가야 하는 시기다. 오늘은 훈련이 끝난 후 저녁 식사로 바비큐 잔치를 한다고 해서 병사들이 들떠했다. 현은 사정이 있다고 하고 혼자 빠져나온 것이다. 햇살이 맑게 비치는 시간이 점점 짧아지고 대신 구름이 잔뜩 끼어 사방이 희미해 보이는 날들이 점점 늘고 있었다. 겨울로 다가간다는 징조였다. 해가 흐리면 흙먼지가 더욱 뿌옇게 보이고, 석양도 멀게 보인다. 오늘은 그와는 다르게 흐렸다. 날씨도 쌀쌀한 것이, 며칠 안에 꼭 눈이 올 것 같았다. 그는 걸음을 빨리했다. 한두 시간 후면 인설이 도착할 것이다.

서른 후반의 나이에, 게다가 조국 독립을 위해 싸우는 전장의 군인이 연인을 기다리며 설렘을 느낄 수 있다고 한다면, 20년 전의 그는 믿지 않았을 것이다. 그런데 태성의 연락을 받고 지난 20일간, 특히 전투가 성공적으로 끝난 지난 일주일간 그가 그랬다. 그는 소년처럼 설레었고, 행복했고, 두려웠다.

'네가 온다. 네가 온다는 생각만으로 온 세상을 가득 채우는 눈이 오는 듯한 느낌이야. 너만 오면 돼. 다른 건 다 괜찮아. 너만 오면. 이제 며칠만 기다리면 되는데… 못 참을 것 같아. 그날이 안 올 것만 같아. 영영. 너 정말 오는 거 맞아?

니가 온다. 니가 온다. 믿어지지 않아서. 밖에 나가도 황량하기만 하던 자연이 전부 내 기쁨에 동참하는 것 같아. 니가 오면 무얼 해줄까? 같이 무엇을 할까? 집은 움막 같고 식사라고 하기엔 너무 빈약한 이곳이지만 니가 같이 맛있게 먹어 준다면 나는 참 신날 것 같아.

니가 온다니 겁이 나. 니가 갈 때 너무 슬플까 봐, 내가 너무 슬퍼하는 걸 너한테 들킬까 봐 겁이 나. 너더러 가지 말라고 옛날 엄마 치맛자락 붙들듯이 우길까 봐 겁이 나. 니가 돌아가는 길 끝에 마지막에서 너를 보고 더 이상 보이지 않을 때 심장이 멈출 것만 같을 거야. 분명히 그럴 거야. 아, 그래도 어떻게 되겠지. 빨리 와. 어서 와.'

그는 이런 생각으로 일주일을 보냈다. 그처럼 긴 일주일이 없었다.

태성과 인설은 마을에 도착했다. 하늘은 벌써 어슴푸레해져서 저녁 해는 하루의 마지막 빛을 간신히 비추어 주고 있었다. 마을 입구로 들어가는 길 바로 오른편은 아래로 약간 둥그렇게 패인 공터였는데, 그곳은 묘지였다. 원래 묘지는 더 뒤쪽 산등성이 가까이에서 시작되었는데, 자리가 부족하니까 점점 더 앞쪽으로 확장된 듯했다. 앞쪽 무덤들은 최근 사망한 사람들인 것 같았다. 그것들은 잔디가 아직 나지 않아 흙이 붉었다. 약간 동떨어진 곳 나무 아래 보랏빛과 노란빛의 가을 들꽃들이 흔들리고 있는 무덤이 있었다. 비석 대신 작은 돌에 새긴 이름을 훑어보던 인설이 작게 외쳤다. 인설의 외침에 고개를 돌린 태성도 같은 명패에 씌어진 이름을 읽었다.

"노미영!"

인설은 동명이인이라고 생각했을 뿐인데 태성은 더 놀란 것 같았다. 그는 마침 지나가는 노부인에게 여기 묻힌 노미영이라는 사람을 아느냐고 물었다. 그녀는 그걸 모르는 마을 사람이 있겠냐는 듯한 태도로 '이 마을 소학교 교사이자, 독립군 오현 소대장의 부인의 묘'라고 말했다. 그때 현이 다가왔다. 저녁 해는 마지막 빛을 거두고 있었다.

현과 태성이 모래알을 씹은 듯한 느낌으로 묵묵히 먹은 저녁상을 물렸을 때, 마을 초입에 있어 울타리 집이라 불리는 연순네에서 전갈이 왔다. 여자 손님이 여장도 풀고, 식사도 잘 마치고, 잠자리에 일찍 들었다는 전언이었다. 현은 비로소 한숨을 쉬고 태성에게 그간의 일을 얘기했다. 그의 이야기를 요약하면 다음과 같다.

8년 전, 태성이 왔을 때 현은 미영을 설득 중이었다. 현의 마음을 미영도 잘 알고 있으니 미래가 없는 자신과 더 이상 시간을 낭비하지 말고 한인촌으로 가서 새로운 인생을 살아라. 간도에 온 꿈을 이루고 사랑하는 사람 만나서 결혼도 하라고. 그러나 미영은 떠나지 않겠다고 고집했다. 현이 속한 부대가 한중 연합군 안에 들어가기로 한 후 부대를 이곳으로 이동했는데, 그녀는 그때도 따라왔다. 미영은 독립군 부대원들의 가족이 많이 사는 이곳 한인촌에서 교사 일을 했다. 마을 사람들은 그녀를 현의 아내로 알았지만(현은 이 부분에서 태성에게 미안해했다) 그녀와 약혼이나 결혼한 일은 없었다(현은 이 부분에서도 태성에게 미안해했다).

작년 여름 이 지역에 콜레라가 돌았는데 미영이 감염되어 자리에 누웠다. 그때 현은 군사 작전 훈련과 전투로 3개월간 다른 지역에 가야 했다. 미영은 학부모들의 정성 어린 간호를 받았지만 현이 떠난 후 한 달여 앓다가 죽었다. 현이 돌아왔을 때 저렇게 무덤만 남아 있었다고 했다.

"열흘 전 1주기 때 내가 제사 차려 주었다. 내가 살아 있는 동안 그렇게라도 해줄 거야. 태성아, 정말 미안하다. 너는 나에게 일을 바로잡을 기회를 이렇게 오랫동안 주었는데 이런 결과를 보게 해서. 미영이에게도, 너에게도, 인설 씨에게도⋯."

현은 이렇게 말을 마쳤다. 그의 표정과 태도는 그가 오랫동안 진심으로 미안해하고 괴로워했음을 보여 주었다. 그러나 근 7, 8년 이상을 미영과 아닌 관계를 끌었다는 점과 그동안 인설에게 어떤 식으로든 사실을 알리지 못한 점, 그리고 만약 인설에게 끝까지 숨길 생각이었다면 왜 미영의 묘가 있는 이 마을로 오라 했는지 하는 점에서 태성은 맺고 끊는 것을 잘하던 현이 뭔가 달라졌다고 느꼈다. 어쩌면 군인인 그의 인생엔 전투와 훈련이 최우선이고 가장 중요한 것이기에 나머지 것들을 잘 정리할 여력이 없는지도 몰랐다.

"현아, 물론 미영이가 내 사촌동생이니까 슬프고 안쓰럽다. 하지만 나는 걔 오빠일 뿐 아니라 너의 가장 친한 친구야. 나는 이 일을 니 편에서도 생각한다는 것을 잊지 마. 그리고 지금 니가 나에게 미안해할수록 인설 씨 입장은 어떻게 되겠니. 일단 지금부터는 인설 씨가 받은 충격을 어떻게 돌려놓을지, 그 생각만 하자." 태성이 말했다.

그러나 현은 여전히 텅 빈 표정으로 어떤 생각도 내놓지 못했다. 태성은 밤새 생각해 보자고 하고 일어서려다가 그들이 여기 온 또 한 가지 이유를 생각해 냈다. 태성은 현에게 인설 씨가 명동촌 등지에서 공산주의 사상을 가진 사람들이 간도의 교회와 교인들을 폭행, 학살하는 것이 사실이냐며 인설 씨가 거기에 대한 현의 도움을 간절히 바란다고 했다. 그리고 방을 나서려는데 울타리 집 아들이 쪽지를 전하러 왔다. 현에게 보내는 인설의 짧은 메모로, 내일 아침 일찍 의주로 돌아가려 하니 미영의 묘 앞에서 여섯 시에 만나자는 것이었다.

새벽에 미영의 묘 앞에서 인설은 간략하나마 정성껏 추모 예배를 드렸다. 현과 태성이 어색하게 동석했다. 인설은 부활에 관한 짧은 성경 구절을 암송하고, 천국에 관한 찬송 한 절을 들릴 듯 말 듯한 목소리로 불렀다. 곧이어 추모 기도와 주기도문으로 예배를 마쳤다. 그녀는 잠시 무릎 꿇고 손을 뻗어 묘비를 어루만졌다. 일어났다. 현에게 작별 인사를 하고 떠났다.

인설과 태성이 떠난 후 현은 며칠 휴가를 얻어 북간도 명동촌을 향해 떠났다. 가까운 기차역에서 내려 마차를 탔고, 마을이 시야에 보이자 일부러 내려 달라고 했다. 천천히 돌아보고 싶었다. 명동은 그가 20년 전 조선에서 간도로 혈혈단신 올라왔을 때 그를 품어 준, 그에게는 간도 땅의 고향 같은 곳이었다. 그때 명동 사람들은 조선의 집들에 비하면 허름한 움막 같은 집에 온 가족이 살고 있었다. 그러면서 현에게 거처할 방을 내어 주고 늘 배고픈 가족들이 있는데도 죽이라도 쑤면 불러 식사시간을 함께했다. 현이 온 것에 대해 평양에서 좋은 가문에 명문학교를 졸업한 엘리트 청년이라며 무관학교에 큰 힘이 되겠다고 기뻐들 했다. 나중에 알고 보니 이들 가운데 현보다 더 훌륭한 가문, 더 많은 재산이 있었으나 조국 독립의 꿈을 이루고자 일가 친족이 함께 이주해 온 사람들도 많았다. 그러나 오랜 세월이 지나다 보니 평민이나 천민, 양반이나 또 배운 자나 배우지 못한 자나 서로 구별할 수 없게 되었다. 혹 구별된다 해도 아무 의미가 없었다. 그들은 매한가지로 춥고 가난하며 타국살이 이방인이 겪는 서러움 속에 살았던 것이다. 그 가운데서 어찌어찌 기적처럼 돋아난 독립운동의 싹들은 일제와 만주 군벌의 재빠른 발에 밟혀 버리기가 예사였다.

그는 완만한 언덕의 등성이를 타고 내려가고 있었으므로 마을이 더 가까워지자 교회 종탑이 시야에 들어왔다. 그는 간도의 대통령이라는 별명이 있던 김 선생님▲▼▲▼을 추억했다. 그는 명동의 개척자이자 간도 독립운동의 선구자였다. 유학자이자 일대 조선인들의 정신적 지주이던 그가 얼마 후 기독교 신앙을 받아들이고 마을에 교회를 세웠을 때, 현을 포함한 상당수 사람들이 거부감을 느끼며 우려했다. 신자가 된 후에도 그는 성실과 정직을 더욱 강조했다. 그의 신앙 가르침에는 노력 없는 기적이나 요행 같은 장밋빛 거품 따위는 없었다. 달라진 것이 있다면, 하나님이 살아 계시기에 선의 최후 승리를 믿는 믿음과 천국의 희망으로 독립운동에 정진하자고 한 것이었다.

오후의 거리는 한산했다. 모두들 학교 아니면 밭에 나가 있는 시간이다. 중심가에 다다랐는데, 간판이나 건물의 나무 문짝이나 문틀들이 비바람과 눈보라에 낡아졌을 뿐, 새로 지은 건물들도 눈에 안 띄고, 그가 명동을 떠나던 즈음의 모습과 별 다름이 없었다. 정확히 말하면 시내는 명동이 처참하게 망가지기 전의 모습으로 복구되어 있었다. 현은 경신참변 직후의 명동을 뒤로하고 삼원보의 군사학교에 합류하러 떠난 것이다. 그때 모습을 기억할 때마다 그의 코는 피비린내와 살 타는 냄새를 생생하게 다시 맡았다. 청산리 전투에서 대승을 거두고 돌아오는 길이었던 독립군은 십 리 밖에서부터 진동하는 시체 냄새와 화재 현장에서 나는 탄내에 어리둥절해했다. 곧 그들은 자신들의 가족과 이웃을 널부러진 시체로 만나야 했다. 학교와 교회는 불 태워져 있고 인가도 형편없이 망가져 있었다. 대패한 일본군의 발 빠른 민가 보복이었다.

하나님이 계시다면? 하나님이 계시다면! 얼마나 좋았을까. 마음껏 원망했을 텐데. 하나님을 끝까지 믿다가 저렇게 죽어 간 사람들을 보며 무능력함 좀 느끼신다면, 앞으로는 아무도 나를 믿고 겁 없이 악한 세력들을 건드리지 말라고 직접 말해 주시면 좋았을 텐데. 그때 잿더미를 걸어 나오며 그는 생각했다. 그가 기독교인들에게 가장 유감스럽게 여기는 점은 약함을 무슨 자랑으로 아는 것이었다. 그는 힘이 필요했다. 그것이 오랜 만주 생활과 무장독립투쟁에서 느낀 것이었다. 내 가족, 내 마을이라도 지킬 수 있는 힘이 절실했다. 조선 반도까지 밀고 내려갈 힘은 오히려 다음 문제였다. 독립전쟁이라는 큰 싸움을 볼 수 있는 여유와 대망이 그에겐 사라졌다. 그는 당장 눈앞의 소규모 전투가 인생의 마지막인 것처럼 죽자 사자 싸웠다. 숙소에 돌아와서 쓰러지듯 잠들면서 다음 승리의 꿈을 꾸었다. 확실히 팔로군과 연합하자 전력도 훨씬 강해지고, 싸울 수 있는 전투의 규모도 커졌다. 백여 명의 독립군 부대로는 아무리 사기를 북돋워도 넘볼 수 없던 적을, 연합군 소속이 되어 간단없이 싸워 물리쳐 버릴 때 그 쾌감과 승리의 맛을 누가 알겠는가.

처음에는 중국 국민당과 공산당이 합작하여 구성한 부대라 하여도 국민당 산하 부대에 들어가고 싶었다. 팔로군에 배치되었을 때, 팔로군복을 부하들에게 나눠 주고 독립군복을 벗고 옷을 갈아입으면서 그는 울었던 것 같다. 지금은 기억이 잘 나지 않는 일이다. 왜 울었던가? 자유시 참변으로 죽은 동생 같던 부하와 동료들이 생각나서 울었던 것 같다. 제 목숨보다 귀하다고 배운 동료들에게 총을 겨누게 한 공산주의가 싫어서, 그 하수인으로 이용당한 조선인 공산주의자들이 미워서 몇 년간은 잠을 잘 때도 동쪽으로는 눕지 않았다. 그런데 서쪽으로 향했더니 결과는 중국 공산주의란 말인가. '우리가 먼저 소련 적군을 도와주면 그들이 우리 항일 독립을 도와줄 거야'라고 말하던 공산주의자 동료의 말이 그렇게 어리석게 들렸는데. 먼저 중국의 항일 투쟁에 힘을 합치고 이긴 다음 조선 반도로 밀고 내려가서 조선 독립을 이루자는 팔로군 대장의 말이 왜 그리 고맙게 들리는지. 그가 말한 조선 독립은 정확히 말해 일본을 내몰고 무산계급이 주체가 되는 새로운 공산주의 국가의 설립이라는 것을 뻔히 알고 있는데도. 그건 나중에 생각하자고 덮어 버리고 더 생각 안 한 지 오래였다.

팔로군은 만주 지주의 횡포로부터 조선인 소작농의 권익을 보호해 주었다. 그것이 공산주의에 대한 그들의 신념 때문이었는지, 함께 싸우는 조선 독립군의 부탁 때문이었는지, 둘 다였을 것이다. 어쨌든 그것만으로도 현은 자신이 팔로군이 된 것을 후회하지 않을 충분한 이유가 되었다고 생각했다.

어느 날 팔로군 윗선에서 현과 조선 독립군 소대장들 몇 명을 따로 불렀다. 통역을 통해 들은 말은 다음과 같았다. 조선인 동지들의 헌신적인 연합으로 만주에서 팔로군이 항일 전투 전적이 가장 우수한 군대로 인정받고 있다. 반면에 국민당이 주축이 된 연합군은 갈수록 밀려서 본토까지 돌아가게 된 실정이다. 국공합작이 깨어져도 팔로군은 만주에서 끝까지 싸울 거다. 당신들 조선 동지들과 함께 가고 싶고 공동의 적 일본과 싸우고 싶다. 끝까지 싸워 이겨 만주에서 일본 세력으로부터 우리 국민을 보호할 거고, 너희 재만在滿 조선인들도 보호할 것이다. 일단 우정을 공고히 하는 표시로, 또 재만 조선인을 보호하는 취지로, 당신들에게 만주 주요 한인촌에 대한 점령권을 주겠다.

한인들을 괴롭혀 온 지주들을 처단하라. 노동자와 농민의 적인 부르주아들, 한중연합군의 항일투쟁을 방해하는 친일 지도자들을 알아서 정리하라. 그리고 이 일을 방해하는, 즉 어중이떠중이 지도자들과 그들을 따르는 사람들도 정리하라. 이 일을 공식적으로 하기보다는, 우리 사이의 암묵적 계획이자 계약이니, 이렇게 되도록 차근차근 한인촌에 스며들어 일을 진행하는 것이 좋을 것이다.

이전의 현이라면 왜 독립군인 자신들에게 한인촌이 점령해야 할 땅인지 호기 있게 따져 물었을 것이다. 한인을 수탈하는 만주인 지주들이나 일본 군대를 제거하라는 거라면 이해가 가지만 가만 들어 보면 공산주의 노선에 반대하는 지도자들부터 제거하고 마을을 공산화하라는 지시가 아닌가? 그것이 항일이고 한인촌 보호책인가? 하며 반발했을 것이다. 그런데 그 무렵 현에게 그런 생각들이 들지 않았다. 그리고 마을 주민들에게 토론, 정책 대결 등의 공식적인 절차를 통해 공산주의 노선이 최선의 항일이라고 설득하는 것이 아니라, '스며들어', '처단', '정리', '제거'라는 말들은 결국 폭력, 암살, 무력을 앞세워 인민재판 등을 통해 접수하라는 뜻이 아닌가? 하고 짚어 물으며 비판했을 테지만, 생각하지 못했다. 그의 생각은 마비된 듯했다. 당시, 그 대화를 회상하고 있는 지금 현에게도 이런 모순들은 매우 어렴풋하게 떠오를 뿐이었다.

중국 본부대 윗선 장교가 간 다음 한인 소대장들끼리 회의를 했다. 누가 이 일을 앞장서서 맡을 것인가. 어느 한인 마을부터 시작할 것인가 등등. 현은 앞에 서지도 않았지만 딱히 반대하지도 않았다.

방금 지나친 잡화점에서 유리창 깨지는 소리와 실랑이하는 사람들의 소리가 들렸다. 현이 안으로 들어가 보니 술 취한 양아치 같은 놈이 꼬장을 부리면서 계급 혁명 어쩌고 하며 영업을 방해하고 있었다.

술 취한 남자가 주인을 발로 차서 넘어뜨렸다. 부인인 듯한 여자가 따라 나와 소동을 보러 모인 사람들에게 호소했다.

"살려 주세요. 매일같이 가게에 와서…"

그녀의 말이 끝나기도 전에 현이 술 취한 남자의 멱살을 붙잡고 한 대 갈겼다. 그가 손을 털고 일어나서 현에게 덤벼들자 현은 그의 멱살을 다시 잡았다.

"나 무시해? 내가 깡패로 보이나? 나는 붉은 여우에게 지령을 받고 기독교도들을 심판하는 것이다." 그 남자가 험악한 인상을 지으며 말했다.

"내가 붉은 여우를 아는데, 그는 너 따위와 한패가 되려고 독립운동한 게 아니다."

현은 냉정한 어조로 그에게 속삭이고 확 뿌리쳤다. 남자는 바닥에 처박혔다. 현은 그 자리를 떴다. 그는 미영의 말을 떠올렸다. 전투에 나가면서 아파 누워 있는 미영을 찾아갔는데 그것이 그녀와 마지막이었다. 그녀는 독립운동에 별 관심이 없었던 것처럼, 공산주의 운동에도 관심이 없었다. 그녀는 현의 마음을 가질 수 없어서 그가 관심 있어 하는 모든 것에 악담을 퍼부었고, 현은 그녀의 히스테리에 익숙했다.

"당신들(공산주의자)은 연애하는 남자 같아. 남자가 여자를 사랑하는 동안은 여자에게서 자기가 좋아하는 면만 보고 나머진 모른 척하지. 당신 얘기야, 바보 양반아. 당신이 인설에게서 당신이 보고 싶은 면만 보면서 그걸 사랑이라잖아. 당신이 인설에 대해 뭘 알지? 하루라도 온전히 같이 지내 봤나?

어쨌든 당신 공산주의자들은 민중에게서 당신들이 보고 싶은 면만 보고 환상에 빠져 있어. 심지어 당신들은 마음에 안 드는 민중은 민중이 아니라고 하지. 거기서부터 모든 기만이 시작되는 거야. 그리고 당신들은 달콤한 말로 구애해서 민중과 결혼하지. 하지만 진짜 민중을 존중하는 것은 아니야. 식이 끝나면 냉정한 폭군 남편이 부인에게 하는 것처럼 이렇게 요구하지. '자, 이것이 내가 생각하는 순결한 신부의 모습이야. 이 모습에 맞추도록 해.'"

현은 지금의 자신을 가장 잘 아는 사람은 미영이었을지도 모른다고 생각했다. 화가 났을 때는 앙칼지게 덤벼도 기분 좋을 때는 내 곁에 있어서 행복하다 했는데… 나는 끝까지 그녀를 인정하지 않았지. 그런데 뭐지? 그녀에게 준 내 감정의 정체는? 미영에게 미안했고, 인설에게 죄스러웠어. 그럼에도 나는 인설을 놓고 싶지 않았지. 어떤 일이 있어도 평생 인설을 놓고 싶지 않아. 나는 인설에게 돌아갈 거니까. 그는 헤어지기 전 인설의 탄원과 분노에 찬 아름다운 눈동자를 떠올렸다.

"어떻게, 어떻게 간도에서 교회를 몰아내려 하나요? 당신들이 만주 항일운동의 가장인가요? 천만에요. 당신들은 항일운동의 아들이에요. 당신들의 아버지가 황무지를 개간하는 동안 당신들의 어머니가 젖 먹여 키운 아들, 어머니의 기도로 전사가 된 아들일 뿐이에요."

인설은 간도 지방에서 기독교를 탄압하지 말아 달라고 부탁했다. 현은 자신도 모르게 냉정한 어투로 그들이 친일을 하면 어쩔 수 없다고 말했다. 인설은 이제 화도 내지 않고 그건 억울한 오해라고 말했다. 현은 알았다고 했다.

인설은 마차에 올라 출발하려 했다. 정말 가는구나. 현의 마음은 미안하다고, 가지 말아 달라고, 자기 곁에 남아 달라고 말하고 싶어 터질 것 같았다. 그러나 현은 출발하려는 인설에게 이렇게 말했다. '용서해 줘요. 자격 없지만 이게(무장독립투쟁) 내가 당신을 사랑하는 방

식이에요.'

인설은 고개를 끄덕였고, 마차가 떠났다.

현은 명동에서 돌아와 부대로 복귀했다. 명동을 포함한 북간도 일대의 한인촌 상황에 대해 보고를 올렸다. 그 내용은 다음과 같았다.

만주인 지주들과 조선인 부르주아들 처단으로 공산주의에 대한 한인들의 신뢰가 높습니다. 최근 5년간 조선에서 새롭게 유입된 공산주의자 청년들의 활약으로 청년동맹, 농민동맹 등 소모임이 활성화되었으며 그들은 주민 사상학습을 철저히 시키고 있습니다. 이러한 흐름에 협조하지 않는 친일 지역인사와 종교 지도자들은 고립되고 있으며 은밀하게, 때로는 공개적으로 정리되고 있습니다.

의주로 돌아와서 인설은 일주일을 심한 고열로 앓았다. 여독에 심한 독감이 겹친 탓이었다. 인설은 반수면 상태에서 꿈을 꾼 것을 현실로 여기거나, 잠시 깨어 일어났을 때도 꿈을 꾸고 있다고 생각했다. 대부분의 꿈은 만주에서 현과의 마지막 이별 장면과 비슷한 것이었다. 그녀는 꿈을 꾸면서도 '이건 아닐 거야. 꿈일 거야. 꿈에서도 이렇게 슬픈 결과는 한 번도 그려 본 적 없어'라고 생각했다.

그리고 일주일 만에 열이 떨어지고 아침에 자리에 앉을 수 있게 되었을 때, 그 꿈조차도 이제는 되풀이할 수 없다는 현실이 끔찍하게 두려워졌다.

"인설 선생님, 일어났어요?"

은혜 선생이 방문을 열고 들어오며 말했다. 그녀는 미음 그릇을 가지고 그녀 옆에 앉았다.

"그러게, 그 힘들게 간 만주에 도착해서 다음날 바로 의주로 출발하다니. 인설 씨가 홍길동도 아니고 그런 무리가 어딨어요? 왜, 현 씨가 밥도 안 주었소?"

은혜 선생은 태성에게 묻지 않았어도, 심상치 않은 일이 있었다는 것을 느낌으로 짐작하고 있었다.

"사내 별다른 것 있는 줄 알아요? 그저 멀리 있으니까 더 그립고 멋있어 보일 뿐이지, 사흘만 같이 살아 보면 다 거기서 거기예요."

은혜 선생은 인설이 아무 말 않으려는 기색을 보고 일부러 마구 찔러 댔다. 인설은 더 이상 버티지 못하고 눈에 고이는 눈물을 쏟으며 말했다.

"이렇게 될 줄 알고 그렇게… 힘들었었는지… 어떤 날들은 걱정되어서 잠도 안 오고, 숨이 턱 막혀 안 쉬어질 정도로 그냥 심장이 낭떠러지에 떨어지는 것같이 죽을 것만 같았는데. 어떤 때는 보고 싶어서 걷다가도 발걸음도 안 떼어지고, 그냥 멍해지곤 했는데… 차라리 이게 나아요."

"그래요, 이제부터 밥도 잘 먹고 잠도 잘 자면 돼요."

은혜 선생이 아무것도 묻지 않고도 다 안다는 듯이 그녀의 등을 쓰다듬으며 말했다.

오후에 태성이 방문했다. 인설은 실내옷으로 갈아입었지만 여전히 침대에 앉아 있었다. 그녀는 애써 밝은 얼굴로 그를 맞으려 했다.

"좀 어때요? 이제 현이 놈 궁둥이를 발로 뻥 차줄 힘이 생겼어요?"
태성이 능청스럽게 말했다.

인설은 태성의 안쓰러운 미소가 담긴 눈동자를 보며 은혜 선생이 아까 해준 말을 생각했다. 태성 선생이 인설 씨 만주에서 집까지 안고 업고 오느라고 엄청 고생했다고. 그리고 아픈 동안에도 매일 찾아와서 보고 갔다고.

"고마워요, 태성 씨. 나 때문에 올 때 고생 많이 하셨죠? 거기서 마차를 탄 다음부터 기억이 잘 안나요, 어떻게 집에 왔는지. 태성 씨가 없었으면…"

"내가 미안해요… 미영이 얘기 알고 있었어요. 진작 했어야 했는데." 태성이 무거운 어조로 말했다.

"그걸 왜 태성 씨가 해야 해요. 현 씨가 직접 말했어야지. 태성 씨 입장 이해해요. 그리고 나 이렇게 데리고 와준 걸로 다 갚아졌어요."

인설의 눈길이 태성의 눈길과 마주쳤다. 늘 보던 얼굴인데, 그리고 여행 다녀오면서 일주일 내내 본 얼굴인데, 더 친근해질 줄 알았는데 두 사람 사이에 어색함이 감돌았다. 어색함을 메울 할 말을 찾으려다 태성은 문득 인설의 시선이 먼 곳에 가 있는 걸 보았다.

'그 사람과 내가 마음으로 이어지지 않는다면,

그 사람과 내가 서로에게 첫 번째로 소중한 사람이 아닌 날이 온다면,

잠 오지 않는 밤에 일어나서 희미하게 스며들어 오는

새벽을 앞으로 어떻게 희망으로 맞을 수 있을까.'

미소 짓던 태성의 얼굴이 굳어졌다. 그는 인설의 생각이 자신 너머 누군가에게로 가있다는 것을 깨달은 것이다. 인설이 다시 태성을 바라보았다. 인설은 어렴풋이 기억하고 있었다. 밥도 안 먹고 탈진해서 자꾸만 잠이 오던 자신에게 빌려주던 어깨, 폭풍같이 오열할 때 자신을 도닥이던 손길 그리고 넓은 가슴도. 붙잡은 그의 팔의 힘에 의지해서 간신히 걸었던 끝없던 길도. 두 사람 다 모른 척하고 있을 뿐이었다.

현의 절친한 친구로, 친구의 연인으로 15년을 함께했다. 현과 인설의 사랑이 굳건할수록 태성의 자리도, 그의 역할도 굳건할 수 있었다.

그리하여 태성과 인설 두 사람의 우정도 굳건한 세월을 보내 왔다. 그러나 현의 자리가 위태로운 지금, 두 사람은 둘 사이에 놓여 있던 울타리가 치워진 것처럼 어찌할 바를 모르고 불안해했다.

몸살과 독감 증상이 사라진 후에도 은혜 선생은 인설이 한 달여 남은 겨울 방학까지 정상적인 업무가 어려우리라고 보았다. 그녀의 예상대로 인설의 회복은 더뎠다. 어쩌면 인설은 빨리 회복할 의지가 없어 보였다. 그녀는 밤에 잠을 못 자고 새벽이 되어 잠드는 것 같았다. 늦게 일어나 점심을 조금 먹고 오후에도 학교 쪽으로 굳이 발걸음을 하지 않았다. 정희 식구들이나 그녀를 아는 지인들이 이 사실을 알았다면 모두들 깜짝 놀라거나 당황했을 것이다. 이제껏 인 교장은 아무리 바쁘거나 아파도 학사 업무를 미룬 적이 없었기 때문이다. 그래서 은혜 선생은 인설의 상태를 묻는 사람들에게 아직은 학교 업무를 볼 만큼이 아니라며 사실보다 좀더 악화시켜 말했다.

인설이 점심을 먹고 나서 오후 시간에 자주 가는 곳은 기숙사 건물 1층 끝에 새로 마련한 놀이방이었다. 작년에 입학한 학생들 중에 젊은 과부가 있었는데 그녀에게는 열 살짜리 딸이 있었다. 소녀의 이름은 명진인데, 근처 소학교에 다녔다. 하교 후, 엄마가 수업을 듣거나 양잠실에서 양잠 실습을 할 때, 소녀에게 놀고 쉴 수 있는 공간이 필요했다. 인설은 명진에게 신경을 많이 써서, 앞으로도 이런 경우가 생길 테니 이 기회에 아이들을 위한 유아실을 만들자고 했다. 명진은 명랑하고 총명해서 놀이방이라는 공간에서는 자신이 주인이라는 것을 알고, 그곳의 모든 것을 즐길 줄 알았다. 또 그녀는 인설이 자주 들어오고 싶어 하는 것을 알고 허락해 주었다. 하루는 인설이 '재미난 이야기해 줄까?' 하고 명진의 머리를 쓰다듬으며 이야기를 시작했다. 그

이야기는 춘향전이었다.

"남원골 사는 춘향이는 월매라는 기생의 딸이었어. 비록 천한 신분이지만 예쁘고 착하고 똑똑했대. 열여섯이 되던 해 이몽룡이라는 양반 도령을 만났는데 둘이는 첫눈에 서로 반했어. 그래서 몽룡 도령이 자꾸만 춘향의 집에 찾아와서 사귀자고 했지. 춘향이가 똑똑해서 도령이 잠시 자기와 놀고 싶어 하는 건지, 정말 사랑하는 건지 알기 전에는 마음을 주지 않으려 해. 나와 백년가약부터 맺자고 말하지. 이몽룡은 춘향이를 너무 좋아해서 알았다며 가약을 맺어. 그리고 도령은 과거시험을 보러 한양으로 떠나. 그 사이 그 마을에 새 사또가 부임했는데 이 사람도 춘향이를 한번 보고 마음에 들어 수청을 들라고 해. 춘향이는 기생이 아닌데다 약혼자가 있다며 거절해. 청을 거절당한 사또는 그녀가 뜻을 굽히지 않자 곤장도 때리고 칼을 씌워 감옥에 넣어. 그래도 춘향이는 이 도령 생각뿐이고, 그가 장원급제해서 돌아와 자기를 구해 줄 날만 기다려. 어느 날 밤, 감옥에 거지 행색을 한 사내가 춘향을 찾아오는데 그가 이 도령이었어. 그는 과거에서 떨어져 그 꼴이 되었다는 거야. 이제 춘향이를 건져 줄 사람은 없어. 그래도 춘향은 이 도령을 원망하지 않고 담대하게 다음날 벌을 받겠다고 해. 춘향이 벌을 받기 직전 암행어사가 출두해서 주색이나 탐하는 엉터리 사또 일당을 벌하고 춘향을 구하지. 그 암행어사가 누구였는지 알겠어? 바로 이 도령이었던 거야. 그다음은 명진이가 더 잘 알지? 둘은 행복하게 백년해로했겠지.

어때, 재밌어? 내가 제일 좋아하는 이야기야. 언제나 생각하는.

선생님이 명진이보다 조금 더 나이 먹었을 때 우리나라는 일본에 합방되었어. 나라를 잃었다는 뜻이야. 많은 어른들이 울었어. 나는 당시엔 그게 무슨 뜻인지 몰랐는데… 나라가, 정치가, 경찰이, 군대가, 우리 조선인을 위해 일하지 않는다는 뜻이었어. 그게 너무 억울해서, 뜻 있는 사람들이 국경을 넘어 만주로 갔어. 거기서 열심히 훈련해서 독립군대를 만들어 거기서부터 일본군대랑 싸워서 내려오려고. 우리나라를 되찾으려고. 내가 아는 사람도 만주에 가 독립군이 된 분이 있어. 그래서 나는 기다리는 거야. 그분들이 압록강을 건너 일본군과 싸워 이기고 우리나라를 독립시켜 주기를. 그날이 꼭 오길 기다리며 살아.

그런데 만약 우리가 그것을 믿지 않고 기다리지 않는다면 어떻게 될까? '독립은 안 될 거야' 하고 생각한다면 우리는 다르게 살 길을 찾겠지. 일본이 원하는 대로 살면서, 다 빼앗겨도 맞추어 주면서.

만약 춘향이가 변 사또의 수청을 들으면 이몽룡이 아무리 암행어사로 오게 되어도 소용없는 거야. 그럼 얼마나 슬플까. 그러니까 감옥에 들어가게 되어도 기다리고, 매를 맞아도, 칼을 쓰게 되어도 기다리는 거야. 명진아, 그게 좋겠지? 아무래도?"

"네!" 명진이가 눈을 초롱초롱 빛내며 대답했다. "그런데 만약 이 도령이 공부를 잘 못해서 시험에 자꾸 떨어지면 어떡해요? 빨리 안 오면 춘향이 죽잖아요?"

"그렇게 되겠지… 안 오는 게 아니라 못 올 수도 있고. 그런데 선생님은 춘향전을 좋아하는 이유가 이 도령이 멋있어서, 그녀를 위기에서 구출하고 둘의 사랑이 이루어져서가 아니야. 오히려 기다렸다고, 변치 않고 사랑했다고 죽어서라도 말할 수 있는 삶을 살았던 춘향이 때문에 좋은 거야. 명진아, 그래야 언제 다시 만나도 떳떳하겠지? 그날을 위해 살아가는 게 제일 좋겠지?"

"네!" 명진은 뜻도 모르고 명랑하게 대답한 후 소꿉 쪽으로 뛰어갔다.

놀이방을 오가다 둘의 대화를 들은 은혜 선생은 흔들리던 인설의 마음이 다시 현을 향해 정해졌다는 것을 알았다. 인설은 그렇게 살아 왔고, 그것이 전부였다. 앞으로도 그것을 기다려야 버티며 살아갈 수 있을 것이다.

며칠 지나 태성이 은혜 선생을 따로 찾아왔다. 인설이 미영의 문제로 현에게 실망했다면, 또는 사상 문제로 자신의 길과 더 이상 합쳐질 수 없는 길을 갔다고 단념했다면, 이제 자신이 그녀에게 다가가면 어떻겠냐고 묻고 싶었던 것이다. 은혜 선생은 찾아온 태성의 표정만 보고도 그가 무엇을 말하러 왔는지 이미 다 아는 듯했다. 태성의 인품을 좋아하는 은혜 선생은 벌써 오래전부터 둘이 잘 되어도 좋겠다고 생각해 왔다. 그러나 그녀는 안타까운 마음을 억누르며 고개를 저었다. 며칠 후 태성은 노모가 건강이 좋지 않다는 소식과 함께 얼마간 평양에 있어야겠다고 하고 인설과 작별인사를 하고 떠났다. 얼마 되지 않아 그는 노모가 권하는 평양 처자와 혼인날을 잡았다는 소식을 전했다.

▲ _김약연(金躍淵, 1868-1942)을 가리킨다. '간도의 대통령'으로 불린 김약연은 독립운동가이자 교육자, 목사로, 윤동주의 외숙부이며, 명동학교를 세웠다(그가 1901년에 세운 서당 규암재가 발전하여 서전서숙이 되고, 서전서숙이 1909년 명동학교가 된 것이다). 유학자였으나 1909년 개신교에 입문한 뒤 1929년 평양신학교를 졸업하였다. 명동교회를 설립하고 후에 목사가 되었으며, 일제강점기 간도 지역 항일 운동의 구심점으로 활동했다.

▲▼ _김좌진 장군.

▲▼▲ _영릉가 전투. 1932년 3-7월 만주 흥경현의 영릉가에서 벌어진 한중 연합군과 일본군 간의 전투. 일본군을 크게 무찔렀다. 만주사변 이후의 승리로, 역사적인 의미가 매우 크다.

▲▼▲▼ _김약연.

6
장

—

1938년, 의주:

재회

그 후부터 중일전쟁이 일어난 해인 1937년까지 5년간의 기록은 유감스럽게도 남아 있지 않다. 현, 태성, 인설 세 사람은 서로의 안부가 거의 끊어진 채로 살았다. 나라는 모든 면에서 힘들어지고 독립의 전망은 갈수록 어두운 것 같았다. 일본의 야망만 갈수록 커져 가는 듯했다. 세 사람은 각자의 자리에서 이제껏 살아오던 대로 노력을 계속했다. 이 시기에는 인설의 일기 기록 외에는 다른 것이 없어 한 페이지를 소개하고 넘어가려 한다.

대지에서 불어오는 저녁 바람이 내 얼굴을 어루만지고 지나갈 때,
조금 더 깊이, 조금 더 고요히, 조금 더 강하게 살고 싶은 마음의
결의가 생길 수 있을까. 누군가가 나를 사랑하고 있다는 생각이
없다면.
내가 내 사랑에게 소중한 사람이라는 긍지가 없다면,
악몽같이 괴롭고 끝이 나지 않는 하루하루를 보낼 때
나는 당장 미래를 팔고, 현재를 탕진해 버리고 미련한 하녀같이
살게 될 거야.

(중략)

… 이게 끝이 아닌 걸 알았으니까, 여전히 그의 눈빛은 나를
향했으니까.

나를 바라보고 나를 원하고 있었으니까. 어떤 여인이 그의 곁에
있어도 그의 머릿속에서 나를 지울 수는 없을 테니까.

어리석다 해도 좋아. 이 세상에 사는 한 이 어리석은 사랑 없이는
살 수 없다면, 어리석어지지 않고는 사랑을 붙들 수 없다면,

나는 어리석은 세계 속에서 살 거야.

적어도 난, 어리석음을 지불할 만큼의 현명함은 쌓아 두었으니까.

1936. O. O.

"아이고, 더워라. 날도 덥고, 주재소 가는 길에 왜 그렇게 사람들
이 북적이나 했더니 오늘이 장날이래요. 아이고, 사람들 만나니 더
덥네."

기숙사 응접실에 들어온 최정자 선생이 의자에 털썩 앉더니 축 늘
어져서 말했다.

"왜? 보기 싫은 사람들 만났나 보구랴. 이리 입이 나온 걸 보니."

은혜 선생이 찬 오미자차 한 컵을 건네주면서 말했다.

"뭐, 내가 맨날 사람들 미워하고 욕이나 하는 사람인 줄 아우? 나도
당신처럼 열심히 기도하고 성경 읽어요."

최 선생이 오래 같이 지내 이제는 자기 마음을 꿰뚫어 보는, 큰언
니 같은 은혜 선생에게 투정부리듯 말했다.

최 선생은 아침에 그녀의 반 학생의 사촌이자 정희학교 근처에 살
아 잘 아는 아이, 숙자를 데리고 창씨개명을 해주러 다녀온다며 나갔

었다. 소학교 학생인 숙자는 부모가 다 몸져누워 있어서 이런 일을 챙겨 줄 수 없었다. 조선인 중에 창씨개명을 하고 싶어 하는 사람은 없을 것이다. 하지만 중일전쟁이 시작된 후 일제가 부쩍 더 조선인을 황국신민화하려는 정책을 공공연히 그리고 억압적으로 펴고 있어서, 이런 일을 하지 않으면 심한 불이익이 따랐다. 숙자는 일본인 교사로부터 여름방학 동안 일본식으로 이름을 바꾸어 놓지 않으면 다음 학기부터 소학교에 다닐 수 없다는 말을 듣고 울면서 집에 왔다. 딱한 사정에 정자 씨가 나서서 부모에게 말하고, 요시코로 이름을 바꾸고 오는 길이었다. 철없는 아이는 자기도 친구들처럼 일본 이름이 생겼다고, 학교에서 혼나지 않아도 된다고 좋아라했다.

그러나 이런 일을 돕는 것을 기뻐하는 사람이 있을까. 최 선생은 일본인 관리들의 칭찬을 받은 것도 입맛이 쓰고 불쾌했다. 그런데다가 주재소에서 만난 조선인 지식인들—딱히 하는 일도 없고, 지식을 과시하는 사람들이니, 지식인이라고 부를 밖에 다른 명칭이 없었다—을 마주친 것도 정자 씨의 마음을 매우 상하게 했다. 그들은 자주 주재소 앞에 진치고 앉아 잡담으로 하루를 보내며 일본인 관리들과 친분을 돈독히 맺고 이를 사람들에게 과시하는 일석이조의 효과를 누리려는 듯했다.

"내 참, 어떻게 사람들이 자기가 한 말을 손바닥 뒤집듯 그렇게 뒤집는지! 지난 수십 년간 민족 독립을 도모하던 동지들이 이제는 일본 제국에 속하되 자치권을 받는 것이 좋겠다고, 뭐 그딴 그지 같은 대화를 보란 듯이 하고 있더라구요. 그러면서 그게 진정한 애국애족의 길이라고 얼마나 떠들어 대는지. 말이라도 못하면 덜 밉기라도 하지."

은혜 선생에게 하소연하는 최 선생의 얼굴은 실망과 혐오감으로 울상이 되어 있었다.

'조선 독립 좋지. 그런데 현실적으로 어렵잖아. 우리가 지난 27년간 노력해 봤잖아. 일제가 꿈쩍이나 했나. 오히려 만주 먹고, 중국 본토를 먹으려 하잖아. 중국이 밀리고 있다잖아. 현실을 인정하고 차선의 방법을 찾아봅시다. 일본을 자극하지 말고, 충성한다고 하면 자치국으로 인정해 줄지도 모르죠.'

그들은 그런 식으로 말했다. 십 년 전, 이십 년 전에는 헌병들이 조선 사람들을 시시때때로 잡아가고 죽여도 오히려 담대했다. 이런 말을 노골적으로 하는 사람들은 없었다. 무엇 때문일까. 어딜 가도 숨막히는 분위기. 어딜 가도 애국자가 넘쳐난다. 말로 글로 연설도 넘쳐난다. 그러나 예전처럼 진정한 민족 계몽을 비추는 말이 아니라 일제에 충성하려는 의도를 담은 말들이 넘쳐난다. 그런 글, 말일수록 화려하고 수사적이고 감동적이고 호소력이 넘쳤다.

"그런데 말이죠, 주재소 관리가 이런 걸 묻더라구요. 이번에 마을 주민을 위해 새 국어 강습소를 여는데 모르냐고. 정희학교에도 일일 교사 같은 것으로 자원봉사 좀 나오면 좋겠다고 공문을 보냈다고."

"국어 강습소라면 일본어 강습소를 말하는 게지?"

"그렇죠. 참 내, 굳이 국어 강습소라고 간판을 붙인다는 자체가 기막히고, 가슴 아파서… 그리고 그런 일에 참여시키면서 일제가 시키는 대로 하는 것에 조금씩 더 익숙하게 만들고, 당연하게 만들고, 마침내는 꼭두각시를 만들려는 속셈이죠."

"벌써 그렇게 된 학교들도 많다고 들었어요. 안 그러면 학교 문을 닫게 될 정도로 어려워지니까 할 수 없이 그랬다는데, 나는 그럴 바에야 차라리 학교 문을 닫는 게 낫다고 봐."

은혜 선생은 단호하게 말했다.

"아이, 그래도 말이 쉽지, 어떻게 학교를. 휴! 우리 머리도 이렇게 복잡한데 인 교장선생님은 오죽하겠어요. 이런저런 압력이 많이 들어오는 것 같던데. 이사들이 이럴 때 힘이 되어 주면 좋을 텐데, 믿지 못할 사람들뿐이고…." 최 선생이 걱정스럽게 말했다.

"그래도 요즘은 잠잠하잖아요. 이사회도 자주 안 모이고. 그렇게 학교 운영에 간섭하고, 인 선생님 못 잡아먹어 안달이더니 가만히라도 있으니 다행이에요."

은혜 선생이 고개를 저으며 말했다.

한때 박 이사가 정희학교 인수에 관심이 있었던 것은 사실이지만 지금은 아니었다. 조선의 여타 민족 교육기관, 기업체, 사업체 등의 기관들처럼 정희학교는 이제 하향세였다. 십 몇 년 전 한때 일제는 조선인의 민족 계몽 운동, 민족 산업 육성 등의 시도들에 우호적인 듯한 입장인 적도 있었다. 그러나 언제부턴가, 그런 시절이 있었던가 싶도록 분위기가 달라졌다. 중일전쟁을 시작할 무렵부터 일제는 조선인은 황국 신민이 되어야 한다고 주장하며 민족주의 학교들을 간섭하고 탄압하고 있었다.

또한 만주사변을 일으키며 제국주의 확장을 예고한 후, 일본은 조선 반도 전체를 전쟁 준비 장소로 만들어 버렸다. 그러한 여파가 작년에 중일전쟁이 시작된 후 더욱 심화되어 조선 경제는 심하게 위축되고 전쟁 분위기에 휘말리자, 실업학교로 워낙 규모가 작았던 정희학교는 간신히 유지되는 정도로 버티고 있었다.

실리적인 박 이사에게 경제적 가치가 하락한 정희학교의 경영권은 아무 의미가 없었다. 오히려 이사로서 돈을 쏟아부어야 하는, 쳐다보기 싫은 애물이 되었다. 그런데 최근 한 가지 좋은 생각이 떠올랐다. 그는 요즘 한창 나라를 진정으로 걱정하는 사람들과 자주 어울려 내선일체의 길에 대해 토론하곤 했는데, 거기서 일제가 정희학교를 다른 학교들처럼 친일 교육기관으로 흡수하고 싶어 한다는 것을 알았다. 만약 박 이사가 이를 중간에서 도와주면 그 공적이 나중에 유용하게 될 날이 올 것이다. 그리하여 그는 일본 관리들에게 정희학교를 접수할 수 있는 가장 손쉬운 정보를 알려 주었다. 그는 인설을 무너뜨리기 위해서는 굳이 다른 무리수를 쓸 필요 없이 종교를 건드리는 것이 가장 쉬운 방법이라고 했다. 신사참배를 시켜 보라. 그러면 그녀는 거부할 것이다. "거부하지 않는다면?"이라고 일제 관리가 묻자 그는 몇 수 앞을 보는 사업가다운 혜안을 과시하는 듯, "거부하지 않으면 결국 자멸할 것이오"라고 말했다.

인설은 일본 관리로부터 의주 학교들에 대한 신사참배 강화 시책에 대해 들었다. 그 관리의 말에 의하면 지난 몇 년간 신사참배를 권해 왔지만 적극적으로 따르지 않는 학교들이 있어서 문제다. 지금도 중국 대륙의 전방에서는 천황폐하를 위해 목숨 걸고 싸우는 군인들이 있는데, 후방에서 신사참배로 힘을 모으지 않는 것은 불충이며 반역과 다름없다는 것이다. 그는 평양의 학교들 가운데 신사참배에 협조하지 않아서 폐교하게 된 몇몇 학교들의 이름까지 거론하며 압박했다.

인설이 몇 년 전 처음 이것에 대해 들었을 때, 20세기 현대 문명사회에 무슨 되지 못한 수작이냐, 내가 여기에 굴할 소냐 하는 마음에 생각할 필요조차 느끼지 않았다. 그러나 일제의 기세는 해가 갈수록 더 뻗쳐 중국 본토 만주까지 미치고 있었다. 반면에 조선의 독립운동 여건은 20년 전보다도 더 어려웠다. 만주 쪽 무장독립투쟁도 그러했고, 본국에서의 애국계몽 운동도 친일 압박에 지식인들부터 변질되고 있었다. 일선 학교에 내려온 신사참배 명령도 이제는 더 이상 피할 수만은 없다고 느꼈다. 압박이 심상치 않았다.

신빈에 다녀온 이후 5년여의 세월이 흐른 가운데 인설의 마음은 많이 약해져 있었다. 현과는 서신이나 어떤 간접적인 경로를 통한 소식조차 이어지지 않았다. 일본군의 무서운 상승 기세 속에서 고전을 면치 못하는 무장독립투쟁군의 상황을 생각하면 살아 있기만을 바랄 뿐, 소식을 바라는 것은 사치였다. 그렇긴 하지만 현과의 사랑이 확고했다면 인설은 지금보다 훨씬 덜 힘들었을 것이다.

돌이켜보면 신빈의 미영의 묘지 앞에서 현의 눈길은 오로지 인설 자신을 향해 있었고, 무덤을 바라보는 눈빛은 죄책감이 담겨 있을지언정 미련은 조금도 없어 보였다. 인설은 그렇게 믿으려고 애썼다. 그리고 그 순간을 떠올릴 때마다, 현 곁에 있어 주지 못한 세월을 자책하며 그 빈자리에 미영이 들어왔던 것을 탓할 수만은 없다고 생각하려 애썼다. 미영은 근 8년을 현 옆에서 보냈다. 사랑하는 남자가 다른 여자와 한 상에서 밥을 먹고, 한 이불을 덮고 잠을 잤던 시간들을 두고 분노하거나 슬퍼하지 않을 여자는 없을 것이다. 그리고 그것을 두고 둘 사이가 결코 사랑은 아니었다고 변호해 주는 여자가 느끼는 초라함과 자괴감은 인설같이 자존감 높은 사람도 견디기 어려운 것이었다.

나이가 든다는 것은 다시 돌아갔으면 선택하지 않았을 거라고 여기는 일들이 많아지는 것이다. 인설은 스스로에게 묻고 또 물었다. 파릇파릇한 청년 시기에 둘은 만났고 헤어져야 했다. 독립을 향한 길이 이렇게 먼 줄 알았더라면 그녀는 현을 기다리겠다고 했을까? 아니, 그녀는 현을 따라갔을 것이다. 가서 만주 벌판에서 열 손가락에 동상이 들도록 들일을 하고 물일을 하는 범부가 되었을 것이다.

그런데 3·1운동이 일어났고, 그것은 그녀의 삶을 엄청나게 바꾸어 버렸다. 숙영이, 명선이와 그녀가 영원히 가슴에 묻은 여학생들! 그녀들을 생각할 때마다 인설은 자신이 전한 신앙과 교육의 힘에 놀랐

다. 어린 소녀였던 그녀들이 고문과 투옥을 견디고 죽음까지 넘어서
며 거짓과 불의에 항거했다. 자신보다 앞서서 높고 험한 길을 오르는
데 성공한 그들은 이제 인설의 스승이 되었다. 제자들의 관을 붙들고
그녀는 약속했다. 너희들의 심장을 묻은 땅에 학교를 세우겠다고. 너
희와 같은, 더 많은 숨겨진 보석 같은 여성들을 찾아 세우겠다고. 그
랬기에 그녀는 정희학교를 설립하고 운영하며 겪은 어려움과, 현과
떨어져 그리워하는 고통들을 이겨 낼 수 있었다.

그렇게 견뎌 간 시절인데, 이제 인설은 그것이 아주 먼 일처럼 여겨
졌다. 그리고 전에는 버틸 수 있던 것들이 이제는 버티기 힘들어졌다.
인설이 떠나올 때 현의 눈빛은 '가야 한다는 건 알지만, 내 곁에 있어
줘'라고 간절히 말하고 있었다. 그런데 인설은 그의 눈길을 뿌리치고
일어섰다. 그때는 현을 도저히 용서할 수 없었다. 지금은 후회하지만
더 대화를 나눈다는 것도 상상할 수 없는 일이었다. 그녀는 분노로 창
백해진 얼굴로 "지금은 가야 해요. 우리를 구하러… 당신이 오세요"
라고 짧게 말했을 뿐이었다.

이제 그녀는 현을 기다리고 있지만, 무엇을 위한 기다림인지 알지
못했다. 모든 것이 너무 늦어 버렸다. 처음에는 길어야 3년 안에 독
립이 되고 현이 돌아올 줄 알았다. 3년이 넘었을 때, 그럼 5년 안에,
그 다음엔 10년 안에, 그래도 안 되자 20년 안에, 이렇게 기다려 왔
다. 만약 인설에게 어떤 근거를 가지고 그렇게 생각했느냐, 어떤 정
치적·군사적 상황을 근거로 했느냐고 묻는다면, 그녀는 아무 대답
도 할 수 없었을 것이다.

어찌되었든 인설에게 현과 재회할 수 있는 유일한 방법은 독립이었
다. '독립의 날이 오면 된다. 그런데 그 독립의 날이 이렇게 더디 오
는 것이 가장 참을 수 없었다. 분명 오긴 올 터인데, 왜 이리 오래 걸

리는 걸까?' 그녀는 차가운 유리창을 통해 어두운 밤하늘을 바라보며 중얼거렸다. 일제는 신사참배로 위협하며 정희학교를 빼앗으려 하고 있다. 인설에게 정희학교는 그녀와 현을 갈라놓은 장애물이 아니었다. 오히려 인설이 현을 기다린다는 상징 같은 것이었다. 인설은 학교를 독립이 오는 길을 비추는 등대로 여겼다. 그런데 그 학교가 사라진다면, 이제 독립을 위해, 현을 위해, 아무 빛도 비출 수 없게 되는 것이다. 인설은 그 암흑과 같은 상태를 상상할 때마다 두려움에 몸을 떨었다.

   며칠 후 인설은 신사참배 문제를 놓고 정식 회의를 하기 전에 핵심 멤버들과 상의하기로 했다. 그들은 초창기부터 함께한 교사들과 이제는 실용과목 책임자이자 교사로 수고하고 있는 정희의 모임 식구들이었다. 인설은 일본 관리가 한 말을 전하고 여러분의 의견을 듣고 싶다고 했다. 모인 사람들은 한동안 말이 없었다. 그들은 이 명령을 거부하면 폐교가 다음 수순이라는 것을 직감하고 있었다. 직장을 잃게 될 교사들뿐 아니라 학생들은 어찌할 것인가. 만약 학교 문을 닫는다면 그들은 당장 갈 곳이 없을뿐더러 떠나왔던 곳으로 다시 돌아가게 되면 이전과 다름없는 가정 폭력이나 가난에 무방비 상태로 놓이게 될 것이다.
   "그러지 않아도 며칠 전 명진이가 그러는데, 기숙사 놀이방 아이들이 목침을 앞에 놓고 자꾸만 절하고 놀더랍니다. 뭐하는 거냐고 했더니 '가미타나神棚' 놀이라고 하더래요. 동쪽을 바라보며 절하는 동방 요배 놀이도 한다고 하더래요. 명진이가 깜짝 놀라 하지 말라고, 교회 다니는 아이들은 하는 거 아니라고 했더니, 아이들이 소학교에서도 하고 집에서도 하는데 왜 하면 안 되냐고 되묻더랍니다." 수연 선생이 말했다.

"그냥 일본 천황에게 충성을 맹세하는 것도 꺼림칙한데, 요즘은 일제가 점점 천황을 진짜 신처럼 대우하는 것 같아서 더 그래요. 그럼 우리는 우상숭배를 하는 거잖아요." 현선 선생이 말했다.

"사실 신사참배라는 것 자체가 일본 천황과 그 황실의 선왕들이 신이라는 얘기 아닌가요?" 소라 씨가 말했다.

모두들 할 말 없어 했다. 그녀의 지적은 사실이었다.

"세상에, 아예 손바닥으로 하늘을 가리라고 하지. 멀쩡한 사람을 신이라고 하나!"

"한번 절하면 되는 거니까 쉽고, 일반 국민들도 그렇게 심한 거부감이 있는 것 같진 않아요. 물론 굴욕적이긴 하지만 직접적으로 손해를 끼치거나, 절 한 번으로 나라 상황이 더 악화되는 것도 아니니까."

"그게 문제예요. 그렇게 조금씩 우리나라 사람들의 기를 죽이고 영혼을 뺏는 거예요. 고문이나 투옥이나 총살은 저항정신이라도 불붙이지. 그래서 동방요배나 신사참배는 훨씬 더 위험한 거예요."

"이제는 항일 민족정신이 살아 있는 기관이나 학교는 찾아볼 수 없어요. 일제의 정책 자체가 조선 말살 정책과 내선일체인데, 이런 시대에 문 열고 있다는 자체가 누구에게 도움이 되고 있는지를 증명하죠." 자조적인 목소리로 최 선생이 말했다.

"항일을 못한다고 친일을 하고 있는 건 아니죠."

"과연 후세 사람들이 그렇게 여겨 줄까요?"

"우리가 학교를 지켜 내지 못하면 학생들이 어디서 조선어를 몰래 배울 수 있을까요? 그러면 그들이 자라나서 우리를 비판이나 할 수 있을까요?"

"어쨌거나 항일 민족정신은 숨길 수 있고 겉으로는 신사참배 할 수 있어요. 후일을 도모하는 거죠. 그런데 신앙도 그럴 수 있을까요? 하나님께서 금하신 우상숭배인데. 신앙은 숨기면 안 되는 거잖아요. 하나님을 속일 수는 없잖아요." 은혜 선생이 단호하게 말했다. 그녀는 좌중에게 하는 말 같지만 마지막 말을 할 때는 인설을 바라보며 말하는 것이, 마치 간절히 당부하는 듯했다.

"일본 사람들이 우리나라 땅에서 행한 악한 짓이 얼만데, 그들의 왕을 천황이라고 섬기나요?" 은자 씨가 창백해진 얼굴로 말했다. 그녀는 의병 투쟁을 하다가 학살당한 아버지를 생각하는 듯했다.

"비신앙인들은 절 한번 하면 끝날 일이라고 생각하는데. 그래서 온 나라가 하고 있는 마당이에요. 이 문제 가지고 존폐의식 차원에서 거부감을 갖고 있는 것은 교회와 미션 스쿨뿐이라고 봐야죠. 이제는 더 이상 피할 수도 없어요. 수용 아니면 정면돌파밖에는." 최 선생이 한숨을 쉬며 말했다.

대체로 교사들은 신사참배가 우상숭배이며, 큰 희생이 있더라도 우상숭배를 할 수 없다는 쪽으로 의견이 모아져 갔다. 은혜 선생이 신앙인의 시각으로 강력하게 주장했고, 평소 소규모 기도회와 성경 공부를 이끌며 교사들과 학생들의 신앙심 고취에 힘쓴 그녀의 주장이 영향력을 발휘해서였다. 인설은 이런 때 은혜 선생이 정희학교에 버팀목이 되고 있다는 사실에 감사했다. 그리고 모든 것을 버리게 되어도 신사참배를 거부할 수 있다는 교사들의 입장에 고마움과 자랑스러움을 느꼈다. 아까 신사참배 시행을 강요하는 일본 관리의 말을 들으며 그녀에게 처음 든 생각은 '잘 되었다, 이것 본때 있게 거부하고 감옥이든 어디든 가리라' 하는 것이었다. 그러나 교장으로서 그녀의 입장은 그 후의 일이 그려지지 않을 수 없었다. 인설은 앞으로 일주일간 기도하며 생각하고 다음 교사회의 때 다시 의논해 보자고 하고 자리를 마쳤다.

한편 기숙사로 돌아온 교사들은 흥분한 마음에 잠을 잊고 식당에서 대화를 계속했다.

"세상 사람들은 동방요배, 신사참배를 한다 해도 친일이라고 하지 않습니다. 모두가 하니까요. 그것도 우스운 것 아닌가요? 그런 모습 보이며 자녀들을 키우면 그 자녀들이 자라서 조선의 얼을 가진 사람들로 자라겠습니까? 일황에게 무릎 꿇는 것이 당연한 신하 백성이 되는 것 아닙니까? 이게 왜 친일이 아닙니까?"

"그렇게 해서 이득을 취하는 것이 없으니 친일이라고 보긴 무리 아닐까요? 우리가 친일파라고 경멸하는 지주나 사업가나 조선인 경찰 헌병들을 보면 그들은 친일행각으로 얻은 권력 끄트머리로 동포들을 궁지로 몰아넣고 권력과 부의 이득을 보고 있지 않습니까?"

"3·1 만세 시위로 감옥에 있을 때, 고문 받을 때, 너무 아프고 괴로워 차라리 죽어 버렸으면 했어요. 그때 경찰이 3·1 시위한 것 후회한다고 반성문만 쓰면 당장 내일 내보내 준다고 했어요. 거절하고 감옥으로 돌아왔지만 한밤중에 진짜 너무 쓰고 싶어졌어요. 내가 그런 마음이 들 줄 몰랐죠. 차라리 기절하면 그런 생각 안 들 텐데 하고 생각할 정도로. 함께 버틴 친구들 덕분에 안 그럴 수 있었어요. 그때도 타협하지 않았고 지금도 타협하지 않을 거예요, 절대로." 현선 선생이 말했다.

"3·1운동도 탄압에 굴하지 않고 했던 우리인데, 일개 인간일 뿐인 일왕이 자신을 신이라고 하는데, 기독교인인 우리부터 앞장서서 거부해야 합니다. 그러면 3·1운동 때처럼 온 국민이 호응해 줄 거예요."

"글쎄요. 3·1운동하던 기개 있던 사람들은 다 죽었어요. 살아남은 사람들이 그들만큼 용감하지 못해서인지도…." 최 선생의 말은 슬프게 들렸다.

"미안하고 부끄럽군요."

"신사참배는 우상숭배예요. 재봉반에 친척이 의주 어느 교회에 다니는 학생이 있는데, 최근 한밤중에 식솔들 다 이끌고 깊은 산으로 들어갔답니다. 신사참배 하기 직전 날이었다고 해요."

"그렇게 사라진 교인 가족들이 요즘 많다고 합니다. 산에 들어가서 뭘 먹고 살까요. 얼마나 버틸까요. 그들이 죽기 전에 독립이 될까요?"

"국경선 너머 독립군들이 잘 싸우고 있다던데. 아, 한·중 연합군이 된 다음에 더 잘 싸운다 하더구만요. 어떻게 빨리 안 내려오려나. 그러면 신사참배 안 해도 될 텐데."

"여보세요, 민족주의 계열 독립군은 본토나 상하이 쪽으로 옮겨 갔답니다. 일본군이 만주를 거의 장악했나 봐요. 그런 악조건에서 지금 만주 땅에 남아 싸우는 독립군은 중국 공산당과 연합한 독립군이랍니다."

그들은 '이사들은 무얼 하는지? 이 문제 피해갈 수 없는지?'도 생각해 보았지만 박민효는 이미 친일 인사로 소문이 쫙 퍼졌고 다른 이사들도 마찬가지이며 도움을 기대할 수 없다는 사실만 확인했을 뿐이었다.

다음 날 오후, 인설은 학교로 돌아가는 마차를 타고 있었다. 그녀는 방금 전에 그녀가 한 짓을 믿을 수 없었다. 아침에 그녀는 의주와 신의주 지역 학교 교장들의 모임에 참석했다. 이례적인 모임이었다. 예상대로 관청에서 나온 일본 관리가 주재했는데, 그는 두 시간 동안 다른 주제는 아예 손도 대지 않고 학교 차원에서 신사참배의 필요성에 대해 떠들었다. 그때만 해도 인설은 앞에서 떠들든 말든 신사참배를 피할 수 있는 묘책을 궁리하느라 골몰하고 있었다. 그런데 놀랍게도 모임을 끝내면서 관리는 "자, 다 같이 갑시다." 하고 말했다. 어디로 가냐는 물음에 그는 "신의주와 의주의 교장선생님들이 먼저 본을 보였다는 소식이 돌아야 교사와 학생들이 움직이지 않겠느냐"고 하며 그들을 자동차에 태웠다.

신사에 내려서 서른 명 남짓한 교장들이 나란히 섰을 때만 해도 인설은 '참배 구령이 내리기만 해봐라. 다른 사람은 다 하더라도 나만은 혼자 꼿꼿이 서서 절하지 않으리라'고 다짐했다. 그런데 막상 참배의 순간이 다가오자, 그녀의 머리에 학교가 폐쇄되고 학생들이 뿔뿔이 흩어지는 장면이 선명히 떠올랐다. '다시 집에 돌아가기 싫다'고 눈물지으며 가는 부녀들의 얼굴, 그들의 어린 자녀들의 얼굴. 그리고 그 모습은 3·1 만세 시위 때 붙잡혀 가던 그녀의 제자들의 얼굴과 겹쳐졌다. 그녀들의 무덤가에서 했던 자신의 맹세가 귀에 울렸다. '너희 죽음을 헛되이 하지 않고 너희를 기념하여 여성 교육의 산실을 만들게.' 무덤은 미영의 묘로 바뀌고 마지막 만남 때 현의 얼굴이 떠올랐다. '학교로 돌아갈게요. 당신이 속히 오세요. 독립시키러 오실 때까지 거기서 기다릴게요.' 자신의 말이 다시 들렸다.

절도 있는 '바로' 구령이 들렸다. 그 순간 인설은 자신이 방금 신사참배를 했다는 사실을 깨달았다.

일본 관리들은 과연 기민해서 신의주와 의주의 교장들이 신사참배의 본을 보였다는 소식을 신속하게 시내와 마을에 전했다. 특히 그들이 속한 학교를 빠트리지 않았는데, 오후쯤 되자 각 학교 교직원들에게 알려졌다. 인설이 신사참배 했다는 소식을 들은 교사들은 망연해져서 어쩔 줄을 몰랐다. 그들은 은혜 선생의 주도로 신사참배 거부를 결의하는 40일 특별 기도회를 막 마치고 나왔던 것이다.

인설이 차에서 내려 학교로 들어올 때 교사들과 마주쳤다. 인설의 판단을 이해할 수 없다는 은혜 선생의 실망과 안타까움에 찬 얼굴, 한숨을 푹푹 쉬며 인설과 교사들 사이에서 분위기를 살피던 최 선생의 얼굴, 말없이 눈물만 흘리던 수연, 뭐가 뭔지 어리둥절해 하는 현선과 영순의 얼굴, 입꼬리가 올라가 비웃는 듯 보이는 소라의 얼굴, 특유의 슬픔에 찬 표정을 짓던 은자. 인설은 무슨 말이라도 해야 한다고 생각했지만 아무 말도 하지 못했다. 그녀는 당당한 자세를 갖추려 했지만 차마 그들과 눈을 마주칠 수조차 없었다.

그 후 각급 학교들은 요일별로 돌아가며 신사참배를 시작했다. 정희학교 차례가 된 날 아침, 은혜 선생이 사라졌다. 그녀의 자리에는 사직서라고 쓴 흰 봉투가 놓여 있었다. 최 선생이 교직원들과 학생들의 동요를 막고 다독이며 신사참배와 다른 학교 일정들을 차질 없이 진행하는 데 앞장섰다. 신사참배를 하면 하늘이 무너지고 땅이 꺼질 것만 같았는데 막상 몇 분 고개 숙이니 끝이었다. 학생들은 도살장에 끌려가는 소 모양으로 신사에 갔다가 학교로 돌아올 때는 다소 밝은 표정들이었다. 최 선생은 아이들의 등을 두드려주며 연신 "그래, 별일 아니지. 아무것도 아냐." 같은 말들을 해주었다.

학생들을 방으로 들여보내고 현선과 수연은 빈 교실 구석에서 서로 의지하며 속삭였다.

"두려워 죽을 것만 같아. 하나님께 벌받을 것 같아. 아, 하나님, 이번만 용서해 주세요." 현선이 두려움에 찬 눈으로 말했다.

수연의 뺨에는 눈물이 흘러내렸다. 그녀는 말했다. "이제 어떡하면 좋니."

다음 날은 정기 채플이 있는 날로, 학생들은 예배도 드렸다. 다들 지난 시간까지 신사참배가 하나님 보시기에 얼마나 죄악된 것인지 말씀 듣고 기도했던 기억들을 지우려 했다. 대신 사랑의 하나님, 압제받는 자를 도우시는 하나님에 대해 강조하는 말씀을 들었다.

예배가 끝나고 따로 모인 자리에서 신앙심이 깊은 교사들이 중심이 되어 신사참배를 이렇게 계속해야 하는지, 인설 교장의 참배 수용에 대해 비판적인 말들이 나왔다. 그로 인해 약 한 주간은 학교 안에 냉랭한 기류가 흘렀다. 그들의 주장은 일본 천황에게 우상숭배한 것은 배교와 친일을 동시에 한 것이며, 더 이상의 배교행위는 할 수 없다는 것이었다. 나머지 교사들과 학생들이 우왕좌왕하며 눈치 보는 가운데 인설이 고립되었다. 그도 그럴 것이, 말을 바꾼 사람이 인 교장이기 때문이었다.

한창 긴장이 고조되고 있을 때 인설에게 두 가지 이로운 일이 생겼다. 하나는 태성의 방문이었다. 그는 예전 기숙사 자신의 방이 마치 당연히 자기가 머무를 곳이라는 듯 곧장 정희학교로 찾아왔다. 그리고 긴 출장이라 체류가 길 거라며, 그의 말을 증명하듯 가지고 온 큰 가방을 옮겨 놓았다. 그는 지난 수년간 함께 지내며 남녀 선생들과 일하는 직원들과 두루 친분이 두터웠기 때문에 모두들 그의 체류를 반겼다. 그는 이 사람 저 사람을 붙들고 한참 너스레를 떨거나 정담을 나누었다. 밤이 되어 모두들 방으로 들어가고 나서야 태성은 인설의 방문을 노크했다.

인설은 낮에 입은 옷 그대로 입고 책상에 앉아 있었다. 그녀는 태성이 올 줄 알고 기다리고 있었다. 인설은 태성의 표정을 살폈다. 그도 자신을 비난하고 있는지….

"미, 미안해요. 결혼하신 것 듣고도 축전도 못 보내고. 늦었지만 축하합니다, 진심으로." 그녀의 목소리에는 서운함을 감추고 싶은 마음과 티 내고 싶은 마음이 동시에 드러났다.

"고마워요." 태성은 아무렇지 않게 짧게 답하고 끝이었다.

"당신이 여긴 어떻게?"

"은혜 선생이 평양으로 돌아와서 나를 찾아왔었어요. 인설 씨 얘기하면서 당신 홀로 두고 온 것 미안해하며 웁디다." 태성은 무뚝뚝하게 대답했다.

6년 만에 나타난 태성은 전보다 인설 앞에서 더 당당했다. 그것은 자신의 마음을 확실히 알고 어떻게 행동해야 하는지 아는 사람의 당당함이었다. 무슨 말로 인사를 차려야 할지 몰라 하는 인설에게 그는 단도직입적으로 말했다.

"당신에게 가장 중요한 게 뭔지 모르겠소. 학교? 현? 신앙? 애국(독립)? (여자로서) 자아성취? 그것을 알아야 잘 도와줄 수 있을 텐데."

인설은 그의 어조에 비난의 기색은 없는 것 같다고 느꼈다. 하지만 그것은 그녀의 정곡을 찌르는 질문이었고, 알고는 싶어 하지만 그녀에게 물어도 그녀가 답을 알 거라고 기대하는 것 같지도 않았다.

"모르겠어요. 나도 정말, 갈수록 진심이 없는 여자가 되어 버렸어요."

"…."

"이제 사람들 앞에서 기도도 할 수 없고, 인사나 사무적인 간단한 얘기 외엔 마음을 담은 대화를 할 수가 없어요. 저는 모두를 실망시켰어요."

"그거야 당신이 그들을 진짜 신앙으로 잘 양육했다는 뜻이지."

그의 말투는 부드러워졌다.

"그러면 내 신앙은 그들보다 부실하다는 뜻인가요?"

"나야 뭐 신앙인이 아니니까 잘 모르지만, 그렇다고 볼 수 있죠."

태성을 향한 인설의 얼굴이 분노로 창백해졌다. 빈정거림인가.

"신앙의 순수의 관점으로 보면 그렇다는 거예요. 당신은 신앙만을 고려할 수 있는 자리에 있지 않다는 것을 모두가 알아요. 당신을 걱정하는 교사와 학생들이 많아요."

"신앙이 전부라고 가르치며 배우며 독립을 위해 쓸모 있는 사람이 되자고, 우린 그렇게 서로 의지하며 살아왔어요. 이제 와서 너희를 지키려고 그랬다고 해봤자 서로에게 모욕이에요." 인설의 뺨에 눈물이 흘렀다.

"6년 동안 뭐 하다 이제 나타났어요. 당신이 있었다면 실수하지 않았을 텐데."

인설이 연민의 빛을 띤 태성의 눈을 보며 말했다.

"아니, 당신은 내가 있었어도 지금과 똑같은 선택을 했을 거요. 열여섯으로 돌아가 당신의 일생을 다시 살 수 있다 해도 당신은 지금껏 살아온 똑같은 길을 갔을 거요."

태성이 말했다.

태성의 정희학교 체류와 함께 인설에게 우호적으로 작용한 두 번째 사건은 학생들 중에 폐교를 두려워하는 학생들이 인설을 옹호하는 목소리를 낸 것이다. 노골적으로 인설을 비난하는 교사들이 생기면서 그들과 반대되는 생각을 하는 사람들이 뭉친 것이다. 명진 엄마 등 주로 자립이 필요해서 학교에 들어온 학생들이 '학교가 있어서 자신들은 살 수 있지 학교 문 닫으면 갈 곳 없다', '인설이 자신의 이익을 위해 그랬느냐, 학교를 위해 그러는 것 아니냐'며 학교 존립을 위협하는 발언을 하는 교사들의 자제를 촉구했다. 이 일로 두세 명의 신앙 좋은 교사들이 떠났다. 그들은 은혜 선생 다음으로 인설이 의지하던 헌신적인 교사들이었다. 이제 학교는 안정을 찾았다. 최 선생은 열심히 교직원과 학생들을 찾아다니며 그동안 생긴 균열을 메우려 했다. 그 모습까지 보고 태성은 인설에게 출장을 다녀오겠다고 했다. 신의주에 들렀다가 상하이까지 다녀오는 일이라는 것이었다.

그 후 수개월이 흘렀다. 학교는 신사참배 이전보다 오히려 평온하게 흘러갔다. 일제 관리들은 신사참배에 정기적으로 참석하는 정희학교에 만족하여 별다른 꼬투리를 잡지 않았다. 박민효는 일제에 줄을 댄 군수산업에서 한몫 보려고 신의주에서 분주했고, 그가 없으니 다른 이사들도 잠잠했다. 인설은 매일 한두 시간 집무실에서 행정 업무를 보고, 학교의 공식 행사에 얼굴을 비치는 외에는 두문불출하여 사람들은 그녀의 얼굴을 잘 볼 수 없었다. 한동안 다시 건강이 나빠졌기 때문이기도 했고, 그 후에는 얼굴을 마주치지 않는 것이 교사나 학생들과의 불필요한 마찰을 줄일 수 있다는 조언을 받아들였기 때문이었다.

최 선생은 이전에 은혜 선생이 있을 때는 이인자였지만, 그 즈음에는 명실상부한 인설의 최측근이 되었다. 그녀는 학교 안정화의 가장 큰 열쇠가 신사참배를 정희의 신앙 애국 학풍에 잘 조화시키는 것이라고 여겼다. 실제로 신사참배에 대한 교직원과 학생들의 생각은 많은 부분 최 선생의 강조와 기도문 가운데서 나온 것들이었다. 영리한 그녀는 일단 신사참배는 아무것도 아니라고 강조했다. 무당 굿할 때 지나다가 잠깐 참석한다고 무슨 큰일이 나는 것 아니라며 굿 구경하던 옛 경험들을 십분 활용하여 말했다. 그다음에는 회개의 논리를 강조했다. 마음으로는 부정하고 겉으로만 신사참배를 하는 것이다. 그때 속으로는 주기도문 외우자. 하나님은 중심을 보신다고 하셨고 내 중심이 하나님이 되도록 한다. 참배 후 회개한다. 주님은 이해하신다.

회개하면 용서해 주신다. 대략 이런 것이었다.

어느 날 인설은 정오쯤 잠에서 깨었다. 그녀는 밤잠을 못 이루어 수면 시간이 불규칙해져서 한낮에 혼자 일어날 때가 있었다. 그녀는 탁자에 놓인 식사를 몇 술 뜨고 불현듯 교사들과 학생들이 거주하는 기숙사 층을 돌아보고 싶어졌다. 오후에는 한창 수업이 많아서 사람이 거의 없을 것이다.

복도를 걷는데 공동 여자 화장실 쪽에서 흰 연기와 함께 냄새가 심하게 났다. 그녀는 화장실 문을 열었다. 소라 선생이 담뱃대에 아편을 가득 넣어 피우고 있다가 인설과 눈이 마주쳤다. 몽롱하고 사나워 보이는 그녀의 눈빛은 잊고 있던 십 몇 년 전 그녀의 모습이었다.

"이게 누구야. 교장선생님이시네. 오랜만에 보니 정말 반갑네요. 선생님, 오늘 저 마음이 좀 그래서 한 대 피우는 거예요. 너무 놀라지 마세요. 딱 한 대만요."

소라 선생은 들켰으니 얼른 내려놓아야겠다는 생각도 안 드는지 천연스럽게 한 모금 빨고 연기를 내뱉었다. 인설이 학생들이 보면 어쩌려고 이러느냐 하니 그녀는 이렇게 답했다.

"죄송해요. 하지만 너무 참을 수 없을 때가 있어요. 그렇지만 회개는 꼭 해요. 그게 제가 항상 은혜 안에 산다는 증거죠. 그러면 자비로운 주님께서 용서해 주시네요."

소라 선생은 충혈된 눈으로 두서없는 말을 더 늘어놓았다. 인설은 화장실을 나와서 문을 닫아 버렸다. 가슴이 마구 뛰었다. 어떻게 이런 일이 정희학교 안에서 있을 수 있는가.

저녁 때 최 선생이 찾아왔을 때 인설은 자신이 목격한 것을 말했다. 최 선생은 조금 무안해 하면서 인설이 걱정할까봐 말을 못 했다고, 그러지 않아도 말씀드리려 했다고 말했다. 영순 선생에 대한 불만도 털어놓았다. 그녀가 갈수록 게을러진다는 것이다. 수업 준비도 잘 안하고 생산품 품질 관리도 잘 안해서 불량품도 전보다 훨씬 많이 나온다고 했다. 최 선생이 주의하라고 한마디 하자 그녀는 "최 선생님한테서는 사랑이 안 느껴져요. 하나님은 사랑이시라고 했는데"라며 오히려 그녀를 비난하더라는 것이다. 최 선생은 아침부터 저녁까지 수고하는데 교직원들이 학감으로서의 자신의 권위를 인정하지 않는다며 불평을 토로했다. 인설은 그 이유를 정말 모르겠냐고 물으려다 그만두었다.

그로부터 몇 주가 지났다. 인설이 교장실에 있는 시간을 알아내어 수연 선생이 노크하고 들어왔다. 그녀는 인설이 교직원, 학생들과 만나기를 꺼리고 있다는 것을 알기에 먼저 매우 조심스러운 태도로 "선생님, 얼굴이 많이 상해 보여요. 괜찮으세요?" 하고 물었다. 정작 그 말을 하고 있는 수연의 얼굴에 생기라고는 한 줌도 남아 있지 않은 듯했다. 자신 못지않게 힘들어하는 것이 보였다. 결핵 요양원에서 투병 생활할 때도, 3·1 시위 때 오빠를 잃고도 이렇게까지 절망적인 눈빛은 아니었다.

"수연아, 미안해. 너무 힘들면 여기서 떠나."

"그런 말씀 마세요. 저는 선생님 곁 안 떠나요. 선생님은 제 은인이세요. 저, 전보다 더 열심히 기도하고 성경 읽고 있어요. 신사참배한 죄갚음 하려고 봉사도 두 배로 하구요."

수연은 본론을 이야기했다. 현선이 이상하다는 것이었다. 신사참배 첫날 마치고 돌아와 현선이 매우 두려워 떨었으며, 그 후에도 참배 시간 전후에 매우 불안한 모습을 보였다. 그리고 최 선생이 학생들에게 늘 하는, 신사참배가 괜찮다는 말들에 대한 근거를 성경에서 찾으려고 애썼다고 했다. 매일같이 성경을 읽더니 얼마 전에 밝은 얼굴로 수연을 찾아와서 말했다고 한다. 이젠 살았다고. 성경에 근거들이 있더라고. 그런데 그녀가 하는 말들과 성경구절들이 좀 맞지 않고 뭔가 느낌이 이상하다고 했다.

다음날 인설은 현선 선생의 방을 찾아갔다. 현선은 내일 정기 채플 시간에 짧은 간증을 할 준비를 하고 있었다. 최 선생이 부탁했다는 것이다. 그녀는 그동안 자신이 고민하고 기도하던 것이 응답받았다며 들떠 있었다.

"선생님, 내일 채플 때 선생님도 오셔서 들어 보세요. 왜 우리가 신사참배를 해야 하는지 알아냈어요. 정말 성경에 있었어요."

"현선아⋯." 인설은 더 이상 말을 이을 수 없었다.

현선은 특유의 순진한 열정으로 가득 차서 인설에게 확인을 바라는 눈길로 바라보며 말을 이었다.

"선생님, 선생님 말이 틀릴 리 없잖아요. 우리에게 나쁜 것을 권하실 리가 없잖아요. 이 시기만 통과하면 독립이잖아요. 이 시기만 통과하면 되니까, 살아남자고⋯."

현선은 양 겨드랑이 밑으로 짚고 있는 목발을 흔들었다.

인설에게 그 모습은 마치 자기 제자들에게는 3·1 시위 후의 고문과 투옥과 학살을 남겨 주고 싶지 않다는 의지로 보였다. 피할 수 있는 방법만 있다면! 인설은 자신의 마음을 들킨 것 같았다. 현선에게 아니라고도 맞다고도 할 수 없는 자신의 처지가 저주스러우면서 눈빛으로 자신의 마음을 표현해 보려 했다.

"보세요. '미련한 자는 교만하여 입으로 매를 자청하고 지혜로운 자는 입술로 스스로 보전하느니라'(잠 14:3) 굳이 신사참배가 잘못되었다 할 필요가 없는 거예요. 우리는 정말 지혜로운 선택을 하고 있는 거라구요."

다음 날 현선은 학생들에게 간증을 했다. 그 후로 최 선생은 현선 선생에게 신사참배 학생 인솔 대표 직책을 맡겼다. 현선은 수락할 수밖에 없었다. 영리한 최 선생은 현선 선생에게 그녀가 맡지 않으면 일제 관리들이 인 교장이 왜 오지 않느냐고 추궁할 것이니 현선 선생이 앞장서서 열정적으로 이끌어 달라고 한 것이다. 현선의 순수한 믿음의 호소는 많은 학생들의 마음을 감동시켰다. 그러나 현선은 잠이 오지 않는 밤이 많아졌고 악몽에 시달렸다. 신사참배의 맨 앞에서 대열을 이끌려면 온 몸에서 힘을 끌어 모으고 머리부터 발끝까지 거짓 없는 신념으로 가득차야 했다. 그렇게 참배를 마치고 오는 그녀의 얼굴은 창백하고 눈빛은 결연해 유령을 보는 듯했다.

하루는 학생들과 신사참배를 마치고 교내로 들어와서 현선 선생이 쓰러졌다. 인설이 소식을 듣자마자 의무실에 누워 있는 그녀를 찾아 갔다. 그녀는 살짝 눈을 뜨고 인설임을 알아보며 미소 지었다. 그리고 성구를 암송했다.

"사람의 행위가 자기 보기에는 모두 깨끗하여도 여호와는 심령을 감찰하시느니라(잠 16:2). 선생님, 하나님은 겉의 말이 아니라 속의 중심을 보신다고 하셨죠? 사람들이 뭐라 해도 제 중심은 주님께 있어요."

"현선아, 이제 그만해. 우리 이제 그만하자."

인설의 낮은 목소리는 침착했지만 떨리고 있었다.

"아니에요, 선생님. 이만큼 버티기도 너무 힘들었는데 우리 끝까지 가요. 내년이면 감옥에서 친구들 잃은 지 20년이 되어요. 걔들은 죄 없이 맞고 밟혀 살이 피고름 흐르고 썩어 가면서도 버텼어요. 저도 참을 수 있어요. 육체가 아픈 것도 아니고, 죄를 안 짓고 견디는 것도 아닌데…."

현선은 힘들게 말을 이어 가다가 마지막에는 가위 눌린 듯 숨을 가쁘게 쉬었다. 인설은 현선이 그녀 스스로 무슨 짓을 하고 있는지 알고 있다는 사실에 놀랐다. 그리고 인설 자신의 이기심도 꿰뚫어 보고 있는가 싶어 숨을 쉴 수 없을 만큼 놀랐다.

"선생님, 독립이 언제 오나요? 이만큼 기다렸으니 그만큼 올 때가 가까워진 거겠죠? 만주 다니는 사람들이 그러던데요. 일제가 말로는 큰소리치고 있지만 만주에서 한·중 연합군한테 밀리기도 한다고. 아, 좋아라, 의주는 국경만 넘으면 일본군과 더 싸울 필요도 없이 곧바로 도착이니까 우리는 독립을 제일 먼저 볼 수 있어요… 여기가 평양이 아니라 의주라서 좋아요."

현선은 말을 하다가 피곤해졌는지 다시 잠들려 하고 있었다. 인설은 애써 미소 지으며 이마의 머리카락을 쓸어 주었다. 현선은 잠들었다.

어느 오후, 인설은 놀이방에서 명진이와 그녀의 친구들에게 책을 읽히고 있었다. 잠시 후 아이들은 몸을 비틀며 모처럼 찾아온 인설에게 재미있는 이야기를 해달라고 졸랐다. 인설이 무슨 얘기? 라고 묻자, "춘향이 이야기요." 하고 입을 모았다. 아이들은 인 선생님이 춘향전을 좋아한다는 것을 알고 있었고, 그래서 다른 이야기보다 특별한 재미와 감동이 전달되는 것을 느끼고 있었다. 역시나 선생님은 선선히 그러겠다고 했다. 오늘은 옥에 갇힌 춘향이에게 이몽룡이 누추한 행색으로 찾아온 부분부터 시작이었다. 그런데 그녀는 이야기를 시작하려다 말고 질문을 했다.

"그런데 얘들아, 이 도령이 돌아오는데 한 일 년도 안 걸린 것 같지? 만약 이 도령이 이보다 좀 늦게 왔으면 어떻게 되었을까?" 인설은 정말 궁금한 듯 물었다.

아이들이 "얼마나 늦게요?" 하고 묻자 인설이 "한 25년?" 하고 답했다. 아이들은 순식간에 흥분했다.

"그러면 춘향이는 이미 변 사또한테 곤장 맞다 죽었겠네. 무덤가에 풀도 죽었어요."

"에이, 말도 안 돼요. 춘향이가 25년씩이나 뭐 하고 있어요? 그렇게 길어지면 지루해요."

"맘이 변했어요. 그래서 안 오는 거예요."

"알았어. 그런 얘기는 없지? 그러면 재미없으니까 아무도 안 읽겠지?"

인설이 슬픈 미소를 지으며 말했다.

아이들은 그렇다고 했다. 인설은 중단되었던 이야기를 다시 이었다. 금의환향하기만을 기다렸던 도령님이 어사는커녕 걸인 행색을 하고 나타났잖아. 이제 옥 속의 춘향을 구해 줄 수 없겠지. 그래도 춘향은 원망하지도 않고, 그를 기다려 수절한 것을 후회하지 않아. 오히려 그녀는 이 도령의 추레한 모습을 가슴 아파하며 어머니 월매에게 부탁해. 자신이 죽으면 자신이 입던 비단 옷과 패물을 팔아 좋은 의관을 새로 해 입혀 달라고. 그리고 이 도령에게는 자신이 죽거든 손수 염해서 묻어 달라고 해.

한 아이가 울음이 터졌다. 춘향의 대사를 말하는 인설의 눈빛에서 한없는 애정과 아픔을 느꼈기 때문이다. 다른 아이가 "선생님, 너무 슬퍼요. 이거 슬픈 얘기 아니잖아요. 곧 잘 되는데!" 하고 항의했다. 인설은 항의를 받아들여 곧 분위기를 바꾸었다. 이야기는 행복한 결말 부분으로 넘어갔고 모두 만족했다.

그날 인설은 저녁 먹은 후 태성과 담소를 나누면서 낮에 있었던 이야기를 해주었다. 태성은 인설의 질문에 대한 아이들의 대답이나 나중에 항의한 내용에 대해 웃음을 터뜨렸다.

"아이들이란!" 인설도 한참 웃고 있는 그를 보며 함께 웃었다.

태성은 그즈음 인설이 마음을 터놓고 대화할 수 있는 유일한 사람이었다. 인설은 그와 함께 있는 시간이 소중해서 그의 얼굴을 가만히 보았다. 태성은 인설의 얘기를 들으며 현을 기다리는 그녀의 마음을 투명한 유리컵에 들어있는 물을 보듯 훤히 볼 수 있었다.

'독립이 와도… 독립군이 와도, 이제 현과 나 사이가 전 같을 수 있을까. 내가 기다렸다는 것을 믿을까. 내 사랑을 믿을까.'

인설은 태성과 대화중에도 혼자 생각하고 있었다.

태성은 그녀의 눈빛에 스쳐가는 불안한 기색을 보면서 그녀의 이런 생각도 읽고 있었다. 여전히 현을 기다리고 있는 인설. 그런데 근래 들어 현과 재회에 나설 자신감이 없어진 그녀. 신사참배 하기로 하면서부터 인설의 표정은 눈에 띄게 달라졌다. 열여섯 살 처음 보았을 때부터 늘 당당하던 인설이었는데, 지금의 인설은 몸과 마음이 오랫동안 아픈 사람과 다름없다. 주눅 든 눈빛, 생기가 사라진 얼굴, 활기 없는 몸동작. 학생들과 주민들과의 대화도 피하는 형편이니. 그래도 기다리긴 한다, 독립과 현을.

"인설 씨, 자신이 내린 정책 뒤로 숨지 말아요. 정 그렇게 부끄러운 결정이라면 철회하든가. 당신이 이러면 당신 밑에 사람들이 더 힘들어요."

"내 고민은 방법이 없어요. 독립이 오는 수밖에. 내일이라도 독립이 오면 이런 상태가 해소될 텐데."

인설의 혼잣말 같은 대답에 태성은 충격을 받았다. 논리적으로는 그녀의 말이 맞았다. 조선이 일제로부터 해방되면 신사참배를 안 해도 되고, 정희학교가 그로 인해 겪고 있는 모든 혼란, 갈등의 문제는 해결될 것이다. 그런데 독립이 한두 달 안에 올 조짐이 어디에도 없는데, 이것을 해결책으로 바랄 수는 없는 것이다. 그녀의 말은 현실적으로 풀어갈 아무런 노력을 하지 않고 외부적·내부적으로 닥칠 위험에 무방비 상태로 있겠다는 말과 다름없게 들린다.

"인설 씨, 포기… 한 거예요?"

"포기라뇨? 제가 포기한 것처럼 보여요? 기다리고 있다구요. 독립이 오면 다 해결되는 거잖아요."

인설은 졸린 사람처럼 나른한 목소리로 말했다.

"그래요. 어떻게든 노력해 봐요. 살 길은 있을 거예요. 그런데 독립은 언제든 오겠지만, 지금 상황을 빠져 나가려면 일단 뭐든지 놓아야 해요. 학교든 신앙이든. 현이든지 학교든지. 신앙이든지 현이든지. 학생들이든지 현이든지."

태성은 인설의 얼굴에 긴장감과 경계심이 떠오르는 것을 보고 인설도 이 점을 수없이 많이 고민해 보았다는 것을 알았다.

"인설 씨 마음은 알겠는데… 어느 것도 놓고 싶지 않은 마음 아는데, 이제는 다 가져갈 순 없어요."

"전에 현 씨가 같이 가자고 했을 때, 전들 당장 짐 꾸려서 가고 싶지 않았겠어요? 밤이 하루를 닫을 때마다, 아침이 또 찾아올 때마다 '이것만 해결하고 만주로 가자' 하는 마음이 안 들은 날이 하루라도 있었을까요. 그런데도 저는 현 씨에게 못 간다 했어요. 맹세코 야망 때문은 아니에요. 제자들의 목숨 값으로 세웠기에, 그래서 저에겐 학교가 학교 이상이에요. 내 모든 것. 살아 있는 소녀들이기도 하고, 죽은 소녀들이기도 하고…."

태성은 눈앞의 인설을 다시 바라보았다. 그는 갑자기 답답함이 솟구쳐 말했다.

"당신에게 이제껏 하지 않은 말을 할게요. 당신은 사랑에 모든 걸 걸고 살다가 결정적인 순간엔 사랑 외의 것—그것이 당신의 여제자들이든 학교든 신앙이든—을 택해요. 그리고 나서 또 기다리죠, 사랑을. 대체 왜 그러는 겁니까? 기왕 이렇게 됐으니 내처 말하죠. 당신이 끌어안고 있는 것 중에 절대로 버릴 수 없다고 생각하는 그것 말이에요. 그것을 선택하지 않을 바에야. 그것만 벌써 예전에 놓아 버렸으면 당신 인생이 훨씬 덜 힘들었을 거라고 생각하지 않나요?"

인설은 눈이 동그래져서 태성을 바라보았다. 인설도 태성도 그것이 현을 가리키는 것임을 알고 있었다. 그녀의 얼굴은 핏기가 가시고 겁먹은 아이의 표정이 되어 자신의 귀를 믿을 수 없다는 듯 태성을 응시했다. 그러다 그녀의 미간이 살짝 찌푸려지며 불쾌함을 나타내는 표정이 되었다. 어떻게 그런 말을 했는지 책망하는 듯한 눈길이라고 태성은 생각했다. 태성은 자신이 한 말을 후회하며 말했다.

"내가 그런 말할 자격이 없다는 것 아니까 이제껏 하지 않은 말이에요. 또 사심으로 오, 오해받을까봐… 느, 느껴질까봐 하지 못한 말이에요."

인설도 태성도 그 말이 무엇을 의미하는지 알았다. 태성은 평소의 그답지 않게 평정심을 잃고 자신이 방금 한 말을 또 후회했다.

"오해하지 않아요."

인설은 부드러운 미소를 담은 눈으로 말했다. 그녀는 태성에게 오래전부터 하고 싶은 말을 해야겠다고 생각했다.

"그리고 태성 씨는 그런 말할 자격 있어요. 왜냐면 태성 씨 덕분에 내가… 기다릴 수 있었으니까. 나도 이제껏 하지 않았던 말 할게요. 내가 바라본 건 현 씨였지만 내가 의지한 건 태성 씨였던 것 같아요.

오히려 내가 태성 씨한테 늘 고맙고 미안했죠. 그런데 당신 두 사람은 한 사람 같아… 전에 나에게 현 씨와 내가 쌍둥이 남매 같다고 한 것 기억나요? 저는 사실, 가끔 현 씨와 태성 씨가 한 사람인 것 같은 생각이 들어요. 음과 양이 하나인 것처럼, 두 사람이 합쳐져서 한 사람. 처음에 당신과 현 씨가 함께 있는 걸 보고 무지 놀랐었어요. 두 사람이 너무 닮아 보여서."

인설은 고개를 갸웃하며 자신이 이런 말을 해도 되나 잠시 생각하는 것 같았다. 그러나 그녀는 다 말해 버리겠다는 듯 말을 이었다.

"그런데 풍겨 오는 인상은 비슷했지만 성격은 많이 달랐어요. 현 씨와 나는 달려가고 일을 저지르고 되돌아가지 않는 부류. 당신은 우리가 무슨 일을 새로 할 때마다 대신 많이 생각하고 먼저 예상하고 걱정해 주는 부류. 우리가 걱정 많이 시켰죠, 태성 씨? 이제는 우리보다 당신 가정을 먼저 생각하세요. 어차피 우리, 당신 말 안 듣잖아요."

인설의 눈빛은 아련하게 빛나 보였다. 그 눈빛은 '나도 내 인생이 위기라는 것 알아요. 당신까지 휘말리지 마세요'라고 말하는 듯했다.

태성은 인설과 대화하고 나서 자신이 그녀를 설득하기는커녕 설득당했다는 것을 깨달았다. 그녀는 누구의 조언도 듣지 않고, 상황을 빠져나갈 마음도 없었다. 폭풍우 가운데 아끼는 짐들을 하나도 배 밖으로 내어 던지지 않으려는 것 같았다. 그런데 그녀가 그토록 아끼는 짐들이 하나같이 모두 부서지기 직전인 상태이고, 던져 버리지 않아도 어차피 스스로 무너지리라는 것을 그녀는 알려고도, 인정하지도 않았다.

태성이 인설과 대화에서 차마 꺼내지 못한 말이 있었다. 인설과 함께 현을 만나고 온 지 6년이 지나고 있었다. 그때 인설은 현에게 공산군이 만주 한인촌의 교회들을 파괴하지 않도록 해달라고 부탁했다.

그러나 지난 수년간 만주 땅에 남은 독립군들은 대부분 중국 공산군 산하에 들어갔다. 그들은 추위와 전력의 열세 속에서 용맹스럽게 일본군과 싸우며 만주 한인촌을 보호하고 있었다. 그러나 그 말을 달리 표현하면 공산당이 간주한 적들로부터 한인촌들을 안전하게 보호하고 있었던 것이다. 그리고 교회와 기독교인들은, 그들의 신념에 따라 분류하자면, 적이었다. 태성은 인설이 그것까지 고려하고 있는지, 언제라도 그들이 조선을 독립시키러 국경을 넘어 들어온다면 그녀가 어떠한 입장에 처하게 될지까지 생각해 보았느냐고 묻고 싶었다.

태성은 그녀에게 그 모든 것을 말해 주어야 한다고 생각했다. 그러나 지난 번 대화에서 인설은 더 이상의 깨달음을 강력히 거부했다. 그녀는 그녀의 소중한 것들 가운데 아무것도 버리지 않겠다는 결의를 보였다. 그 태도는 마치 부모와 형제와 자녀와 남편 가운데 어느 하나를 버리라고 했을 때 거부하는 것과 같았다. 자신이 죽을지언정, 그 어느 것 하나라도 잃는 순간 그녀는 못 견뎌 하리라.

균열과 무너짐은 태성의 예상보다 훨씬 빨리 왔다. 독립군이 일본군과 치열한 접전 끝에 성공적으로 국경을 넘었다는 소식이 들렸다. 얼마 되지 않아 그들은 의주를 점령하러 왔다. 의주 사람들은 매우 기뻐하는 한편 일본군이 전력을 몇 배로 강화해서 독립군이 들어온 의주로 쳐들어올지 몰라 불안해했다. 반격은 시간문제이기 때문에 독립군들도 해야 할 일을 서둘렀다. 그들은 곧 부르주아와 친일 인사들을 잡아들인다고 공표했다. 최초로 잡혀 들어간 사람들 가운데 공산군들이 악질적인 친일 부르주아라고 목록 1순위에 놓았던 박민효도 있었다. 박민효의 모든 재산은 즉시 압류되고, 군자금으로 쓰일 것이다. 공산군은 박민효가 정희학교 이사라는 것을 알아냈고, 정희학교가 기독교 계통 학교이며, 신사참배에 참여했다는 것을 알아냈다. 정희학교 교장인 인설뿐만 아니라 신사참배에 참여한 의주 시내 주요 학교의 교장들도 소환 목록에 올랐다.

인설이 소환된다는 사실이 알려진 날에도 정희학교 내부는 차분했다. 신사참배를 하면서부터 그들은 이제 어떤 일의 옳고 그름을 함부로 입에 올리지 않았다. 대신 일단 순응해 놓고 후에 하나님의 뜻을 찾는 일에 익숙해 있었다. 지도자인 인 교장에 대해서도 존경심이나 애착이 전과 같지 않았다. 그들은 인 교장뿐 아니라 서로를 겉으로는 무관심으로, 속으로는 경멸과 연민이 뒤섞인 감정으로 몰래 쳐다보는 것에도 익숙해져 있었다.

다음 날 아침 일찍 군인들이 그녀를 체포하러 왔다. 아무도 나와서 저항하며 말리거나 인설을 배웅하지 않았다. 인설은 차라리 잘 되었다고 생각했다. 인설이 양손에 줄이 묶인 채 기숙사 문을 나서려는데 누군가 문밖에 서 있었다. 현선 선생이었다. 그녀는 엄숙한 표정으로 목발 짚은 다리를 절며 다가왔다.

"선생님, 이건 말이 안 돼요. 독립군이 선생님을 잡아가다니요, 우리가 얼마나 독립군이 오길 기다렸는데. 조사하면 밝혀질 거예요. '그러므로 때가 이르기 전 곧 주께서 오시기까지 아무것도 판단치 말라 그가 어두움에 감추인 것들을 드러내고 마음의 뜻을 나타내시리니(고전 4:5)'라고 하셨습니다. 선생님, 힘내세요."

인설은 멍한 눈으로 그녀가 왜 그런 말을 하는지 헤아리려 애썼다. 신사참배를 하면서 그녀의 신앙이 균열되어 버린 것이다. 거짓을 거듭 행하는 동안 참과 거짓, 옳고 그름을 구별하는 감각과 양심이 교란되어 버린 것이다. 그녀는 쓰러지듯 현선 앞에 무릎을 꿇었다. 그녀의 제자는 이제 선을 악으로, 악을 선으로 알고 있었다.

"미안해, 현선아. 용서해 줘. 아니, 용서하지 마."

현선이 얼른 스승의 손을 잡아 일으키려 했다. 그녀는 인설의 말뜻을 몰랐기 때문에 눈물어린 눈으로 의아해할 뿐이었다. 인설은 고개를 돌리며 단호하게 말했다.

"갑시다. 죄값을 치르겠습니다."

태성은 잠시 신의주에 다녀온 사이에 독립군이 일본군의 방어선을 끊고 의주까지 점령했고 인설이 친일 인사로 잡혀갔다는 소식을 들었다. 태성은 공산군이 만주에서처럼 일을 진행한다면 체포한 인사들 대부분을 투옥이나 재판 등 어떤 절차 없이 즉결처분에 넘길 것이라는 것을 직감했다. 언제 일본군의 반격을 맞을지 모르는 형편에서 일을 끌 형편도 되지 않을 것이다. 태성의 마음은 급했다. 그는 현이 남만주 지역에서 치열하게 싸우는 한·중 연합군 팔로군 소속이라는 것까지는 알고 있었다. 혹시 현이 의주 점령군 가운데 있는지 정신없이 수소문했다. 과연 오현이라는 이름이 중대장 직급자 가운데 있었고, 점령본부에 배치되어 있다고 했다.

태성은 한·중 연합군이 임시 본부로 쓰고 있는 중심지의 관청을 찾아갔다. 일제 관청마다 들끓던 친일 끄나풀들이 그림자도 보이지 않았다. 곳곳에 서서 조선이 일제의 무력 하에 있음을 각인시켜 주던 헌병들도 보이지 않았다. 그러나 연합군들의 표정도 밝지만은 않았다. 무엇인가 쫓기는 듯 웃음기 없는 표정으로 분주했다. 오현 중대장을 만나고 싶다는 태성의 청은 당장 거절당했다. 너무 바빠서 면회 따위 가능하지 않다는 것이었다. 태성은 자신이 속한 회사의 군자금 후원 실적까지 말하며 계속 매달렸다. "2층 청사 로비에서 기다리다 보면 지나가는 것을 볼 수 있을 테니 기다려 보라"는 말을 들었다.

그는 이층으로 올라가서 오가는 사람들이 가장 잘 보이는 통로의 의자에 앉았다.

몇 시간이 지났을까, 로비 맞은편에 아까까지 닫혀 있던 방의 문이 열려 있는 것이 눈에 띄었다. 거기 책상 앞에 앉아 있는 사람이 현이었다. 그는 자신이 맞게 본 건지 확인하려고 눈을 크게 떴다. 유독 그 방에 많은 군인들이 출입하고 있었다. 한국인 병사들뿐 아니라 중국인 고위 당간부들도 많이 와서 현에게 뭔가 묻고 지시하고 갔다. 그는 대체로 밑의 한국인 병사들에게 호통 치며 다그쳤고, 중국인 간부들에게는 반대로 호통을 당하는 입장이었다. 위계질서가 있는 조직 어디서나 볼 수 있는 모습이지만 독립군들이 목숨 바쳐 중국을 위해 일본과 싸워 준 대가가 결국 이런 모양새인가 싶어 태성은 심사가 편치 않았다. 하지만 태성은 섣부른 판단은 금물이라 여기고, 자신이 여기 온 목적을 떠올리며 현의 방이 비었을 때, 다른 인물이 들어오기 전에 얼른 쑥 들어갔다.

현은 방금 전 병사가 올린 서류를 보면서 잔뜩 눈살을 찌푸리고 있었다. 태성을 보고 놀라는 현에게 태성은 언제 대화가 끊길지 모르니 용건부터 말하겠다고 하고 인설이 붙잡혀 간 사실을 말했다. 현은 방금 보고받았다며 손에 들고 있는 서류를 가리켰다. 서류에는 즉결처분 대상자들이라고 써있었다. 현은 어떻게 해서 인설이 친일파들과 손잡게 되었냐고 물었다. 태성을 책망하는 듯한 눈빛이었다. 태성은 그 학교 대표이사가 친일 기업인일 뿐, 그의 친일행각과 인설은 관계없다고 했다. 현은 멍하니 침묵했다. 그는 이 목록에서 인설의 이름을 발견할 줄은 꿈에도 몰랐던 것이다. 태성은 현에게 친일파와 친일 부르주아를 처분하려는 것 아니냐며 인설 씨는 해당 없다고 강조했다. '굳이 공산당에 거슬리는 것이 있다면 신사참배를 한 것과 기독교인이라는 점일 것'이라고 했다. 그러자 현은 지금이 어느 때인 줄 아느냐, 전시 상황이다. 총탄이 날아다닐 때 한가운데 서 있다가 맞고 나서 싸우는 군인들을 원망하느냐고 소리쳤다. 노기 띤 표정과 말투는 관록이 배어 있었지만 서류를 든 그의 오른손은 미세하게 떨렸다. '미리 알았더라면 어떻게 해서든 인설을 빼내었을 텐데!' 현의 머릿속은 그 생각으로 소용돌이치고 있었다.

그때 지도부원으로 보이는 중국인 군인과 한국인 고위군인으로 보이는 사람이 현의 방에 들어와서 서류를 펼쳐 보고 있었다. 현이 뭔가 실행하기 어려움을 필사적으로 피력하는 듯 들렸다. 그러나 당 간부의 고압적이고 역정스러운 태도는 변하지 않았고, 한국인 상사와 현은 한마디도 제대로 말하지 못하고 그의 지시를 들었다. 현의 얼굴에서 순식간에 생기가 사라지고 자세도 얼어붙은 듯 경직되었다.

훈시가 끝났다. 현은 절도 있게 경례했다. 그는 명령 수행 외의 다른 사고 기능이 일시정지된 사람처럼 절도 있으나 무표정한 얼굴로 방 밖으로 나왔다. 밖에 대기 중인 부하들에게 명령을 내렸다. 부하들의 표정도 그들의 상관과 닮아 있었다. 일제를 몰아내고 고국 땅의 극히 일부라도 되찾았다는 독립운동가다운 꼿꼿한 자긍심을 느낄 여유가 없어 보였다. 그보다 상부 지시대로 한 치의 오차 없이 이행해야 한다는 군인다운 결의에 가득 차 있었다.

태성은 그 모습을 지켜보면서 문득 어린 시절 자신의 모습이 떠올랐다. 그는 생각했다. 나는 그때 아무 생각 없이 살았다. 아무 생각하지 않았다, 보았지만 안 본 것처럼, 들었지만 안 들은 것처럼. 내가 가만히 있는 것이 세상에 더 좋을 테니. 사랑 못 받은 아이가 아무 표정 없고 아무 생각 않으려는 것처럼, 인생에게서 아무 특혜도 받지 못하고 태어났다고 생각한 나는 그렇게 살았다. 때문에 아무 기여할 의무도 없다고 여겼다.

그는 현을 바라보았다. 오현! 그런 무채색의 세계에 살고 있는 나를 밝은 색채의 세계로 불러 끌어 준 사람이 너였지. 너에게 마음을 여는 것도 시간이 많이 걸렸다. 너의 너그러운 심성, 인간의 자유와 평등에 대한 관심. 멋있고 부러웠지만 나는 가진 자의 여유라며 폄하했지.

그런데 너는 진짜 만주 벌판으로 달려가더구나. 네가 누렸고 앞으로 누릴 수 있는 특권들 다 버리고. 사랑도 포기하고. 잃어버린 조국을 위한 독립군이 되어, 시간이 지날수록 너는 거기서 점점 가난한 자, 무력한 자, 비천한 자와 같이 되어 갔지. 그래도 여전히 누구 하나 너의 희생을 알아주지 않는데도 말이야.

정말 미안하지만 그때 나는 생각했어, 그렇게 될 줄 알았다고. 지위와 신분의 고하를 막론하고 인간은 이기적이고 약한 자에게 잔혹하다고. 그러면서 나는, 인간과 세상의 밑바닥까지 안다고 자부했던 나는, 그래서 이렇게밖에 못 살았나 보다. 인생에는 목숨을 걸고 해야만할 어떤 것도 없다고 합리화하며 살아왔나 보다.

굴욕과 무시와 이용당함과 배신을 겪으며, 타고난 성품을 잃고 파괴되어 가는 너. 이렇게 되어서야 너의 진심을 믿는 나를 용서해 다오. 이 말을 해주고 싶은데, 네가 이제 없구나. 너는 다른 사람이 되었구나…!

현의 부하들 일행이 떠난 뒤 현이 혼자 남았다. 태성은 다시 들어가서 물었다.

"어떻게 되었니? 방금 떠난 병사들, 체포된 친일 인사들 문제를 해결하러 간 거지? 인설 씨가 빠져나갈 방법은 없니? 필요하다면 나도 도울게."

현은 못 들은 척하는 건지 말이 없었다. 태성이 재차 묻자 그는 건

조한 목소리로 말했다. "모른다. 지주, 부르주아 처단은 철저히 노동자, 농민의 의사에 달려 있다. 친일 인사도 마찬가지다."

"뭐라고?" 태성은 눈앞이 아찔해질 정도로 화가 났다. 그는 분노할수록 더욱 침착해지는 버릇대로 낮은 목소리로 말했다. "나, 농민의 아들이니 평민 맞지. 너희들, 평민이라는 이유만으로 우리를 되게 존중해 주는 척하는데! 이용하지 마라. 너희는 우리가 어떻게 행동할지 다 알고 있어. 너희 원대로, 총칼 쥐여 주는 대로 아무나 다 죽이겠지. 그리고 흥분한 나머지 우리 자신들의 손과 발과 사지까지도 다 잘라 버릴 거다."

"태성아! 제발 좀 그만해라. 나라를 되찾고 지키기 위해서는 무엇보다 권력이 필요하다. 그리고 모든 권력에는 오류가 있어."

현은 차갑게 굳은 표정으로 태성을 노려보다 자리를 떴다. 태성은 망연자실하게 서 있다가 아까 병사들이 한 대화에서 즉결처분을 행하기 위한 장소가 인근 학교였던 것을 기억하고 그리로 우선 가기로 했다. 느낌에 현도 분명 그리로 향했을 것이다. 그런데 현이 어떻게 행동할지 태성은 도저히 감을 잡을 수 없었다.

태성이 학교를 찾지 못해서 헤매느라 시간이 걸리는 바람에 그가 도착했을 때는 의주 시민 반 이상이 구경꾼으로 인산인해를 이룬 가운데 일이 벌써 진행되고 있었다. 태성은 모든 사람에게 잘 보이도록 약간 높여 만든 단을 보았다. 옆 사람에게 물어보니 부르주아 지주들과 기업가 공개 처단이 막 끝났다고 했다. 군중은 흥분하고 있었다. 무엇인가 요구하고 고발하는 소리, 죽은 자들을 욕하는 소리, 우는 소리, 싸우는 소리로 귀가 먹먹했다.

그러다 일시에 조용해졌다. 다음 처단 순서가 시작된다고 하였다. 기독교 인사들이 줄에 묶여 단에 올랐다. 인설이 그들 가운데 있었다.

군인들이 그들을 군중 앞에 무릎 꿇게 했다. 연합군 군복을 입은 군인 대표가 맞은편 더 높은 단상에 올라갔다. 그가 현이었다. 그는 군중에게 잘 들리도록 확성기를 들고 있었다. 그가 그들을 취조할 것이다. 태성은 현이 인설에게 유리하게끔 심문을 이끌어가려는 의도로 직접 맡았다고 생각했다.

인설이 고개를 들었다. 그녀는 자신의 눈을 의심했다. 5미터쯤 앞에서 자신들을 내려다보고 있는 연합군 군복의 소대장은 현이었다. 한·중 연합군이 국경 넘어 밀고 내려온다고 들었을 때 잠깐 현이 그 중에 있지 않을까 생각했었다. 살아 있었구나. 군복과 군화는 오래되고 낡아 보였지만 몸은 6년 전보다 보기 좋았다. 벌어진 어깨와 강인해 보이는 팔 근육, 두 다리를 벌리고 꼿꼿이 서있는 자세도 기품 있고 군인다웠다. 인설에겐 그 모든 것이 한눈에 들어왔다. 그녀의 얼굴에 자랑스러움이 빛났다. 곧 그의 모습이 시야에서 흐려졌다. 그녀는 고개를 돌렸다.

군중 가운데 누군가가 "친일 매국노 종교인들 죽어라!"라고 소리쳤다. 날카로운 여자의 목소리도 들렸다. "가증스러운 가짜 민족주의자들이다!"

현이 끌려온 기독교인들에 대한 친일 혐의를 모두에게 들리게 읽었다. 군중 사이에서 탄식 소리와 분노에 찬 함성소리가 들렸다. 그 소리를 틈타 현이 '이 모든 혐의를 이제라도 인정하느냐?'고 물었다. "이제라도 인정한다면…" 현이 말하고 있는데 누군가 또 증오에 찬 목소리로 외쳤다.

"일본 천황 숭배자들이다. 신사참배에 앞장선 자들이다! 죽여라!"

현이 당황해하는데, 인설이 얼른 높고 낭랑한 목소리로 말했다.

"연합군들은 왜 기독교를 탄압합니까? 독립운동사에서 기독교의 공을 잊었습니까?"

"기독교… 기독교라는 서양 종교도 좋은 영향을 끼친 것 없다…."

현은 정신을 집중하고 무슨 말을 해서 심문을 끌어갈지 생각하려 안간힘을 썼다. 한·중 연합군 팔로군의 점령 지침, 인설, 군중… 너무 긴장하고 두려운 나머지 그의 머리가 빨리빨리 반응하지 못하고 있었다.

'인설 씨, 빨리 진행하자. 시간을 끌수록 불리해. 말을 많이 할수록 군중은 흥분해.'

그의 눈은 인설에게 이렇게 간절하게 말했다.

"…하, 하지만 기독교인으로 친일은 뭐냐? 그것도 기독교 정신인가?" 그는 물었다.

"맹세코 친일을 한 적 없다."

"신사참배는 무엇인가? 그것은 친일 아닌가?"

"그것은 신앙의 문제다. 그 죄는 내가 하나님께 받겠다."

인설이 단호하게 말하자 군중 사이에선 뻔뻔스러운 년이라는 분노에 찬 소리가 들려왔다.

현이 머뭇머뭇하자 단 아래에서 연합군 동료가 불만스러운 표정으로 현에게 빨리 처분에 넘기라고 신호를 주었다.

"독립군이 만주에서 친일마저 합리화하는 기독교인들 때문에 얼마나 많은 해를 당했는지 아는가?" 현이 말했다.

"똑바로 말하시오. 독립투쟁에 해 되는 것이 친일이라면 민족주의 독립운동가들을 몰살시킨 당신들, 공산당들은 친일 행적 한 것이 아닌가요?" 인설이 강하게 도발했다.

흐트러진 머리카락 사이로 보이는 그녀의 반듯한 이마, 그리고 그이마 아래 검은 두 눈동자가 분노로 고요하게 타오르고 있었다. 그 모습은 인설을 가장 인설답게, 아름답게 보이게 했다.

마침내 현의 동료가 단상으로 뛰어 올라가 현의 옆에 섰다. 그가 현이 들고 있던 확성기를 잡아채서 큰 소리로 말했다. 그는 거칠고 무례하게 말함으로써 분위기를 압도하려 했다.

"너희가 독립운동을 했다구? 너희는 신앙을 위해, 조국이 탄압하면 조국도 버릴 놈들 아닌가. 너희는 하나님 나라를 이 땅에 이루겠다고 독립운동 한 것 아닌가?"

"말 잘했다. 너희 공산당이야말로, 공산주의 나라 건설이 먼저인가, 조국 독립이 먼저인가? 왜 만주 간도 한인촌들을 공산주의로 접수했나? 기독교인들을 탄압하고 학살해 가면서. 그것도 독립운동인가?"
인설이 조금도 물러서지 않고 반박했다.

현의 표정이 굳어지고, 군중 가운데 있던 태성의 표정에서 핏기가 가셨다. 틀렸다. 이제 나중에 무슨 변명으로 인설을 변호해도 사면받을 수 없을 것이다. 인설도 자신이 무슨 말을 하고 있는지 알고 있을 것이다.

날이 저물고 있었다. 서쪽 하늘이 주홍빛으로 환한 것으로 보아 압록강은 붉은 석양으로 타오르고 있을 것이다. 무르익은 저녁 빛은 소나무와 전나무 숲을 안온하게 감쌌다. 보랏빛 어둠이 안개와 함께 강바람을 타고 군중의 혼란과 흥분이 가득한 운동장에도 밀려 왔다. 인설의 이마 위의 머리카락이 바람에 날렸다. 이 시간이면 언제나처럼 불어오는 바람, 멀리 대륙에서 불어 와 압록강을 건너 온 저녁 바람이었다.

인설은 이 순간이 현과 함께 보내고 싶었던 압록강의 일몰 시간이라는 것을 깨달았다. 실은 현도 만주에서 늘 보던 똑같은 노을이었다. 그 사실은 몰랐지만, 인설은 긍지에 찬 표정으로 현을 바라보았다.

'현 씨, 슬퍼하지 말아요. 약속 지켜줘서, 나를 찾아와서 고마워요. 당신이라면 해낼 줄 알았어요. 사랑하는 당신, 당신을 기다리며 여기까지 왔지만, 더 이상은 힘들 것 같아요. 나 때문에 너무 많은 사람들이 망가졌어요… 당신은 그런 실수하지 마시길….'

인설의 눈이 현을 보며 말했다.

"말이 안 되는구나. 너희 기독교인들이 한인촌에서 친일 스파이 짓을 하지 않았나. 너희 때문에 우리 연합군 전력에 큰 차질을 빚게 되니 그래서 당한 것이지. 인과응보다. 한인촌들이 한 가지 사상으로 뭉쳐야 게릴라전을 하는 우리도 안심하고 목숨을 걸고 싸울 것 아닌가."

현의 동료 소대장은 모두에게 들리게 준엄하게 꾸짖었다.

"관두자. 너희가 우리를 못 믿는데. 지금 너희가 권력을 가졌으니 너희 말이 맞게 들릴 것이다." 인설이 쓰디쓰게 말했다.

그것이 현이 기억하는 인설의 마지막 말이었다.

에필로그

이런 마음 이해할 수 있나요?

첫 집에서 자식 낳고, 정원에 심은 묘목이 커서, 그 나무에 감이 주렁주렁 열리는 것을 볼 때까지 살고 싶은 마음. 다른 곳에 이사 가고 싶지 않은 마음. 절대로. 이 집만이 나의 유일한 집이고 싶은 마음. 이 집이 다른 사람의 소유가 되길 원치 않는 마음. 이 집에게도 내가 살고 숨 쉴 유일한 주인이고 싶은 마음. 전 그런 사람이에요.

이 세상에 사랑이라는 것이 있다면

단 한 번만 해보고 싶은 마음. 두 번째 사랑 따윈 내 생애에 없었으면 하는 마음.

그만큼 처음 사랑한 그 사람과 오래오래 잘 살고픈 마음.

멀리 떨어져 있어도, 죽어서도 그 사람이 내 유일한 사람이고픈 마음.

이 세상에 사랑이라는 것이 있다면, 그런 사랑을 하길 원해요.

(인설)

어떻게 그렇게 확신하냐구요? 정말 약속했냐구요?

맹세나 약속이 확신을 가져다준다고 생각하나요?

이보세요, 여자들이 그렇게 어수룩한 줄 아나요? 남자의 맹세를 믿어서가 아니라

내 사랑이 자랑스러워서, 일생에 단 한 번 올까말까 한다는 그 진정한 사랑이 나에게 주어진 것이 감사해서, 내 사랑을 지키는 거예요.

당신이 그 사랑의 기억 안에 살든, 밖으로 뛰쳐나가 모험을 하든, 그건 자유예요.

그래도 내 사랑,

당신이 해가 여러 번 바뀐 다음에 다시 돌아온다면,

다시 돌아와도 되겠니 하고 묻는다면,

내 완전한 사랑의 기억 안에 다시 들어와 쉬고 싶다면

그렇게 하세요, 여보. 좋은 생각 하셨네요.

(성춘향이 이도령에게)

그가 온다. 그가 온다. 그때부터 시간의 흐름이 축복이었다.

공기 속에 향기 나는 입자가 떠도는 것처럼 매순간이 향기롭게 느껴졌다. 뛰는 맥박조차 시간의 흐름을 세어 주는 것 같았다. 반들반들한 마루도, 움직이지 않는 화분 안의 식물도, 빈 의자들과 식탁도 말없이 흥분한 것 같았다. 석양이 스며드는 저녁, 비스듬하게 들어오는 햇살도 소식을 듣고 조심스럽게 물어보는 것 같았다. 곧이어 밀고 들어와 온 집안을 가득 메우던 밤의 어스름도 그날부터는 보랏빛 환희를 입고 화사하게 다가오는 것 같았다.

(인설)

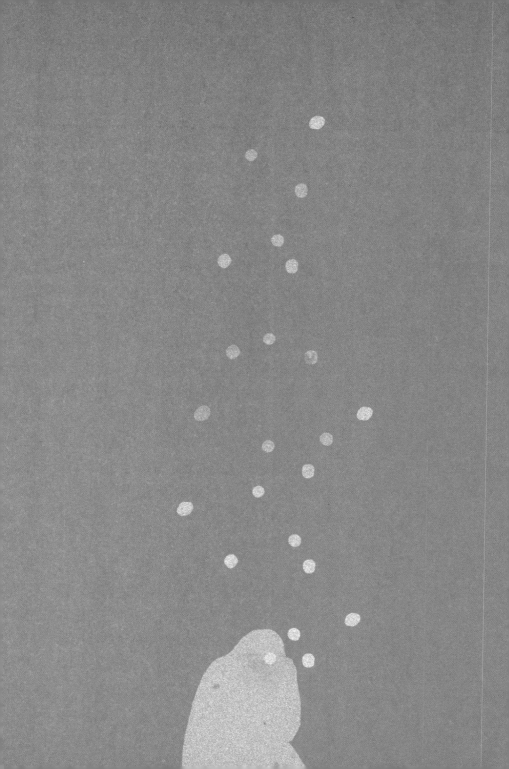

이 소설은 눈내리는 병실 창가에서 구상되었습니다.

육 년 전, 전혀 예상하지 못한 암수술을 받게 된 남편 곁을 지키며, 완치율 한 자리 숫자가 바뀌는 것에도 초조해하며 민감하던 날들을 보냈습니다.

대학병원이 얼마나 큰지를, 낮에 그렇게나 북적이던 곳곳 복도와 의자들 사이를 마음을 추스르려 애쓰며 병원에서 밤을 보내 본 가족들은 압니다.

그곳에서 저는 오랫동안 펴보지 못했던 많은 책들을 다시 읽었습니다.

생사의 기로에서 생존율이라는 희망을 붙들고 투병하시는 분들과 그들을 살리려 밤낮없이 애쓰는 분들을 보면서, 저는 얼마나 그렇게 살았는지 돌아보게 되었습니다.

건강을 회복한 남편과 함께 일선으로 돌아온 다음, 아이들과 책 읽기를 시작했습니다.

재미있는 책, 위로가 되는 책, 꿈을 주는 책, 역사책과 위인전들을 읽으며 아이들이 밝아지는 것을 보았고, 그 옆에서 함께 책을 읽던 제가 완성한 것이 이 소설입니다.

발간에 부쳐 고대병원 김선한 교수님과 김세니 간호사님 그리고 작은 도서관을 도와주신 부산 불꽃교회의 두 분 교육부 부장님께 깊이 감사드립니다.

2016년 여름

홍성아

홍성아

고려대학교에서 국어교육학과 영문학을 전공했고, 미국 Wesley Seminary를 졸업했다(신학 M.Div.). 미국인 교회에서 사역했으며, 귀국 후 부산에서 목사인 남편의 사역을 도왔다. 현재 판교 불꽃교회에서 영어예배 사역을 맡아 교육부 목사로 섬기고 있다. 오늘도 생명 살리는 길을 묵묵히 가시는 모든 분들께 드리고 싶어서 이 작품을 썼다.

눈의 회상
Recollections of Snow

2016. 8. 3. 초판 1쇄 인쇄
2016. 8. 10. 초판 1쇄 발행

지은이 홍성아
펴낸이 정애주
국효숙 김기민 김의연 김준표 김진원 박세정 박혜민
송승호 오민택 오형탁 윤진숙 이한별 임승철 임진아
정성혜 조주영 차길환 한미영 허은
펴낸곳 주식회사 홍성사
등록번호 제1-499호 1977. 8. 1.
주소 (04084) 서울시 마포구 양화진4길 3
전화 02) 333-5161
팩스 02) 333-5165
홈페이지 www.hsbooks.com
이메일 hsbooks@hsbooks.com
페이스북 facebook.com/hongsungsa
양화진책방 02) 333-5163

ⓒ 홍성아, 2016

ISBN 978-89-365-1175-3 (03810)